DAN DDYLANWAD

D1375371

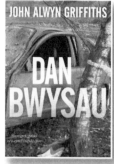
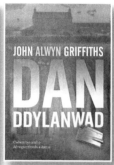
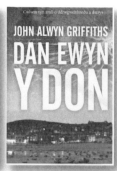

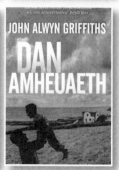

Dan Ddylanwad

nofel gan

John Alwyn Griffiths

Hoffwn ddiolch eto i Myrddin ap Dafydd am ei ddiddordeb ac am gyhoeddi'r nofel hon. Hefyd i Nia Roberts am ei gwaith campus yn golygu'r testun a phawb arall yng Ngwasg Carreg Gwalch sy'n gweithio'n ddibynadwy yn y cefndir. Diolch hefyd i Mr Cledwyn Jones am fy ysbrydoli i ysgrifennu yn y Gymraeg.

Argraffiad cyntaf: 2013
Ail argraffiad: 2019

ⓗ John Alwyn Griffiths/Gwasg Carreg Gwalch

Rhif rhyngwladol: 978-1-84527-434-4

Mae'r cyhoeddwyr yn cydnabod cefnogaeth ariannol
Cyngor Llyfrau Cymru

Cynllun clawr: Sion Ilar

Cyhoeddwyd gan Wasg Carreg Gwalch,
12 Iard yr Orsaf, Llanrwst, Conwy, LL26 0EH.
Ffôn: 01492 642031 Ffacs: 01492 641502
e-bost: llyfrau@carreg-gwalch.com
lle ar y we: www.carreg-gwalch.com

i Julia

Pennod 1

Ni allai Emily Parry gofio erbyn hyn pa bryd y dechreuodd yr holl helynt. Doedd hi ddim wedi sylweddoli fod rhywbeth o'i le i gychwyn. Toc wedi hanner nos oedd hi'r noson gyntaf honno pan glywodd sŵn drws yn cael ei gau'n glep rywle yn y tŷ, a meddwl mai'r gwynt oedd yn gyfrifol. Pan aeth i lawr y grisiau'r bore wedyn, roedd arogl ysmygu yn y parlwr. Byddai ei gŵr, Huw, yn ysmygu cetyn bob amser, ond nid arogl cetyn oedd hwn, ac ers iddo farw ni fu neb yn smocio yn y tŷ – tan rŵan. Sylwodd fod rhywun wedi defnyddio'r blwch llwch wrth ochr y gadair siglo yn y parlwr, y gadair nad oedd wedi siglo ers deng mlynedd ar hugain. Doedd neb wedi eistedd ynddi, hyd yn oed Huw; yn enwedig Huw. Am y tro cyntaf yn ei hoes hir, roedd Emily wedi dechrau dod i ofni'r nos, neu i fod yn berffaith gywir, yr hyn a ddigwyddai ar ôl iddi dywyllu. Tybed a ddeuai o eto, ac os felly, a ddeuai o allan o'r cysgodion?

Ym mherfeddion nos hefyd y clywodd hi'r miwsig am y tro cyntaf. Alaw Prokofiev, *Peter and the Wolf*, mor ddistaw yn y dechrau roedd hi'n anodd ei glywed. Tybiodd Emily ei bod hi'n breuddwydio, ond bob nos wedi hynny cryfhaodd y sain, a sylweddolodd Emily'r arwyddocâd yn syth. Nid oedd mentro o noddfa ei hystafell wely er mwyn darganfod y ffynhonnell yn opsiwn. Os oedd ei hamheuon yn gywir, pam dychwelyd rŵan, ar ôl cymaint o amser?

Nid oedd Emily wedi dweud gair wrth neb. Gwyddai

fod pawb yn parchu ei doethineb a'i chryfder, a dyna'r union reswm pam nad oedd hi wedi ymddiried yn unrhyw un. Pwy fuasai'n ei choelio hi? Y canlyniad mwyaf tebygol fuasai i bobl feddwl ei bod hi'n dechrau colli arni, a phwy welai fai arnyn nhw? Roedd yn tynnu am ei deg a phedwar ugain ac yn rhy hen i boeni am ei diogelwch ei hun, ond roedd y presenoldeb hwn yn ei thŷ yn ei haflonyddu am reswm gwahanol.

Edrychodd Emily ar y glaw yn diferu i lawr ar ffenestr cegin yr hen ffermdy, ac yng ngolau gwan y min nos syllodd ar y llwyfenni truenus yn siglo'n ddiymadferth yn llwybr y gwynt cryf. Yn nhywyllwch gwaelod y grisiau tarodd y cloc derw mawr naw o'r gloch.

Cynhesodd lefrith mewn sosban fach ar y stôf a theimlodd am y dortsh fechan yr oedd hi wastad yn ei chario ym mhoced y gôt wlân lac a lapiai o amgylch ei chorff eiddil. Ni wyddai pryd y byddai ei hangen, ac roedd ei chyffwrdd bob hyn a hyn yn rhoi rhywfaint o gysur iddi. Mi fyddai'r tresbaswr yn siŵr o ddiffodd trydan y tŷ rhyw dro eto'r noson honno.

Prin yr oedd Emily wedi tynnu'r gôt ers i'r gaeaf ddechrau brathu fisoedd yn gynharach. Roedd y ffermdy'n oer ac yn damp ac nid oedd hi wedi gwneud llawer i edrych ar ôl yr adeilad ers iddi golli Huw bymtheng mlynedd ynghynt. Ond, er hynny, ffermdy Hendre Fawr oedd ei chartref; dyma lle'r oedd hi wedi treulio'r rhan fwyaf o'i bywyd a dyma lle yr arhosai bellach, yn fyw neu'n farw. Roedd Emily wedi penderfynu o'r cychwyn nad oedd digwyddiadau dychrynllyd yr wythnosau diwethaf am newid ei meddwl. Hendre Fawr oedd ei chynefin, ei hunig eiddo, a'i werth iddi gymaint yn fwy na'r waliau cerrig a'r tir. Yn ystod ei holl flynyddoedd yno, bu amseroedd da a drwg – ac un cyfnod, ddeng mlynedd ar hugain yn ôl, a fu'n ofnadwy. Roedd Emily Parry a Hendre Fawr yn anwahanadwy. Nid oedd hi wedi medru gweithio'r fferm ers amser maith, ond roedd yr arian a gawsai o osod y tir yn fwy nag yr oedd hi ei angen. Doedd ganddi ddim diddordeb yn ei hincwm bellach ac roedd ganddi ffydd cyfan gwbl yn ei chyfrifydd.

Cerddodd allan o'r gegin yn gafael yn dynn yn y mwg o lefrith cynnes ac edrychodd draw tuag at y gongl lle nythai Betsi'r iâr yn dawel mewn clustog wedi ei lenwi â gwair wrth ochr y tân oer. Roedd Emily wedi gadael iddi gysgu yno ers y noson honno flwyddyn ynghynt pan lwyddodd, yn wahanol i'r lleill, i ddianc o afael llwynog llwglyd. Efallai y byddai wy yn ei disgwyl erbyn y bore.

Ni fu Emily erioed yn un am gynhyrfu'n hawdd ond wrth iddi sicrhau am yr eilwaith fod y drysau a'r ffenestri wedi eu cloi'n ddiogel, trodd ei meddwl yn ôl tuag at ddigwyddiadau'r tri mis diwethaf. Yn y dechrau ceisiodd ddygymod â'r hyn oedd yn digwydd drwy gredu nad oedd ei hymwelydd nosol yn bwriadu ei hanafu. Ond wrth i'r wythnosau fynd heibio, sylweddolodd ei bod hi'n teimlo'n fwyfwy anesmwyth gan fod yr ymweliadau yn amlach ac yn fwy dychrynllyd.

Pa reswm oedd ganddo fo i wneud hyn iddi hi ar ôl yr holl amser? Roedd hi wedi ei garu o gymaint, ac yn dal i wneud, ac roedd hi'n sicr ei fod o yn ei charu hithau hefyd, yn y dechrau o leiaf. Nid oedd angen y sigaréts a'r miwsig i'w hatgoffa. *Peter and the Wolf* oedd ei hoff gerddoriaeth. Anrheg Prokofiev i blant y byd, neu, cyn belled ag yr oedd o yn y cwestiwn, i'r dyn ifanc na fuasai ei ymennydd byth yn datblygu digon i roi iddo fwy na gallu plentyn.

Ar ôl y miwsig y noson gyntaf honno daeth cnoc ar y drws ffrynt, ond pan agorodd Emily'r drws, doedd neb i'w weld yn y tywyllwch, dim ond y llais a glywai yn y pellter.

'Mam.'

Dim byd mwy.

Dridiau yn ddiweddarach gwelodd wyneb dyn canol oed yn y ffenestr, ond doedd o ddim yno'n ddigon hir i Emily allu ei adnabod. Wedi'r cyfan, roedd deng mlynedd ar hugain ers iddi weld ei mab – ond gwyddai na fyddai fyth yn ei anghofio. Gwaetha'r modd, nid anghofiodd gweddill y dref chwaith.

Eisteddodd Emily yn ei gwely. Agorodd y Beibl i'r man lle dangosai'r llyfrnod ffabrig yr oedd hi wedi ei gau ynddo'r noson cynt, i Lythyr Cyntaf yr Apostol Paul at y Corinthiaid. Hwn oedd ei hail ddarlleniad o'r Beibl o glawr i glawr. Gafaelodd Emily yn dynn yn y dortsh, rhag ofn. Ar y bwrdd wrth ochr y gwely, eto wrth law, safai lamp baraffin a bocs matsys.

Roedd eu hangen yn gynt na'r disgwyl. Fferrodd corff Emily pan ddiffoddwyd trydan y tŷ a tharodd dallineb y tywyllwch hi. Yng ngolau'r dortsh, a'i dwylo'n crynu'n afreolus, disgynnodd rhai o'r matsys ar lawr wrth iddi frwydro i danio'r lamp. Yna yn y golau gwan, gwasgodd y Beibl yn dynn yn erbyn ei bron, a disgwyl.

I Emily, parhaodd y distawrwydd am oes, ond yna clywodd y miwsig yn y pellter. *Peter and the Wolf*. Yr un miwsig ag arfer, ond eto, nid oedd hi'n disgwyl dim arall. Tôn hapus a diofal mewn amgylchiadau gwahanol, ond nid heno. Yn araf, agorodd drws ei llofft a chlywodd Emily y dôn yn fwy eglur ac yn uwch nag o'r blaen. O boenau'r gorffennol a thywyllwch y presennol llenwodd yr ystafell â sŵn y llinynnau, y ffliwt, yr obo, y clarinét a'r baswn ac yna, yn ddisymwth, daeth distawrwydd. Ymddangosodd ffigwr rhithiol o'i blaen, yn sefyll yn fud yn y tawelwch llethol, a disgynnodd y dortsh o'i llaw. Llenwodd ei gorff ffrâm y drws. Tynnodd yr hen wraig y Beibl yn dynnach fyth yn erbyn ei chorff gwan, ei chymalau'n wyn yn erbyn clawr du'r llyfr, a hwnnw'n symud yn gyflym i guriad ei chalon a'i hanadl ysgafn.

Ar ôl rhai munudau symudodd y ffigwr dinodwedd yn araf at y gadair yng ngwaelod y gwely ac eisteddodd ynddi, ei gorfflaeth yn ei llenwi. Nid oedd golau gwan y lamp yn ddigon i'w weld yn glir ond gallai o weld Emily yn berffaith.

Anadlodd Emily'n drymach fyth pan darodd y ffigwr o'i blaen glicied taniwr sigarét, y fflam felen o dan ei ên yn amlygu amlinell ei ruddiau o dan ei gap stabl. Tynnodd yn galed ar y rholyn sigarét yn ei geg a phan ddiffoddodd y fflam diflannodd blaen coch y sigarét mewn cwmwl o fwg llwydlas. Llenwodd ffroenau Emily ag arogl y baco a fu unwaith yn gyfarwydd iddi. Ni ddaeth mor agos â hyn ati yn ystod yr un o'i ymweliadau blaenorol.

Cododd o'r gadair a cherddodd yn araf at ochr y gwely. Edrychodd arni, yn crynu'n ei hofn – a disgwyl yno am y trawiad ar ei chalon, ei marwolaeth o achosion naturiol. Dangosodd y taniwr iddi yng nghledr ei law. Gwagiodd y gwynt o'i hysgyfaint. Roedd yn rhaid iddi gael gwybod.

'Medwyn ... Medwyn bach. Chdi sy' 'na?'

Nid atebodd y dyn. Gwrandawodd Emily ar y distawrwydd rhyngddynt nes magodd digon o blwc i ofyn eto.

'Medwyn bach. Plîs deud wrtha i. Pam wyt ti'n gwneud hyn i dy fam?'

Gwyddai rywsut nad oedd o'n mynd i ateb, ond yn rhyfedd roedd gwybod hynny'n ddigon i dawelu nerfau Emily, a daeth rhyw dangnefedd annisgwyl drosti. Os mai ei fwriad oedd gwneud niwed iddi, gwyddai y buasai wedi gwneud hynny bellach.

Synnodd y dyn ar y newid annisgwyl yn yr hen wraig. Roedd ei hanadl wedi sefydlogi a'i gafael ar y Beibl wedi llacio. Roedd bellach yn ei gofleidio'n dyner fel petai'n blentyn iddi.

Gwyliodd Emily y dyn yn bagio oddi wrthi fel petai'n llithro'n ddiymdrech tua'r drws. Diflannodd o'i golwg, a dechreuodd y miwsig eto. Yr un miwsig, yn uchel am rai munudau cyn pylu i dywyllwch y nos. Dim ond wedyn y clywodd Emily'r gwynt yn rhuo tu allan i'r ffermdy, yn tynnu cyrtens y llofft allan trwy'r ffenestr i'r duwch.

'Medwyn! Medwyn!' gwaeddodd Emily'n uchel.

Wedi oriau o dywyllwch, daeth y trydan yn ei ôl.

'Anti Em! Fi sy' 'ma. Lle 'dach chi?'

Deffrôdd Emily o gwsg ysgafn pan glywodd y llais yn galw. Agorodd drws yr ystafell wely yn gynt nag a wnaeth ddeng awr ynghynt.

'Anti Em, 'dach chi'n iawn? Tydi o'm yn eich natur chi i aros yn eich gwely fel hyn. Mae'r drws ffrynt yn llydan 'gorad ... a 'drychwch ar y ffenast 'ma. Annwyd a niwmonia fydd eich hanes chi.'

Symudodd Elen Thomas tua'r ffenestr, tynnodd y cyrtens gwlyb i mewn a chau'r ffenestr hyd at dair modfedd o'r top. Agorodd y cyrtens yn llydan a throdd i wynebu ei modryb. Edrychodd ar ei hwyneb llwyd ac yn sydyn daeth pob math o syniadau i'w phen, dim un ohonyn nhw'n dda.

'Be sy' matar? 'Dach chi'n iawn? Plîs, Anti Em, deudwch wrtha i. Be' sy'n bod? Dwi 'rioed wedi'ch gweld chi fel hyn o'r blaen.'

Nid atebodd Emily am funud neu fwy. Gwyddai Elen fod amharodrwydd ei modryb i'w hateb yn groes i'w chymeriad. Ni fyddai byth gyfrinach rhyngddynt, neu felly y credai Elen.

Cymerodd Emily ddwy law Elen yn ei dwylo ei hun.

'Dwi ddim isio i ti boeni amdana i,' dechreuodd o'r diwedd. 'Hen ddynes ar ben 'i thaith ydw i. Mae gen ti Geraint i edrych ar ei ôl, a titha ar dy ben dy hun ... ma' gin ti gyfrifoldeb i'w fagu o'n ofalus fel y tyfith o'n ddyn da fel ei dad. Does 'na ddim ond un peth sy'n mynd i ddigwydd i mi, ac mi fydd hynny'n digwydd cyn bo hir i ti. Ond dwi ddim isio i ti boeni. Dwi wedi edrych ar dy ôl di a Geraint, felly edrycha di ar ei ôl o, wyt ti'n dallt?'

Sylweddolodd Elen nad oedd ei modryb yn wael.

'Anti Em, 'dach chi'n gwbod yn well na siarad yn wirion fel'na efo fi. Dwi ddim yn mynd i nunlla tan 'dach chi'n deud wrtha i be' sy' matar.'

Daeth deigryn i gongl llygad Emily. Gwyddai fod Elen yn llygad ei lle, a gwyddai hefyd fod ganddi lawer iawn gormod o barch tuag ati i gelu'r gwir. Ac mi fuasai Elen yn gweld trwy unrhyw stori ffug beth bynnag, felly beth oedd pwrpas dweud y celwydd?

'Mae 'na rywun yn dod i mewn i'r tŷ 'ma ganol nos. Mi oedd o yma neithiwr.'

Yn araf, dechreuodd Emily Parry adrodd hanes helyntion y tri mis blaenorol, o'r cychwyn hyd ddigwyddiadau'r noson cynt. Yr unig beth na wnaeth ei grybwyll oedd pwy oedd y person – neu, yn hytrach, pwy oedd hi'n tybio oedd o.

Nid oedd Elen yn siŵr sut i ymateb i'r stori anghredadwy. Nid fel hyn roedd ei modryb yn ymddwyn fel arfer. Oedd hi'n gweld rhithiau neu'n breuddwydio bod y fath beth yn digwydd? Doedd hi ddim wedi dangos arwyddion eraill o ddechrau colli arni. Roedd ei meddwl yn siarp, fel y bu erioed, neu dyna gredai Elen. Edrychodd o'i chwmpas heb weld arwydd nac arogl fod rhywun wedi bod yn ysmygu yn yr ystafell. Ond cofiodd fod y ffenestr wedi bod ar agor, a'r drws ffrynt hefyd. Pwy oedd wedi agor hwnnw tybed? Beth oedd arwyddocâd y gerddoriaeth? Os oedd yr hanes yn wir, pwy fuasai'n gwneud y fath beth, a pham? Teimlodd Elen ychydig o euogrwydd cyn mentro'r frawddeg nesaf, ond roedd yn rhaid rhoi prawf ar honiadau ei modryb.

'Dim ond un peth fedrwn ni 'i wneud,' meddai. 'Deud wrth yr heddlu.'

'Na,' atebodd Emily'n gadarn. 'Dwi'm isio i neb arall ddod i wbod am hyn. Neb o gwbl, wyt ti'n dallt?'

'Ond dwi'n gwbod yn union efo pwy medra i siarad,' atebodd Elen yr un mor benderfynol. 'Mae gen i ffrind yn yr heddlu, ditectif o'r enw Jeff Evans. Dwi'n 'i nabod o'n dda, ac mae o'n un reit synhwyrol.'

'Elen, ma' raid i ti wrando arna i,' plediodd Emily. 'Ma' raid i mi fynnu nad wyt ti'n deud wrth neb arall. Ma' 'na reswm da am hynny, ond fedra i ddim deud wrthat ti be' ydi o ar hyn o bryd. Ma' raid i ti ymddiried yndda i, Elen.'

'Ma' raid i chitha ymddiried yndda inna hefyd,' ochneidiodd Elen yn rhwystredig. 'Ond mi fydd raid i ni wneud rwbath cyn bo hir, ac er eich mwyn chi fydd hynny. Mi gawn ni drafod y mater eto. Rŵan ta, gwisgwch amdanoch ac mi wna i frecwast i chi. Gawn ni weld ydi Betsi wedi dodwy wy.'

Awr yn ddiweddarach gadawodd Elen y ffermdy gan gau'r drws derw mawr ar ei hôl. Roedd hi'n dal i fod yn gymysglyd ynglŷn â'r hyn yr oedd ei modryb wedi ei ddatgelu a phenderfynodd ei bod angen amser i feddwl cyn cymryd y cam nesaf. Cafodd rywfaint o gysur pan ddywedodd ei modryb wrthi am beidio â sôn wrth neb arall. Tybiai fod hynny'n arwydd mai hel meddyliau yr oedd yr hen ddynes. Ond eto, roedd arni eisiau amser i ystyried y mater yn drwyadl.

Fel yr oedd hi'n datgloi'r hen Volvo, teimlai fel petai rhywun yn agos, yn edrych arni. Oedd hi'n dechrau hel meddyliau ei hun rŵan? Trodd rownd a chafodd gipolwg, am ennyd yn unig, ar ffigwr o ddyn yn diflannu tu ôl i un o'r beudai. Edrychai fel petai'n oedi cyn ailfeddwl, troi ei gefn arni a diflannu'n llwyr. Dyn canol oed, tal oedd o yn gwisgo côt wêr laes frown a het Stetson fel un cowboi. Rhedodd Elen ar ei ôl ond nid oedd golwg ohono yn unman. Oedodd i ddal ei gwynt a chafodd chwiff o arogl mwg baco. Ar y ddaear wrth ei thraed roedd tri stwmp sigarét wedi eu rholio efo llaw, un ohonynt yn dal i fudlosgi. Roedd rhywun yn amlwg wedi bod yn disgwyl yno am beth amser, ers i Elen gyrraedd i ymweld â'i modryb, hyd yn oed. Yna, ymysg y llystyfiant, gwelodd rywbeth yn sgleinio. Gwyrodd i lawr a gwelodd daniwr, y math a oedd yn boblogaidd pan oedd hi'n blentyn. Cododd ef a theimlodd ei gynhesrwydd, fel petai wedi bod yn llaw rhywun, neu mewn poced trowsus, a daeth teimlad anghyfforddus drosti. Gwelodd mai hen daniwr Ronson oedd o, a'r llythrennau *M P* wedi cael eu hysgythru arno.

Dychwelodd Elen i'r ffermdy. Roedd ganddi deimlad y dylai fod yn wyliadwrus sut y gofynnai'r cwestiwn pwysig nesaf i'w modryb.

'Anti Em, oeddach chi'n disgwyl rhywun yma bore 'ma?'

'Nag oeddwn wir,' atebodd yr hen wraig, ei llygaid yn culhau. 'Ro'n i'n meddwl dy fod ti wedi mynd.'

'Ar y ffordd o'n i pan welis i ddyn y tu allan ar derfyn y buarth, a doedd o ddim yn rhywun dwi'n 'i nabod. Mi ddiflannodd pan welodd o fi.'

Atebodd Emily ddim.

'Ddisgynnodd hwn o'i law o,' meddai Elen gan roi'r taniwr Ronson yn llaw ei modryb ac edrych am ryw fath o arwydd ar ei hwyneb.

Edrychodd Emily ar y lwmpyn gloyw yn ei llaw heb ddweud gair. I ddechrau allai Elen ddim gweld unrhyw fath o ymateb, ond yna daeth deigryn bychan i'w llygad. Ymhen eiliadau roedd ei llygaid yn llawn a diferodd y dagrau'n dyner i lawr ei gruddiau gwelw.

'Stedda i lawr, Elen, os gwnei di. Wnes i ddim deud y cwbl wrthat ti,' dechreuodd Emily yn betrus. 'Anrheg penblwydd oedd y leitar yma gan dy ewyrth Huw a finnau i dy gefnder, Medwyn, pan oedd o'n ddeunaw oed. Fi ddaru drefnu i gael ei 'sgythru â llythrennau cynta'i enw, Medwyn Parry. Ti'n gweld, hyd yn oed cyn neithiwr, roeddwn i'n tueddu i feddwl mai fo oedd wedi bod yn dod yma yn ystod y nos.' Ochneidiodd yn ddistaw cyn parhau. 'Mae o'n 'i ôl. Ar ôl yr holl amser 'ma, mae o'n ôl. Oeddwn, mi oeddwn i'n amau, ond rŵan,' meddai, gan edrych i lawr ar y taniwr yn ei llaw, dwi'n gwbod.' Erbyn hyn roedd ei bochau'n goch a'r dagrau'n llifo.

'Ond dwi ddim yn dallt!' meddai Elen yn gymysglyd.

'Dwi ddim yn disgwyl dy fod ti,' atebodd ei modryb. 'Roeddat ti'n rhy ifanc o lawer ar y pryd. Deud wrtha i, wyt ti'n cofio rwbath o gwbl amdano fo?'

'Wel oes, mae gen i ryw fath o gof o'i weld o gwmpas y lle 'ma pan fyddwn i'n dod i'ch gweld chi, ond mwya' sydyn, doedd o ddim yma. Wyddwn i ddim pam, a fydda' Mam na Nhad byth yn ateb pan oeddwn i'n gofyn. Buan y dois i i ddysgu peidio â gofyn. Dwi'n cofio'r hanesion o gwmpas y dre pan oeddwn i'n tyfu i fyny, ond roedd hynny'n llawer diweddarach. Pam oedd pawb yn ei alw'n Peter yn lle Medwyn? Allwn i ddim gofyn i Mam na Nhad. Roedd hyd yn oed deud ei enw'n ddigon i newid yr awyrgylch acw.'

'Doedd Medwyn ddim fel yr hogia eraill,' dechreuodd Emily esbonio. Sylweddolodd fod yn well iddi fod yn hollol agored. 'Hogyn syml oedd Medwyn. Ti'n dallt be' dwi'n feddwl? Roeddan nhw isio'i yrru o i ryw ysgol arbennig, ond ro'n i'n taeru nad oedd o angen hynny. Doeddwn i ddim yn derbyn eu dadl ar y pryd, ond yng ngwaelod fy nghalon dwi'n difaru hynny hyd heddiw. Ella na fysa fo wedi bod yma ar y diwrnod ofnadwy hwnnw wedyn.'

Erbyn hyn roedd Emily'n siarad yn araf trwy ddagrau trwm, ei meddwl yn meddiannu rhannau anghyfforddus o'i chof – y rhannau personol hynny y buasai'n well ganddi eu cadw iddi hi ei hun. Roedd hyd yn oed eu trafod efo Huw wedi bod yn amhosib.

Osgôdd Elen y temtasiwn i ofyn cwestiynau.

'Rw't ti'n gwbod pa mor hawdd ydi hi i fachgen felly gael llysenw,' parhaodd Emily. 'Roedd o'n mwynhau cerddoriaeth ac yn arbennig o hoff o gerddoriaeth Prokofiev, *Peter and the Wolf*. Roedd o'n chwibanu'r miwsig yn gyson, o ddydd i ddydd, yr un hen dôn ar ddechrau'r darn sy'n portreadu cymeriad Peter. Tôn hapus i fachgen hapus, er ei fod o yn 'i fyd bach 'i hun. Drwy gydol ei ddyddiau ysgol chwibanodd yr un dôn. Y peth rhyfedd oedd nad oedd gwahaniaeth ganddo fo gael ei alw'n Peter, a doedd o ddim yn gweld ochr sbeitlyd y peth, doedd dim disgwyl iddo fo wneud. Roedd hyd yn oed y ffrindia hynny fyddai'n dod yma i chwarae efo fo o dro i dro yn y goedwig neu yn y ceudyllau sy'n arwain tua'r môr o dan y ffarm 'ma yn ei alw wrth ei lysenw. Mi oedd hyd yn oed Huw a finna wedi dod i arfer â'r peth.

'Pan adawodd yr ysgol, dechreuodd weithio ar y ffarm efo'i dad a doedd dim amheuaeth fod ganddo ddealltwriaeth gampus o fyd natur o'i gwmpas, ac roedd o'n nabod pob twll a chongl o'r ffarm yma'n well na neb. Yna daeth y digwyddiad gwaetha posib. Rhyw bythefnos cyn ei ben-blwydd yn bedair ar bymtheg, ar nos Wener, lladdwyd hogan ifanc yn y dre, ei llofruddio. Roedd hi wedi cael ei threisio a'i chrogi, a ddaru dy ewyrth Huw a finnau erioed weld Medwyn wedyn, wedi iddo adael y tŷ i fynd i'r ddawns yn y dre yn gynharach y noson honno. Hynny ydi, dim tan rŵan. Doeddwn i ddim yn barod i ddeud yr holl hanes wrthat ti cyn hyn, Elen, achos doeddwn i ddim yn barod i dderbyn mai fo oedd o, ond rŵan, ar ôl gweld y leitar 'ma, ti'n dallt pam na fedra i ddim gadael i ti sôn wrth yr heddlu. Pan ddigwyddodd y peth, roeddan nhw yma efo'u cwestiynau, yn ein holi ni bob dydd am wsnosa', a rŵan, os cawn nhw wbod ei fod o yn ei ôl, mi fydd yr un peth yn digwydd eto.'

Dechreuodd Elen ddeall rhesymeg ei modryb.

'Cyn belled ag y gwn i, tydyn nhw ddim wedi darganfod pwy lofruddiodd y gr'aduras bach y noson honno. Dros y blynyddoedd mae'r holl achos wedi mynd i gefn meddwl y rhan fwya o bobl y dre 'ma. Pawb ond fi, a Huw wrth gwrs. Mi aeth o â'r poen i'w fedd efo fo w'st ti. Roedd pawb yn grediniol mai Medwyn oedd y llofrudd, ond Elen, dwi'n gwbod na fysa Medwyn byth wedi gwneud y fath beth, coelia di fi, 'ngenath i. Dim fy mab i. Hogyn mwyn oedd o, a fedra i ddim dallt pam 'i fod o'n gwneud hyn i mi rŵan. Pam ddaeth o yn ei ôl ar ôl deng mlynedd ar hugain? Pam redodd o i ffwrdd yn y lle cynta? Mi fysa Huw a finnau wedi cyflogi'r twrna a'r bargyfreithwyr gora i weithredu ar 'i ran o. O Elen bach, wn i ddim be' i feddwl na be' i wneud bellach.'

Gyrrodd Elen ei char yn ofalus i lawr y ffordd gerrig serth o'r fferm tua'r ffordd fawr. Teimlai fod datguddiadau diweddaraf ei modryb wedi creu mwy fyth o benbleth iddi. Ddylai hi beidio â sôn wrth neb am yr holl helynt yn ôl dymuniadau Emily, ynteu sicrhau diogelwch ei modryb oedd ei chyfrifoldeb cyntaf, hyd yn oed os oedd hynny'n debygol o ddatgelu presenoldeb Medwyn yn yr ardal? Teimlai fel petai eisiau gwneud y ddau, ond a oedd hynny'n bosib?

Roedd hi wedi gyrru ar hyd y ffordd gul, beryglus yma lawer gwaith dros y degawdau, a'i cherdded hefyd. Gwyddai am bob twll a sut i'w hosgoi. Cofiodd gerdded yr un ffordd efo'i mam a'i thad yn ystod ei phlentyndod, ond heddiw ochr arall, dywyll, hanes ei theulu oedd ar flaen ei meddwl, a sut roedd hwnnw wedi cael ei guddio oddi wrthi.

Trodd ei meddwl tuag at Medwyn a oedd dair blynedd ar ddeg yn hŷn na hi. Cofiai ddyn mawr, yn gryf ond yn dyner fel oen. Gadawodd i'w dychymyg archwilio'r posibiliadau. Pwy a ŵyr beth oedd yn mynd trwy feddwl y bachgen ifanc diniwed hwnnw pan oedd ei gyfoedion o'r dref yn troi eu sylw at ferched yr ardal a'r hyn oedd ganddynt i'w gynnig?

Arafodd y car wrth ddod at y troad i'r dde yn y ffordd gul a chofiodd y pleser a gafodd efo'i rhieni ers talwm yn cyfri'r camau o'r fan honno at groeso drws ffrynt Hendre Fawr. Neu o'r un man at y ffordd fawr ar y ffordd adref. Cofiodd hefyd y pleser a gafodd wrth fynd â Gareth, ei diweddar ŵr, yno i gyfarfod Emily am y tro cyntaf. Cymerodd Emily ef yn ei breichiau y tro cyntaf hwnnw a'i drin fel un o'r teulu o hynny allan. Byddai'n rhoi'r byd am gael Gareth yno gyda hi i'w harwain, ond roedd y trasiedi a chwalodd ei bywyd bum mlynedd ynghynt yn golygu nad oedd hynny'n bosibl.

Pennod 2

Erbyn iddi gyrraedd canol y dref roedd Elen wedi penderfynu ar ei chynllun. Doedd ganddi ddim cyfrifoldeb tuag at Medwyn, os yn wir mai ef oedd y tresbaswr. Emily oedd angen cymorth a diogelwch, ond gwyddai hefyd na fuasai ei modryb yn gadael Hendre Fawr i'w gael. Nid oedd Elen yn bwriadu symud i Hendre Fawr chwaith, gan fod y tŷ lawer yn rhy oer a thamp i Geraint. Ar ben hynny, mi fuasai ei modryb yn siŵr o wrthwynebu symud y bachgen ifanc yno, yn enwedig os oedd o'n debygol o wynebu perygl.

Erbyn iddi ganu cloch y ddesg yng ngorsaf yr heddlu roedd Elen wedi penderfynu dweud hanner yr hanes wrth hen gyfaill ei diweddar ŵr – digon, gobeithio, i roi rhywfaint o sicrwydd swyddogol neu gymorth brys i'w modryb pe byddai angen, a hynny heb greu ofn nac awgrymu fod Medwyn wedi dychwelyd.

'Ydi'r Ditectif Gwnstabl Jeff Evans yma, os gwelwch yn dda?'

'Arhoswch am funud, ga' i weld,' meddai'r cynorthwywr tu ôl i'r ddesg. Cododd y ffôn a deialodd.

'Ydi'r afanc i mewn?' clywodd Elen o'n gofyn. 'Be 'di'ch enw chi, os gwelwch yn dda?' gofynnodd iddi.

'Elen, Mrs Elen Thomas.'

Rhoddodd y ffôn i lawr. 'Mi fydd o yma mewn munud. Steddwch.'

Ymhen ychydig funudau agorodd un o'r drysau

mewnol, ac ymddangosodd Jeff. Doedd o wedi newid fawr ddim, myfyriodd Elen, ers iddi ei gyfarfod gyntaf flynyddoedd lawer ynghynt. Roedd yn fyrrach na'r rhan fwyaf o blismyn, ei ddillad yn flêr yr olwg ac edrychai'n debyg nad oedd wedi eillio ers dyddiau. Gwisgai gôt ddyffl oedrannus a'i botymau wedi eu cau yn y tyllau anghywir a sylwodd Elen mai pâr o esgidiau glaw budur oedd am ei draed. Gwenodd o glust i glust arni ond sylwodd Elen fod ei lygaid coch yn bradychu blinder a straen ei fywyd afreolaidd.

Aeth â hi trwodd i ystafell gyfweld fechan gyda bwrdd, dwy gadair a dim arall ynddi. Eisteddodd y ddau i lawr.

'Elen, be' sy'n dod â dynes mor brydferth â chdi i le ofnadwy fel hwn?' meddai'n gellweirus.

'Sut mae rhywun sy'n edrych fel'na yn cael ei gyflogi gan yr heddlu, dŵad?' atebodd gan wenu'n ôl.

'Rhaid i mi edrych y part 'sti, gwisgo ar gyfer beth bynnag sydd gan y dydd i'w gynnig. Ond os oes raid i ti gael gwbod y gwir, Elen, methu ffeindio'n siwt wnes i'r bore 'ma.'

Chwarddodd y ddau.

Y gwirionedd oedd ei fod wedi bod allan trwy'r nos a'r rhan fwyaf o'r diwrnod cynt am fod nifer o dai a ffermydd anghysbell yr ardal wedi cael eu bwrglera yn ddiweddar. Ar ben hynny, roedd dwsinau o ddefaid ac ŵyn wedi cael eu lladd yn y caeau efo rhywbeth tebyg i fwa croes, a'u bwtsiera yn y fan a'r lle gan adael y sgerbwd a'r gwlân yn unig ar ôl. Mater difrifol ymysg y gymuned ffermio, ac roedd yn rhaid cael atebion.

'Mi glywis i chdi'n cael dy alw "yr afanc" ar y ffôn rŵan. Sut gest ti enw fel'na?' gofynnodd Elen.

Gwenodd Jeff. 'Mae 'na rai o gwmpas y lle 'ma sy'n

meddwl 'mod i'n styfnig, ac yn barod i gnewian am oes ar rwbath dwi'n ymchwilio iddo fo nes y ca' i'r ateb.'

'Wyt ti'n haeddu'r enw?'

'Dwi'n trio, Elen. Tydw i ddim yn llwyddiannus bob tro, ond dwi'n trio. Rŵan 'ta.' Newidiodd drywydd y sgwrs, ei lais yn difrifoli. 'Pam ddoist ti yma i 'ngweld i?'

Er bod Elen wedi penderfynu yn union beth roedd hi am ei ddweud, teimlai ychydig yn anesmwyth yn gofyn i Jeff wneud cymwynas â hi pan nad oedd hi'n barod i roi'r holl hanes iddo. Ond gwyddai nad oedd ganddi ddewis arall – dim ar hyn o bryd. Dywedodd wrth y ditectif fwy neu lai beth ddywedodd ei modryb wrthi hi y tro cyntaf.

Adroddodd hanes y digwyddiadau od yn ystod y nos, y miwsig, a bod rhywun wedi bod yn ysmygu yn y tŷ, ond dim byd arall. Erbyn iddi orffen, roedd hi'n difaru dechrau, a theimlai nad oedd gan Jeff gymaint o ddiddordeb ag yr oedd hi wedi'i obeithio – ond eto, pwy allai ei feio o dan yr amgylchiadau? Awgrymodd Jeff fod Emily yn dechrau colli arni, yr eglurhad y buasai Elen wedi ei ffafrio ei hun heblaw am y taniwr Ronson ynghudd yn ei bag llaw. Yna, ar chwiw, ychwanegodd ei bod wedi gweld rhywun yn ymddwyn yn amheus ar y buarth fel yr oedd hi'n gadael. Disgrifiodd y dyn fel rhywun a edrychai fel petai wedi camu'n syth allan o ffilm Spaghetti Western. Os dim byd arall, daeth hynny a gwên i wyneb Jeff. Yna, ar ôl ystyried stori Elen, dechreuodd y ditectif roi ei farn.

'Mae 'na dipyn o firi o gwmpas lot o ffermydd lleol ar hyn o bryd, ond mae'r ffaith nad oes dim yn cael ei ddwyn o dŷ dy fodryb yn awgrymu i mi nad ydi hyn yn gysylltiedig â'r troseddau ar ffermydd eraill yr ardal 'ma.' Edrychodd arni am eiliad neu ddwy, ei bysedd yn ffidlan efo strap ei bag llaw a'i llygaid yn ei osgoi.

'Mae'n edrych yn debyg i mi, Elen,' ymhelaethodd, 'fod dy fodryb, mae'n ddrwg gen i ddeud, yn ffwndro. Mae hi bron yn naw deg yn tydi? A'r dyn yna welaist ti? Ma' siŵr mai potsiwr oedd o 'sti. Mae 'na dipyn o ffesantod a ballu o gwmpas, hyd yn oed yr adeg yma o'r flwyddyn, a ti'n gwbod sut rai ydi rhai o drigolion y dre 'ma, yn enwedig os oes cyfle am bryd o fwyd am ddim. Mi wna i nodyn o'r digwyddiad ar system gyfrifiadurol yr heddlu, ond i fod yn berffaith onest efo chdi, tydi'r mater ddim yn haeddu mwy na hynny. Ond cofia, Elen, dy fod yn dod yn ôl i 'ngweld i'n bersonol yn syth os oes rhywbeth arall yn dy boeni di, ti'n dallt?'

Yng nghefn ei feddwl ni allai Jeff wahanu'r hyn ddywedodd Elen oddi wrth yr achosion eraill o fyrgleriaeth yn ffermdai unig yr ardal, ond nid oedd eisiau poeni Elen ar hyn o bryd.

Gadawodd Elen orsaf yr heddlu yn ystyried a oedd hi wedi cyflawni unrhyw beth o gwbl. Teimlai fel petai wedi ei dal rhwng dymuniadau ei modryb a'r hyn y dylai ei wneud. Gwyddai yn iawn y dylai fod wedi dweud yr holl hanes, ond gwyddai hefyd y byddai'r afanc yn dechrau cnewian pe clywai'r holl stori. Dechreuodd feddwl am ffyrdd o sicrhau na fyddai Emily Parry yn y tŷ ar ei phen ei hun o hyn ymlaen.

Roedd glaw mân y bore wedi dychwelyd i Lan Morfa erbyn i Elen gyrraedd yr ysgol i nôl Geraint am dri o'r gloch. Roedd hi wedi ffonio Emily ddwywaith ar ôl gadael Hendre Fawr er mwyn cadarnhau fod popeth yn iawn. Er i'r hen wraig fynnu na ddylai boeni, roedd ofnau'n carlamu drwy ei meddwl. Ar y llaw arall, ceisiodd edrych ar y mater o safbwynt Jeff Evans. Efallai mai fo oedd yn iawn a bod yr hen ddynes yn dechrau drysu. Ceisiodd anghofio'r holl beth. Clôdd ddrws y car a cherdded at giât yr ysgol, gan edrych ymlaen at y mân sgwrsio dyddiol â'r mamau eraill.

Wrth i Geraint redeg tuag ati yng nghanol y dryswch o blant, cafodd Elen gip ar ddyn drwy gongl ei llygad. Dyn yn sefyll ar ei ben ei hun ar y pafin rhyw hanner can llath oddi wrthi, yn edrych yn syth tuag ati. Dyn tal yn gwisgo côt laes dywyll a het fawr a chantel llydan iddi, yn debyg i het cowboi. Wnaeth o ddim ymdrech i guddio'i hun, yn hytrach edrychai fel petai'n ceisio'i herio. Rhuthrodd holl oblygiadau'r diwrnod yn ôl i feddwl Elen wrth i Geraint hyrddio ei hun ati yn fwndel nerthol a gafael yn dynn amdani.

'Mam, Mam,' gwaeddodd, gan geisio dadlwytho holl ddigwyddiadau'r dydd mewn un frawddeg.

Rhoddodd Elen wên arwynebol i'w mab gan obeithio na fyddai'r bachgen wyth oed yn sylweddoli fod ei meddwl mor bell i ffwrdd.

'Haia, 'ngwas i. Sut mae'r hogyn gora'n y byd heddiw? Ty'd, awn ni adra i gael te bach,' meddai, gan giledrych tua'r man lle gwelodd y gŵr yn sefyll, ond doedd dim golwg ohono.

'Ond Mam, dwi isio mynd i chwarae efo Twm.'

'Dim heddiw, plîs, Geraint. Mae gen i ormod ar 'y mhlât.'

Ac roedd hynny'n hollol gywir.

Caeodd Elen y cyrtens yn gynharach nag arfer pan ddisgynnodd min nos ar drigolion Glan Morfa. Teimlai ychydig yn nerfus, peth anarferol iddi hi, a gwnaeth yn siŵr fod pob drws a ffenestr wedi eu cloi ac nad oedd posib gweld i mewn i'r tŷ o'r tu allan.

Roedd eisiau ffonio ei modryb unwaith eto, ond y tro hwn gofynnodd i Geraint wneud, a gwrandawodd hithau ar eu sgwrs ar yr estyniad yn y lolfa. Roedd yr hen wraig yn swnio'n gampus ar y ffôn, fel petai dim yn bod. Addawodd Emily y byddai'n cadw estyniad y ffôn wrth ochr ei gwely ac roedd Elen wedi trefnu i'r ffermwr a oedd yn dal y tir adael ei gar o flaen Hendre Fawr drwy'r nos. Hefyd, perswadiodd Elen ei modryb i adael golau ymlaen yn un o'r llofftydd eraill er mwyn rhoi'r argraff bod rhywun arall yn aros yno dros nos.

Gobeithiai Elen y byddai hyn i gyd yn gweithio, ond roedd digwyddiadau'r dydd yn dal i'w phoeni. A oedd Medwyn Parry yn dal i fod allan yn rhywle, ac os oedd o, beth fyddai ei dric nesaf? Ai fo oedd yn gyfrifol am y llofruddiaeth honno ddeng mlynedd ar hugain yn ôl, ac os felly, a oedd hynny'n dal i fod yn rhan o'i natur? Tybiodd y byddai'r heddlu yn dal i fod eisiau ei holi, a gresynodd roi hanner y stori i Jeff Evans, heb sôn am Medwyn na'r taniwr Ronson. Gwyddai erbyn hyn ei bod wedi ei rhoi ei hun mewn safle a allai fod yn beryglus, ac roedd arni eisiau clust arall i wrando.

Cododd ei ffôn symudol, ac ar ôl chwilio'r rhestr rhifau yn ei grombil pwysodd y botwm i ddeialu. Ym mhellter y brifddinas, canodd ffôn amryw o weithiau, ac o'r diwedd, er mawr ryddhad iddi, clywodd Elen ei lais.

'Morgan.'

'Meurig, Elen sy' 'ma.'

Sylweddolodd Meurig Morgan yn syth fod llais Elen yn swnio'n annodweddiadol o bryderus, er na allai o gofio pryd y bu iddynt sgwrsio ddiwethaf. Bum mlynedd ynghynt daethai'r ddau yn gyfeillion da yn sydyn iawn, a gwyddai

Meurig y byddai'r berthynas rhyngddynt wedi bod yn un llawer agosach oni bai am amgylchiadau erchyll eu cyfarfyddiad cyntaf. Dim ond hanner dwsin o alwadau ffôn fu rhyngddynt yn y cyfamser a gwyddai'n iawn mai ei fai o oedd hynny. Nid dyna'i fwriad, i'r gwrthwyneb, ond nid oedd ei deimladau tuag ati yn addas mor fuan ar ôl marwolaeth Gareth, ei gŵr. Hon oedd eu sgwrs gyntaf ers misoedd, a phob galwad, hyd yn hyn, wedi'i gwneud gan Elen.

'O Elen, sut wyt ti? Dwi wedi bod yn meddwl ffonio, wir rŵan.'

'Mae'n iawn, Meurig, dwi'n dallt,' atebodd Elen. 'Gobeithio 'i bod hi'n iawn i mi ffonio – mae arna i angen dy gyngor di. I fod yn berffaith onest, dwi angen dy help di, Meurig.'

Synhwyrodd Meurig y tyndra yn ei llais. Gwyddai pa mor gryf fu Elen wrth ddelio â marwolaeth sydyn ei gŵr, ac ar ben hynny, darganfod yn fuan wedyn mai wedi ei lofruddio yr oedd o. Tra'r oedd y ddau'n brwydro i ddarganfod y gwir, roedd hi wedi achub Meurig o'r bywyd alcoholig y syrthiodd iddo ar ôl colli ei wraig a'i fab ei hun mewn damwain. Nid dynes garedig a chadarn yn unig oedd hon, ond rhywun a allai ymdrin â sefyllfaoedd anodd; ac os oedd hi eisiau ei gymorth o rŵan, gwyddai ei bod hi ei angen o ddifri.

Gwrandawodd Meurig yn astud ar Elen a gadael iddi fwrw ei bol, gan dorri ar draws unwaith neu ddwy yn unig i gadarnhau ei fod yn deall y sefyllfa. Yn sydyn, yng nghanol brawddeg, clywodd Meurig ffenestr yn torri. Gwaeddodd Elen, a chlywodd sŵn Geraint yn sgrechian crïo yn y cefndir.

'Blydi hel, Elen! Be ddigwyddodd? gofynnodd Meurig. Dechreuodd ei galon guro'n gynt, ac erbyn i Elen ailafael yn y ffôn ymhen rhai munudau roedd Meurig yn chwys oer drosto, yn ofni'r gwaethaf.

Roedd Geraint yn dal i wylo. Gafaelodd Elen ynddo yn un fraich a'r ffôn yn y llaw arall. Roedd un neu ddau o friwiau'n gwaedu ar ei wyneb lle'r oedd y gwydr wedi ei daro.

'Meurig, ma' rhywun wedi lluchio bricsen trwy'r ffenast. Mae 'na wydr ym mhob man ac mae Geraint wedi brifo.'

'Pa mor ddrwg?' gofynnodd, y cant saith deg o filltiroedd rhyngddynt yn gwneud pethau'n waeth.

'Mae'n edrych yn waeth nag ydi o, dwi'n siŵr,'

'Gwranda arna i, Elen, a gwna'n union fel dwi'n deud,' meddai. 'Dos i chwilio am dortsh ac yna diffodd pob golau yn y tŷ. Clo bob drws a dos â Geraint i'r llofft. Aros yn fanno tan ddaw'r heddlu a phaid ag agor y drws i unrhyw un arall. Mi ffonia i'r heddlu o fama. Ti'n dallt?'

'Ydw,' atebodd.

'Does 'na ddim byd arall fedra i 'i wneud o Gaerdydd heno, ond mi fydda i draw cyn gynted ag y galla i fory.'

Gwelodd Elen fod hanner bricsen wedi ei lluchio trwy ffenestr y lolfa yn agos i lle bu Geraint yn chwarae. Sylwodd ar ddarn o bapur wedi ei glymu o amgylch y fricsen. Tynnodd o, a'i roi yn ei phoced cyn gwneud yn union fel y dywedodd Meurig wrthi. I fyny'r grisiau, yng ngolau'r dortsh, agorodd y papur a gwelodd nodyn wedi ei ysgrifennu gan ddefnyddio llythrennau wedi eu torri allan o bapur newydd.

MAE GEN TI RYWBETH SY'N PERTHYN I MI A
DWI ISIO FO'N ÔL.

Trodd pryder Elen i gyfeiriad ei modryb yn Hendre Fawr. Cydiodd yn y ffôn wrth ochr y gwely ac i'w rhyddhad atebodd yr hen wraig yn syth. Ni ddeallodd Emily Parry i ddechrau pam roedd Elen yn galw eto a hithau wedi siarad efo Geraint lai nag awr ynghynt, ond sylweddolodd yn fuan fod rhywbeth o'i le ac, yn anfoddog, bu'n rhaid i Elen ddweud wrth ei modryb beth oedd wedi digwydd.

Ar ôl sicrhau nad oedd dim o'i le yn Hendre Fawr, dechreuodd Elen lanhau'r briwiau arwynebol ar wyneb Geraint. Roedd y bachgen yn dechrau tawelu, a gwelodd oleuadau glas car yr heddlu yn dod i aros tu allan i'r tŷ. Ni wyddai Elen ar y pryd, ond mi fyddai'n difaru am weddill ei hoes ei bod hi wedi dweud wrth ei modryb am dorri'r ffenestr.

Ni fu Ditectif Gwnstabl Jeffrey 'Yr Afanc' Evans adref yn ystod y dydd. Ar y ffordd allan o'r swyddfa dewisodd fynd heibio'r ddesg ffrynt er mwyn ffonio'i wraig i adael iddi wybod ei fod ar ei ffordd. Roedd Jean yn licio iddo wneud hynny. Dyna lle'r oedd o pan dderbyniwyd galwad ffôn Meurig Morgan o Gaerdydd a chlywodd y swyddog yn gyrru heddweision i dŷ Elen. Anghofiodd ei fwriad anghyffredin o fynd adra'n gynnar a chydiodd yn allweddi car y ditectifs a rhedeg am y drws cefn.

'Evans,' galwodd llais uchel. 'Lle 'dach chi'n meddwl 'dach chi'n mynd ar gymaint o frys?'

Llais y Ditectif Brif Arolygydd oedd o, a doedd hwnnw ddim yn llais yr oedd Jeff yn awyddus i'w glywed. Doedd y ddau ddim yn cyd-dynnu ar y gorau – roedd Jeff yn hollol fodlon ar ei yrfa fel cwnstabl yn dal lladron o ddydd i ddydd, ond roedd ei feistr, Y Ditectif Brif Arolygydd

William Alexander Renton, yn ddyn hollol wahanol. Dyn yn chwilio am ddyrchafiad heb feddwl am ddim na neb arall oedd o, yn gorfodi newidiadau diangen er mwyn ceisio denu sylw penaethiaid y pencadlys. Yn ystod ei un mlynedd ar bymtheg yn blismon, nid oedd wedi aros mewn unrhyw orsaf yn ddigon hir i ddod i adnabod trigolion yr ardal a'u hanghenion. Treuliodd ran helaeth o'i yrfa hyd yn hyn ar ryw gwrs neu'i gilydd neu yng ngholeg yr heddlu – lle oedd ag enw ymysg plismyn cyffredin am fagu biwrocratiaeth a dileu synnwyr cyffredin y rhai a âi yno.

Oedodd Jeff er mwyn egluro'r sefyllfa.

'Aros a gwranda,' meddai Renton. 'Ar hyn o bryd, mae'r rhanbarth yma'n frith o fyrgleriaethau diddiwedd, lladrata yn y strydoedd, dwyn o geir a dwyn a lladd anifeiliaid yn y ffermydd. Mae plant yn gwerthu cyffuriau ar y strydoedd, mae hanner y ditectifs un ai yn wael, ar eu gwyliau neu ar gwrs – ac mi wyt tithau am redeg allan oherwydd bod rhywun wedi malu ffenest. Lle mae'r hogiau iwnifform? Dwyt ti ddim yn meddwl eu bod nhw yn ddigon atebol i ddelio efo ffenest yn cael ei thorri?'

Ceisiodd Jeff esbonio fod Elen wedi dod i'w weld yn ystod y dydd gan roi rhywfaint o'r hanes iddo, ond nid oedd newid ar Renton.

'Gwranda, 'ngwas i, dwi'n cytuno efo dy asesiad cyntaf di o gŵyn Mrs Thomas. Mae'n debyg mai plant sy'n gyfrifol am yr hyn ddigwyddodd yn ei thŷ hi heno. Mi fydd un neu ddau o'r hogiau iwnifform yno erbyn hyn. Dyna pam maen nhw allan ar batrôl – er mwyn cyrraedd digwyddiad yn gynt. Os nad ydyn nhw'n medru delio â'r mater, mi gawn ni glywed yn ddigon buan. Mae'n rhaid i ni flaenoriaethu. Dwi'n ymwybodol dy fod ti wedi bod ar dy draed yn gweithio am bron i ddeugain awr, a dwi isio dy weld ti'n ôl yma fel y gog am naw yn y bore. Rŵan ta, dos adra i fynwes dy wraig a chysga arno fo ... ar y cysyniad o flaenoriaethu dwi'n feddwl.'

Rhoddodd Renton winc iddo a thynnodd allweddi'r car o'i law.

Y tro hwn, ni allai Jeff Evans ddadlau efo'r un gair yr oedd Renton wedi'i ddweud.

Pennod 3

Ni wnaeth ymdrechion Elen i esgus fod gan Emily Parry gwmni yn y tŷ argraff ar ei modryb, ac roedd yn siŵr y buasai'n cael ymweliad arall yn ystod y noson honno. Ni wyddai'r un ohonynt fod y dyn tal wedi bod yn cadw llygad ar y sefyllfa o gwmpas Hendre Fawr am ran helaeth o'r dydd. O'i safle cudd, gwenai wrth edrych ar eu cynlluniau plentynnaidd, tryloyw i geisio atal ei gynllun. I'r gwrthwyneb – yr oedd o'n hyderus fod ei ymgyrch yn datblygu'n union yn ôl ei ddymuniad a doedd dim ond yn rhaid iddo ddisgwyl am ei gyfle.

Wedi i Elen ddweud wrth ei modryb am y ffenestr yn torri gwyddai Emily yn union beth yr oedd hi am ei wneud. Nid oedd angen gofyn pwy oedd yn gyfrifol, ac er ei bod hi wedi mynd i'w gwely i ddisgwyl am beth bynnag oedd gan y noson i'w gynnig, roedd ganddi rywbeth pwysicach ar ei meddwl yn awr.

Nid oedd sŵn y gwynt yn rhuo trwy'r coed na'r glaw yn taro'r ffenestr yn ddigon i'w hatal. Gwisgodd amdani'n sydyn a diolchodd nad oedd o wedi diffodd y trydan eto. Tarodd yr hen gôt drosti gan deimlo'r boced am yr ail waith i wneud yn sicr fod y dortsh yno. Yn araf, aeth i lawr y grisiau yn ei golau egwan gan obeithio nad oedd o yn y tŷ yn barod. Ceisiodd anghofio'i hofn er bod cysgodion y corneli a'r dodrefn yn symud dan belydr y golau wrth iddi fentro ymlaen yn wyliadwrus. Chwiliodd ei dwylo esgyrnog trwy'r drôr yn y dreser nes y daeth o hyd i allweddi'r car, ac yna symudodd at y drws ffrynt.

Tywalltai glaw trwm yn erbyn y drws wrth iddi ei gau o'i hôl a chododd goler ei chôt yn uchel i'w harbed fymryn rhag y tywydd. Teimlodd yr oerni'n syth a gwyddai y byddai'n rhaid i'w nerth meddyliol wneud iawn am wendid ei chorff. Prin y gwelai olau'r dortsh yn nüwch y nos a defnyddiodd ei greddf yn fwy na dim arall i ffeindio'i ffordd i'r sied agored yr ochr arall i'r buarth, a alwai'n garej, lle safai ei char. Trawai'r glaw yn erbyn to'r garej ond uwchben hynny clywai'r union beth nad oedd hi eisiau ei glywed. Y miwsig eto!

'O na, dim rŵan,' ochneidiodd.

Yn yr holl wynt a'r glaw roedd yn amhosibl dweud o ble yn union yr oedd nodau Prokofiev yn dod, ond nid oedd ymhell i ffwrdd.

'Dos o 'ma,' gwaeddodd i'r gwynt wrth geisio datgloi drws yr hen Forris Minor.

Synhwyrodd fod rhywbeth tu ôl iddi ac yn sydyn disgynnodd rhywbeth ar ei hysgwydd. Gyda bloedd, syrthiodd i'r llawr. Collodd ei gafael ar y dortsh ac yn y tywyllwch gorweddodd yno yn disgwyl am beth bynnag fyddai'n siŵr o ddigwydd nesaf, ei chalon fel morthwyl a'i hanadl yn gyflym ac yn fyr. Pigodd rhywbeth cyfarwydd yn erbyn ei boch rewllyd a sylweddolodd mai Betsi'r iâr oedd yno. Mae'n rhaid ei bod hi wedi ei dilyn allan o'r tŷ. Gafaelodd yn nrws y car a thynnodd ei hun i fyny, ei chorff brau yn brifo drosto, a chlywodd y miwsig eto, yn uwch y tro hwn – yn nes.

'Arglwydd, dyro nerth i mi i ddringo i'r car 'ma,' gweddïodd wrth ymbalfalu efo'r allweddi a'r dortsh.

O'i guddfan, yn dawel a digyffro, yr oedd o wedi bod yn gwylio symudiadau Emily Parry, ac ni ddeallai sut yr oedd dynes o'i hoed hi yn medru dal ati. Sut nad oedd hi wedi cael trawiad ar ei chalon? Ond roedd yna ddigon o amser i'w gynllun weithio, dim ond iddo ddisgwyl, ac roedd o'n un da am wneud hynny. Heno byddai popeth yn datblygu yn ôl ei ddymuniad.

Llusgodd Emily ei hun i sedd y gyrrwr, trodd yr allwedd a phwysodd amryw o weithiau ar y botwm i danio'r injan. Methodd dair gwaith cyn llwyddo i'w danio, a tharodd y lampau mawr ymlaen, yn bryderus ynglŷn â beth fyddai'r golau yn ei ddatgelu o'i blaen. Doedd dim yno ond y glaw yn taro'r sgrîn wynt a'r weipars yn gwneud eu gorau i'w glirio. Llithrodd troed Emily oddi ar y clytsh i 'sgytio'r hen gar yn anesmwyth yn ei flaen, a chwifiodd adenydd nerthol yr iâr wrth iddi geisio cadw'i chydbwysedd ar gefn y sedd arall. Brwydrodd yn erbyn y llyw trwm i anelu'r car ar draws y buarth tua'r trac serth a arweiniai o Hendre Fawr am y lôn i'r dref.

Craffodd Emily drwy ddafnau'r glaw ac o'i blaen gwelodd ffigwr fel drychiolaeth yng ngolau'r car, ei gorff mawr, gwlyb yn sefyll yn llonydd yn llwybr y car heb wneud unrhyw ymdrech i symud.

'Medwyn!' gwaeddodd, ond nid oedd yn bwriadu aros nac arafu. Cyrraedd tŷ Elen cyn gyflymed â phosib oedd ei hunig amcan. Tarodd ei throed dde ar y sbardun a chaeodd ei llygaid yr eiliad yr oedd hi'n disgwyl ei daro, ond ni fu trawiad. Pan agorodd hwy drachefn roedd y car yn symud yn gyflym i lawr y ffordd arw am y lôn fawr. Edrychodd yn y drych ond doedd dim i'w weld o'i hôl. Diolchodd na fu gwrthdaro, ond ar unwaith sylweddolodd fod rhywbeth mawr o'i le. Ymdrechodd a brwydrodd am ei bywyd yn erbyn symudiadau'r car a oedd yn cyflymu a chyflymu dros y tyllau, i lawr yr allt tua'r troad siarp yn y ffordd, ond doedd dim y gallai hi ei wneud i'w rwystro. Dim byd o gwbl.

Ni fuasai Meurig Morgan yn gyrru ar hyd yr A470 petai ganddo ddewis, ond honno oedd y ffordd fwyaf ymarferol i deithio o Gaerdydd i fyny i Lan Morfa. Hyd yn oed am chwech y bore roedd nifer o gerbydau yn gyrru'n araf ac roedd yn amhosibl eu goddiweddyd ar y ffordd fawr nad oedd bellach yn addas ar gyfer cymaint o draffig. Er gwaetha'r anawsterau, roedd Meurig Morgan yn gwthio peiriant y Triumph Stag melyn golau i'r eithaf.

Yr oedd Meurig wedi ffonio Elen yn ôl yn hwyr y noson cynt ar ôl i'r heddlu adael ac ar ôl iddi ddod ati ei hun, a deallodd mai briwiau ysgafn yn unig a gawsai Geraint. Teimlai ei bod hi'n rhy fuan i gysylltu digwyddiadau'r noson cynt â'r hyn a oedd wedi bod yn digwydd yn Hendre Fawr, ac er mwyn asesu'r sefyllfa ymhellach roedd o eisiau bod yno, i brofi'r amgylchiadau ei hunan. Bron iawn nad oedd yn edrych ymlaen at ddibynnu ar yr hen deimlad hwnnw yn ei isymwybod na fu erioed ymhell o'i le.

Arafodd y car a rhoddodd CD yn y system sain newydd. Er bod yr ychwanegiad newydd wedi bod yn ddrud, teimlai fod rhai pethau yn werth eu cael. Gwrandawodd ar alawon trwm a nerthol chweched symffoni Gustav Mahler – yr union beth i alluogi ei feddwl i grwydro.

Meddyliodd am Elen a chofiodd pa mor gyfforddus roedd o'n teimlo yn ei chwmni, a pha mor barod y bu i adael ei waith a phopeth arall ar amrantiad er mwyn ei helpu. A pham lai? Trodd ei feddwl yn ôl at y dyddiau tywyll wedi iddo golli ei wraig a'i fab, a chofiodd mai Elen a fu'n fodd i ysgogi ei adferiad. Cyfarfodydd y ddau tra'r oedd o'n ymchwilio i helynt adeiladu marina Glan Morfa bum mlynedd a mwy ynghynt a agorodd ei lygaid i'r byd y tu allan i'r botel wisgi. Darganfu fod ei gŵr, Gareth, wedi ei lofruddio gan ei fod ar fin datgelu'r twyll mwyaf a welwyd yng Nghymru – yn wir, mewn llywodraeth leol ledled Prydain. Cafodd Meurig glod mawr am ei ymdrechion a diolchwyd iddo'n bersonol gan y Prif Weinidog yn Llundain. Adenillodd ei holl gyfrifoldebau yn adran gyfreithiol Llywodraeth Cymru ar ôl tair blynedd yn byw yn niffaethwch effeithiau alcohol. Yn fwy na dim arall, cryfder Elen ar ôl colli ei gŵr a oedd yn gyfrifol am wneud iddo sylweddoli ei ffoliaeth, ond yn rhyfedd, adennill ei gyfrifoldebau a dyrchafiad i swydd a oedd yn golygu gweithio ym Mrwsel yn aml, oedd y rheswm nad oedd eu perthynas wedi egino. Sylweddolodd ei fod yn difaru hynny.

Gwrandawodd ar drydydd symudiad chweched symffoni Mahler, yr *Andante Moderato* a gyfansoddwyd pan oedd y cyfansoddwr mewn cariad dros ei ben a'i glustiau â'i wraig newydd, Alma. Nid oedd Meurig wedi dangos ei werthfawrogiad o Elen cystal ag y dylai ond eto, doedd hi ddim wedi bod yn briodol mentro'n nes yng nghysgod ei galar. Ond rŵan, efallai ...

Roedd yn tynnu am ddeg y bore pan gyrhaeddodd Meurig gyrion tref Glan Morfa. Nid oedd pethau wedi newid llawer, ond yn sicr gwelai arwyddion o lwyddiant yn y dref. Efallai fod y marina wedi bod yn syniad da wedi'r cwbl. Diolchodd nad oedd holl gamymddwyn rhai o'r cynghorwyr wedi amharu ar ffyniant trigolion yr ardal. Sylweddolodd mai trwbl o ryw fath oedd yn dod â fo yn ei ôl yno bob tro, ond y gwahaniaeth heddiw oedd ei fod yn dychwelyd o'i ewyllys ei hun. Er hynny, nid oedd gan Meurig Morgan, na fawr neb arall yn y cylch, syniad pa anfadwaith a oedd o'i flaen.

Anelodd Meurig yn syth at dŷ Elen ond doedd hi ddim gartref. Roedd ar fin troi ar ei sawdl pan amneidiodd y gweithiwr a oedd yn trwsio'r ffenestr arno. Tynnodd y gŵr ddarn o bapur o boced ei ofarôl a'i roi i Meurig – nodyn brysiog gan Elen yn egluro fod Emily Parry wedi'i hanafu'n ddifrifol o ganlyniad i ddamwain car y noson cynt.

Un o ganlyniadau byw yng nghefn gwlad Cymru oedd yr awr o daith i Ysbyty Gwynedd ym Mangor, ac ar ôl cael hyd i le parcio, gwastraffodd Meurig fwy o amser yn ciwio o flaen y dderbynfa brysur cyn cael yr wybodaeth yr oedd o ei hangen.

Roedd ystafell aros y ward Gofal Dwys ymhell o brysurdeb y dderbynfa mewn mwy nag un ffordd – lle distaw a llonydd wedi ei threfnu mor gyfforddus â phosib er mwyn esmwytho profiad y rhai a ddisgwyliai yno. Gwelodd Elen yn eistedd yn y gornel, ei phen i lawr, ei dau benelin ar ei gliniau a hances boced wlyb yn ei llaw. Ni welodd Meurig yn agosáu nes y cyrhaeddodd ei hochr. Cododd ei phen tuag ato heb wenu, ei phoen yn amlwg ar ei gruddiau cochion ac yn ei llygaid trist. Safodd a gafaelodd amdano mewn coflaid hir, dawel. Yna, heb ddweud gair, eisteddodd y ddau a gwyddai Meurig y buasai Elen yn dweud yr hanes wrtho yn ei hamser ei hun.

'Meurig, fy mai i ydi hyn i gyd,' meddai cyn bo hir, ei dagrau yn disgyn ar ei grys. 'O Meurig, pam na faswn i wedi delio efo'r holl beth 'ma'n wahanol o'r dechra?'

Nid atebodd Meurig. Rhwbiodd ei chefn yn ysgafn.

'Ffoniais i hi neithiwr, ychydig ar ôl i ni siarad y tro cynta. Mi wydda' Anti Em yn iawn fod rhywbeth o'i le, ac mi ddeudis inna wrthi am y ffenast yn cael ei thorri. O, peth mor ddwl i 'neud, Meurig. Yn syth bin, mi oedd yn siŵr iddi gysylltu hynny â'r petha' sy' wedi bod yn digwydd iddi hi yn Hendre Fawr, mai'r un un oedd yn gyfrifol. Alli di ddychmygu, Meurig, dynes o'i hoed hi yn neidio i mewn i'w char yn y tywydd yna? Ma' raid ei bod hi'n dod acw ata i a Geraint pan ddigwyddodd y ddamwain. Hitiodd y car wal gerrig rhwng Hendre Fawr a'r lôn fawr. Trodd y car ar ei do ac mi daflwyd Anti Em allan ohono fo. Dyna lle cafwyd hyd iddi gan y postman y bore 'ma. Hi a Betsi'r iâr. Roedd y ddwy yn mynd i bobman efo'i gilydd. Chydig yn ecsentrig, a deud y gwir. Ti'm yn gweld, Meurig, ddylai hyn ddim bod wedi digwydd. Mi ddylwn i fod wedi deud yr holl hanes wrth Jeff Evans. Fy mai i ydi'r cwbl.'

'Nid rŵan ydi'r amser i siarad am fai,' atebodd Meurig ar ôl munud o seibiant. 'Mi wnest ti be' oeddat ti'n feddwl oedd y peth gorau ar y pryd. Dwi'n synnu ei bod hi'n dal i ddreifio yn ei hoed hi.'

'Ydi, bob dydd, neu bron bob dydd o leia, ond dim ond i lawr i'r dre ac yn ôl i nôl neges. Mae ganddi hen Forris Minor 1959 a brynodd hi'n newydd – ti'n cofio, y teip efo dau hanner i'r ffenast flaen. Mae'r car 'na'n hŷn na fi! Ma' raid ei bod hi wedi gyrru'n rhy gyflym i lawr y ffordd arw 'na o'r tŷ.'

Ar ôl ennyd o ddistawrwydd, mentrodd Meurig gwestiwn arall. 'Ydyn nhw wedi gadael i ti fynd i mewn i'w gweld hi eto?'

'Do, ond dim ond am funud,' atebodd Elen. 'Hi oedd yn

gofyn amdana i. Dyna lle'r oedd hi'n gorwedd, does 'na ddim llawer ohoni, a'r tiwbiau 'na i gyd ym mhob man, ac i feddwl ei bod hi'n sefyll ar ystol ddim llawer yn ôl yn peintio'r nenfwd. "Anafiadau niferus a hypothermia" maen nhw'n ei alw fo ond mi fedrodd siarad rhywfaint, er na all hi aros yn ymwybodol am gyfnodau hir. Mi driodd ddeud rwbath pwysig wrtha i, ond roedd hi mor anodd ei dallt hi. Rhywbeth ynglŷn â bod Medwyn isio iddi werthu'r ffarm, ond na tydi hynny ddim yn bosib am fod y ffarm yn perthyn i mi a Gwyneth fy chwaer. Soniodd am ewyllys yr oedd hi wedi'i wneud ar ôl i Yncl Huw farw, ond wnes i 'mo'i dallt hi'n iawn. Ydi hynny'n bosib, Meurig?

'Mi fasa'n bosib, Elen, iddi newid ei hewyllys, ond mae gen ti bethau pwysicach ar dy feddwl ar hyn o bryd.'

Gadawodd Meurig pan gyrhaeddodd aelodau eraill o'i theulu. Waeth faint yr oedd o eisiau aros wrth ochr Elen, nid ei le o oedd bod yno. Ar ei ffordd yn ôl tua Glan Morfa, ystyriodd rediad y digwyddiadau anghyffredin a sut, mewn deuddydd, roedd y fath bwysau wedi disgyn mor drwm ar ei hysgwyddau. Roedd hi'n anodd amsugno'r holl wybodaeth heb gael gweld a chael teimlad y lle. Er bod y prynhawn yn tynnu am fin nos, penderfynodd ymweld â Hendre Fawr ar ei union.

Dewisodd beidio â throi trwyn y Stag i fyny'r ffordd dyllog tua ffermdy Hendre Fawr, lle cafodd Emily Parry ei hanafu. Yn hytrach, dilynodd y ffordd fawr ac o fewn dau ganllath gwelodd encilfa fwdlyd gyferbyn â choedwig drwchus. Parciodd yno, ac edrychodd ar draws y caeau tua'r tŷ a'r llwyfenni i'r gorllewin. Edrychai'r adeilad yn fawreddog yn erbyn y cymylau tywyll. Tynnodd Meurig ei esgidiau gan wisgo pâr o esgidiau cerdded a oedd yn digwydd bod ym mŵt y car a chychwynnodd i gyfeiriad camfa a llwybr a edrychai fel petai'n arwain at y tŷ. Oedodd am eiliad i adael i dractor fynd heibio. Nodiodd y ffermwr ei ben yn y ffordd arferol a gwnaeth Meurig yr un fath.

Gwelodd ar ei union fod Hendre Fawr wedi ei esgeuluso, ond nid oedd hynny'n syndod o dan yr amgylchiadau. Nid oedd y tir ar ei orau, y ffensys heb eu trin a'r cloddiau wedi gordyfu ers amser maith. Dim ond cortyn bwrn oren oedd yn dal y rhan fwyaf o'r giatiau i fyny. Nid oedd y tŷ lawer gwell – sylwodd ar y llechi rhydd, y cafnau a'r pibellau dŵr yn hongian mewn ambell le, ac roedd yn amlwg nad oedd y ffenestri wedi gweld côt o baent ers hydoedd.

Cerddodd Meurig o amgylch waliau cerrig y tai allan, adeiladau sylweddol ar un adeg, tybiodd, ond rhywsut, edrychai un ohonynt fel pe bai wedi ei adeiladu beth amser ar ôl y gweddill. Edrychodd o'i gwmpas a daeth ar draws y sied lle cadwai Emily ei char. Mewn sied arall roedd nifer o daclau, yn amlwg yno ers blynyddoedd maith – rhai ohonynt yn mynd yn ôl i ddyddiau trol a cheffyl ac arad. Ar y llawr yn y fan honno, gwelodd Meurig ddau baced papur sigarét gwag a nifer o stympiau sigarét wedi eu rholio efo llaw. Yno hefyd roedd papur a ddefnyddiwyd i lapio bwyd a phethau da. Edrychai fel petai rhywun wedi bod yn defnyddio'r sied honno i ddisgwyl neu i gadw golwg. Dewisodd adael llonydd i bopeth fel yr oedd.

Gwrthwynebodd y temtasiwn i fynd i mewn i'r tŷ. Edrychodd drwy'r ffenestr ond nid oedd llawer i'w weld. Cerddodd i lawr y lôn arw – doedd dim dwywaith lle y bu i gar Emily Parry daro'r wal gan fod cerrig wedi disgyn o'r hen wal sych a gwydr ar y ddaear. Roedd y car wedi cael ei symud, a dim ond Betsi'r iâr oedd ar ôl yn pigo yma a thraw am fymryn o fwyd. Chwiliodd Meurig yn ofer am farciau sgidio. Efallai fod y glaw wedi eu chwalu.

Daeth teimlad oer drosto'n sydyn pan gofiodd am y tro diwethaf iddo fod yn sefyll ar safle damwain. Doedd y safle hwnnw, lleoliad damwain Eirlys a'i fab Dafydd, ddim ymhell o Hendre Fawr, a doedd o byth ymhell o'i feddwl. Y ffrae rhyngddo fo ac Eirlys oedd y rheswm ei bod hi a Dafydd wedi bod ar y ffordd mor hwyr y noson honno yn llwybr y gyrrwr na ddaru stopio. Er ei fod yn dod i delerau â phopeth yn araf bach, gwyddai fod cythreuliaid y noson honno yn dal i fyw rhywle yn ei isymwybod. Nid oedd yn sicr pa mor hir y bu'n synfyfyrio pan sylweddolodd fod y glaw mân wedi dychwelyd. Cododd oddi ar ei gwrcwd, rhedodd ei fysedd trwy ei wallt gwlyb a chychwynodd yn ôl at y Stag.

Gyrrodd ar hyd y ffordd gefn i'w fwthyn, Y Gorwel, ar gyrion y dref, bwthyn wedi ei adeiladu ar dir uchel yn edrych ar draws y bae i'r de orllewin; cartref lle bu i Eirlys ac yntau fwynhau cymaint o amseroedd da efo'i gilydd. Nid oedd dychwelyd yno yn dod â chymaint o anesmwythder iddo erbyn hyn. Yr oedd wedi dechrau dod i arfer â dychwelyd yno, ac roedd hynny'n beth da.

Edrychodd o'i gwmpas – roedd popeth i'w weld yn iawn, er bod yr ardd angen tipyn go lew o sylw. Nid oedd ei gymydog, Dan Lloyd, yno bellach i edrych ar ei hôl. Cyn agor ei ddrws ffrynt ei hun, aeth drws nesaf i ymweld â'i weddw, Megan. Yr oedd hithau wedi colli'r rhan fwyaf o'i harchwaeth at fywyd ers iddi golli Dan.

Yn ddiweddarach y noson honno, wedi iddo fwyta pryd ysgafn i gyfeiliant cerddoriaeth Ralph Vaughan Williams yn darlunio codiad yr ehedydd, parciodd Meurig y Stag y tu allan i dŷ Elen. Gwelodd ddyn mewn siwt dywyll a thei du yn cerdded allan drwy'r drws ffrynt a gyrru oddi yno mewn car mawr du. Gwireddwyd ofnau Meurig – roedd Emily Parry wedi marw ychydig oriau ynghynt o ganlyniad i'w damwain.

Pennod 4

Am naw o'r gloch fore trannoeth eisteddai dwsin o blismyn yn eu dillad eu hunain – yn dditectifs, goruchwylwyr, swyddogion cudd-ymchwil a gweithwyr cefnogi – yn y cyfarfod dyddiol a alwai rhai yn foreol weddi. Cyfarfod oedd hwn i gyfarwyddo pawb â digwyddiadau'r pedair awr ar hugain flaenorol ac i gynllunio'r diwrnod o'u blaenau. Yr unig wahaniaeth heddiw oedd bod y Ditectif Brif Arolygydd Renton yn bresennol – digwyddiad digon anarferol, a olygai fod y cyfarfod yn fwy ffurfiol nag arfer. Ystyriai rhai fod ei bresenoldeb yn ymyrryd â'u gwaith.

Ddeng munud ar ôl i'r cyfarfod ddechrau, ciciwyd drws yr ystafell yn galed a cherddodd Jeff Evans i mewn efo clwstwr o bapurau o dan ei gesail a'i geg yn llawn. Gwasgai frechdan facwn yn un llaw ac roedd o'n trio'i orau i beidio â cholli coffi o gwpan blastig yn y llall. Nid oedd Jean wedi bod yn ddigon da i wneud brecwast iddo. Trodd pawb i edrych arno. Roedd ei wallt cyrliog du heb ei gribo ac, yn amlwg, nid oedd wedi eillio.

'Cariwch ymlaen,' galwodd drwy'r briwsion, cyn sylwi ar bresenoldeb Renton. 'Mae'n ddrwg gen i 'mod i'n hwyr,' ychwanegodd, dipyn yn fwy difrifol.

Ni allai Renton golli'i gyfle.

'Mae'n dda gen i weld fod ganddoch chi amser i ymuno â ni, Cwnstabl,' meddai'n goeglyd.

Chwarddodd un neu ddau yn y cefn. Anwybyddodd Jeff

hwy a bachu cadair ar wahân i'r gweddill. Estynnodd am gopi o'r nodiadau crynodeb a fyddai'n cael eu hargraffu o'r prif gyfrifiadur bob bore a chollodd fwy o goffi wrth wneud. Pan ailddechreuodd y cyfarfod sylwodd Jeff fod un neu ddau yn rhoi eu pigau i mewn lle nad oedd angen, dim ond am fod y Ditectif Brif Arolygydd yno. Doedd hynny ddim yn ei synnu. Fel arfer, yr oedd Renton yn ymateb yn frwdfrydig, ac yn cysgodi ymdrechion y Ditectif Sarjant a oedd i fod i gadeirio'r cyfarfod. Wrth ei fodd yn clywed ei lais ei hun, myfyriodd Jeff, fo a'i 'sgiliau rheoli' – rêl pen bach.

Edrychodd trwy'r bwletin ar y daflen a dechreuodd nodi'r pethau a oedd o ddiddordeb iddo. Dwyn allan o geir tu ôl i'r sinema, un neu ddau o ddelwyr cyffuriau wedi cael eu gweld yn y dref, y ferch Murphy ar goll o'i chartref eto – y pedwerydd tro yn ystod y chwe mis diwethaf os oedd o'n cofio'n iawn. Na, dim llawer nad oedd yn gyfarwydd iddo'n barod. Nid oedd yn syndod iddo fod torri'r ffenestr yn nhŷ Elen yn cael ei drin fel achos o fandaliaeth gan blant – y dyb oedd na fyddai'n debygol y byddai'r heddlu'n darganfod pwy oedd yn gyfrifol. Edrychodd ymhellach i lawr y dudalen a gwelodd fod mwy o ddefaid ac ŵyn wedi eu lladd, ond doedd dim achosion newydd o fyrgleriaeth mewn tai unig allan yn y wlad. Yna, o dan y pennawd 'materion eraill' darllenodd am farwolaeth sydyn Emily Parry, 89 oed o Ffarm Hendre Fawr yn dilyn damwain car. Wrth ddarllen ymhellach clywodd gynnwrf yn llais Renton ac edrychodd i fyny.

'Ydach chi efo ni, Ditectif Gwnstabl Evans, ynteu 'dach chi'n cynnal cyfarfod ar eich pen eich hun?' gofynnodd yn sinigaidd.

'Darllen am farwolaeth sydyn Emily Parry oeddwn i,

bos, meddwl efallai fod mwy i'r mater.' Gwenodd Jeff Evans gan wybod yn iawn fod yn gas gan Renton gael ei gyfarch felly, yn enwedig o flaen eraill.

'Mater i'r adran iwnifform ydi hwnna, Evans. Canolbwyntio ar droseddau difrifol ydi'n dyletswydd ni. Dewch i 'ngweld i ar ôl y cyfarfod, wnewch chi?'

Cafodd un neu ddau fodd i fyw wrth wrando ar Jeff yn cael ei geryddu gan y meistr. Roedd nifer o'i gydweithwyr yn genfigennus o'i ddawn reddfol i ddatrys troseddau, ac roedd gwrando arno'n cael ei roi yn ei le yn dod â phleser iddynt.

Pan wasgarodd y cwmni, tynnodd Renton o i un ochr. Tarodd y pennaeth lygad anfodlon ar ei wisg, a'r ôl saim ar hyd ffrynt ei gôt ddyffl. Gwyddai Jeff beth i'w ddisgwyl.

''Dach chi'n hwyr, 'dach chi'n flêr a 'dach chi'n amharchus. Ac yn fwy na hynny, mae'n ymddangos i mi nad oes neb yn gwybod yn iawn be' 'dach chi'n 'i wneud o un dydd i'r llall. Rhedeg o gwmpas y lle 'ma fel rhyw fand un dyn yn gwneud be' fynnwch chi, tu allan i ymgyrchoedd unrhyw dîm. Oes 'na rywbeth gwerth ei ddweud amdanoch chi? Unrhyw arwydd eich bod chi'n haeddu'ch lle yn yr adran 'ma?' Poerodd Renton y geiriau ato'n gyflym heb roi cyfle iddo ateb.

'Dwi'n hwyr am fy mod i wedi bod yn gweithio am ddeunaw awr eto ddoe,' dechreuodd Jeff pan gafodd gyfle, gan edrych yn syth i lygaid y Ditectif Brif Arolygydd. 'Mi ddeliais efo saith carcharor ar fy mhen fy hun ddoe gan fod 'na *rai* yn y swyddfa 'ma'n meddwl eu bod uwchlaw delio â'r hyn maen nhw'n ei ystyried fel troseddau dibwys – ac mae'r gwaith papur wedi'i orffen hefyd.' Cododd ei lais yn uwch nag y dylai. 'Dwi ddim yn gwisgo siwt am fy mod i'n mynd allan i'r caeau eto'r bore 'ma i geisio darganfod pwy sy'n lladd yr holl ddefaid 'na, a tydi hi ddim yn deg fy ngalw'n amharchus dim ond am ddeud be' sydd ar fy meddwl i.'

Sylweddolodd Renton fod Jeff yn reit agos i'w le, a phenderfynodd newid ei agwedd. Dewisodd ei eiriau'n ofalus.

'Gwranda,' dechreuodd yn dynerach. 'Rwyt ti'n un o'r dynion mwyaf profiadol sydd gen i yn y swyddfa 'ma, Jeff. Dwi'n cydnabod yr holl oriau rwyt ti'n eu rhoi i mewn ac mae'n anodd deall sut yr wyt ti, efo'r problemau sy' gen ti adra, yn medru gwneud y fath beth. Ond mae'n rhaid i ti ddangos esiampl dda i'r hogia ifanc yn y swyddfa. Tria wneud hynny wnei di? Bod yn aelod o'r tîm – siarad efo'r sarjant bob rŵan ac yn y man, dim ond i adael iddo wybod be' wyt ti'n 'i wneud cyn ei wneud o.'

'Mwy o sgiliau rheoli rhagrithiol,' meddai Jeff o dan ei wynt, ond sylweddolodd nad oedd pwynt tynnu'n groes heb fod angen.

'Digon da, Brif Arolygydd,' atebodd, gan gymryd gofal i beidio â defnyddio'r gair 'syr'. Buasai hynny yn mynd yn rhy bell. 'Ond mae 'na rwbath yr hoffwn ei ychwanegu ynglŷn â marwolaeth Emily Parry,' mentrodd. 'I ddeud y gwir mae 'na rwbath sy'n fy mhoeni fi. Os cofiwch chi, mi ddechreuais i ddeud yr hanes wrthach chi echnos.' Teimlai Jeff ei fod ar dir cadarn erbyn hyn, a bod Renton yn amddiffynnol.

'O ia,' atebodd. 'Dwi'n dy gofio di'n dweud rhywbeth amdani'n gweld pethau yn ystod y nos. Bwganod ...'

Gwyddai Jeff yn syth nad oedd Renton yn talu sylw.

'Be' am i ni ganolbwyntio ar faterion real,' parhaodd Renton. 'Canfod troseddwyr ydi'n gwaith ni, ac mi adawn i'r adran iwnifform a swyddfa'r crwner ddelio â damweiniau ceir a marwolaethau sydyn. Mae ganddon ni ddigon ar ein plât yn barod. Gorchymyn ydi hwnna, ti'n deall, Jeff?'

'Os 'dach chi'n deud.' Dewisodd gytuno â'i feistr er mwyn dod â'r drafodaeth i ben, ond nid oedd damcaniaeth Renton ynglŷn â marwolaeth yr hen ddynes yn agos at y gwir ym marn Jeff. Roedd yn barod i dderbyn yr hyn a ddywedwyd wrtho am y tro, er nad oedd yn deall agwedd y Ditectif Brif Arolygydd – ond roedd hefyd yn barod i ymchwilio i unrhyw fater y teimlai ei fod yn gyfiawn ... yn ei ffordd ei hun ac yn ei amser ei hun, yn union fel y gwnâi bob amser.

Cerddodd Jeff allan a safodd ar y grisiau tân tu allan i'r swyddfa ar y llawr cyntaf. Tynnodd dun baco allan o'i boced, rholiodd sigarét a rhedodd y papur yn erbyn blaen ei dafod. Taniodd y smôc ac edrychodd draw dros dref Glan Morfa wrth fyfyrio ar ddigwyddiadau'r bore. Daeth gwynt anarferol o'r de-ddwyrain i oeri'i gnawd. Damia'r gyfraith dim smygu newydd 'ma, meddyliodd. Gorffennodd y sigarét a thaflodd y stwmp i waelod y grisiau haearn i blith y pentwr a oedd yno'n barod. Aeth yn ôl i mewn i'r adeilad a gwyddai'n iawn na allai bwyllo unwaith yr oedd o wedi penderfynu dilyn ei drwyn.

Ddau funud yn ddiweddarach deialodd rif Elen ar ffôn mewn swyddfa wag i lawr y coridor. Ei brif fwriad oedd cynnig ei gydymdeimlad, ond roedd hefyd ar dân eisiau ei hymateb. Ni synnodd glywed ei bod yn sicr fod y ddamwain yn gysylltiedig â'r digwyddiadau yn Hendre Fawr, bod ei modryb yn dianc ar y pryd a dyna pam ei bod hi'n gyrru'n rhy gyflym mewn tywydd drwg. Roedd Jeff, ym mhwll ei stumog, yn cytuno â hi. Ni allai anwybyddu ei honiadau, er gorchymyn ei feistr i wneud yn union felly.

Teimlai Elen ryddhad o sylweddoli fod Jeff yn cytuno â'i damcaniaeth. Hyd yn oed wedi'r ddamwain, roedd rhan fach ohoni'n ansicr ynglŷn â stori ei modryb. Cofiodd am y taniwr Ronson. Sut fyddai Jeff yn ymateb i'r wybodaeth honno? Dewisodd beidio â son amdano am y tro, tan iddi gael y cyfle i drafod y mater yn iawn efo Meurig. Er hynny, roedd presenoldeb y taniwr yn ei phwrs yn ei phoeni.

Ddiwedd y bore cyrcydodd Jeff Evans a milfeddyg lleol dros gorff dafad yng nghongl cae nid nepell o'r dref. Gwelsant saeth bwa croes yn ei stumog, y math a allasai gael ei saethu ar gyflymder dychrynllyd. Roedd strimyn o waed ar hyd y cae yn arwain o'r man lle cafodd y ddafad ei tharo i'r llecyn lle bu i'r anifail ddisgyn yn farw. Gwelsant nifer o staeniau gwaedlyd eraill yma ac acw hefyd – tystiolaeth fod mwy o ddefaid wedi eu lladd, eu blingo a'u torri. Yr oedd Jeff wedi gweld yr un peth ddwsin neu fwy o weithiau yn ystod yr wythnosau blaenorol ond nid oedd gam yn nes heddiw at ddarganfod y bwtsiwr nag yr oedd o'r diwrnod cyntaf. Doedd gan neb unrhyw syniad pwy oedd yn gyfrifol. Edrychodd ar fwncath yn hedfan yn uchel yn yr awyr, yn cylchu yn yr aer cynnes gan godi'n uwch bob tro heb symud adain. Heddiw, cawsai Jeff drafferth canolbwyntio ar laddwr y defaid gan fod mater arall yn pwyso gymaint ar ei feddwl.

Yr oedd yn tynnu at hanner awr wedi wyth pan ddychwelodd i'r swyddfa i wneud ei waith papur. Treuliodd y diwrnod yn holi pobl yn y mart, siopau bychan y pentrefi cyfagos, llythyrdai gwledig ac ysgolion, yn siarad efo postmyn ac unrhyw un yn rhywle a allai fod yn gwybod rhywbeth. Galwodd adref am banad a brechdan – nid oedd Jean wedi bod yn ddigon da i wneud pryd o fwyd iddo – a chysgodd am awr yn y gadair, er nad oedd wedi bwriadu gwneud hynny. Cyn gadael y tŷ, mentrodd yn ddistaw i ystafell ei wraig a rhoi cusan dyner ar ei thalcen heb ei deffro. Yna aeth allan yr un mor ddistaw cyn i'w euogrwydd gael y gorau arno.

Byddai bob amser yn ddistaw yn y swyddfa yr adeg honno o'r nos gan fod y ditectifs naw tan bump i gyd wedi mynd adref ers meitin. Roedd busnes marwolaeth Emily Parry yn dal i'w boeni. Ni fedrai gael gwared â'r darlun yn ei feddwl ohoni'n gorwedd ar y lon fach arw drwy'r nos yn y tywydd mawr, a hithau'n dioddef.

Ystyriai pawb fod Jeff yn ddyn hynod o chwilfrydig, y tu hwnt i'r hyn oedd yn angenrheidiol yn ei swydd hyd yn oed. Bron nad oedd yn cael ei alw'n fusneswr. Ond gwyddai Jeff fod hynny wedi cadw'i feddwl yn sionc a phob digwyddiad ar flaen ei fysedd, hyd yn oed y rhai hynny nad oedd yn gysylltiedig â hwy. Cadw un llygad ar y gwaith a'r llall ar y gystadleuaeth, dyna ei bolisi. Edrychodd i fyny ac i lawr y coridor cyn cerdded yn ddistaw i mewn i ystafell y plismyn iwnifform. Doedd neb o gwmpas. Aeth at y basgedi oedd yn cynnwys gwaith papur pob swyddog ar wahân ac edrychodd yn yr un a oedd yn berchen i'r plismon oedd yn delio â damwain Emily Parry. Dechreuodd ddarllen trwy'r adroddiad ond methodd weld unrhyw beth allan o'r cyffredin. Yna, yn sydyn, teimlodd bresenoldeb y tu cefn iddo a throdd rownd.

'Be' ddiawl ti'n wneud yn mynd trwy 'mhapura' i?' galwodd y llais blin.

'O, sut wyt ti, Steve,' atebodd yn ddi-hid, gan geisio meddwl am esgus da. 'Roeddwn i'n chwilio am y ffeil 'na am y lladrad yn y Co-op, hwnnw y buost ti'n delio efo fo wsnos dwytha, pan ddois i ar draws hwn,' meddai, gan ddangos adroddiad y ddamwain i'r heddwas. 'Dwi'n nabod y teulu ti'n gweld,' ychwanegodd.

'O ia,' daeth yr ateb, a gwyddai Jeff nad oedd ei gydweithiwr yn ei gredu.

'Lle mae adroddiad archwiliwr cerbydau'r heddlu?' gofynnodd Jeff.

'Does 'na'm un,' atebodd yr heddwas.

'Pam ddim?' gofynnodd Jeff eto. 'Mae'n arferiad cael un ar ôl damwain angheuol yn tydi?' Roedd ei syndod yn amlwg.

'Ydi fel arfer, ond roedd y ddamwain yma ar ffordd breifat, dim ond un car oedd 'na a hwnnw'n cael ei yrru gan hen wreigan na ddylai fod yn agos i gar. Fysa Lewis Hamilton ddim wedi gyrru mor gyflym i lawr y lôn fach 'na yn y fath dywydd. Ty'd 'laen Jeff,' ychwanegodd. 'Mae'n amlwg be' ddigwyddodd, a beth bynnag, dwi wedi cael gorchymyn i beidio gofyn am archwiliad ar ei char hi.'

'O? Gan bwy?' Nid oedd Jeff am adael llonydd i'r pwnc.

'Rhywun uwch fy mhen i, Jeff. Ac os ydw i isio promoshon yn y job 'ma, dwi'n mynd i wneud yn union fel dwi'n cael fy ngorchymyn.'

'Y diawl,' meddai Jeff o dan ei wynt. Ni chymerodd lawer o amser i hanes ei 'gyfarfod' bach efo Renton y bore hwnnw deithio trwy'r orsaf.

Cymerodd Cwnstabl Steve Pickles y papurau allan o ddwylo Jeff ac wrth wenu'n oeraidd, rhoddodd hwy yn ôl yn y fasged a honno yn ôl ar y silff. 'Rŵan ta, be' wyt ti isio'i wbod am y lladrad 'na wsnos dwytha?' Ceisiodd fod yn graff.

'Dim o bwys bellach,' atebodd Jeff cyn ei adael, ond wrth wneud, trodd i'w wynebu. 'Sut wnest ti yn y cwrs ditectifs 'na yn ddiweddar?'

'Da iawn,' atebodd Pickles efo gwên go iawn y tro hwn. 'Campus a deud y gwir. Fi enillodd wobr Llyfr y Cwrs fel mae'n digwydd.' Edrychodd i lawr ar Jeff.

'Ella cei di gyfle i fod yn dditectif go iawn yn o fuan felly.'

'Ella wir. Mae'r Ditectif Brif Arolygydd wedi deud wrtha i 'i fod o'n meddwl y bydd 'na swydd wag yn yr adran cyn bo hir.' Gwenodd Pickles, cystal ag awgrymu mai ei esgidiau o fyddai angen eu llenwi.

Caeodd Jeff y drws yn dynn y tu ôl iddo. Dim adroddiad gan archwiliwr moduron yr heddlu, myfyriodd. Mae ganddo fo dipyn i'w ddysgu cyn dechrau dal lladron go iawn.

Yn ôl yn ei swyddfa ei hun, ystyriodd Jeff y gwir reswm pam na ofynnwyd am adroddiad gan yr archwiliwr. Arbed arian eto mae'n debyg. Cyllidebu oedd popeth yn ddiweddar – ond wedi dweud hynny, beth fyddai ymateb y crwner pan ddeuai amser y cwest?

Nid oedd yn bwriadu aros yn y gwaith yn hir, ac roedd yn edrych ymlaen am noson weddol gynnar. Roedd ei feddwl ar beint bach ar y ffordd adref pan glywodd lais Renton yn rhuo yn y pellter.

'Evans? I'm swyddfa i ar unwaith.'

Pan gyrhaeddodd yno, yr oedd Renton yn ôl yn ei gadair, ei wyneb yn fflamgoch ac yn crensian ei ddannedd mewn tymer. Gwyddai Jeff ei fod am gael blas o'i 'sgiliau rheoli' am yr ail waith y diwrnod hwnnw.

'Be' ddiawl 'dach chi'n wneud yn chwilota trwy waith papur y bois iwnifform?' Fflachiodd llygaid oeraidd Renton ar Jeff er ei fod yn ceisio cuddio'i gynddaredd.

'Dim ond chwilio am wybodaeth ynglŷn â'r lleidr ddaru Steve ei arestio'r wythnos dwytha. Dyna'r oll.' Gobeithiai fod ei gelwydd yn gredadwy. 'Wyddoch chi, y lleidr hwnnw oedd yn gweithio fel cigydd yn y gwersyll gwyliau llynedd – mae o'n byw mewn fflat wrth y traeth. Mae o wedi ei gael yn euog o bob math o droseddau a thrais dros y blynyddoedd.' Sylwodd Jeff ar yr olwg sarrug ar wyneb ei bennaeth. 'Y defaid! Mae o werth ei ddilyn, 'dach chi'm yn meddwl, *bos*?'

Gobeithiai ei fod yn swnio'n argyhoeddiadol, ond nid oedd Renton am frathu. Roedd hwnnw yn aros yn fwriadol dawel er mwyn dweud yr hyn oedd ganddo ar ei feddwl.

'A pham felly dechrau chwilota trwy waith papur y ddamwain? Ydach chi isio rhedeg yr ymchwiliad hwnnw hefyd? Be' sydd arnoch chi'n beirniadu plismyn ac adrannau eraill am wneud hyn neu beidio â gwneud y llall? Beth bynnag sydd ar eich meddwl chi ynglŷn â damwain y ddiweddar Mrs Parry, anghofiwch o. Dim eich cyfrifoldeb chi ydi o,' cyfarthodd.

'Roedd y papurau yn digwydd bod yno,' mentrodd Jeff unwaith eto. 'A 'dach chi'n gwbod bod gen i ddiddordeb yn yr achos.' Mi fuasai'n ofer gwadu'i chwilfrydedd erbyn hyn.

'Gwrandwch arna i, Evans, unwaith ac am byth. Dwi wedi deud wrthach chi fwy nag unwaith am anghofio'r achos, ac os ydach chi am anwybyddu fy ngorchymyn unwaith eto, cewch ddelio efo faint fynnoch chi o ddamweiniau. Ac mi ro' i iwnifform a het i chi i wneud hynny hefyd os liciwch chi. Deall?'

'Ond blydi hel, Brif Arolygydd,' mynnodd Jeff, ei lais yn codi, 'tydi'r diawliaid ddim hyd yn oed wedi gofyn am archwilio'r car, ac yn enw'r Tad, mae'r hen ddynes wedi marw.'

'Dydach chi, Cwnstabl Evans, ddim yn cael eich cyflogi

i arolygu pob ymchwiliad yng Nglan Morfa a'r cylch – ond ar y llaw arall, mi ydw i. Ia, credwch neu beidio, dwi'n licio meddwl fod fy mys innau ar y pỳls hefyd. Mae 'na archwiliad wedi ei gynnal ar gar Mrs Parry heddiw. Fi ddaru drefnu hynny pan ddaeth i'm sylw nad oedd neb arall wedi gofalu am wneud. Fydd yr adroddiad ddim yn barod am dridiau ond rydw i wedi trafod y mater efo'r archwiliwr y prynhawn 'ma, a doedd dim byd o'i le efo'r car. Rwy'n deall fod y car, hen neu beidio, wedi bod yn cael ei drin yn gyson ac mae'r gwaith papur yno i brofi hynny. Be' arall 'dach chi isio? Wn i ddim be' fuaswn i'n ei wneud 'taswn i'n amau nad ydi'ch cymhelliad chi'n gyfiawn, ond ar yr un pryd dwi'n siŵr – na, dwi'n blydi bendant – na fydda i'n gorfod deud wrthach chi eto. Dwi am i chi stopio busnesa yn yr achos yma. Mi fydda i'n cadw llygad barcud arnoch chi o hyn ymlaen. Un cam o'i le ac mi fyddwch allan o'r adran 'ma ar eich tin. Hwn ydi'ch cyfle olaf chi, deall?'

Gwyddai Jeff pa bryd i roi'r gorau iddi. Nid oedd eisiau risgio'r posibilrwydd o gael ei roi yn ôl mewn iwnifform am reswm a fyddai'n cael ei alw'n 'datblygu ei yrfa'. Byddai'r cyfyngiadau yn rhwymo ei ffordd o fyw ac roedd y cyflog ychwanegol roedd o'n ei gael fel ditectif yn gymorth i edrych ar ôl Jean, talu am ei meddyginiaeth a'r teithio pell ar gyfer triniaethau arbennig.

Roedd hi'n bendant yn amser am beint ar y ffordd adref.

Gwyddai Jeff y byddai Renton a'i gyfeillion yn brysur y prynhawn canlynol oherwydd roedd Cystadleuaeth Troffi Golff Elusennol Glan Morfa yn cael ei chynnal – uchafbwynt blynyddol clwb y dref. Diwrnod lle byddai pobl bwysicaf yr ardal yn mwynhau cael eu gweld yn rhannu'u cyfoeth gydag achosion da. Fel arfer byddai'r achlysur yn codi miloedd o bunnau, ond cael eu gweld ymhlith y bobl fawr oedd uchelgais y mwyafrif yno. Gyda gwên fach sinigaidd, tybiai Jeff y buasai nifer ohonynt yn edrych yn fwy addas mewn tei du a barclod yn hytrach na dillad hamdden drud.

Cymerodd Jeff y cyfle i ymweld ag Elen. Curodd ar y drws ac fe'i agorwyd yn syth. Er bod Elen yn ei ddisgwyl, nid oedd Jeff yn disgwyl presenoldeb trydydd person a synnodd wrth weld gŵr dieithr yno. Cyflwynodd Elen ef i Meurig Morgan.

Ysgydwodd y ddau ddyn ddwylo'i gilydd, y naill yn ceisio pwyso a mesur y llall. Nid oedd Jeff yn hapus. Gwyddai eu bod yn mynd i drafod marwolaeth Emily Parry, mater yr oedd Renton wedi ei orfodi i'w anwybyddu. Buasai wedi bod yn fodlon trafod yng nghwmni Elen yn unig, ond wyddai o ddim pwy oedd y dyn yma nag a allai ymddiried ynddo.

Sylwodd Elen ei fod yn anghyfforddus. 'Mi alli di ddeud be' lici di,' meddai. 'Ffrind i mi o Gaerdydd ydi Meurig, wedi dod i fyny ar gyfer y cnebrwn.' Roedd hynny'n rhannol wir.

Dechreuodd Jeff ar ei adroddiad, sef mai damwain ddifrifol oedd marwolaeth Emily, bod ymchwiliad manwl wedi ei gynnal i'r achos ac nad oedd yn haeddu mwy o amser yr heddlu. Ychwanegodd nad oedd yr heddlu lleol yn teimlo bod digwyddiadau'r tri mis diwethaf yn berthnasol i'r ddamwain. Roedd presenoldeb Meurig yn golygu nad oedd yn fodlon trafod y mater ymhellach. Yn anfoddog, dywedodd fod y penderfyniad wedi ei wneud, a'r achos wedi ei gau.

'Sut daethoch chi i'r canlyniad hwnnw pan welodd Elen ddieithryn yn y ffarm oriau'n unig cyn y ddamwain?' Dyna'r tro cyntaf i Meurig siarad. 'Mae'n amlwg bod rhywun wedi bod yn stelcian o gwmpas yno am beth amser. Yr un diwrnod, mi ddilynodd yr un person Elen i ysgol Geraint,' ychwanegodd. 'Y noson honno taflwyd bricsen trwy ffenest y tŷ 'ma, ac ymhen ychydig oriau, lladdwyd Emily Parry. 'Dach chi rioed yn dychmygu mai cyd-ddigwyddiad ydi hynny i gyd?'

Yn ei galon, gwyddai Jeff fod Meurig yn gwneud synnwyr, ond cofiai eiriau Renton hefyd.

'Efallai mai cyd-ddigwyddiad *ydi* o. Dwi wedi gweld pethau rhyfeddach yn digwydd,' atebodd y ditectif yn betrus. 'Ond does dim posib cysylltu'r digwyddiadau yma â'r ddamwain. Mae'n rhaid i hyn fod yn ddiwedd ar y mater,' meddai, gan godi ar ei draed. Nid fel hyn yr oedd wedi dychmygu'r cyfarfod.

Edrychodd Elen a Meurig arno'n gadael, ei ddwylo'n chwilio trwy bocedi ei gôt wrth gerdded i lawr llwybr byr yr ardd tua'r ffordd. Tynnodd sigarét a oedd wedi ei rowlio'n gynharach allan o dun, ei rhoi yn ei geg a'i thanio efo matsien. Taflodd y fatsien i'r clawdd.

'Be' ti'n feddwl?' gofynnodd Elen.

'Dwi'm yn siŵr,' atebodd Meurig. 'Fuaswn i bron â deud 'mod i'n amau ei fod o'n cuddio rwbath.'

'Ddeudist ti ddim pwy oedd Anti Em yn feddwl oedd yn gyfrifol, chwaith.'

'Na. Mi benderfynis i beidio â sôn am y taniwr Ronson chwaith, na'i arwyddocâd. Ella 'i bod hi'n well i ni gadw hynny yn gyfrinach ar hyn o bryd, ti ddim yn meddwl, Elen? Dwi isio gweld be' ddigwyddith yn ystod y dyddiau nesa 'ma, gweld os daw Medwyn, neu Peter, neu pwy bynnag ydi o, allan i olau dydd eto.'

Eisteddodd Elen wrth ochr Meurig ar y soffa a gafaelodd yn dyner yn ei law. 'O, Meurig,' meddai. 'Dwi wrth fy modd dy fod ti'n ôl, yn gefn i mi eto. Mae o'n golygu cymaint i mi.'

Tynnodd Meurig ei llaw at ei wefus a'i chusanu'n ysgafn. 'Y tro dwytha fel arall oedd hi, ti'n cofio? Chdi oedd yn rhoi help a nerth i mi,' atebodd.

'Ydw, dwi'n cofio,' meddai Elen. Bu munud o ddistawrwydd. 'Pam na wnaethon ni gadw mewn cysylltiad agosach, dywed?'

Ni fedrai Meurig ei hateb.

Yn ôl yn y swyddfa, teimlai Jeff Evans yn anniddig. Nid oedd yn hapus ag achos Emily Parry, na'r ffodd y gadawodd y mater efo Elen. Doedd o ddim eisiau anghofio am y mater yn unol â gorchymyn Renton, ond beth oedd yr ateb? Ystyriodd ganlyniadau anwybyddu gorchymyn ei bennaeth. Byddai'n ôl mewn iwnifform, a châi ei symud i orsaf arall, mae'n debyg. Buasai hynny'n effeithio ar ddyfodol Jean, ac yn gwneud bywyd yn llawer anos.

Ceisiodd chwilio am ateb, ond wyddai Jeff ddim ar y pryd y byddai amgylchiadau erchyll, ymhell y tu hwnt i'w reolaeth, yn llywio ei ddyfodol. Ni wyddai neb ar y pryd y byddai sawl bywyd yng Nglan Morfa yn cael ei chwalu'n ulw.

Pennod 5

Ar gyrion y dref, llifai afon Ceirw yn araf trwy diroedd tywodlyd cwrs golff Glan Morfa tua'r môr. Gwnâi nifer o dwyni tywod yn sicr fod yno fynceri anodd eu meistroli gan bawb ond y golffwyr gorau. Nythai amryw o elyrch ger dyfroedd bas yr afon wrth iddi droi'n ddiog trwy'r brwyn a'r glaswellt. Dyma lle collwyd sawl pêl, gêm, a hyd yn oed dwrnament dros y blynyddoedd.

Yr oedd y Clwb ei hun wedi hen arfer â nosweithiau swnllyd – a doedd noson Cinio Cystadleuaeth Troffi Golff Elusennol Glan Morfa ddim yn eithriad. Yn wir, roedd hon yn fwy swnllyd ac afreolus nag arfer. Yr oedd gemau golff y diwrnod wedi eu hanghofio a phawb wedi cael blas ar y bwyd moethus a faint fynnir o win da i'w olchi i lawr. Daethai'r amser i fwynhau'r Port ac i edrych ymlaen at rannu'r gwobrau. Edrychai pawb ymlaen hefyd at ymddangosiad comediwraig feiddgar a oedd, yn ôl yr addewid, â'r gallu i gyflwyno difyrrwch heb ei ail i lu o ddynion llawn diod.

Roedd un grŵp o ddynion yn hynod o swnllyd. I'r rhai nad oeddent yn gwybod yn wahanol, edrychent fel unrhyw griw o ffrindiau allan am noson dda, ond y gwir oedd eu bod oll yn wŷr pwysig a dylanwadol ym myd busnes a llywodraeth leol Glan Morfa. Synnai rhai, ar fyrddau cyfagos, fod dyn cymharol newydd i'r ardal wedi medru ymuno â'r clic bach dylanwadol mor sydyn, ond rhaid oedd cyfaddef bod y Ditectif Brif Arolygydd Alex Renton yn ddyn dylanwadol.

Ar ochr dde Renton eisteddai David Beaumont, dyn a'i fys mewn llawer menter ac aelod blaenllaw o Gyngor Sir Glanaber. Enillodd barch trwy arwain y Cyngor ar ôl marwolaeth sydyn y cyn-Gadeirydd, Gwynfor Jones, yn ystod cyfnod o dwyll a llygredd yn y Cyngor. Yn ystod y ddwy flynedd flaenorol, llwyddodd Renton a Beaumont i greu partneriaeth rhwng yr heddlu a llywodraeth leol i daclo ac atal troseddau yn yr ardal. Yn dilyn llwyddiant y fenter gorchmynnodd y Prif Gwnstabl y dylid defnyddio'r un patrwm ar draws heddlu'r Gogledd. Gwelid hyn yn arwydd y byddai William Alexander Renton yn cael dyrchafiad i'r pencadlys cyn bo hir.

Yr ochr arall i Beaumont eisteddai Rhys Morris, Pennaeth Adran Gynllunio'r Cyngor a Cecil Moorcroft, y Prif Swyddog Datblygu Economaidd. Rhywsut, bu i'r ddau lwyddo i oroesi'r ymchwiliad i'r camymddwyn yng Nghyngor Glanaber cyn dringo'n sydyn i'w swyddi uchel. Cyfreithwyr a chyfrifyddion oedd y gweddill, pob un yn awyddus i gael ei weld yn cefnogi ei hoff elusen. Roedd y nifer sylweddol o boteli gwin drudfawr, gwag ar y bwrdd yn arwydd eu bod yn gwybod sut i fwynhau eu hunain. Wrth reswm, roedd rhai o drigolion yr ardal yn eiddigeddus iawn ohonynt, ac edrychai eraill arnynt gyda difaterwch – ond ni fuasai neb yn yr ardal, ac yn sicr yn yr ystafell, yn meiddio herio dylanwad y criw dethol hwn. Anaml iawn y byddent yn cael eu gweld yn gyhoeddus fel hyn yn mwynhau eu hunain – clymblaid fach yn gweithredu yn y dirgel oedd hon fel arfer ac nid oedd unrhyw un yn cael y fraint o ymuno heb wahoddiad. Ceisiodd llawer un, a methu, dros y blynyddoedd.

Pasiodd Beaumont y Port i'r chwith i gyfeiriad Renton, a edrychai fel petai yn ei fyd bach ei hun.

'Tyrd, Alex,' meddai. 'Ar ôl gêm gystal heddiw, ddylet ti ddim bod yn edrych fel 'tasat ti'n pendroni dros broblem yn y gwaith!'

'Ti'n llygad dy le, David,' atebodd. 'Ond be' wyt ti'n 'i wbod am bendroni?' ychwanegodd, gyda gwên. 'Mae pawb yn gwbod mai pobl eraill sy'n gwneud dy benderfyniadau di.' Chwarddodd wrth godi'r botel a thywallt mesur hael o'r gwirod coch i'w wydr cyn ei phasio ymlaen i'r chwith eto.

'Mae'n fy mhoeni i pan fydd gen ti rwbath ar dy feddwl, Alex.' Edrychodd Beaumont i fyw ei lygaid. Siaradodd yn isel, allan o glyw eraill. 'Mater personol ydi o, 'ta rwbath y dylwn i wybod amdano?'

'Dim ond bod un o'r hogia yn y swyddfa wedi bod yn dangos mwy o ddiddordeb mewn rhyw achos nag y dylai. Y busnes 'na yn Hendre Fawr 'sti, ond does gen ti ddim rheswm i boeni, David. Dim o gwbl.'

'Pam ti'n deud hynny, Alex?' Culhaodd llygaid Beaumont. 'Tydi hynny ddim yn fater i mi hefyd?'

'Fel yr oeddwn i'n deud, David, does dim angen i ti bryderu – dwi wedi delio â'r mater,' atebodd Renton yn llawn hyder. 'Mi ydw i wedi ei roi o yn ei le, yn ddigon cadarn.'

'Dwi'n falch o glywed hynny.' Beaumont oedd yn gwenu y tro hwn. 'Dwi ddim isio i dy feddwl di fod yn unman arall wedi i mi roi cildwrn o hanner canpunt i'r gomediwraig yma i wneud yn siŵr ei bod hi'n dy wawdio di drwy'r nos.'

Arswydodd Renton. Gwyddai y byddai Beaumont yn fwy na pharod i wneud y fath beth.

Ar ôl chwarter awr o'r araith fwyaf amrwd a glywodd Renton yn dod o enau dynes erioed, canodd y bipiwr ar ei felt. Edrychodd Renton i lawr er mwyn darllen y neges fer. Trodd at Beaumont.

'Mae'n ddrwg gen i, ond mi wyt ti wedi gwastraffu dy arian, yr hen fêt. Mae'n rhaid i mi fynd. Yr hen ddyletswydd honno'n galw eto.'

Cododd ar ei draed a cherddodd allan drwy ganol yr ystafell, rhwng y byrddau eraill, i sŵn chwerthin y dorf mewn ymateb i'r gomediwraig yn gofyn a gâi hi ei helpu i agor balog ei drowsus yn y lle chwech.

Yn nistawrwydd mynedfa'r adeilad, rhoddodd ei ffôn symudol ymlaen a deialodd. Roedd llais y ditectif sarjant yn ddwys.

'Well i chi ddod i lawr yma, Syr. Tydi pethau ddim yn edrych yn dda o gwbl. Mae ganddon ni gorff ar ein dwylo. Corff yr eneth Murphy.'

Yr oedd hi wedi nosi ers dwy awr erbyn i Renton gyrraedd yno. Gwelodd oleuadau glas yn fflachio yn y pellter bob yn ail â goleuadau lampau mawr cerbydau'r heddlu, yn llachar yn nhywyllwch y nos. Pan aeth yn nes, gwelodd symudiadau nifer o blismyn ar derfyn y goedwig, rhai yn dod allan o'r coed ac eraill yn sefyll yn ddibwrpas a'u dwylo yn eu pocedi. Teimlodd yn rhwystredig yn syth. Gobeithiodd fod rhywun go gall yno i sicrhau nad oedd y llecyn yn cael ei ddifwyno.

Buan y gwelodd gyfiawnhad dros ei rwystredigaeth. Gwelodd ddau blismon arall mewn iwnifform yn dod allan o'r coed, un ohonynt hyd yn oed yn ysmygu sigarét. Gwelodd y Comander Rhanbarthol, y Prif Uwch Arolygydd, mewn sgwrs efo Cwnstabl Steve Pickles, ei lais blin yn uchel a'i fys yn wyneb yr heddwas ifanc.

Roedd y rhyddhad ar wyneb Pickles yn amlwg pan welodd Renton yn cerdded atynt.

'Syr,' meddai. 'Mae'r corff tua hanner can llath i mewn i'r goedwig. Dwi wedi ceisio rhwystro pawb rhag mynd ato, ond ...'

'Ia, dwi'n deall,' ymyrrodd Renton. 'Does dim rhaid i ti esbonio. Mi fedra i ddychmygu fod pawb eisiau cael golwg, hyd yn oed y Prif Uwch Arolygydd 'ma. Gad i mi gael gair personol â fo os gweli di'n dda, Cwnstabl.'

Trodd Pickles ei gefn atynt.

'Edrychwch o'ch cwmpas, Brif Uwch Arolygydd,' dechreuodd Renton gan edrych yn syth i'w lygaid. 'Ydi peidio â llygru lleoliad y drosedd wedi croesi'ch meddwl chi, 'ta ydach chi wedi dewis anwybyddu hynny? Dim ond pabell sydd ei hangen arnon ni bellach ac mi fysa hi'n rêl blydi syrcas yma. Welais i erioed ffasiwn flerwch mewn safle llofruddiaeth yn fy nydd. Be' ddiawl mae'r holl bobol 'ma'n ei wneud yma?'

Dechreuodd y Prif Uwch Arolygydd ateb, ond torrodd Renton ar ei draws yn syth.

'Rŵan ta, dyma be' dwi angen i chi 'i wneud. Symudwch y ceir yma i gyd a defnyddiwch nhw i gau'r ffordd ddau gan llath i bob cyfeiriad. Defnyddiwch dâp swyddogol i gau'r goedwig i bawb. Does 'na neb ond Cwnstabl Pickles i fentro i mewn i'r fan honno heb fy nghaniatâd personol i – ac mae hynny'n eich cynnwys chi, Syr. 'Dach chi'n deall? Dwi angen datganiad gan bob plismon sydd wedi bod y tu mewn i'r llinell honno, yn datgelu yn union lle bu o – a bydd yn rhaid iddyn nhw roi sampl DNA. Hefyd, dwi isio digon o blismyn o amgylch y safle i sicrhau nad oes neb yn mentro yno. Gwnewch drefniadau i wneud ymholiadau yn yr orsaf reilffordd, gorsaf y bysus a gyda phob gyrrwr tacsi yn y dref ar unwaith, a bydd yn rhaid nodi rhif cofrestru pob modur a welwyd allan heno am radiws o gan milltir o Lan Morfa. Ac, os gwelwch chi'n dda, Brif Uwch Arolygydd, trefnwch fod dau dîm chwilio arbennig yn barod i gael eu briffio am saith y bore. Os nag ydyn nhw ar y ffordd yma'n barod, dwi isio patholegydd y Swyddfa Gartref ac Archwiliwr Safle Trosedd yma cyn gynted â phosib.'

'Be' am oleuadau mawr, pabell i warchod y safle a dillad amddiffynnol?' gofynnodd y Prif Uwch Arolygydd braidd yn lletchwith.

'Mae'r DS yn gofalu am hynny ac yn agor ystafell ymchwiliad ar gyfer y llofruddiaeth hefyd, yn ogystal â gyrru swyddogion gwarchod teulu i gartre'r eneth.'

Pan drodd y Prif Uwch Arolygydd i adael, trodd Cwnstabl Pickles i wynebu Renton, yn hanner gwenu oherwydd gwyddai na ddylai fod wedi clywed y drafodaeth rhyngddynt.

'Iawn 'ta Steve,' meddai Renton. 'Be' sy' gen ti?' Rho'r cwbwl i mi yn fanwl, yn gywir ac yn gronolegol.'

Dechreuodd y cwnstabl roi trefn ar ei feddyliau gan edrych ar y nodiadau yn ei lyfr.

'Ffeindiwyd hi gan ddyn yn cerdded ei gi am saith munud i naw heno. Mae o mewn cyflwr go ddrwg ac mae Jeff Evans yn cymryd datganiad ganddo yn yr orsaf ar hyn o bryd. Mi gyrhaeddais i yma am ugain munud wedi naw a gofyn iddo ddangos y corff i mi gan ddefnyddio'r union lwybr yr oedd o wedi ei ddilyn trwy'r llwyni a'r coed. Mae hi'n hanner noeth. Cyrhaeddodd Dr Roberts am ugain munud i ddeg a chadarnhaodd ar unwaith ei bod hi wedi marw. Mi es â'r doctor i mewn ac allan yn union yr un ffordd ac mi ydw i wedi arwyddo'r llwybr cystal ag y gallwn i o dan yr amgylchiadau. Cyn belled ag y gwn i, does neb arall wedi bod ar gyfyl y corff, ond fedra i ddim bod yn siŵr. Mi welsoch chi sut le oedd yma.'

'Mi wyt ti wedi gwneud yn dda, 'machgen i,' canmolodd Renton. 'Ond dim gwell na fuaswn i'n ei ddisgwyl gan un a wnaeth cystal ag ennill Gwobr y Llyfr ar gwrs hyfforddiant y CID.'

Ymhen dwyawr yr oedd llifoleuadau wedi eu gosod yn y goedwig a throdd oerni'r nos yn ddydd. Cerddodd pedwar dyn yn gwisgo dillad di-haint gwyn a chwfl dros eu pennau i mewn i'r goedwig gan ddefnyddio'r llwybr pwrpasol a farciwyd gan Gwnstabl Pickles.

Roedd gweddillion anniben Donna Marie Murphy yn gorwedd mewn pant naturiol ger ochr clawdd, y corff wedi ei hanner orchuddio gan ddail crin yr hydref a aildrefnwyd lawer gwaith gan wyntoedd y gaeaf. Roedd ei dwy fraich wedi eu clymu uwch ei phen gan ddefnyddio ei bronglwm, ei choes dde wedi ei phlygu fel bod y ffêr yn gorwedd o dan y goes arall. Dim ond un esgid a wisgai. Roedd ei sgert ddenim wedi ei gwthio i fyny o amgylch ei stumog a'i blows wedi ei rhwygo oddi arni i ddinoethi'i chorff gwelw. Roedd ei nicer wedi ei rwygo a'i daflu i un ochr, i'r chwith o'r corff.

Safodd y pedwar mewn distawrwydd ychydig lathenni oddi wrthi. Yr unig sŵn oedd mwmian digyffro'r camera symudol digidol. Aeth sawl munud heibio cyn i'r patholegydd gerdded ymlaen ar ei ben ei hun yn bwyllog, gan sicrhau nad oedd yn aflonyddu ar unrhyw dystiolaeth a allai fod yno. Syllodd ac archwiliodd yn araf, heb gyffwrdd â dim. Yna, gwyrodd a symudodd y dail crin oddi ar beth a fu unwaith yn wyneb prydferth, ond a oedd erbyn hyn yn gleisiau brwnt drosto, wedi ei chwalu gan ddigwyddiadau munudau olaf yr eneth.

Carlamodd meddwl Renton i sawl cyfeiriad. Gwyddai mai geneth wyllt oedd hon o deulu trafferthus, un a redodd oddi cartref yn gyson. Ond nid oedd yr un ymosodiad rhywiol arall wedi digwydd yn yr ardal yn ddiweddar – dim dynion yn dinoethi eu hunain nac adroddiadau fod merched yn cael eu dilyn. Pam oedd hyn wedi digwydd, yn yr ardal hon, rŵan? Mae'n rhaid bod rheswm. Sut y daeth yr eneth ifanc yma i le mor unig, filltir y tu allan i'r dref? Pwy ddaeth â hi yma? Pa bryd? Oedd hi'n fyw ar y pryd?

Torrodd llais y patholegydd ar draws ei feddyliau. Edrychodd Renton arno, ei lygaid yn craffu y tu ôl i'w sbectol i ddarllen y thermomedr yn y golau artiffisial.

'Mae hi wedi bod yn farw ers wyth a deugain o oriau o leiaf. Dyna'r cwbl fedra i ddeud heb ddata mwy manwl.'

'Oes 'na rwbath arall fedrwch chi 'i ddeud wrtha i ar hyn o bryd?' gofynnodd Renton.

'Mi ddioddefodd drais ofnadwy, ac mae ei hwyneb wedi'i anafu'n ddifrifol mae gen i ofn, Alex,' atebodd. 'Mae 'na fwy o arwyddion o ymosodiad ar ei gwddf. Wrth edrych ar y marciau ar ei chorff, mi fuaswn i'n deud bod ei bronglwm wedi ei rwygo oddi arni. Mae 'na fwy o friwiau yn isel ar ei habdomen a'i gafl. Yn fwy na thebyg, bu iddi ddioddef trais rhywiol, ond mi allaf gadarnhau hynny yn ystod yr archwiliad post mortem yn ddiweddarach.'

Am wyth o'r gloch y bore canlynol, edrychai Renton i lawr ar gorff y ferch ifanc, yn hollol noeth y tro hwn, yn gorwedd ar fwrdd dur oer y marwdy. Tynnwyd gweddill ei dillad oddi amdani, a'r gynfas ddi-haint y cludwyd hi yno ynddi. Yr oedd gan Donna Marie Murphy un ddyletswydd ar ôl. Yn ddiurddas, yr oedd hi'n gorwedd yno i ddatgelu ei chyfrinachau – i ddinoethi unrhyw wybodaeth ynglŷn â phwy bynnag oedd wedi dod â bywyd mor ifanc i ben.

Dechreuodd y camera symudol fwmian unwaith eto, a fflachiai'r camera arall yn gyson wrth i'r patholegydd gychwyn ei archwiliad manwl, ei gyllell yn ei law ac yn siarad yn ddistaw ac yn bwyllog i'r meicroffon. Unwaith eto, crwydrodd meddwl Renton. Dychmygodd sut y buasai'r achos yn datblygu, a faint o waith y byddai ymchwiliad llofruddiaeth o'r maint yma'n ei greu. Mi fyddai pwysau mawr ar ei ysgwyddau ond penderfynodd nad arwain yn unig yr oedd o am wneud, ond disgleirio. Gwyddai y byddai ei brif swyddogion yn edrych yn fanwl ar ei waith a'i allu, a hwn oedd ei gyfle cyntaf i ddangos iddyn nhw'r hyn a allai ei gyflawni. Yn sicr, mi fyddai llawer i'w ystyried yn yr oriau, y dyddiau ac efallai'r misoedd nesaf.

Am ddau o'r gloch y prynhawn safodd y Ditectif Brif Arolygydd Renton o flaen chwe deg o ddynion a merched, i gyd yn aelodau o'r heddlu o wahanol rannau o'r gogledd, i roi'r cyfarwyddyd cyntaf. Synnodd y mwyafrif o weld bod y Cynghorydd David Beaumont yno hefyd, yn sefyll yn union y tu ôl i Renton – yn debyg iawn i gi hela ffyddlon wrth draed ei feistr. Ni fyddai pobl o'r tu allan i'r heddlu yn cael y fath wahoddiad fel arfer, waeth beth oedd eu statws. Teimlai nifer yn y gynulleidfa yn anesmwyth, gan fod hyn yn mynd â'r glymblaid rhwng yr heddlu a llywodraeth leol yn llawer iawn pellach nag y dylid.

Synhwyrodd Renton yr awyrgylch yn syth a phenderfynodd roi ei droed i lawr cyn cychwyn.

'Reit, eisteddwch i lawr i gyd, a gwrandewch. Dwi wedi rhoi gwadd i'r Cynghorydd Beaumont i'r cyfarfod yma oherwydd y cydweithrediad cryf sydd wedi ei sefydlu rhwng yr heddlu yng Nglan Morfa a'r gymuned. Mae'r cyswllt hwn yn cael ei gefnogi gan y Prif Gwnstabl ac mae'r uniad wedi bod yn llwyddiannus fel y gwyddoch chi. Mewn archwiliad o'r math yma, bydd arnom angen cefnogaeth y cyhoedd yn fwy nag erioed. Mae llofruddiaeth Donna Marie Murphy yn fater sy'n ymwneud â'r gymuned leol i gyd, a ddylai'r un ohonoch chi anghofio hynny. Mi fydd y Cynghorydd Beaumont yn bresennol ym mhob cyfarwyddyd dyddiol gyda'm caniatâd i, ac os oes rhai yma yn methu dygymod â hynny, mae'n well iddyn nhw adael yr ystafell ar unwaith.'

Oedodd Renton i edrych dros ei gynulleidfa. Ni ddywedodd yr un ohonynt air, ddim hyd yn oed yr amheuwyr mwyaf. Gwyddai Renton ei fod wedi ennill y frwydr gyntaf.

'Da iawn,' parhaodd. 'Rŵan 'ta, dyma be' sydd ganddon ni hyd yn hyn. Pedair ar ddeg oed oedd Donna, a doedd hi ddim o un o deuluoedd mwya' parchus y dref, fel y gŵyr rhai ohonoch chi. Gwelwyd hi am y tro diwethaf yn yr ysgol yn ystod amser cinio ddydd Mawrth, ond ddaru hi ddim troi i fyny i wersi'r prynhawn. Mi oedd hi wedi rhedeg i ffwrdd o'i chartref nifer o weithiau o'r blaen, ac mi wyddon ni ei bod hi wedi dechrau cael cyfathrach rywiol ers tro. Cafwyd hyd iddi neithiwr, ac yn ôl archwiliad y patholegydd roedd hi wedi bod yn farw am o leiaf ddeuddydd bryd hynny. Mae hynny'n mynd â ni yn ôl i brynhawn neu nos Fawrth. Bu ymosodiad treisgar arni, yn ddigon i'w gwneud yn anymwybodol. Yna fe'i rhwymwyd a'i threisio'n rhywiol.

Union achos y farwolaeth oedd mygu o ganlyniad i gael ei thagu. Mae'n debyg iawn ei bod hi eisoes wedi marw pan oedd hi'n cael ei threisio. Dim ond y gair "anifail" sy'n disgrifio'r sawl a wnaeth hyn. Oes unrhyw gwestiynau?' gofynnodd.

'Oes yna rywfaint o fforensig?' gofynnodd un llais.

'Dwi'n gobeithio,' atebodd Renton. 'Ond mae'n rhy gynnar i ddeud ar hyn o bryd. Mae pob dim sydd ganddon ni wedi mynd i'r labordy ond chawn ni ddim clywed y canlyniadau cyntaf tan fory. Y dasg gyntaf ydi proffilio'r ferch, ei theulu, ei chyfeillion a'i chysylltiadau agosaf. Rhaid cael pob gwybodaeth ynglŷn â'i theulu, gan gynnwys ei ffeil yn yr adran Gwasanaethau Cymdeithasol. Y cwbl, nid crynodeb. Dwi isio i bob disgybl yn yr un flwyddyn â hi yn yr ysgol gael eu cyfweld, a datganiadau manwl gan ei chyfeillion pennaf. Dwi angen i'r adran gudd-wybodaeth ganfod pob person allai fod dan amheuaeth oherwydd eu *modus operandi* a rhestr o unrhyw rai, trwy'r wlad, sydd wedi eu rhyddhau o garchar ar ôl cyflawni'r un math o drosedd yn ystod y tair blynedd ddiwethaf. Bydd y ditectifs yn eich plith yn cael gorchymyn i'w cyfweld, a'i dileu o'r ymchwiliad unwaith y cawn ni gadarnhad o'u lleoliad adeg y drosedd. Os nad ydyn nhw'n cydweithredu, dewch â nhw i'r ddalfa, arestiwch nhw os bydd raid. Dim lol. Ymchwiliad i lofruddiaeth ydi hwn, ac mi allwn ddefnyddio cymaint o rym ag sydd ei angen.

Oedodd yn fwriadol gan edrych i gyfeiriad Beaumont. Er mwyn y gynulleidfa, nodiodd hwnnw i gadarnhau ei gefnogaeth.

'Mae yna ddau lîd ar hyn o bryd,' parhaodd Renton. 'Does neb wedi gweld llystad yr eneth, Tony Marino, ers yn hwyr neithiwr, ar ôl dod o hyd i'r corff. Mae ganddon ni bobl allan yn chwilio amdano. Yn ail, fe gafodd car melyn ei weld yn agos i'r man lle darganfuwyd y corff yn hwyr bnawn Mawrth. Tydan ni ddim yn gwbod pa wneuthuriad ydi'r car ond mae o'n hen gar clasurol mewn cyflwr da iawn – ac mae'r amser y cafodd ei weld yn arwyddocaol. Bydd yn rhaid i ni ffeindio'r gyrrwr – dyn rhwng deugain a hanner cant. Dyna'r cwbwl ar hyn o bryd. Unrhyw gwestiynau?'

Waeth i mi ofyn ddim, ystyriodd Jeff. Cododd ei law cyn dechrau.

'Mae wedi dod i'm sylw bod yna ddyn dieithr wedi cael ei weld yn ac o gwmpas ffarm Hendre Fawr yn ystod yr wythnosau diwetha. Mae'r hen wraig a oedd yn byw yno, sydd yn anffodus wedi marw bellach, a'i nith wedi gweld y creadur od yma – tafliad carreg sydd rhwng y ffarm a lle darganfuwyd y corff.'

Sylwodd Renton fod Beaumont wedi dechrau cynhyrfu, a thorrodd ar draws Jeff cyn iddo orffen.

'Er mwyn y gweddill ohonoch chi, mae Ditectif Gwnstabl Evans isio ymchwilio i adroddiad bod yna ryw fath o ysbryd wedi'i weld gan hen ddynes a oedd yn ddeg a phedwar ugain oed. Efallai, o hyn ymlaen, y buasai'n hoffi canolbwyntio ar faterion llai arallfydol a rhoi ei feddwl a'i draed yn ôl ar y ddaear.'

Chwarddodd pawb – pawb ond Jeff.

'Bydd y cyfarwyddyd nesaf am hanner awr wedi chwech heno,' parhaodd Renton. 'Dau gyfarwyddyd bob dydd o hyn ymlaen, chwarter wedi naw y bore a hanner awr wedi chwech bob nos. Mae ymholiadau neilltuol wedi'u paratoi ar eich cyfer chi i gyd fesul pâr, ac fe gewch chi'r manylion gan y Ditectif Sarjant.'

Nid oedd Jeff Evans yn bwriadu cymryd sylw o eiriau Renton, waeth faint o rybudd roedd o wedi'i gael i anghofio'r dyn a welwyd yn Hendre Fawr. Dywedai ei reddf wrtho am beidio'i anwybyddu, cysylltiedig â'r llofruddiaeth neu beidio. Nid oedd yn rhaid iddo ddisgwyl yn hir cyn i Elen agor ei drws ffrynt.

'Mae'r tegell 'mlaen. Panad?' gofynnodd gan wenu.

'Diolch, Elen. Mae'n ddrwg gen i dy boeni di eto ond dwi'n meddwl bod hyn yn bwysig.'

Meddyliodd sut i fentro gofyn ei gwestiwn iddi heb ei dychryn. Sylwodd Elen ei fod yn petruso, a phenderfynodd gymryd y gwynt allan o'i hwyliau.

'Paid â deud wrtha i, Jeff. Rŵan bod gen ti lofruddiaeth mor agos i Hendre Fawr, rwyt ti'n cymryd diddordeb yn fy hanes i o'r diwedd.'

'Paid â meddwl nad oedd gen i ddiddordeb yn y dechra, Elen,' dadleuodd Jeff. Nid oedd yn barod i gyfaddef i orchymyn Renton, ond roedd yn rhaid rhoi rhyw fath o esboniad iddi. 'Fel hyn mae hi, Elen. Rydan ni ... wel, fi'n arbennig, wedi bod yn brysur yn ddiweddar, ac mi fu'n rhaid i mi flaenoriaethu 'ngwaith. Rŵan, efo'r llofruddiaeth yma ar ein pennau ni, wel, mae o wedi cymryd drosodd.' Gobeithiai fod ei esboniad yn swnio'n gredadwy.

Ond roedd gan Elen rywbeth ar ei meddwl hithau hefyd.

'Jeff,' dechreuodd, yn llai hyderus y tro hwn. 'Dwi ddim wedi bod yn hollol agored efo chditha chwaith, mae gen i ofn.'

'O?' gofynnodd Jeff yn chwilfrydig.

'Roedd fy Anti Emily yn credu mai ei mab, Medwyn, a ddiflannodd tua deng mlynedd ar hugain yn ôl, oedd y dyn a oedd yn ymweld â hi, os mai dyna'r term cywir i'w ddefnyddio.'

'Felly?' gofynnodd Jeff, yn chwilio am yr arwyddocâd.

'Diflannodd yn ystod ymchwiliad i lofruddiaeth geneth ifanc yn y dre, a does neb wedi'i weld o ers hynny.' Dechreuodd ddweud yr hanes.

'Argian Dafydd, Elen,' meddai, ei feddwl ar garlam. 'Well i mi gymryd datganiad swyddogol gen ti. Rŵan.'

Ymhen awr a hanner gadawodd Jeff y tŷ gyda datganiad manwl Elen. Fel yr oedd yn gadael, gwelodd Triumph Stag melyn yn arafu nid nepell oddi wrtho. Ni welodd Meurig Morgan Jeff wrth iddo ddringo allan ohono, a'i gloi cyn cerdded at ddrws ffrynt tŷ Elen. Wrth fynd heibio, sylwodd Jeff ar fwd ar yr olwynion ac o dan gorff y car a gwnaeth nodyn o'i rif cofrestru. Ai hwn oedd y car a welwyd ger Hendre Fawr brynhawn Mawrth tybed? Roedd hi bron yn amser am gyfarwyddyd Renton am hanner awr wedi chwech.

Yn ôl yn y swyddfa, penderfynodd Jeff beidio â gwneud stŵr ynglŷn â datganiad Elen oherwydd buasai hynny'n tynnu sylw Renton yn ormodol. Dewisodd roi'r datganiad i mewn yng nghyfundrefn weinyddol yr ymchwiliad yn ddistaw bach. Gwyddai y buasai ei gynnwys wedyn yn cael ei deipio a'r manylion yn cael eu cofnodi ym meddalwedd y cyfrifiadur enfawr a ddefnyddid i reoli a chydlynu'r ymchwiliad. Erbyn i hynny ddigwydd byddai'r wybodaeth yn cael ei thrin yn yr un ffordd ag unrhyw ddatganiad arall, ac yn gorfodi llawer iawn mwy o ymholiadau ac ymchwil. Byddai'r DBA yn ymwybodol o fodolaeth y datganiad yn ddigon buan, ond fuasai neb, hyd yn oed Renton, yn meiddio dinistrio'r wybodaeth ar ôl iddo gael ei gofnodi ym mol y cyfrifiadur, waeth faint y ceisiai Renton wawdio Jeff ar goedd. Beth bynnag y canlyniad, yr oedd Jeff yn ddigon parod i gyfiawnhau ei weithred, a gwyddai y buasai cyfran helaeth o'i gydweithwyr yn ei gefnogi hefyd.

Defnyddiodd Jeff Gyfrifiadur Cenedlaethol yr heddlu i chwilio am fanylion rhif car Meurig Morgan. Yna mewnbwniodd yr wybodaeth i gyfrifiadur yr ymholiad yn y categori 'blaenoriaeth isel', sef yr hyn a ddychmygai oedd yn gywir o dan yr amgylchiadau.

Daeth dau fater diddorol i'r amlwg yn ystod y cyfarwyddyd y noson honno. Nid oedd yr Adran Gwasanaethau Cymdeithasol, yn gyntaf, yn fodlon rhannu ffeiliau Donna Marie Murphy. Newidiwyd y penderfyniad wedi bygythiad i wneud cais amdanynt yn Llys y Goron y prynhawn hwnnw. Wedi eu derbyn, gwelwyd ynddynt honiadau bod llystad Donna wedi cael ei gyhuddo o'i cham-drin yn rhywiol. Yn ystod y misoedd diwethaf yr oedd hynny wedi dod i'r amlwg, pan wnaethpwyd ymchwil seicolegol i gyflwr yr eneth, a oedd yn rhedeg oddi cartref yn aml ac yn gwrthod mynychu'r ysgol. Cyn belled ag y gwyddai'r Adran nid oedd y cam-drin wedi mynd ymhellach na chyffyrddiadau o natur rywiol, ond yn ddiweddar, yr oedd y llystad wedi dechrau ei bygwth yn emosiynol ar ôl i'r eneth wrthod dioddef ei gyffyrddiadau.

Rhannwyd manylion Anthony Marino â heddluoedd ar hyd a lled Prydain, gyda'r cyfarwyddyd ei fod i'w arestio o dan amheuaeth o gam-drin yn rhywiol.

Yr oedd yr ail fater a ddaeth i'r amlwg braidd yn od. Llofruddiaeth Donna Marie Murphy oedd y llofruddiaeth gyntaf o'i bath yng Nglan Morfa ers deng mlynedd ar hugain. Cofiai trigolion y dref y llofruddiaeth gyntaf honno yn iawn. Daeth yn amlwg hefyd fod trigolion Glan Morfa yn rhanedig o ganlyniad i'r digwyddiad hwnnw.

Roedd cyfran o'r cyhoedd yn credu bod yr heddlu, yn eu hawch i bwyntio bys, wedi gwneud camgymeriad dychrynllyd wrth ymchwilio i'r achos – a bod eraill yn barod i anwybyddu'r gyfraith a lladd yr un a oedd o dan amheuaeth, a hynny heb brawf. Medwyn Parry oedd enw'r llanc hwnnw, un a fyddai hefyd yn cael ei alw'n Peter. Edrychai fel petai digwyddiadau'r wythnos hon wedi ailgynnau'r holl emosiwn ar y ddwy ochr. Teimlai rhai o'r heddweision yn yr ystafell fod y rhai a gofiai'r achos gwreiddiol yn amharod i roi gwybodaeth iddynt oherwydd camgymeriadau'r heddlu ddeng mlynedd ar hugain ynghynt.

Edrychai'r Cynghorydd David Beaumont yn anarferol o ansicr pan wahoddwyd ef gan Renton i annerch y cyfarfod. Astudiodd Jeff Evans ei wyneb. Am unwaith, nid oedd yn edrych yn gyfforddus, heb sôn am fod mor rhodresgar ag arfer. Fel arfer, byddai wrth ei fodd yn cael ei weld a'i glywed mewn unrhyw gyfarfod – ond nid heno. Ond, ystyriodd Jeff, roedd digwyddiadau'r dydd wedi dangos rhwyg mawr yn y gymuned, ac efallai ei fod yn disgwyl i weld sut y buasai'r mater yn datblygu cyn dewis pa ochr i'r ffens i'w ffafrio. Un felly oedd o. Y cwbl a wnaeth o flaen ei gynulleidfa oedd mwmian y buasai'r heddlu yn siŵr o gael cefnogaeth y cyhoedd.

Datgelwyd un ffaith arall i'r heddweision cyn diwedd y cyfarfod. Dywedodd yr heddferch a benodwyd i fod yn gyswllt â theulu Donna fod Diane Smith, y ferch a gafodd ei threisio, ei thagu a'i lladd ddeng mlynedd ar hugain ynghynt, yn chwaer i fam Donna. Petai hi wedi byw, mi fuasai Diane Smith yn fodryb i Donna Marie Murphy. Syrthiodd distawrwydd iasol dros yr ystafell.

Yr oedd y nos yn dywyll pan barciodd Jeff Evans ei gar yn y maes parcio tu cefn i westy'r Victoria, ac roedd dynes yn y cysgodion yn disgwyl amdano. Tarodd olau mewnol y car i ffwrdd fel na fyddai ei hwyneb yn amlwg wrth iddi agor y drws. Roedd y maes parcio'n ddistaw, yn ddigon distaw a thywyll ar gyfer yr hyn a fwriadai Jeff ei wneud efo Nansi'r Nos. Gwenodd wrth ystyried yr enw yr oedd o wedi'i roi iddi, ac yn rhyfedd, sut yr oedd hithau wedi cymryd ato.

Roedd hi'n gwisgo gormod o golur, fel arfer, a llenwodd arogl ei phersawr ffroenau Jeff pan lithrodd y ferch i'r sedd flaen wrth ei ochr a chau'r drws yn ddistaw. Gwisgai drowsus lledr tynn a chôt debyg, y sip yn agored at ei stumog i ddangos crys T gwyn oddi tano, ei wddf yn isel a rhigol ei bronnau yn amlwg yng ngolau gwan y stryd yn y pellter. Taflodd ei gwallt golau dros ei hysgwydd gan amlygu'r gwreiddiau tywyll ac eisteddodd yn aflonydd wrth ei ochr. Trodd ato a rhoi cledr ei llaw chwith ar ei ben-glin a gadael i'w bysedd ddringo'n ddireidus i fyny ei glun, fel y gwnâi bob tro. Cripiai ei hewinedd coch, hir ar hyd defnydd ei drowsus a syllai ei llygaid tywyll yn awgrymog arno.

Bu Nansi'n gaffaeliad gwerthfawr iawn i Jeff ers deunaw mis bellach – ers iddo'i pherswadio i basio gwybodaeth ymlaen iddo am ddigwyddiadau troseddol yn y dref. Arferiad bellach oedd rhoi llaw ar ei ben-glin – a chyfarchai Jeff hi yn yr un modd bob tro hefyd.

'Cadw dy ddwylo i ti dy hun, 'mechan i.'

Gafaelodd yn ei harddwrn gan ddefnyddio'i fawd a'i fys canol, ond tynnodd y ferch ei llaw yn ôl o'i gwirfodd. Gwyddai yn union beth fyddai ymateb Jeff ond mynnai chwarae'r un gêm bob tro.

'Surbwch ar y naw wyt ti, Jeff Evans,' meddai, fel petai'n ei feddwl o. 'Ond un diwrnod, disgwyl di, un diwrnod ...'

'Un diwrnod dim byd, Nansi!' atebodd. 'Ti'n gwbod yn iawn be' dwi isio gen ti.'

'Yr hen ddiawl. Wn i ddim pam dwi'n cyboli efo chdi, wir.'

'Mi wyt ti'n cyboli efo fi oherwydd bod ein trefniadau ni'n ein siwtio ni'n dau, Nansi, chdi gymaint â finna. Rŵan ta, be' s'gin ti i mi heno?'

Ochneidiodd Nansi wrth sylweddoli fod y chwarae drosodd am y noson.

'Wel,' dechreuodd. 'Wyddost ti'r ceir y torrwyd i mewn iddyn nhw'r noson o'r blaen tu ôl i'r pictiwrs? Hogia Dennis Martin y mecanic, Wayne ac Aston, oedd yn gyfrifol. Mi werthon nhw un radio wedi ei ddwyn i Colin Webster fore trannoeth.'

'Da iawn, Nansi,' atebodd Jeff wrth edrych ar amlinelliad ei hwyneb yn y golau gwan. Disgwyliodd am fwy yn y distawrwydd anesmwyth.

'Phillip Allen, hwnnw ddaeth allan o'r carchar chydig wsnosa'n ôl ...' Yn anarferol, nid oedd Nansi'n sicr os y dylai barhau. 'Wel, mae o'n mynd i Lerpwl fory i weld rhywun ddaru o gyfarfod yn y carchar ac mi fydd o'n dod yn ôl i'r dre ar y trên hanner awr wedi pump efo gwerth deng mil o bunnau o gocên.'

'Wyt ti ofn y gystadleuaeth, Nansi?' gofynnodd y ditectif.

'Dos i grafu, Jeff Evans. Ti'n gwbod yn iawn na tydw i ddim yn delio mewn crac.'

Chwarddodd Jeff. '*Well* i ti beidio, Nansi, achos fyswn i byth yn gadael i ti wneud – a chofia di hynny.' Oedodd am eiliad cyn parhau mewn llais difrifol. 'Rŵan 'ta, be' 'di'r si diweddara ar y strydoedd ynglŷn â llofruddiaeth yr eneth Murphy?'

'Dim byd, ond bod pob merch yng Nglan Morfa yn cachu'n ei throwsus wrth feddwl bod Peter y Tagwr yn ôl yn y dre.'

'Bydda'n wyliadwrus, Nansi, a gad i mi wybod yn syth os clywi di rwbath. Mi wna i'n siŵr fod yr hyn ddeudist ti wrtha' i yn cyrraedd y lle iawn. Be' arall s'gin ti i mi heno?' ychwanegodd, gan roi pum papur ugain punt yn ei llaw.

Gwenodd Nansi arno a thynnodd becyn o rywle y tu mewn i'w chôt a'i roi iddo. Cymerodd yr arian o'i law a'i roi yn chwareus rhwng ei bronnau. Rhedodd ei thafod ar hyd ei gwefus a gadawodd y car heb ddweud gair arall. Roedd arogl ei phersawr yn dal yn ei ffroenau wrth iddo eistedd yno am rai munudau'n syllu i'r tywyllwch. Oedd Peter y Tagwr yn ei ôl, tybed?

Roedd hi'n hwyr, a throdd ei feddwl tuag adref, a Jean.

Pennod 6

Deffrôdd Meurig Morgan am ugain munud i saith y bore heb gael noson dda o gwsg. Anaml y byddai bwganod y gorffennol yn fodlon rhoi heddwch iddo pan geisiai gysgu yn Y Gorwel. Y bwthyn hwn oedd yr angor a'i clymai i'w golled a'i dristwch, y man lle ganwyd ei hunllef. Ni allai anghofio'r noson olaf honno, sut yr oedd o a'i wraig wedi dadlau, a'r ddadl wedi troi'n ffrae mor gyflym. Rhedodd Eirlys allan o'r bwthyn yn hwyr i dywyllwch y nos efo Dafydd, eu mab, yn ei breichiau. Ei bwriad oedd treulio'r noson yn nhŷ ei rhieni, ond welodd Meurig mohonynt yn fyw wedyn. Cofiai glywed sŵn y ddamwain yn y pellter ac ar ôl rhedeg yno, gweld y car yn llosgi yng ngwaelod y dibyn. Sawl gwaith y gwelodd o'r darlun hwnnw yng nghanol y nos? Yn ei fflat yng Nghaerdydd roedd pethau'n wahanol – ac erbyn hyn yr oedd wedi dysgu rheoli'r hiraeth ingol drwy ganolbwyntio gant y cant ar ei waith. Ond yn ôl yn Y Gorwel doedd hi ddim mor hawdd. Gwyddai'n iawn mai'r unig ffordd ymlaen oedd wynebu'r cyfan, oherwydd gwyddai beth allai ddigwydd pe na bai'n gwneud hynny. Treuliodd y ddwy flynedd gyntaf ar ôl y ddamwain yn niwl y botel wisgi, neu, fel y cofiai'n iawn, ddwy neu dair potel bob dydd – ac yr oedd Meurig wedi penderfynu na allai adael i hynny ddigwydd eto. Roedd dyddiau ei hunanddinistr yn y gorffennol.

Tynhaodd ei ŵn nos amdano a cherdded at ddrws

ffrynt y bwthyn, yn llawn hyder mai canolbwyntio ar broblemau Elen y byddai heddiw. Dyna pam y daeth o'n ei ôl i'r dref.

Plygodd i godi'r papur newydd oddi ar y llawr y tu ôl i'r drws a darllenodd y pennawd: *Llofruddiaeth Glan Morfa: Dim Cysylltiad â'r Gorffennol.*

Clywodd gnoc ar y drws. Cnoc drom, o ystyried yr awr. Yn groes i'w arferiad aeth at y ffenestr a thynnodd y cyrten yn ôl ddigon i weld tri dyn y tu allan mewn siwtiau tywyll. Ychydig yn rhy gynnar, bois, meddyliodd wrth agor y drws.

Ar unwaith gwthiodd y dyn cyntaf ei wyneb bygythiol yn anghynnes o agos i'w wyneb ei hun a cherddodd y ddau arall heibio iddo heb wahoddiad. Ystyriodd geisio eu rhwystro'n gorfforol, ond sylweddolodd na allai lwyddo yn erbyn y tri.

'Chi ydi Meurig Morgan?' gofynnodd yr un agosaf ato.

Gwelodd Meurig fod un o'r ddau arall wedi datgloi'r drws cefn i adael pedwerydd dyn i mewn i'r tŷ.

'Pwy ddiawl ydach chi?' Ceisiodd Meurig ddal ei dymer.

'Oes 'na rywun arall yn y tŷ?' gofynnodd yr un dyn gan anwybyddu'r cwestiwn.

'Gofyn i dy ffrindia,' atebodd. 'Mae'n edrych yn debyg eu bod nhw wedi mynd drwy'r tŷ yn barod. *Pwy ddiawl ydach chi?*' gofynnodd am yr eilwaith.

'Mae o ar ei ben ei hun, Sarj,' galwodd un o'r lleill.

'*Fi* sy'n gofyn y cwestiynau,' meddai'r cyntaf. 'Stedda i lawr.' Symudodd fel petai am wthio Meurig i'r gadair gerllaw, ond mewn amrantiad, rhuthrodd llaw anferth Meurig i gydio yn ei arddwrn ac edrychodd yn danllyd i fyw llygaid y plismon. Sylweddolodd y sarjant pa mor gryf oedd Meurig, yn gorfforol ac yn feddyliol, ac am ennyd byr safodd y ddau yn llonydd. Symudodd y tri arall yn agosach nes i Meurig lacio ei afael. Gwelodd Meurig gyfle i achub y blaen.

'Dydach chi ddim yn bihafio fel Jehofas felly dwi'n cymryd mai plismyn 'dach chi.'

Chwarddodd un a dangosodd ei gerdyn swyddogol.

'Wel, rŵan 'mod i wedi'ch gwahodd chi i mewn yma,' parhaodd Meurig yn ddirmygus, 'fysach chi'n licio deud wrtha i yn gwrtais ac yn barchus be' sydd ar eich meddylia chi? 'Falla y cawn ni well hwyl efo'n gilydd wedyn.'

'Paid â thrio bod yn glyfar, mêt,' atebodd yr un anghwrtais. 'Fi sy'n rhedeg y sioe fach yma. Pwy sy' bia'r Stag melyn 'na tu allan?'

Tydi hwn ddim wedi dysgu 'i wers, meddyliodd Meurig.

'Ro'n i'n meddwl bod gan yr heddlu gyfrifiaduron i ateb cwestiynau fel'na,' atebodd. Gwyddai nad dyna'r ffordd orau i ymateb o dan yr amgylchiadau, ond ta waeth, roedd hi'n rhy hwyr rŵan.

'Pwy oedd yn gyrru'r car bnawn Mawrth diwetha?'

'Pam?' gofynnodd Meurig.

'Ni sy'n ymchwilio i lofruddiaeth Donna Marie Murphy. 'Falla'ch bod chi wedi clywed am y digwyddiad,' meddai, gan giledrych ar y papur newydd gerllaw. 'Fe welwyd eich car chi ddim mwy na hanner canllath o'r man lle cafwyd hyd i'w chorff.'

Argian, mae'r rhain o ddifrif, sylweddolodd Meurig, gan gofio ei fod wedi gadael ei gar wrth ochr y ffordd yn agos i Hendre Fawr y diwrnod hwnnw ar ôl ymweld ag Elen yn yr ysbyty. Cofiodd weld y ffermwr a basiodd yn ei dractor yn rhoi nod iddo pan adawodd ei gar yno. O dan yr amgylchiadau, gwyddai fod gan yr heddweision ddigon o hawl i'w holi, ond pam bod mor ymosodol? Roedd ganddo deimlad na allai ymddiried ynddyn nhw. Pwy a ŵyr sut fuasai unrhyw esboniad ganddo yn cael ei ystumio? Penderfynodd Meurig ddweud dim nes y byddai ei atebion yn cael eu cofnodi ar dâp.

'Mae'ch agwedd chi'n awgrymu 'mod i dan amheuaeth. 'Ddylach chi ddim rhoi rhybudd swyddogol i mi neu rwbath?' meddai.

'O, diawl clyfar ia?' atebodd y swyddog, cyn troi at ddau o'i gydweithwyr. 'Ewch â fo i mewn – mi ddo i ar eich holau ar ôl cael golwg o gwmpas y lle 'ma.'

Aeth y ddau i'r llofft ar ôl Meurig a'i wylio'n gwisgo amdano, ac yna rhoddwyd gefyn llaw i glymu ei arddyrnau y tu ôl i'w gefn. Martsiwyd o allan o'r bwthyn, a gwelodd y ddau arall yn tynnu ei esgidiau cerdded allan o fŵt y Stag a'u rhoi mewn bag plastig glân.

'Chi bia'r rhain?'

Nid atebodd Meurig.

Agorodd y giât haearn electronig wrth ddrws cefn gorsaf heddlu Glan Morfa a gwelodd Meurig y camera'n edrych arno wrth iddo geisio dod allan o gefn y car, y gefyn yn gwasgu ei gnawd ac yn achosi iddo golli'i gydbwysedd. Arweiniwyd ef i lawr llwybr byr, cul rhwng dwy wal goncrid dywyll, uchel tuag at y drws dur lle derbynnid carcharorion. Tarodd un o'r ditectifs ei fys yn erbyn botwm ar blât yn y wal a siaradodd, ac agorodd y drws yn syth i ddatgelu coridor tywyll, budr heb ffenestr. Deuai'r unig olau o un bwlb gwan a oedd wedi ei amgylchynu â chrud metel yn uchel ar un wal. Edrychodd yn ei flaen tua'r dderbynfa lle gwelodd sarjant yn eistedd tu ôl i ddesg yn edrych ar sgrîn y cyfrifiadur o'i flaen, ei fysedd yn clecian ar y bysellfwrdd.

Wrth ei ochr roedd cwnstabl yn gwagio bag yn cynnwys eiddo bachgen ifanc cysglyd a blêr yr olwg a safai gerllaw, ei ddillad yn blastr o beth edrychai fel chwd. Safai ei gyfreithiwr mewn siwt dwt, dywyll gam neu dri oddi wrtho – yn ddigon agos i arolygu'r weithred ond yn ddigon pell i osgoi drewdod noson o or-yfed ar ddillad ac anadl ei gleient.

Edrychodd y sarjant i fyny ar Meurig a'r ddau dditectif.

'I mewn i fan'cw,' meddai, gan amneidio i gyfeiriad ystafell olau efo wal o wydr tew rhyngddi a'r dderbynfa. 'Ydi o wedi dangos unrhyw arwydd o drais, neu wedi'ch bygwth chi?' gofynnodd.

Cadarnhaodd un o'r ditectifs na wnaeth.

'Tynnwch y gefyn llaw felly,' gorchmynnodd y sarjant a throdd yn ôl i syllu ar y sgrîn o'i flaen.

Rhwbiodd Meurig ei arddwrn gwaedlyd a cherddodd i mewn i'r gell dros dro, lle'r oedd dau fachgen ifanc yn eistedd yn barod, yn amlwg yn hollol gyfarwydd â'r sefyllfa. Gwrandawodd Meurig arnynt yn trafod beth i'w ddweud a beth i beidio â'i ddweud ynglŷn â nifer o radios car yr oedd y ddau wedi eu dwyn yn ystod y dyddiau cynt. O fewn munud, arweiniwyd un ohonyn nhw allan tua'r cownter. Trodd y llall at Meurig.

'Be' *ti* 'di neud, mêt?'

Roedd edrychiad Meurig yn ddigon i awgrymu nad oedd yn bwriadu ateb.

O fewn hanner awr dda, aethpwyd â Meurig at y cownter. Erbyn hyn roedd y Ditectif Sarjant ymosodol ei natur wedi dychwelyd o'r Gorwel. Yr un sarjant oedd tu ôl i'r cyfrifiadur – edrychai fel petai'n reit agos at oed ymddeol. Dechreuodd guro'r bysellfwrdd unwaith yn rhagor gan ofyn nifer o gwestiynau i Meurig er mwyn cadarnhau pwy oedd o. Oedodd ei fysedd yn annisgwyl ar y bysellfwrdd pan ddisgrifiodd y carcharor ei swydd fel cyfreithiwr o Adran Gyfreithiol y Cynulliad. Sylwodd Meurig fod y ddau dditectif a ddaeth â fo i'r ddalfa wedi eu synnu hefyd, ond nid felly'r Ditectif Sarjant, ei wyneb yn llonydd. Roedd hi'n amlwg ei fod o'n gwybod yn iawn pwy oedd Meurig, ond nad oedd wedi rhannu'r wybodaeth â'r ddau arall.

Diddorol iawn, myfyriodd Meurig. Pwy felly oedd wedi ei roi ar ben ffordd, a pham nad oedd yr wybodaeth wedi ei throsglwyddo i'r ddau arall?

'Pam mae'r dyn yma wedi'i arestio?' gofynnodd Sarjant y Ddesg.

'Ar amheuaeth o lofruddio Donna Marie Murphy,' atebodd y Ditectif Sarjant cyn i un o'r tri ditectif arall gael cyfle i ateb.

Dychrynodd Meurig o glywed y datganiad. Brwydrodd yn erbyn ei awydd i wadu'r cyhuddiad yn syth, ond gwyddai nad hwn oedd yr amser iawn i wneud hynny.

'A'r amgylchiadau?'

'Ditectif Sarjant Powell ydw i o Uned Ymchwilio Troseddau Difrifol y pencadlys, yn gwneud ymholiadau i lofruddiaeth Donna Marie Murphy. Gwelwyd car y dyn yma yn agos i safle'r llofruddiaeth brynhawn Mawrth am yn agos i awr. Mae pum tyst wedi gwneud datganiadau sy'n cadarnhau hynny – a dyna pryd y lladdwyd y ferch. Aethom i holi Mr Morgan am saith o'r gloch y bore 'ma. Bu'n ddadleugar efo ni'n syth a gwrthododd ateb ein cwestiynau. Yr oedd ei agwedd yn fy arwain i feddwl yn rhesymol fod ganddo rywbeth i'w guddio, ac o dan yr amgylchiadau hynny fe'i harestiwyd ar amheuaeth o lofruddio.'

Ar ôl gorffen nodi datganiad Powell ar y cyfrifiadur, gofynnodd y Sarjant i Meurig a fyddai o'n hoffi ymateb.

'Petai'r Ditectif Sarjant wedi gofyn unrhyw gwestiwn yn gwrtais, mi fuasai wedi cael esboniad yn syth. Mi ddefnyddiodd fwy o rym o lawer nag oedd ei angen y bore 'ma, digon i wneud i mi feddwl na allwn ymddiried ynddo. Dwi'n ddigon hapus i roi eglurhad – cyn belled â bod yr hyn sydd gen i i'w ddeud yn cael ei recordio ar dâp.'

Symudodd Powell yn nes at Meurig.

'Gwranda'r basdad clyfar. Mi gei di blydi camera i gofnodi'r ymweliad hefyd os lici di. Paid â thrio dy driciau efo fi, neu ar dy din ar lawr fyddi di.'

Gwelodd y Sarjant yn syth fod agwedd Powell yn tueddu i gefnogi'r hyn a ddywedodd Meurig, ac nid oedd yn barod i ganiatáu'r fath ymddygiad.

'Ditectif Sarjant Powell,' dechreuodd gan edrych arno drwy lygaid cul. 'Dwi'm yn gwbod ydach chi'n arfer trin pobl fel'na yn y pencadlys, ond yng Nglan Morfa, hyd yn oed yn y ddalfa 'ma, 'dan ni'n trin pawb â pharch, dim ots pwy ydyn nhw na be' ydi'r cyhuddiad yn eu herbyn.'

'Dyna dy roi di yn dy le, 'ngwas i,' meddai Meurig o dan ei wynt.

Yn fuan wedyn, aethpwyd â Meurig i mewn i gell dywyll, fudur, a honno'n drewi fel petai'r meddwyn ifanc a welodd ynghynt wedi bod ynddi drwy'r nos. Gwely pren ac arno fatres blastig frown oedd yr unig ddodrefnyn, a'r unig addurn oedd graffiti amrwd wedi'i lunio gan nifer o gyn-breswylwyr y gell.

Dechreuodd Meurig amau fod y driniaeth a gawsai hyd yn hyn yn rhan o ryw gynllun i'w gythruddo. Ond pam? Dechreuodd golli ei amynedd, ond gwyddai y cawsai gyfle i esbonio'r gwir cyn hir. Wedi hynny buasai'n siŵr o gael ei ryddhau.

Aeth dwyawr heibio. Efallai y buasai wedi bod yn well iddo fod wedi gofyn am gyfreithiwr yn lle dibynnu ar ei farn ei hun. Wedyn, mi fuasai ganddo rywun i'w helpu ar y tu allan. Pan agorwyd y drws, o'r diwedd, arweiniwyd ef i ystafell gyfweld lle eisteddai Powell y tu ôl i ddesg efo un o'r ditectifs eraill a'i harestiodd. Ni fu gair o eglurhad na chyflwyniad ffurfiol. Ar ôl derbyn y rhybudd swyddogol dechreuodd Meurig ar ei esboniad heb roi cyfle i Powell ofyn yr un cwestiwn. Eglurodd bopeth o'r dechrau hyd at y diwedd, gan gychwyn efo galwad ffôn Elen a'i reswm dros deithio i Lan Morfa. Disgrifiodd ei symudiadau brynhawn Mawrth yn Hendre Fawr, a'i reswm am fod yno. Bob tro y gwelai fod Powell yn meddwl am ofyn cwestiwn, atebai Meurig cyn iddo ofyn, yn hollol fodlon iddo eistedd yno'n fud, yn gwrando. Fel rheol buasai Powell wrth ei fodd yn gwrando ar garcharor yn siarad cymaint, ac yn croeshoelio'i hun wrth wneud hynny, ond nid felly oedd hi'r tro hwn. Fel y parhaodd y cyfweliad, sylweddolodd Powell fod Meurig lawer mwy deallus a sionc ei feddwl nag ef ei hun.

Disgwyliodd Meurig y buasai'n cael ei ryddhau ar ei union, a brasgamodd tua'r dderbynfa – ond cafodd siom o weld sarjant gwahanol yno. Nid edrychodd ar Meurig, dim hyd yn oed pan roddodd Powell ei grynodeb digalon o'r cyfweliad. Gorffennodd wrth ychwanegu y buasai'n rhaid gwneud llawer iawn mwy o ymholiadau i gadarnhau'r hyn a ddywedwyd gan y carcharor.

Yn ôl yn y gell, aeth tair awr arall heibio cyn i'r arolygydd ar ddyletswydd agor y drws i gyflwyno'i hun a dweud ei fod yno i arolygu ei garchariad. Roedd yr ymholiadau angenrheidiol yn cael eu gwneud cyn gynted â phosib, meddai, a buasai'n rhaid i Meurig aros dan glo nes y byddai'r cwbl wedi'i orffen rhag rhagfarnu'r achos.

'Cachu tarw!' poerodd Meurig yn ôl yn unigrwydd ei gell. Ond roedd y sefyllfa'n dechrau ei ddiddori. Penderfynodd beidio â gofyn am gyfreithiwr gan ei fod yn sicr na allai'r heddlu ei gysylltu â'r llofruddiaeth. O fewn pedair awr ar hugain byddai'n rhaid iddyn nhw ei ryddhau neu ofyn i uwch arolygydd adolygu ei garchariad, ac o dan yr amgylchiadau, penderfynodd eistedd yn ddistaw a disgwyl. Myfyriodd eto oedd yna reswm sinistr pam yr oedd o'n cael ei gadw yno yn afresymol o hir. Os felly, pwy oedd yn gyfrifol a pham? Ci bach pwy oedd Powell?

Gofynnodd Jeff Evans yr un cwestiwn iddo'i hun sawl gwaith yn ystod y dydd hefyd. Pam nad fo gafodd y dasg o holi Meurig gan mai fo ddaeth â'r wybodaeth ynglŷn â'r Stag melyn i'r amlwg yn y lle cyntaf? Yn lle hynny, yn groes i'r arfer, directifs o ran arall o heddlu'r gogledd a gafodd y gwaith. Eisteddai Jeff yn ei gar nid nepell o fynedfa gorsaf reilffordd Glan Morfa yn myfyrio dros yr achos. Yr oedd yn gwybod na fuasai o wedi creu'r fath helynt. Pam y bu'n rhaid arestio Morgan a'i gadw yn y ddalfa? Efallai y deuai eglurhad yn ystod y cyfarwyddyd am hanner awr wedi chwech.

Roedd yn tynnu at ugain munud i chwech ac roedd y trên ddeng munud yn hwyr yn cyrraedd yr orsaf. O'i wylfan, gwelodd Phillip Allen yn neidio o drydydd cerbyd y trên a cherddaeth ar hyd y platfform yn syth i freichiau dau heddwas oedd yn gwisgo'u cotiau eu hunain dros eu hiwnifform. Nid y guddwisg orau yn y byd, ond nid Phillip Allen oedd y deliwr cyffuriau mwyaf, na'r mwyaf deallus, yn y byd chwaith. Edrychodd Jeff arnynt yn ei stopio, ei chwilio a dod o hyd i'r cyffuriau yn rhywle o dan ei wisg. Gwenodd Jeff wrth weld y gefyn llaw yn cael ei roi amdano. Na, doedd o ddim yn un o ddelwyr mwyaf y wlad, ond mi fuasai'r gwerth deng mil o bunnau o gyffuriau caled a oedd yn ei feddiant wedi bod yn fwy na digon i wneud llanast yn y dref.

'Diolch, Jeff,' galwodd Cwnstabl Rob Taylor arno wrth basio'r car. 'Mae arna' i un i ti rŵan, cofia.'

'Mi gofia i, paid â phoeni,' atebodd Jeff, ond y gwir oedd nad oedd dim yn ei blesio'n fwy na gweld plismon ifanc yn cael coler dda.

'Diolch i ti, Nansi,' meddai Jeff yn dawel.

Eisteddodd Jeff yng nghefn y neuadd a gwylio'r cadeiriau'n llenwi'n araf efo nifer o heddweision a heddferched, pob un yn sgwrsio ac yn awyddus i leisio barn ynglŷn â'r llofrudd a oedd yn gyfrifol am ddod â bywyd byr Donna Murphy i ben mor ddisymwth. Ymhen deng munud cerddodd y Ditectif Brif Arolygydd Renton i mewn a'r Cynghorydd David Beaumont wrth ei ochr. Yr eitem gyntaf ar yr agenda oedd arestiad Meurig Morgan.

Esboniodd Renton nad oedd hi'n debygol bellach mai Morgan oedd yn gyfrifol am y llofruddiaeth, a bod ganddo reswm dilys am fod ger y goedwig brynhawn Mawrth. Er hynny, byddai'n cael ei gadw yn y ddalfa nes bod ymchwiliad trylwyr i bob esboniad a roddodd wedi'i gwblhau.

'Er, mae 'na fwy i Morgan na hynny,' parhaodd Renton. 'Efallai ei fod o'n gyfreithiwr llwyddiannus yn y Cynulliad, ond mae ganddo fo hanes cythryblus. Mi fu dan amheuaeth o fod yn gyfrifol am ddamwain chwe blynedd yn ôl pan laddwyd ei wraig a'i fab. Fe'i harestiwyd yr adeg honno, ond chafodd o 'mo'i gyhuddo. Roedd o'n llawn diod pan ddigwyddodd y ddamwain, yn alcoholig, a 'dach chi i gyd yn gwbod cystal â finna be' maen nhw'n 'i ddeud am gyn-alcoholics. Fy marn i ydi ei fod o'n fet da ar gyfer y bag ... ddydd neu nos. Cofiwch chi hynna. Ond tydi o ddim allan ohoni eto. Mi fyddaf yn rhoi gorchymyn i'w broffilio a chyn hir mi fyddwn yn gwybod y cwbwl amdano fo, hyn yn oed pa law mae o'n ei defnyddio i sychu'i din. Ac, wrth gwrs, mi fydd o a'i gar yn cael archwiliad fforensig trwyadl. Cadwch o ar flaen eich meddyliau, pob un ohonoch chi.'

Doedd dim o hyn wedi ateb yr un o gwestiynau Jeff, ond unwaith eto, penderfynodd beidio â dadlau'r achos.

'Be' ydi'r sefyllfa ynglŷn â llystad Donna?' gofynnodd llais o'r llawr.

'Dim newid ar hyn o bryd,' atebodd Renton. 'Mae ymholiadau'n cael eu gwneud efo teulu Tony Marino mewn rhannau eraill o'r wlad. Mae yna bosibilrwydd ei fod yn cuddio efo un ohonyn nhw. Mae gen i ychydig o funudau ar newyddion cenedlaethol y teledu heno, a byddaf yn apelio arno i roi ei hun yn nwylo'r heddlu.'

'Be' am ddefnyddio mam yr eneth yn ystod yr un apêl?' gofynnodd yr un llais.

Syniad da, ond dim eto,' atebodd Renton. 'Y gwir ydi mai Tony Marino ydi ein lîd gorau ni ar hyn o bryd a dwi ddim yn meddwl bod angen llusgo mam Donna o flaen pawb heb fod angen. Mi gadwn ni hi allan o lygad y cyhoedd am rŵan, ond falla' bydd yn rhaid ei defnyddio yn nes ymlaen.'

'Be' am y cowboi 'ma sydd wedi cael ei weld o gwmpas y dre'n ddiweddar, ac o gwmpas Hendre Fawr hefyd?'

gofynnodd un o'r heddferched. 'Mae'r datganiad a gymerodd Jeff Evans gan Mrs Elen Thomas ar y system, ond does neb wedi sôn fawr amdano eto. Pa mor bwysig ydi'r datblygiad yma?'

Taflodd Renton gipolwg sydyn ar Jeff Evans cyn ateb. Nid oedd yn hoffi'r hyn a welodd yn y datganiad ond, fel y gwyddai Jeff, roedd hi'n rhy hwyr iddo wneud dim ynglŷn â'r peth bellach.

'Dwi'n trin y mater â blaenoriaeth isel – dyna mae o'n haeddu ar hyn o bryd. Mae'n rhaid i ni ganolbwyntio ar y llofruddiaeth, ac mae 'na ddigon o bethau pwysicach i'n cadw ni'n brysur.'

Mwy o falu cachu dibwys, meddyliodd Jeff, ond yna trodd natur y drafodaeth mewn ffordd nad oedd hyd yn oed Jeff wedi ei ragweld. Yr un heddferch siaradodd eto, ond yn ddistawach y tro hwn ac yn fwy petrusgar, oherwydd gwyddai ei bod am fynegi barn a oedd yn hollol groes i safbwynt Renton.

'Ond Syr, mae'r hanes yn dew ar hyd y dre. Y stori ar wefusau pawb ydi bod Peter y Tagwr yn ei ôl. Sut fedrwn ni anwybyddu hynny? Dwi'n gwbod na fedrwn ni wneud llawer o ddefnydd o dystiolaeth yr hen wraig, Mrs Emily Parry, sydd wedi marw bellach, ond mae'n rhaid i ni nodi'r digwyddiad a defnyddio'r wybodaeth, yn does? Mae Mrs Elen Thomas wedi gweld rhywun, ddwywaith, a does dim achos i'w hamau. Dwi wedi cael cipolwg ar gyfweliad Meurig Morgan, sydd newydd ddod ar y system, ac mae'n amlwg fod ei ymweliad o â Hendre Fawr yn ymwneud â'r un mater. Syr, mae 'na famau allan yn fanna sy'n ofni am eu bywydau. Mi welis i'r ofn ar eu hwynebau wrth iddyn nhw nôl eu plant o'r ysgol heddiw, ac os ydan ni am anwybyddu eu pryderon, mi gollwn eu hyder. Mi gollwn hyder yr holl gymuned.'

Newidiodd awyrgylch yr ystafell ar unwaith. Edrychodd nifer ar ei gilydd, yn gytûn â'r heddferch. Gwyddai Jeff fod bwriad Renton i esgeuluso'r cyswllt â Hendre Fawr yn cael ei chwalu'n deilchion. Roedd datganiad Elen wedi gwneud y tric, ond ni allai ddeall agwedd Renton o'r cychwyn. Gwenodd Jeff wrth ddychmygu sut y gallai Renton newid ei safbwynt o flaen pawb. Ond roedd Renton yn feistr ar achub y sefyllfa.

'Dwi'n clywed yn union be' sydd ganddoch chi i'w ddeud,' atebodd. 'Ac mae'n ddadl ddilys; ond does gen i ddim bwriad i ail-agor ymchwiliad sydd yn ddeg ar hugain oed a chanddon ni lofrudd yn ein plith heddiw, un sydd wedi lladd lai na thridiau yn ôl. Er 'mod i'n teimlo mai Tony Marino sy'n debygol o allu rhoi'r atebion i ni, dwi ddim yn un am roi fy holl wyau mewn un fasged, fel petai. Wrth gwrs, dwi'n cydnabod yr angen i sefydlu pwy ydi'r dyn 'ma maen nhw'n 'i alw'n gowboi, ac rydan ni'n cadw llygad allan amdano fo. Be' sy'n bwysig ar hyn o bryd yw tawelu meddyliau'r gymuned a gadael i bawb wybod ein bod ni'n delio â phob agwedd o'r ymchwiliad.'

Gwelodd Jeff fod Renton yn dal i fod yn llawn hyder, er ei fod wedi newid rhywfaint ar ei farn tuag at dresmaswr Emily Parry. Er hynny, doedd ei agwedd yn gwneud fawr o synnwyr.

'Hoffwn yn awr,' parhaodd Renton, 'alw ar y Cynghorydd Beaumont i ddeud wrthach chi am fenter bwysig. Menter sydd â'r bwriad o gynyddu ymateb y cyhoedd ac atal panig.'

'Syniad gwych arall,' meddai Jeff yn sinigaidd.

Edrychodd ar David Beaumont – cynghorydd yn codi i annerch cyfarfod mewn ymchwiliad i lofruddiaeth – roedd y peth yn ffars.

'Dditectif Brif Arolygydd Renton, boneddigion a boneddigesau,' dechreuodd yn hyderus. 'Dwi'n falch iawn o'r cyfle hwn i'ch annerch chi, a dwi'n gwneud hynny yn llwyr ymwybodol mai chi sy'n cynnal yr ymchwiliad, a finnau'n rhoi cymorth i chi yn unig.'

'Wel mae o wedi cael hynny'n iawn, o leia,' sibrydodd Jeff yng nghlust yr heddwas agosaf ato.

'Mae ganddon ni, gynghorwyr y sir a'r dref, gyfrifoldeb i'r rhai a bleidleisiodd i ni yn yr etholiad. Nid pawb yng Nglan Morfa sy'n barod i drosglwyddo hynny o wybodaeth sydd ganddyn nhw i'r heddlu. Yn wir, mae rhai ohonoch wedi cael profiad o hyn yn barod. Efallai y bydd rhai o'r bobl yma'n teimlo'n fwy cyfforddus yn siarad efo'r rhai sydd wedi eu penodi i'w cynrychioli fel aelodau'r Cyngor.'

Oedodd am ennyd i syllu'n fanwl o gwmpas yr ystafell ac i geisio datgan ei awdurdod. Caeodd Jeff ei lygaid mewn anghrediniaeth wrth ddychmygu beth oedd i ddilyn.

'Gyda bendith y Ditectif Brif Arolygydd Renton, rwy'n awyddus i archwilio'r posibilrwydd fod pob cynghorydd yn cynnal syrjeri arbennig, fel bod pob aelod o'r gymuned yn cael y cyfle i ddod atom ni, os dymunant, efo unrhyw wybodaeth yn hytrach na mynd at yr heddlu yn y lle cyntaf. Yna, gall y cynghorwyr basio'r wybodaeth ymlaen i'r heddlu.'

Clywyd sŵn grwgnach distaw ar hyd a lled yr ystafell. Roedd yn amlwg fod nifer yn anhapus â'r cynnig, ond yn rhyfedd ddywedodd neb yr un gair. Waeth i mi roi fy nwy droed i mewn ynddi ddim, ystyriodd Jeff. Gwyddai ei fod yn debygol o dramgwyddo Renton unwaith eto, a

Beaumont hefyd, ond gobeithiai y byddai eraill yn yr ystafell yn ei gefnogi.

'Rydan ni i gyd yn gwerthfawrogi'ch pryder chi, Mr Beaumont,' dechreuodd. Teimlai Jeff ei bod yn bwysig iddo ddechrau gan ddefnyddio'r gair 'gwerthfawrogi'.

'Rydan ni hefyd yn ddiolchgar i chi a'ch cydweithwyr am unrhyw gymorth ar adeg fel hyn, yn enwedig er mwyn cynyddu a gwella ansawdd yr wybodaeth sy'n dod i ddwylo'r heddlu. Ond, fel un neu ddau arall yn yr ystafell yma, mae gen i bryderon hefyd.'

Gwelodd Jeff lygaid Renton yn anelu ato fel cyllell, ond erbyn hyn roedd llygaid pawb arall yn yr ystafell arno hefyd.

'Dyma rai o'r rhesymau pam yr ydw i'n anesmwyth,' parhaodd. 'Sut mae posib rheoli'r wybodaeth sy'n dod i glustiau'r cynghorwyr? Pwy sy'n penderfynu pwysigrwydd yr wybodaeth heb fod yn gyfarwydd â'r holl adroddiadau sydd wedi eu mewnbynnu i'r system gyfrifiadurol sy'n rheoli'r ymchwiliad? Pe byddai'ch cyd-gynghorwyr yn derbyn unrhyw wybodaeth yn gyfrinachol, sut fyddan nhw, neu'r hysbyswr, yn teimlo ynglŷn â throsglwyddo'r wybodaeth i'r heddlu? Mae 'na lawer mwy o resymau dwi'n siŵr, ond beth bynnag, tydi hi ddim yn fuan braidd i feddwl am y math yma o beth – yn ystod tri diwrnod cynta'r ymchwiliad?'

Roedd Jeff yn falch o weld bod nifer fawr o'i gydweithwyr yn cefnogi ei farn, ond torrodd Renton ar ei draws er mwyn ysgafnhau'r pwysau a oedd yn prysur gynyddu ar ysgwyddau Beaumont.

'Os caiff y fenter hon ei derbyn, bydd ditectif profiadol yn cydweithio â phob cynghorydd er mwyn cadarnhau dilysrwydd yr wybodaeth. Bwriedir egluro wrth bob aelod o'r cyhoedd y bydd yr wybodaeth yn cael ei throsglwyddo i'r heddlu os ydi hi'n allweddol neu'n bwysig i'r ymchwiliad. Bydd yn rhaid i'r hysbysydd ddewis wedyn os ydi o neu hi am rannu'r holl wybodaeth ai peidio. Cyn belled ag y mae eich sylw olaf chi yn y cwestiwn, DC Evans, fi fydd yn penderfynu os bydd y fenter yn cael ei defnyddio a pha bryd. Ond fy marn i ydi bod posib cael llawer iawn o fudd o wneud hyn, yn enwedig â chymaint o bryder yn y dre ar hyn o bryd ynglŷn â'r cowboi 'ma a'r cysylltiad â'r llofruddiaeth honno yn y saith degau. Does dim byd fel hyn wedi'i ddefnyddio na'i drafod gan unrhyw un o heddluoedd Prydain yn y gorffennol – mi fydd yn arloesol – a phwy a ŵyr be' ddaw o'r cynllun?'

'Ond Dditectif Brif Arolygydd,' protestiodd Jeff. 'Be' ddigwyddith, heb os nac oni bai, fydd bod yr heddlu'n methu rheoli'r holl wybodaeth, na gwybod ei werth. Ni all neb asesu gwerth gwybodaeth nes y caiff ei lwytho i'r system gyfrifiadurol a'i gysylltu â'r holl wybodaeth arall sydd yno'n barod.'

'Cywir,' cytunodd Renton. 'Er hynny, efallai y cawn ni afael ar ddarn o wybodaeth na fysan ni wedi bod yn ymwybodol ohono fel arall.'

Tawelodd yr ystafell pan sylweddolodd pawb fod y penderfyniad wedi cael ei wneud yn barod – rhywbeth nad oedd yn syndod i Jeff. Roedd gan Renton y gallu i roi'r argraff bod penderfyniadau yn cael eu gwneud ar ôl trafodaeth, ond gwyddai Jeff yn well na hynny. Er hynny, mi gafodd y pwnc ryw fath o drafodaeth, a rŵan, gwyddai pawb beth oedd ei safbwynt ef. Ta waeth, o leia roedd y cowboi yng nghanol y ffrâm erbyn hyn. Yn union lle dylai fod.

Roedd hi bron yn hanner awr wedi un ar ddeg y noson honno erbyn i Meurig Morgan gael ei ryddhau o'r ddalfa ar fechnïaeth i ailymddangos yno ymhen y mis. Cytunodd i roi sampl o'i DNA, ond roedd Powell wedi mynnu cymryd y rhan fwyaf o'i ddillad a'i gar er mwyn gwneud profion fforensig.

Yn ôl yn ei fwthyn, gwnaeth frechdan gaws iddo'i hun ac agorodd botel o win coch Bordeaux. Tynnodd ddisg *Offeren Almaenaidd* Brahms allan o'r câs a gwrandawodd ar y symudiad cyntaf – 'Bendithia'r Rhai sy'n Galaru'. Er ei fod yn ceisio canolbwyntio ar y tonau corawl, buan y daeth digwyddiadau'r dydd yn ôl i'w feddwl. Roedd yn siŵr y buasai'r heddlu wedi medru cadarnhau'r holl wybodaeth amdano heb ei gadw yn y ddalfa am bymtheg awr a mwy. Yr oedd un peth yn bendant erbyn hyn, sef bod y mater yn un personol rŵan. Beth bynnag oedd wedi bod yn digwydd i Emily Parry yn Hendre Fawr, nid problem Elen yn unig oedd hi bellach.

Ychydig cyn hanner nos, canodd ffôn symudol Renton.

'Alex, mae'n ddrwg gen i ffonio mor hwyr,' meddai Beaumont. 'Mae'r busnes efo'r cynghorwyr a'u syrjeris wedi ei drefnu. Fi fydd y cyswllt ar ein hochr ni. Gei di ddechrau pan fynni di. Yr unig beth sydd ei angen rŵan ydi'r datganiad i'r wasg fel y gwnaethon ni drafod. Mi adawa i hynny i ti.'

'Wyddost ti, David,' atebodd Renton. 'Dwi ddim yn siŵr bellach ydi hwn yn syniad da ai peidio. Mi fydd rhywun yn siŵr o weld trwy'r cwbl cyn bo hir.' Oedodd Renton a disgwyliodd am ateb na ddaeth. 'Does gen ti ddim hyder ynddai i edrych ar ôl ein buddiannau ni?' parhaodd.

'Ro'n i'n meddwl ein bod ni wedi gwneud y penderfyniad yna,' atebodd Beaumont gan anwybyddu'r cwestiwn olaf.

Ni ddywedodd Renton air am beth amser. Gwyddai Renton na fuasai newid ei feddwl yn plesio Beaumont.

'A pheth arall, David,' parhaodd. 'Well i ti adael y dasg o drin y wasg i mi o hyn ymlaen. Rwyt ti wedi gweld y llanast achosodd penawdau'r papurau heddiw. Erbyn hyn dwi wedi gorfod ailfeddwl ynglŷn â'n bwriad – neu dy fwriad di, ddylwn i ddeud – i gadw busnes Hendre Fawr a'r hen lofruddiaeth honno allan o'r ymchwiliad.'

'Alex, ar fy llw, dim fi ddaru ollwng yr hanes yna i'r wasg.' Roedd Beaumont yn gelwyddgi da pan fyddai angen.

'Os felly, pwy ddaru? Cofia, wnei di, ein bod ni'n chwarae gêm beryg iawn.'

'Dwi'n cytuno, Alex. Ond dwi ddim yn licio'r ffordd mae'r ymchwiliad yn mynd – mae o'n rhy agos i'r ffarm o bell ffordd erbyn hyn – ac mae 'na ormod i'w golli, 'does? I mi ac i chditha, ac i eraill. Cofia di hynny. Faswn i ddim yn licio bod yn dy sgidia di ar hyn o bryd, ond cofia di hynny.'

'Sut fedra i anghofio, David? Dwi'n teimlo fel 'tasa rhywun ar fin gollwng bom – a'r drwg ydi nad oes gen i ddim syniad be' gaiff ei daro na be' gaiff ei ddinistrio yn ei sgil.'

'Dim ond i ti gofio lle mae dy deyrngarwch di, Alex.'

Rhoddodd Beaumont y ffôn i lawr.

Am rai munudau, syllodd Renton mewn distawrwydd i'r tywyllwch. Tywalltodd ail wisgi mawr i'w wydryn a rhoi clec iddo. 'Arglwydd,' meddai, 'sut landiais i fy hun yn y fath lanast?'

Pennod 7

Ar y prynhawn Sul, dridiau ar ôl darganfod corff Donna Marie Murphy, arestiwyd ei llystad, Tony Marino, am ddwyn bwyd o siop mewn gwasanaethau ar yr M62 i'r gogledd o Fanceinion. O fewn oriau yr oedd yn y ddalfa yng Nglan Morfa. Fore trannoeth, eisteddai efo'i gyfreithiwr mewn ystafell gyfweld, gyferbyn â Jeff Evans ac un ditectif arall.

Ar ôl tri diwrnod yn llwgu a heb gwsg, edrychai William Paul Anthony Marino yn aflêr, yn wael ac yn flinedig. Roedd ei gorff a'i feddwl ar chwâl ac ni allai edrych i lygaid y rhai a oedd yn barod i'w holi.

Un o dras Eidalaidd oedd Marino, ei daid wedi dewis byw ym Mhrydain ar ôl cael ei ryddhau o wersyll i garcharorion rhyfel yn dilyn yr Ail Ryfel Byd. Ddwy flynedd a hanner ynghynt priododd Claire Murphy a oedd saith mlynedd yn hŷn nag ef. Bu'r ddau yn cyd-fyw yng nghartref Claire efo Donna a'i brawd, Padrig, am ddeunaw mis cyn priodi. Ganed plentyn i Tony a Claire, Paul, a oedd erbyn hyn yn tynnu at ei drydydd pen-blwydd. Daethai Marino i sylw heddlu Glan Morfa sawl gwaith o'r blaen – fel lleidr oportiwnistaidd, dibwys nad oedd ganddo lawer o wahaniaeth o ble'r oedd ei geiniog nesa'n dod. Nid oedd wedi gweithio'n gyson ers iddo symud i'r ardal, ond hyd yn hyn nid oedd hanes ohono'n troseddu'n rhywiol.

Daeth sŵn o'r peiriant recordio, arwydd ei bod yn bryd cychwyn ar y cyfweliad. Gyda'r holl wybodaeth berthnasol o'r system gyfrifiadurol swyddogol o'i flaen, dechreuodd Jeff Evans ei holi. Nodwyd pob gair o enau Marino, gan gynnwys ei eglurhad am nifer o faterion ynglŷn â marwolaeth ei lysferch.

Ddwyawr yn ddiweddarach roedd Jeff ar ei ffordd i gyfarfod â Renton. O flaen y DBA a'i swyddogion agosaf, yn araf a threfnus, dechreuodd grynhoi'r hyn a ddywedwyd yn ystod y cyfweliad.

'Wel, mae o i weld fel petai'n cyfaddef,' dechreuodd.

'Be' 'dach chi'n feddwl, "mae o i weld fel petai"? Eglurwch,' gorchymynnodd Renton heb guddio'i syndod wrth glywed tôn llais Jeff.

Ochneidiodd Jeff.

'Mi dechreuodd y cwbl ryw dair blynedd yn ôl pan aeth ei wraig, Claire, i'r ysbyty i eni eu mab, Paul. Fo oedd yn gwarchod y plant ar ei ben ei hun am chydig ddyddiau. Doedd 'na ddim llawer yn mynd ymlaen yr adeg honno, medda fo – cerdded o gwmpas yn noeth o flaen Donna, gwneud yn siŵr ei bod yn ei weld o, y math yna o beth. Yna, ymhen amser, gofynnodd i Donna ei gyffwrdd o, a dyna pryd y cychwynnodd yr holl firi ... bob cyfle gâi o ar ôl hynny, ddwywaith dair yr wsnos, neu fwy.'

'Pa mor bell aeth petha?'

'Mae o'n mynnu nad ydi o wedi cael cyfathrach rywiol efo hi. Dim wedi ei threiddio, dim hyd yn oed yn agos at wneud hynny.'

Edrychodd Renton yn ddryslyd arno.

'Dyna mae *o*'n ei ddeud,' parhaodd Jeff. 'Mi ddatblygodd y cyffwrdd – mastyrbio, y math yna o beth, dod yn ei llaw – a hynny'n arwain at ei gorfodi hi i'w gymryd o yn ei cheg, ond mae o'n mynnu nag ydi o wedi cael rhyw go iawn efo hi. Ofn iddi feichiogi, medda fo.'

'Oedd hi'n cytuno i hyn i gyd?' gofynnodd Renton, yn ceisio penderfynu a ddylai goelio stori Marino.

'Mwy neu lai,' atebodd Jeff. 'Wel, yn y cychwyn o leia. Pan ddechreuodd Donna ei wrthod, mi fygythiodd Marino ddeud wrth ei mam. Mi ddywedodd wrthi mai hi fuasai'n cael y bai ac y buasai'r Gwasanaethau Cymdeithasol yn ei rhoi hi mewn gofal. Roedd yr hogan bach, druan, yn ei gredu o, a doedd ganddi unman i droi. Dim rhyfedd ei bod hi'n rhedeg oddi cartref mor aml.'

'Y basdad drwg. Be mae o'n ddeud am ddydd Mawrth?'

'Ei fod o wedi ei nôl hi o'r ysgol amser cinio yn ei fan,' atebodd Jeff. 'Stopiodd ar y ffordd sy'n terfynu â thir Hendre Fawr a rhedodd Donna i ffwrdd oddi wrtho. Rhedodd ar ei hôl i mewn i'r coed. Pan ddaliodd hi, mi fu cwffes rhwng y ddau. Dywedodd Donna wrtho ei bod wedi cyfaddef y cwbwl wrth ei gweithiwr cymdeithasol, a honno wedi ateb mai arno fo oedd y bai ac nid Donna, ac mai fo fuasai mewn trwbl. Dyna pryd mae'n honni iddo fynd o'i gof yn lân. 'Di o'm yn cofio'r manylion, medda fo, dim ond ôl-fflachiadau. Mae'n cofio sefyll uwch ei phen, ei bod hi'n noeth a sylweddoli ei bod hi wedi marw.'

'Dweda wrtha i, be' ti'n feddwl o'r holl stori, Jeff?' gofynnodd Renton. Swniai fel petai ei gwestiwn yn ddiffuant, ei iaith yn fwy personol; roedd yn llawer iawn mwy cyfeillgar nag a fyddai yng nghwmni Jeff fel rheol.

'Dydach chi ddim yn mynd i licio hyn, DBA. Mae gen i fy amheuon, 'dach chi'n gweld.'

'Ia, Jeff? Eglura os gweli di'n dda. Gobeithio bod gen ti

reswm digonol,' ychwanegodd Renton, ei lygaid yn archwilio wyneb Jeff.

Anadlodd Jeff yn ddwfn. Nid oedd Renton yn hoff o orfod disgwyl am ateb.

'Dwi ddim yn ei goelio fo,' meddai. 'Dwi ddim yn credu mai fo laddodd hi, a mwy na hynny, dwi'n amau nad oedd o'n agos i'r man lle'i lladdwyd hi ddydd Mawrth.'

'Fedra i ddim credu be' dwi'n 'i glywed,' meddai Renton gan wthio'i hun a'i gadair oddi wrth y ddesg, ei lygaid yn troi ac yn chwilio am unrhyw ymateb ar wynebau'r gweddill. 'Jeff, Jeff, tyrd yn dy flaen. Deud wrtha i be' sydd ar dy feddwl di.'

'Dwi'n siŵr ei fod yn deud y gwir ynglŷn â'r hyn digwyddodd rhyngddo fo a Donna dros y ddwy neu dair blynedd ddiwetha. Mae'r hanes hwnnw yn gyson o'r dechrau i'r diwedd, dim ots sawl gwaith dwi'n gofyn iddo fo. Dwi'n berffaith hapus efo hynny, ond mae ei stori'n hollol wahanol pan dwi'n dechrau gofyn am yr hyn ddigwyddodd bnawn Mawrth diwetha. Fedar o ddim disgrifio lle digwyddodd y llofruddiaeth. Does ganddo fo ddim syniad. Dim ond siarad am y goedwig wnaiff o. Mae o mor amhendant, mae'n amhosib ei gredu.'

'Ond mae o wedi bod i ffwrdd am dridiau. Sut gwyddai o am y goedwig?'

'Am ei fod o yn y tŷ, eu cartref, pan alwodd yr heddlu yno'r noson honno, a chlywodd nhw yn rhoi'r neges. Yn fwy na hynny, mae'n ddigon hawdd iddo fo ddeud "ar y ffordd yn agos at Hendre Fawr" – mae pawb yn gwbod lle digwyddodd yr ymosodiad. Mae'r manylion wedi bod yn y papurau newydd. Dim ond ar ôl clywed yr hanes y diflannodd o. Ylwch, DBA, dwi wedi bod trwy'r holl amgylchiadau'n fanwl efo fo. Fedar o ddim hyd yn oed ddeud be' oedd hi'n wisgo'r diwrnod hwnnw, na deud mewn sut fath o gyflwr y gadawyd hi. A chofiwch, mae o'n bendant nad ydi o wedi cael rhyw llawn efo hi erioed.'

'Wel, mi all y prawf DNA ddeud y cwbwl am hynny ymhen amser,' meddai Renton, yn dal i asesu'r wybodaeth. 'Dwi wedi gofyn am gymhariaeth rhwng DNA Marino a sampl o'r semen a gafwyd o gorff yr eneth. Be' mae o'n ddeud am ei symudiadau ddydd Mawrth, ar ôl honni iddo ladd Donna?'

'Dim ond ei fod o wedi bod yn gyrru o gwmpas heb syniad lle yn y byd i fynd. Ceisiodd ymddwyn mor naturiol â phosib. O'r diwedd aeth adref, yn ofni'r gwaetha, ac am ddau ddiwrnod, disgwyliodd tan y cafwyd hyd i'r corff.'

'Mmm ... mae hynny'n cyd-fynd â'r hyn 'dan ni'n 'i wbod yn barod yn tydi? Adra ddydd Mercher a dydd Iau a dim sôn amdano ar ôl hynny. Ond fedrwn ni ddim cadarnhau lle'r oedd o bnawn Mawrth, na fedrwn, o amser cinio hyd saith o'r gloch pan aeth yn ôl adra? A hwnnw ydi'r cyfnod allweddol. Ma' raid mai fo ydi'r llofrudd, Jeff. Mi ga i air efo rhywun o Wasanaeth Erlyn y Goron, ond yn y lle cynta, mi gyhuddwn ni o o ymosod arni'n rhywiol, hanner dwsin o gyhuddiadau dros y tair blynedd diwethaf, ac os ydi'r erlynwyr yn cytuno, mi wnawn ni ei gyhuddo o'i llofruddiaeth hefyd.'

Nid oedd Jeff yn fodlon o bell ffordd.

'Fel liciwch chi, DBA, ond mae gen i fy amheuon, fel y gwyddoch chi. Ers y dechrau, mae gen i deimlad anesmwyth ynglŷn â'r busnes yma yn Hendre Fawr, ac mi hoffwn i gofnodi hynny. Ond peidiwch â phoeni, pan fydda i wedi canfod be' ydi o, mi ddeuda i wrthach chi.'

Gwelodd Jeff y ffyrnigrwydd yn llygaid Renton er ei fod yn trio'i orau i'w guddio.

'Fi sy'n arwain yr ymholiad yma, Evans,' meddai. 'A fi sy'n dewis pa drywydd 'dan ni'n ei ddilyn. A dyma'r tro olaf dwi isio'ch clywed chi'n ...' Oedodd yng nghanol ei frawddeg. Cymerodd bwyll a dewisodd beidio â'i gorffen.

Sylweddolodd Jeff fod Renton yn ei alw'n 'chi' unwaith yn rhagor.

'Beth bynnag,' parhaodd o'r diwedd. 'Dwi'n falch o glywed eich sylwadau, DC Evans. Dwi'n sicr na fuasai neb wedi gwneud gwaith gwell o'i gyfweld na chi. Un peth arall, os gwelwch chi'n dda. Wnewch chi drefnu i bob darn o ddillad Donna gael eu casglu ar gyfer prawf fforensig, er mwyn eu harchwilio am semen Marino? Pob darn os gwelwch yn dda.'

Trodd Jeff i adael. Peth rhyfedd iddo newid ei agwedd ar ôl clywed enw Hendre Fawr, meddyliodd, wedi iddo gau'r drws o'i ôl.

Treuliodd Donna Marie Murphy ei bywyd byr yn yr un cartref, yr un tŷ ar yr un stad yn rhan dlotaf Glan Morfa. Er y diffygion materol, yr oedd y gymuned yno yn un glòs, ac yn ddigon cryf i ymdrin â'r rhan fwyaf o'r hyn a ddigwyddai ar y stad – y mân-droseddu a'r cwffio. Doedd y rhan helaethaf o bobl y dref ddim yn ystyried y gymdogaeth yn un braf, ond er hynny, roedd yn gartref cysurus i'r rhan fwyaf o'r rhai a drigai yno.

Yr oedd digwyddiadau'r wythnos wedi dryllio'r cysur hwnnw, yn union fel y gwnaeth yr un digwyddiadau ddeng mlynedd ar hugain ynghynt. Yno yr oedd Diane Smith wedi byw hefyd.

Roedd y teulu'n disgwyl Jeff Evans ac fe agorwyd y drws iddo gan heddferch mewn iwnifform. Dros y blynyddoedd daethai Jeff i adnabod Claire Marino yn rhinwedd ei swydd, ond hwn oedd y tro cyntaf iddynt gyfarfod ers llofruddiaeth Donna. Roedd Claire yn ddynes dlos – oni bai am effaith y blynyddoedd caled hynny pan oedd yn briod â Paddy Murphy byddai'n brydferth iawn. Gwyrodd Jeff ar ei bennau gliniau o flaen ei chadair a gwelodd fod pob mymryn o harddwch wedi diflannu'n llwyr yn ystod y dyddiau diwethaf.

'Mae'n ddrwg gen i, Claire bach. Mae'n wir ddrwg gen i,' meddai.

'Arna i mae'r bai, wyddost ti.' Llenwodd ei llygaid unwaith eto, yr hances bapur yn swp tamp yng nghryndod ei dwylo.

Nid atebodd Jeff. Roedd eisiau rhoi cyfle iddi agor ei chalon yn ei hamser ei hun.

'Taswn i ddim ond wedi gwneud rwbath ynglŷn â'r peth. O'n i'n gwybod be' oedd yn mynd ymlaen w'sti. Neu, ro'n i'n meddwl 'mod i'n gwbod. Mi drois 'y mhen, i drio osgoi'r gwir, am wn i.'

'Sut oeddat ti'n gwbod, Claire?' gofynnodd mor dyner â phosib.

'Mae hi mor anodd. Mi oedd hi'n anodd ar y pryd, ond rŵan ...' Oedodd i sychu ei thrwyn. 'Y storïau roedd o'n mynnu'u deud wrthi hi ar 'i ben ei hun bob nos ar ôl iddi fynd i'w gwely. Ia, a'r symudiadau sydyn yn y llofft pan fyddwn i'n cyrraedd adra'n gynnar, neu pan fyddwn i'n cerdded i mewn i stafell yn ddirybudd. Yn y dechra mi oedd o ar f'ôl i bob gafael, isio fi bob nos, ond buan y stopiodd hynny. O'n i'n meddwl mai arna i oedd y bai, 'mod i wedi gwneud rwbath o'i le, ei wrthod o ella, pan do'n i'm yn teimlo fel cysgu efo fo. Aeth Donna'n hogan fewnblyg, allan yn hwyr a rhedeg i ffwrdd a ballu. Roeddan ni mor agos ar un adeg, ac mi feddylis mai rhan o dyfu i fyny oedd o, ei hymddygiad. Be' ddigwyddith iddo fo rŵan? Dwi'm isio fo'n ôl yn y tŷ 'ma, byth.'

'Fydd dim rhaid i ti boeni am hynny, Claire. Ond gwranda, dwi angen dy help di. Mae'n rhaid i mi fynd â holl ddillad Donna efo fi er mwyn eu harchwilio nhw.'

Awr yn ddiweddarach, llenwodd Jeff ei gar â holl ddillad Donna Murphy mewn bagiau plastig di-haint. Edrychodd yn ei ôl tuag at y tŷ a gwelodd yr heddferch yn cau'r drws. Roedd Claire Marino druan yn dioddef – unwaith eto. Yr oedd ffawd wedi penderfynu y byddai hi'n dioddef ar hyd ei hoes. Llofruddiaeth ei chwaer i ddechrau, dioddef dan law ei gŵr cyntaf am flynyddoedd, a rŵan Donna.

Yr oedd awyrgylch optimistaidd yn y cyfarfod swyddogol y noson honno. Cyhoeddodd Renton yr hyn yr oedd pawb yn ei amau, sef bod Tony Marino wedi ei gyhuddo o lofruddio Donna Marie Murphy. Edrychai'r Cynghorydd Beaumont, a safai wrth ei ochr, yn hapus iawn a rhoddodd air o ddiolch i bawb ar ran y gymuned. Amlinellodd Renton sut y byddai'r ymholiadau i ychwanegu at, ac i gadarnhau'r dystiolaeth yn erbyn Marino yn parhau nes bod pob carreg wedi'i throi. Dim ond llais Jeff Evans yn atgoffa pawb fod mater bach y cowboi heb ei ddatrys ddaeth â phawb yn ôl i realiti a boddi eu gorfoledd. Er, ni chymerwyd fawr o sylw ohono y tro hwn, yn enwedig pan gyhoeddodd Renton y byddai o'n talu am y cwrw yn hwyrach, yn ôl y traddodiad, i ddathlu diwedd llwyddiannus i'r achos.

Llenwodd ystafell gefn gwesty'r Goron yn sydyn y noson honno, ac fel yr addewodd Renton, ni fu'n rhaid i neb roi ei law yn ei boced. Edrychai pawb yn hapus, pawb ond Jeff. Nid oedd yn credu fod llofruddiaeth yn rhywbeth i'w ddathlu, dim hyd yn oed canlyniad llwyddiannus i'r ymchwiliad. Edrychodd ar Renton, yn ei elfen gan mai fo oedd y dyn mwyaf poblogaidd yn yr ystafell. Mwy o dactics, myfyriodd Jeff wrth edrych ar y meistr yn smalio bod yn un o'r hogiau. Synnai nad oedd ei gi bach, Beaumont, yno – ond wedyn, fuasai dyn fel Beaumont ddim isio cael ei weld mewn lle fel hwn. Prynodd Renton wisgi mawr i Jeff ddwywaith, gan wneud sioe o ddweud wrtho pa mor ddiolchgar oedd o am ei gymorth yn ystod yr wythnos – a dwywaith cynigodd Jeff lwncdestun yn ôl iddo, datgan ei ddiolch yntau ac esgus yfed y ddiod. Unwaith y byddai Renton yn troi ei gefn lluchiai Jeff gynnwys y gwydr ar y carped o dan ei draed. Doedd o ddim yn un am wirod. Erbyn hanner awr wedi naw roedd o wedi cael digon a gadawodd yn ddistaw heb i neb sylwi. Roedd ganddo bethau pwysicach ar ei feddwl.

Yr oedd Nansi'r Nos yno yn disgwyl amdano. Llithrodd i mewn i'r car fel neidr o'r tywyllwch, ei dwylo'n mwytho'i glun fel arfer.

'Be wna i efo chdi, Nansi?' gofynnodd. 'Dwn i ddim wir.'

'Gei di wneud rwbath lici di i mi, fy ffrind … y ditectif gorau yn y byd … *rwbath* lici di …'

'Diolch am yr wybodaeth 'na ges i gen ti'r noson o'r blaen, Nansi.' Newidiodd Jeff y pwnc yn reit handi.

'Mi glywis i fod Phillip a'r hogiau Martin wedi eu harestio, ond does gen i ddim byd arall i chdi ar hyn o bryd ma' gen i ofn. Mae hi'n rhy fuan.'

'Be? Dim o'r peth arall 'na chwaith?' chwarddodd Jeff, yn ddireidus y tro yma.

Edrychodd Nansi o gwmpas y maes parcio. Llithrodd ei llaw i lawr ei chrys ac ymbalfalodd yn awgrymog rhwng ei bronnau cyn estyn pecyn o'r maint arferol o'r cynhesrwydd. Cymerodd Jeff y pecyn a'i wthio o dan ei sedd.

'Mi ddyla' bod 'na ddigon yn fanna am wythnos neu ddwy,' datganodd y ferch. 'Fedra i ddim fforddio rhoi mwy i ti ar hyn o bryd. Mae gen i gwsmeriaid eraill w'st ti.'

'Cyn belled â dy fod ti'n cadw draw oddi wrth y stwff caled, Nansi,' rhybuddiodd y ditectif.

'Ti'n fy nabod i'n well na hynny, Jeff.'

'Ydw, gobeithio. Faint sydd arna' i?'

'Dim byd. Mae be' ges i gen ti'r diwrnod o'r blaen yn ddigon i'w gyfro fo.'

'Diolch, yr aur. Ti'n werth y byd.'

'Dwi'n gwbod,' atebodd. 'A titha'n gwbod lle i gael gafael ar fwy ... unrhyw bryd, cofia di.' Gwenodd arno a llyfu ei gwefusau yn araf cyn llithro allan o'r car yn ôl i'r tywyllwch.

Ar ôl diwrnod hir arall yr oedd hi'n amser i Jeff fynd adref i weld sut oedd Jean. Chafodd o ddim amser i ffonio'i wraig cyn cychwyn – gwyddai ei bod yn hoff o glywed ei lais rhyw ben yn ystod y dydd, yn enwedig pan ffoniai i adael iddi wybod ei fod ar y ffordd adref ati. Ond heno, byddai ei ddychweliad dirybudd yn syndod hapus iddi.

Trigai Jeff ym Mryn Isa, pentref saith milltir i'r gogledd o Lan Morfa, a bellach roedd yn adnabod y lôn fel cefn ei law. Ar hyd y ffordd wledig gyfarwydd, myfyriodd dros ei fywyd priodasol, y cariad a'r casineb a oedd wedi meddiannu ei fywyd yn ystod y blynyddoedd diwethaf: ei gariad tuag at ei wraig, a'i boen wrth wylio ei hiechyd yn gwaethygu, bron bob dydd – a'r euogrwydd, wrth gwrs. Gwyddai fod yr holl oriau a dreuliai bob dydd yn ei waith yn ddihangfa, yn ddihangfa oddi wrth y rhwystredigaeth y buasai'n ei deimlo wrth ei hochr petai adref yn fwy cyson. Teimlai fel petai mewn rhyw anialwch, yn y canol rhwng bod yn dditectif ac, ar y llaw arall, yn ofalwr llawn amser. Tynnai'r ddau gyfrifoldeb, un yn erbyn y llall, a theimlai'n anffyddlon gan mai ei rôl fel ditectif llawn amser oedd yn ennill y frwydr. Ond beth arall allai o ei wneud? Beth arall oedd ganddo i'w gynnig? Dim. Dim ond yr un peth.

Wrth deithio ar gyflymder o bum deg pum milltir yr awr, yn ôl ei arfer, gwelodd adlewyrchiad anghyffredin hanner canllath i fyny ffordd fechan i'r chwith. Edrychai'n debyg i gar – wedi'i barcio ar drac a arweiniai at fferm anghysbell. Yn reddfol pwysodd ei droed yn galetach ar y sbardun ac edrychodd ar y nodwydd yn dringo i fyny i saith deg pum milltir yr awr. Gwyddai fod ei reddf yn reit agos ati fel arfer. Chwarter milltir y tu ôl iddo, gwelodd olau glas car patrôl yr heddlu. Yr oedd wedi yfed tair potel o gwrw dialcohol a dim arall, a gwyddai na fuasai ots ganddo gael ei stopio ar unrhyw noson arall. Ond heno, o dan ei sedd, yr oedd o'n cario digon o gyffuriau i'w gyhuddo o ddelio. Wedi'r cwbwl, ai dyna'n union oedd o'n ei wneud? Nid oedd eisiau dychmygu canlyniadau cael ei ddal. Gwibiodd amryw o syniadau trwy ei feddwl ond y peth pwysicaf oedd sut i beidio â chael ei stopio. Gobeithiai y buasai'n medru gyrru cyn belled â'r fferm nesaf cyn i'w gynffon ddod rownd y gongl. Efallai fod ganddo siawns. Wyth deg, wyth deg pump, naw deg – edrychodd ar y nodwydd yn codi wrth agosáu at y gongl beryglus i'r chwith. Sathrodd ar y brêc a phwmpiodd yn galed wrth newid i'r trydydd gêr. Sgrechiodd injan y car, y nodwydd yn dangos saith deg, a thynnodd Jeff â'i holl ffydd yn erbyn y llyw. Rhoddodd ei droed i lawr unwaith yn rhagor i dynnu'r car allan o'r gongl yn ddiogel. Daeth ar draws y troad bach cul i'r fferm o fewn dim. Trodd i mewn lai nag eiliad ar ôl cael hyd i'r ail gêr, y car yn bowndio ar hyd yr wyneb garw. Diffodd goleuadau'r car a defnyddiodd y brêc llaw yn unig i sbinio'r car a'i stopio ym muarth y fferm. Diolchodd i'r nefoedd nad oedd neb o gwmpas. Eisteddodd yn llonydd tu ôl i'r llyw yn disgwyl, ei anadlu'n gyflym a'i galon yn curo'n galed. Daeth rhyddhad mawr drosto a gwenodd pan glywodd deiars y car patrôl yn sgrechian rownd y gornel, yn mynd heibio mynediad y fferm fel bwled ac yn cyflymu ymaith i ganol y nos. Doedd dim i'w weld ond y goleuadau glas yn diflannu uwch ben y cloddiau dri chan llath a mwy ymhellach draw. Ni ddisgwyliodd yn hir. Doedd yna ddim amser.

Gyrrodd yn ei ôl i'r ffordd fawr gan ddiflannu drwy ddefnyddio drysfa gymhleth o ffyrdd cul, cyfarwydd. Wedi iddo gael gwared â'r pecyn a gafodd gan Nansi, anelodd drwyn y car yn ei ôl i'r ffordd fawr a gwnaeth ei ffordd adref yn hamddenol, awr yn hwyrach nag yr oedd wedi bwriadu'n wreiddiol.

Ar gyrion y pentref tynnodd y car patrôl allan i ganol y ffordd yn union y tu ôl iddo, y goleuadau glas yn fflachio unwaith yn rhagor a'r seiren yn ymyrryd â thawelwch y nos. Parciodd Jeff ar ochr y ffordd, agorodd y ffenestr a disgwyl. Ni fu'n rhaid iddo ddisgwyl yn hir. Rhedodd dau blismon traffig mewn iwifform ato. Yr oedd yn adnabod y ddau yn dda, ond heno, roeddynt ar drywydd penodol. Yr oedd hynny'n sicr. Stwffiodd y cyntaf ei ben i mewn i'r car heb geisio cuddio'i fwriad o arogli gwynt Jeff.

'Mae'n ddistaw heno, hogia,' cyfarchodd Jeff hwy'n bryfoclyd.

'Rwyt ti'n gywilydd i'r heddlu, y ffordd wyt ti'n gyrru. Ti ddim yn ffit.'

'Pa bynnag chwarae plant sydd ar eich meddylia chi heno, gwnewch eich gwaetha, bois, ond gwnewch o'n sydyn. Mae gen i gartra i fynd iddo fo,' atebodd Jeff, ei lais a'i agwedd wedi troi'n hollol ddifrifol.

Yn amlwg wedi cyffroi a'i wyneb yn las, tagodd y cwnstabl ar ei eiriau wrth restru'r rhesymau ffug am stopio Jeff, a'i fwriad o roi prawf anadl iddo. Aeth â fo i'r car patrôl ar gyfer y prawf. Gwyddai Jeff fod gan y ddau gywilydd o fod wedi ei golli yn gynharach, a gwenodd. Yn ôl yr olwg o sioc ar ei wyneb, roedd y swyddog wedi synnu nad oedd arlliw o alcohol ar ei anadl, ond pan aeth Jeff yn ôl i'w gar ei hun gwelodd fod y cwnstabl arall wedi bod yn chwilota trwyddo. Ystyriodd ofyn am beth y bu'n chwilio amdano ond penderfynodd beidio. Doedd dim pwynt. Y cwestiwn pwysicaf oedd, pwy roddodd y gorchymyn iddynt i'w erlid? Gwenodd eto. Roedd digon o amser i fynd i nôl y pecyn rhyw dro eto.

Am ddau o'r gloch y bore, canodd y ffôn wrth ochr gwely Jeff. Dim ond y swyddfa fyddai'n galw ar awr mor anghymdeithasol a diolchodd mai llais cyfeillgar Rob Taylor a glywodd. Ni pharhaodd yr alwad fwy na phymtheng eiliad ond roedd hynny'n ddigon i Rob adrodd ei neges.

Gorweddodd Jeff yn llonydd am rai munudau yn ceisio

amsugno holl ddigwyddiadau'r noson. Gwyddai fod rhywun neu rywrai wedi ceisio'i fframio ond wedi methu yn eu hymdrech. A oedd yr un rhai wedi trio dial arno'n anuniongyrchol trwy dargedu Nansi'r Nos? Gwisgodd amdano'n sydyn ac aeth i'r llofft nesaf i sibrwd yn dawel yng nghlust Jean. Gwaith oedd yn galw fel arfer, eglurodd, a buasai'n gwneud ei orau i ddod adra cyn y byddai hi ei angen yn y bore. Yr oedd Jean wedi hen arfer â'r math yma o beth.

Yr oedd hi'n hanner awr wedi tri erbyn iddo gyrraedd uned ddamweiniau'r ysbyty ac yr oedd y ward yn ddistawach nag arfer. Dangosodd ei gerdyn gwarant swyddogol, ond dywedodd y doctor wrtho nad oedd hi mewn cyflwr digon da i gael ei chyfweld ar hyn o bryd. Perswadiodd Jeff un o'r nyrsys eu bod nhw'n gyfeillion a chafodd ganiatâd i'w gweld. Nid oedd hyn yn gelwydd, synnodd, oherwydd sylweddolodd Jeff ei fod wedi dod yn hoff ohoni, yn warchodol ohoni, yn ystod ei chyfnod fel hysbysydd. Ac, wrth gwrs, roedd ganddyn nhw berthynas fusnes hefyd.

Pan sleifiodd i'w hystafell yr oedd Nansi yn effro ac yn ymwybodol. Roedd Rob Taylor wedi egluro ar y ffôn fod rhywun wedi ymosod arni ond ei bod wedi gwrthod eu henwi. Gwelodd Jeff fod ei hwyneb yn gleisiau ac eglurodd y nyrs wrtho ei bod wedi cael tipyn o ysgytwad. Teimlai Jeff yn gyfrifol rhywsut. Rhaid bod cysylltiad rhwng ffawd y ddau ohonyn nhw y noson honno.

'Nansi! Ti'm yn edrych yn rhy dda.'

'Ti'n deud wrtha i. Ty'd yn nes, i mi gael gafael yn dy glun di.' Ceisiodd wenu.

Eisteddodd Jeff wrth ochr y gwely efo hanner gwên ar

ei wyneb a gafaelodd yn ei llaw yn dyner. 'Pwy ydi'r diawlad wnaeth hyn i ti, Nansi?' gofynnodd.

'Yr efeilliaid Allan, brodyr iau Phillip.'

Dychmygodd Jeff y posibiliadau am eiliad. 'Wyt ti'n meddwl 'u bod nhw'n gwbod? Sut basan nhw?'

'Dwn i ddim, Jeff. Tydyn nhw ddim wedi clywed dim gen i, mae hynny'n saff i ti, ond dyna oedd eu rheswm, dwi'n siŵr. Pan oedden nhw'n fy nghicio fi ar y llawr, y cwbl oedden nhw'n waeddi oedd, "yr infformant ddiawl", drosodd a throsodd.'

'Mi wna i'n siŵr eu bod nhw'n talu am hyn, Nansi, paid â phoeni.'

'Na, na, Jeff. Dyna'r peth dwytha dwi isio. Mi ddelia i efo hyn yn fy ffordd fy hun.'

'Wnei di aros efo fi nes byddi di wedi gwella? Fydd Jean yn dallt.'

'Na wnaf, wir! Blydi hel, Jeff. Fi o dan yr un to â chdi a dy wraig? Tria'i blydi gweld hi nei di? Fysa hyny'n gwneud dim lles i'r un ohonan ni.'

Gwyddai Jeff fod Nansi'n llygad ei lle.

Ar y ffordd adref, trodd Jeff ddigwyddiadau'r oriau blaenorol o gwmpas yn ei ben unwaith yn rhagor. Rhaid bod cysylltiad rhwng bob dim. Ond yn bwysicach, pwy oedd yn gyfrifol a pham? Pam rŵan? Gwyddai ei fod wedi ei roi ei hun mewn sefyllfa beryglus wrth ddelio efo Nansi, nid yn unig trwy ofyn iddi achwyn ar droseddwyr y dref, ond drwy brynu cyffuriau ganddi hefyd. Y cwestiwn oedd yn ei boeni fwyaf oedd, a wyddai rhywun yn yr heddlu am ei fusnes personol efo hi? Os felly, pam nad oedd ymchwiliad swyddogol i'w ymddygiad wedi'i orchymyn? Mewn gwirionedd, fuasai hi ddim wedi bod mor anodd â hynny i'w ddal efo Nansi. Ond wedi meddwl, nid y chwarae plant a welodd yn gynharach oedd ffordd arferol Adran Ymchwilio Mewnol yr heddlu o weithio. Oedd yna bosibilrwydd fod pwy bynnag a oedd tu ôl i ddigwyddiadau'r noson y tu allan i'r heddlu?

Yr oedd hi'n dal i fod yn dywyll, ond cyn mynd i nôl y pecyn yr oedd wedi ei guddio yn gynharach, gwnaeth yn hollol siŵr nad oedd yn cael ei ddilyn. Yna, cyn dychwelyd adref, ailguddiodd y pecyn yn ei fan bach arferol – lle gwyddai na allai neb ei ddarganfod.

Yr oedd Jean yn dal i gysgu pan gyrhaeddodd adref.

Pennod 8

Penderfynodd Meurig Morgan beidio â mynd i angladd Emily Parry. Er nad oedd erioed wedi ei chyfarfod, buasai wedi bod yn fodlon mynd er mwyn bod yn gefn i Elen, ond teimlai mai achlysur i'w theulu a'i chyfeillion agos oedd hwn ac nid oedd eisiau ymyrryd.

Ond roedd ganddo reswm arall, ac yr oedd Elen wedi cytuno'n syth i'w gynllwyn. Dewisodd Meurig ei guddfan yn ofalus, a chyrhaeddodd yno mewn digon o amser. Yng nghanol y gwyrddni, ymhell uwchben y fynwent, edrychodd i lawr ar yr hers ddu yn cyrraedd terfyn ei thaith araf o gapel Salem, Glan Morfa lle bu Emily Parry yn addoli am y rhan helaethaf o ganrif. Darganfu Meurig mai peth rhyfedd oedd gwylio cynhebrwng drwy sbienddrych. Diolchodd nad oedd hi'n bwrw o leiaf, ond nid y tywydd na'r galar oedd ar ei feddwl. Ei obaith oedd y buasai ymwelydd nosweithiol Emily yn dangos ei wyneb, i ymyrryd â'i hangladd fel ag y bu iddo aflonyddu ar ei bywyd yn ystod ei hwythnosau olaf. Go brin y byddai, ond roedd hi'n werth cadw llygad amdano.

Yn y pellter gwyliodd Meurig hanner cant a mwy o alarwyr tywyll yn troedio'n ofalus rhwng y beddau yn yr haul gwan, y rhai iau yn cynorthwyo'r musgrell. Daethant i aros wrth ochr y bedd agored. Ar y garreg a roddwyd i orwedd yn ofalus i'r naill ochr roedd y geiriau *Er cof am Huw Parry. Gŵr annwyl Emily a thad ffyddlon Medwyn.*

Gwelodd Elen yn oedi am ennyd wrth ochr y bedd lle gorffwysai ei gŵr hithau.

Defnyddiodd ei sbienddrych i astudio'r tir o'i amgylch. Ni welai ddim anarferol ac edrychodd yn ôl tua'r bedd lle gwelai'r gweinidog yn darllen o'i Destament. Gwyrodd pennau pawb pan ollyngwyd yr arch yn araf i'r ddaear a gwasgarodd Elen a'i chwaer ddyrnaid o bridd ar ei phen.

Tynnwyd sylw Meurig gan gerbyd a ddaeth i aros ger giât y fynwent. O'r sedd gefn ymddangosodd dyn mawr, tal yn gwisgo côt olew laes frown, het â chantel llydan a menig. Roedd yn cario torch o flodau. Nid oedd Meurig yn ddigon agos i weld ei wyneb yn eglur ond gwyddai ar ei union fod y cowboi wedi cyrraedd. Gwyliodd Meurig o'n rhoi'r dorch ar y postyn giât, ond wnaeth o ddim symud oddi yno. Safai'r car yn llonydd wrth ei ochr, yr injan yn troi a'r drws cefn yn dal i fod yn agored. Gwelodd nifer o'r galarwyr y dyn hefyd, a hyd yn oed o'i guddfan gwelai Meurig yn amlwg eu bod wedi eu cyffroi.

Dringodd Meurig i lawr o'r goeden a rhedodd at giât y fynwent gyflymed ag y gallai. Roedd canllath a hanner yn dal i fod rhyngddynt pan welodd y cowboi o'n agosáu. Heb gynhyrfu na dangos arwydd o frys dychwelodd i sedd gefn y cerbyd a chychwynnodd y car i gyfeiriad Meurig. Er i Meurig arwyddo ar yrrwr y car i stopio, roedd hi'n amlwg nad oedd yn bwriadu gwneud hynny. Llwyddodd Meurig i sylwi mai Vauxhall Vectra oedd y car, a chafodd gipolwg ar y rhif cofrestru wrth redeg ar ei ôl. Rhuthrodd at ei gar ei hun, yr un yr oedd wedi'i logi tra roedd y Stag yn nwylo'r heddlu. Erbyn iddo danio'r injan roedd y Vectra allan o'i olwg ond gyrrodd Meurig yn gyflym ar ei ôl i gyfeiriad Glan Morfa. Ar ddarn syth o'r lôn gwelodd y Vectra ymhell o'i flaen. Rhoddodd ei gar yn y trydydd gêr cyn cyrraedd cornel siarp i'r chwith yn llawer cyflymach nag y dylai. Daeth wyneb yn wyneb â chefn tancer llaeth a oedd newydd ymuno â'r ffordd yn union o'i flaen. Sathrodd ar y brêc a sgrechiodd yr injan wrth iddo newid i'r ail gêr i geisio'i osgoi, a chael a chael ddaru o i reoli'r car. Ceisiodd basio'r tancer ond collodd ei blwc pan gyffyrddodd ei olwynion â gwaelod y gwrych ar y llaw dde. Roedd yn colli amser ac yn pellhau oddi wrth y Vectra, ac ni chymerodd gyrrwr y lori unrhyw sylw o'r fflachio parhaus yr oedd yn sicr o fod wedi'i weld yn ei ddrych. Ymhen hir a hwyr gadawodd gyrrwr y lori iddo basio, ond sylweddolodd Meurig ei fod wedi colli'i gyfle i ddal i fyny efo'r Vectra.

Gyrrodd Meurig yn flin drwy gyrion Glan Morfa gan chwilio'n fanwl am y car. Cyrhaeddodd ganol y dref ond nid oedd golwg ohono. Yna, fel yr oedd o'n colli gobaith, gwelodd y car yn ymddangos o faes parcio'r orsaf reilffordd – ac edrychai'n debyg bod rhywun yn eistedd yn y sedd ôl. Dilynodd y Vectra, a chyn hir bu'n rhaid i'r ddau gar stopio wrth oleuadau traffig. Neidiodd Meurig o'i gar a rhedodd am y llall. Agorodd ddrws y gyrrwr a thynnodd yr allwedd allan.

'Paid â thrio symud,' gwaeddodd ar y gyrrwr, gan edrych tua'r sedd gefn.

'Be' ddiawl ti'n neud?' gofynnodd gyrrwr y tacsi'n ffyrnig.

Ochneidiodd Meurig yn uchel pan welodd y wraig ganol oed yn eistedd yn y sedd gefn, ei hwyneb yn bictiwr. Sylweddolodd ei gamgymeriad yn syth a daeth teimlad chwithig drosto.

'Ylwch, mae'n wir ddrwg gen i,' meddai. 'Roeddwn i'n meddwl eich bod chi i fyny yn y fynwent gynna.'

'Mi oeddwn i,' atebodd y gyrrwr. 'Chdi oedd y diawl

gwirion 'na yn sefyll o 'mlaen i? Mi fu bron iawn i mi dy daro di! Mi roddodd y cwsmer ugain punt yn fy llaw a deud wrtha i am beidio â stopio. Chdi oedd ar fai beth bynnag, yng nghanol y lôn fel'na.'

'Ylwch, fel roeddwn i'n deud, mae'n wir ddrwg gen i. Ai dyn mawr tal yn gwisgo côt laes a het gowboi oedd o?'

'Ia,' atebodd y gyrrwr, wedi tawelu ychydig. 'Dyn od. Deud 'i fod o isio danfon torch i'r fynwent ond yn lle'i rhoi hi ar fedd, mi adawodd o hi wrth y giât.'

'Lle mae o rŵan?' gofynnodd Meurig, gan edrych o'i gwmpas.

'Ollyngis i o lawr yn fancw,' meddai, gan amneidio tua'r orsaf. 'Ac mi godais y foneddiges yma i fyny yn syth.'

'Mae'n ddrwg gen i'ch poeni chi,' meddai Meurig. Edrychodd i gyfeiriad y sedd ôl unwaith yn rhagor. 'Ymddiheuriadau i chi hefyd, madam.'

Rhoddodd allwedd y car yn llaw'r gyrrwr ac aeth yn ôl at ei gar ei hun i gyfeiliant sŵn cyrn y ceir y tu ôl iddo a oedd wedi colli dau olau gwyrdd.

Edrychodd Elen Thomas a nifer eraill o alarwyr ar y dorch a adawyd wrth giât y fynwent, a gwnaeth y nodyn ar y cerdyn iddi deimlo'n wan. *Oddi wrth Medwyn.* Ai syniad rhywun o jôc oedd o, ynteu a oedd y mab a ddiflannodd yn ei ôl?

Am hanner awr wedi deg fore trannoeth, galwodd Meurig yng ngorsaf yr heddlu i nôl ei gar. Er i'r Stag gael ei archwilio'n drwyadl, nid oedd yr heddlu angen dal eu gafael arno wedi i Tony Marino gael ei gyhuddo o lofruddio'i lysferch. Doedd Meurig ddim wedi deall pam y bu'n rhaid ei garcharu am ddiwrnod cyfan er mwyn ei holi, a phenderfynodd y byddai'n mynnu atebion.

Croesodd yr iard gefn tu ôl i'r swyddfa. Pam, tybed, nad oedd o wedi cael ei drin fel tyst? Roedd o wedi bod yn agos i'r man lle digwyddodd y llofruddiaeth ac yn ystod yr un cyfnod hefyd, ond ni soniodd yr un o'r heddlu am gymryd datganiad tyst ganddo. Gwyddai mai dyna oedd yr arferiad. Pam, yn ystod yr holl amser y'i cadwyd yno, nad oeddynt wedi gofyn iddo a welodd rywbeth amheus? Oedd posib mai ei gaethiwo am gyn hired â phosib oedd eu hunig fwriad? Pan gyrhaeddodd y car, edrychodd i fyny a gwelodd ddau ddyn yn syllu arno trwy ffenestr ar yr ail lawr. Adnabyddodd un fel Ditectif Sarjant Powell ond ni wyddai pwy oedd y llall. Edrychodd y ddau arno'n agor dau ddrws y Stag, y bŵt a'r boned. Agorodd Meurig y to er mwyn iddynt gael gweld ei archwiliad manwl. Yn sicr, roedd yr heddlu wedi gwneud gwaith trwyadl o'i archwilio. Prin y gwelodd arwydd fod defnydd y seddi wedi ei dynnu o'i le. Gwenodd wth gofio nad oedd y car wedi edrych mor lân ers amser maith. Wnaeth o ddim edrych i fyny i gyfeiriad y ddau ddyn pan daniodd injan y car, ond gwyddai eu bod yn dal i gadw golwg arno. Rhoddodd y car yn y gêr cyntaf, tarodd ei droed dde ar y sbardun a thynnodd y droed arall oddi ar y clytsh yn gynt nag y byddai'n arfer wneud. Neidiodd y Stag yn ei flaen a sbiniodd yr olwynion cefn i yrru llwch a cherrig mân i'r awyr, yn union fel petai wedi codi ei fys canol i'r awyr at y swyddogion.

'Tyfa i fyny, Meurig bach,' meddai wrtho'i hun.

Yr oedd Elen yn disgwyl amdano ac o fewn chwarter awr yr oedd y ddau yn gyrru'n araf i fyny'r ffordd arw tuag at ffermdy Hendre Fawr. O bell roedd Elen yn edrych yn dda, yn gwisgo pâr o jîns denim glas tynn a siwmper gwddf uchel, lac o dan siaced law goch a du, ond yn agos, yr oedd hi'n edrych yn flinedig. Roedd hi'n amlwg bod digwyddiadau'r dyddiau diwethaf wedi effeithio arni. Nid yn unig yr angladd, a'r ffaith fod ymwelydd ei modryb wedi ymddangos, ond popeth a arweiniodd at y diwrnod hwnnw. Gwyddai Meurig fod Elen yn fregus, yn ofni y byddai'r cowboi yn canolbwyntio arni hi yn absenoldeb ei modryb. Ni allai feddwl am reswm arall pam yr ymddangosodd yn y fynwent. Gwelodd ddagrau yn ei llygaid wrth basio'r twll yn y wal, lle treuliodd ei modryb ei noson olaf.

'Elen, wyt ti'n siŵr nad ydi hi'n rhy fuan?' gofynnodd Meurig yn dyner.

'Ydw,' atebodd, yn fwriadol gadarn. 'Dwi'n fwy na hapus i wneud hyn yn dy gwmni di, yn enwedig os wyt ti'n meddwl fod angen. Ma' raid i mi fynd at berfedd beth bynnag sy'n mynd ymlaen. Dwi ddim isio byw fy mywyd yn disgwyl iddo fo droi i fyny unrhyw funud – edrych dros f'ysgwydd bob gafael.'

'Ond wyt ti'n bendant nad ydi heddiw'n rhy fuan?'

'Tyrd, Meurig, i mewn â chdi.'

Trodd Elen yr allwedd yn y drws ffrynt ac wrth iddi ei agor daeth yr arogl llwyd, tamp cyfarwydd i'w ffroenau. Dyma lle bu ei modryb yn byw'n hapus ar hyd ei hoes – tan ei hwythnosau olaf beth bynnag. Oedodd Meurig i amsugno awyrgylch y lle. Agorodd Elen y cyrten, ac am y tro cyntaf ers dyddiau tarodd pelydrau'r haul y parlwr a oedd yn adlewyrchiad perffaith o natur ecsentrig Emily Parry. Papurau newydd wedi'u staenio'n frown mewn pentyrrau ar hyd y lle, y dyddiad arnynt yn pontio sawl blwyddyn. Ar y waliau roedd amryw o galendrau, pob un yn dangos mis Rhagfyr blwyddyn wahanol. Yr oedd digon o lyfrau yn yr ystafell i lenwi llyfrgell, a'r rheiny wedi eu gadael i hel llwch ar silffoedd, ar fyrddau neu ar y llawr fel petaent yn ddigartref. Ar un pentwr o lyfrau safai teipiadur o'r pum degau.

Sylwodd Elen ar y distawrwydd anghyffredin a sylweddoli fod y cloc mawr wedi stopio. Agorodd y cês a darganfod nad oedd y pwysau wedi disgyn i'r gwaelod. Roedd hi'n amlwg fod rhywbeth wedi achosi iddo stopio ond welai Elen ddim allan o'r cyffredin. Ebychodd Elen wrth weld y dyddiad a'r amser ar wyneb efydd y cloc. Roedd wedi stopio ddydd Mawrth am saith munud ar hugain wedi tri, yr union amser y bu Emily farw yn yr ysbyty. Aeth ias oer trwyddi.

'Dwi wedi clywed am hyn yn digwydd o'r blaen, Meurig,' meddai.

'A finnau hefyd,' atebodd Meurig. 'Ond paid â rhoi gormod o goel i betha fel'na, na wnei?' Yr oedd Meurig ychydig yn fwy o sgeptig na hi.

'Meurig?' gofynnodd Elen yn synfyfyriol, 'am be'n union ydan ni'n chwilio?'

''Sgin i ddim syniad, i fod yn hollol onest, Elen,' atebodd, 'ond pan ddown ni ar 'i draws o, mi fyddwn yn gwbod. Yr unig beth wyddon ni yn sicr ydi bod rhywun yn ceisio ei styrbio am ryw reswm, ac wedi mynd i bob math o drafferth i wneud hynny. Rhaid i ni gadw meddwl agored ynglŷn â phwy oedd yn gyfrifol a phwy ydi'r cowboi 'ma. Y cwestiwn pwysica ydi be' oedd ei fwriad o, neu beth ydi ei fwriad o, os ydi o'n dal o gwmpas. Be' am ddechra tu allan? Tyd, dwi isio dangos rwbath i ti.'

Arweiniodd Meurig hi i'r cwt bychan allan yn y buarth. Cerddodd o gwmpas yr adeilad fel petai'n chwilio am rywbeth.

'Ydi'r heddlu wedi bod yma ers diwrnod y ddamwain?'

'Ddim cyn belled ag y gwn i. Pam?'

'Mi alwais i yma ar ôl dy adael di yn yr ysbyty,' dechreuodd esbonio. 'Ar y llawr yn y fan hyn, mi welais stympiau sigarét, papurau pethau da a bwyd – oedd yn awgrymu bod rhywun wedi bod yn treulio dipyn go lew o amser yma. Ond erbyn hyn maen nhw i gyd wedi diflannu.'

'Heb swnio'n dwp, be' ma' hynny'n olygu?'

'Bod pwy bynnag a'u gadawodd nhw yma yn awyddus rŵan i guddio'r ffaith 'i fod o wedi bod yma o gwbl.'

'Be' ti'n feddwl, "rŵan", Meurig?' Doedd Elen ddim yn siŵr iawn beth oedd yn mynd trwy ei feddwl.

'Doedd o ddim yn trio cuddio cynt, sy'n awgrymu fod rwbath wedi digwydd i wneud iddo newid ei feddwl.'

'Ond os mai'r cowboi yma ydi o, tydi o ddim ofn dangos ei hun o gwbl, nac'di? Faint o bobl welodd o ddoe yn y fynwent?'

'Mae ei weld o yn y pellter yn un peth, Elen, ond mae gadael rwbath ar ei ôl a allai arwain at ei adnabod o yn fater arall. Mi allai'r papurau pethau da a'r stympiau sigarét wneud hynny.'

'Ei DNA wyt ti'n feddwl?'

'Yn hollol,' atebodd Meurig. Pam roedd o'n teimlo bod yn rhaid iddo ddod yn ôl i glirio'i lanast, a thorri ei gyswllt â Hendre Fawr? Os mai'r un person ddaeth yn ei ôl wrth gwrs.'

'Y posibilrwydd ei fod o'n gysylltiedig â llofruddiaeth yr hogan bach 'na, Donna Murphy, ti'n feddwl?'

'Mae'n bosibl,' atebodd Meurig. 'Ond fel dwi'n dallt mae'r heddlu wedi cyhuddo ei llystad o'i llofruddio hi.'

Gwelodd Meurig y newid yn wyneb Elen.

'Elen, ti'n dal i feddwl mai Medwyn ydi o yn dwyt?'

'Wn i ddim bellach, Meurig. Dwi'n cofio, pan o'n i'n ifanc, Medwyn yn rhoi blodyn menyn o dan 'y ngên i, ac wedyn yn deud wrtha i 'mod i'n hoffi menyn. Roedd o'n hogyn addfwyn iawn, a fedra i ddim coelio y basa fo'n medru gwneud niwed i neb, ddeng mlynedd ar hugain o flynyddoedd yn ôl na rŵan. 'Sgin i'm syniad be' i goelio erbyn hyn, ond mae'n amlwg fod pawb yng Nglan Morfa yn credu ei fod o'n ei ôl.'

Rhoddodd Meurig ei fraich amdani a'i harwain yn ôl tua'r tŷ.

'Be' sy' mewn yn fan'cw?' gofynnodd, gan amneidio at un o'r adeiladau eraill, adeilad mwy na'r gweddill a edrychai fel petai wedi ei adeiladu yn wahanol hefyd.

'Yr un efo'r clo mawr ar y drws ti'n feddwl? Doeddwn i ddim yn cael mynd yn agos i fanno pan o'n i'n blentyn,' meddai. 'Flynyddoedd lawer yn ôl, mi feddiannwyd y ffarm 'ma gan un o adrannau'r Weinyddiaeth Amddiffyn. Mae'r adeilad yna yn arwain at nifer o dwnelau rhwng y ffarm a'r môr. Fel dwi'n dallt, mae 'na anferth o ogof i lawr yna – rwbath i'w wneud â llongau tanfor yn ystod y rhyfel. Does neb wedi bod i lawr yna ers blynyddoedd.'

'Oedd Medwyn yn ymwybodol o hynny?'

'Wrth gwrs. Mae'n fwy na thebyg 'i fod o a'i ffrindia wedi bod i lawr yno'n chwarae.'

'Diddorol iawn,' atebodd Meurig. 'Ty'd, awn ni'n ôl i'r tŷ. Oes 'na jans am banad?'

'Pam lai,' meddai Elen. 'Mi â i i nôl dŵr o'r ffynnon.'

'O'r ffynnon?' synnodd Meurig. 'Yn yr oes sydd ohoni, doedd ganddi hi ddim dŵr yn rhedeg yn y tŷ?'

'Oedd siŵr, dŵr glaw o danc ar ben y to. 'Di'r tŷ ddim wedi'i gysylltu â'r rhwydwaith ddŵr. Emily fydda'n deud 'i bod hi'n wast o arian talu am ddŵr efo'r holl law 'dan ni'n 'i gael yn y rhan yma o'r byd. Mae'r cafnau'n cario'r dŵr i lawr o'r to i'r tanc ond fe ddigwyddodd rwbath iddo fo ryw fis neu ddau yn ôl. Mi ddywedodd Anti Em wrtha i ei bod hi wedi cau'r tapiau oherwydd bod 'na rwbath yn bod efo fo.'

Oedodd Elen am ennyd a'i llaw ar ei cheg. 'O, Meurig! Ti'm yn meddwl bod hynny'n rhan o beth bynnag oedd yn digwydd iddi, wyt ti?'

'Anodd deud,' atebodd Meurig. 'Dangos i mi lle mae'r beipan yn dod i mewn i'r tŷ, nei di?'

Wedi darganfod ac agor y prif dap, trodd Elen dap sinc y gegin a dychrynodd wrth weld y dŵr yn llifo'n fudur, yn frown ac yn ddrewllyd.

Tu allan i'r tŷ, roedd y tanc wedi ei osod o dan fargod y to mewn lle anhwylus iawn. Sylwodd y ddau ar beipen gorlif yn arwain ohono, ac yn union oddi tani roedd staen budur ar y tir nad oedd Meurig am fentro ei gyffwrdd. Defnyddiodd Meurig ysgol i ddringo at y tanc a gwelodd ei fod wedi ei orchuddio ag astell drom rhag i unrhyw beth ddisgyn i'r tanc a difetha'r dŵr yfed.

Yr oedd y coed a ddaliai'r tanc yn ei le wedi'u staenio hefyd ac roedd arogl aflan yn ei ffroenau. Daeth yr astell o'i lle yn hwylus, fel petai wedi cael ei symud yn ddiweddar, ac wrth iddo'i llithro i'r ochr cododd cwmwl trwchus o bryfed gleision i'w wyneb. Bu bron iddo â cholli'i gydbwysedd ar yr ysgol. Trodd Meurig ei ben i un ochr pan welodd yr hyn oedd o'i flaen, bron â chyfogi. Cododd ei law at ei drwyn wrth edrych i lawr ar sgerbwd dafad yn pydru yn y dŵr. Symudodd môr o gynrhon a mwy o bryfed ar y rhan o'r corff a oedd uwch wyneb y dŵr. Ar ôl dod ato'i hun rywfaint, edrychodd yn fanylach a gwelodd rywbeth yn sticio allan o goes ôl y ddafad. Gwelodd mai saeth ydoedd, un fer, y math a ddefnyddid efo bwa croes. Yr oedd digon o waed o'i chwmpas i awgrymu bod y ddafad yn fyw pan roddwyd hi yn y tanc, a bod ei gwddf wedi ei dorri wedyn. Dim ond un rheswm oedd y tu ôl i hynny – sicrhau y byddai cymaint â phosib o'i gwaed wedi llifo i mewn i system ddŵr y tŷ. Heb amheuaeth, ymgais arall i ddychryn Emily Parry oedd hwn.

Cymerodd Elen rai munudau i sylweddoli'n llawn ystyr y darganfyddiad a'r effaith a gafodd ar ei modryb. Pam nad oedd Emily wedi deud wrthi? Gobeithiai nad oedd yr hen wraig wedi sylweddoli beth oedd achos y dŵr budur.

'Sut fath o berson fysa'n gwneud y fath beth?' gofynnodd, yn amlwg wedi cael ysgytwad.

Daeth dwyawr o chwilota trwy bob twll a chornel o'r tŷ i ben, a doedd Meurig ac Elen ddim callach.

'Ma' raid bod 'na rwbath yma,' ochneidiodd Meurig. 'Rhyw fanylyn bach i'n harwain ni i'r cyfeiriad cywir. Lle fasa' hi'n cuddio rwbath, Elen? 'Sgin ti syniad?' Roedd Meurig yn sylweddoli ei fod yn dechrau colli ei amynedd.

'Aros am funud,' meddai Elen. 'Dwi'n 'i chofio hi, flynyddoedd yn ôl pan oedd Yncl Huw yn trio'i orau i stopio smocio, yn cuddio'i getyn o yn "rwla lle na fasa fo byth yn ei ffeindio". Mewn cwpwrdd bach yn y twll dan grisiau y rhoddodd hi o, os dwi'n cofio'n iawn.' Hyd yn oed yng nghanol tristwch y prynhawn, daeth yr atgof â gwên fach i'w hwyneb.

Nid oedd y guddfan yn anodd i'w darganfod wedi iddynt sylweddoli lle i chwilio – ond 'fuasai dieithryn byth wedi llwyddo i ddod ar draws y twll cudd. Rhoddodd Elen ei braich i mewn a thynnodd ddyddiadur ohono, a nifer o bapurau swyddogol yr olwg wedi eu clymu mewn ffolder. Taniodd cynnwys y ffolder ddychymyg Meurig yn syth a dechreuodd edrych trwyddyn nhw, gan daro ei lygad dros nifer o ddogfennau gwahanol.

'Tyrd yn dy flaen, Meurig,' gorchymynnodd Elen yn awyddus. 'Deud wrtha i be' sy' ynddyn nhw!'

Ni chododd Meurig ei ben wrth ymateb. 'Llongyfarchiadau, Elen. Chdi a dy chwaer ydi perchenogion newydd Hendre Fawr. Dyma ewyllys dy fodryb, a gafodd ei harwyddo dair blynedd ar ddeg yn ôl. Ma' hi wedi gadael bob dim i chi'ch dwy.'

Allai Elen ddim siarad, ond parhaodd Meurig i ddarllen.

'Dyma ddiddorol,' meddai, gan oedi i ddarllen dogfen arall. 'Llythyr a yrrwyd gan gwmni o asiantau eiddo yn Llundain yn cynnig naw can mil a hanner am y ffarm.'

'Argian, mae hynny'n lot fawr o arian, yn tydi?' Wyddai Elen ddim a ddylai hi fod yn hapus ai peidio.

'Mae'n ymddangos yn lot gormod i mi, Elen, mae hynny'n sicr, wrth feddwl pa mor ddi-raen ydi'r tŷ a'r tir.'

''Sgwn i pwy fysa'n talu gymaint â hynny?'

'Pwy a ŵyr, Elen. Oes 'na rwbath difyr yn y dyddiadur 'na?'

Llenwodd llygaid Elen wrth ei ddarllen. Yr oedd Emily Parry wedi cofnodi'n drwyadl bob ymweliad gan y dieithryn. Dechreuodd gofnodi unwaith y sylweddolodd fod rhywbeth o'i le. Gwelodd Elen fod y cofnod olaf wedi ei ysgrifennu'r wythnos cynt, yn manylu ar yr hyn a ddywedodd wrth Elen y diwrnod cyn ei marwolaeth. Ysgrifennwyd y nodiadau dros gyfnod o dair wythnos ar ddeg ond sylwodd Elen fod Emily wedi dechrau cyfeirio at yr ymyrrwr fel 'Medwyn' hanner ffordd trwy ei chofnodion.

Edrychodd y ddau ar ei gilydd mewn distawrwydd.

'Rhaid i mi fynd, Meurig,' meddai Elen o'r diwedd. 'Ma' hi bron yn chwarter i dri, amser nôl Geraint o'r ysgol.' Llenwodd ei llygaid eto. 'Ddeudodd Anti Emily wrtha i fwy nag unwaith ei bod hi wedi edrych ar ein holau ni.'

Eisteddodd Jeff Evans yng nghefn y neuadd yn disgwyl i'r cyfarwyddyd ddechrau am hanner awr wedi chwech y noson honno. Synnodd o weld yr ystafell yn llenwi efo llawer mwy o heddweision nag arfer, rhai ohonynt yn newydd i'r ymchwiliad. Peth rhyfedd, meddyliodd, gan y byddai'n fwy arferol i'r ymchwiliad grebachu ar ôl cyhuddo Tony Marino, nid ehangu. Sylwodd Jeff yn syth ar wyneb prudd Renton pan gerddodd i'r ystafell, ac am y tro cyntaf, nid oedd Beaumont, ei gi bach, wrth ei ochr.

Ceisiodd Renton guddio'i ludded yn aflwyddiannus. Ni wyddai'n iawn sut i gyhoeddi'r ffaith fod cyfeiriad newydd i'r ymchwiliad – ymchwiliad a oedd yn troelli'n gyflym allan o'i reolaeth. Ni allai ddychmygu erbyn hyn sut yr oedd posib rheoli datblygiad yr achos fel yr oedd o a Beaumont wedi'i gynllwynio yn y dechrau.

'Reit, os ga i'ch sylw chi i gyd,' dechreuodd, yn dal i roi trefn ar y cyfan yn ei feddwl. 'Mae gen i newyddion. Mae rhai o'r canlyniadau cyntaf wedi dod yn eu holau o'r labordy fforensig. Mae olion DNA Tony Marino wedi eu darganfod mewn staeniau semenol ar ddillad Donna

Murphy. Nid yn unig ar y dillad yr oedd hi'n eu gwisgo pan laddwyd hi, ond ar bob dilledyn o'i heiddo. Hefyd, roedd yna ôl semenol ar y swabiau mewnol a gymerwyd oddi ar ei chorff. Nid semen Marino oedd hwn ond semen rhywun arall – ac mae DNA y semen hwn wedi ei gofnodi mewn semen ar gyrff merched eraill a ddioddefodd ymosodiadau ar hyd a lled Prydain yn ystod yr ugain mlynedd ddiwethaf. Yr oedd pob un o'r merched yma yn eu harddegau cynnar ac fe dreisiwyd pob un yn rhywiol. Llofruddiwyd chwech ohonyn nhw, eu tagu gyda'u bronglymau eu hunain, neu fe holltwyd eu gyddfau nes bod eu pennau bron â'u datgysylltu. Torrwyd breichiau dwy ohonynt ymaith ac mae'n debyg fod yr ymosodwr wedi defnyddio holltwr neu gyllell fawr a oedd yn ddigon miniog i greu un toriad glân, a hynny hyd yn oed drwy'r asgwrn. Does yna ddim os nac oni bai erbyn hyn ein bod ni'n chwilio am lofrudd cyfresol.

Er bod yr awyrgylch yn yr ystafell yn ddirdynnol, roedd meddwl pob un wedi ei adfywio. Roedd sibrydion a dyfaliadau yn dew drwy'r ystafell, yn enwedig ymysg aelodau gwreiddiol yr ymchwiliad. Ond roedd siomedigaeth hefyd, wrth i'r heddweision sylweddoli fod yr ymchwiliad yn hollol agored unwaith yn rhagor. Jeff Evans oedd yr unig un yn eu plith nad oedd wedi ei synnu yn gyfan gwbl.

Oedodd Renton am ennyd i ddisgwyl am ddistawrwydd.

'Roedd yr ymosodiad cyntaf yn Halifax yn 1988 ond ni welwyd un wedyn tan 1996. Ers hynny, mae o wedi taro ar Lannau Merswy, ddwywaith yn Bradford, yn Coventry, Wakefield, Newcastle a Telford. Roedd yr ymosodiad diweddaraf yn Bolton, chwe mis yn ôl. Sylwch sut mae safle pob ymosodiad yn agos i draffordd: yr M42, M6, M54, M62 a'r M1.

'Pam Glan Morfa felly?' gofynnodd un llais o'r llawr. 'Mae'r ardal yma'n ymddangos yn wahanol iawn i'r lleill.'

'Dwi'n argyhoeddedig fod yna gysylltiad â Tony Marino,' atebodd Renton. 'Fy nghred i ydi bod Marino yn gweithio ar y cyd â rhywun arall, a'i fod o ofn ei enwi.'

'Oes modd i unrhyw un o'r merched sydd yn dal yn fyw ein helpu?' gofynnodd llais arall.

'Cwestiwn da,' atebodd Renton. 'Ond yn anffodus, tydi hynny ddim yn bosib. Lladdwyd un ohonynt mewn damwain car ddwy flynedd ar ôl yr ymosodiad. Wnaeth yr ail erioed wella ar ôl y trawma. Yn anffodus, tydi hi ddim wedi yngan yr un gair ers yr ymosodiad, a does gan neb syniad i ble mae'r drydedd wedi diflannu. Yn ddiddorol iawn, dywedodd yr eneth o Newcastle mewn datganiad a wnaeth ychydig ar ôl yr ymosodiad fod gan y dyn a ymosododd arni acen Gymreig. Hefyd, roedd ganddo datŵ o ddraig ar ei benelin dde a rwbath wedi ei sgwennu oddi tano. Gofynnwyd ar y pryd ai "Cymru am Byth" oedd y geiriau ac ai'r Ddraig Goch oedd y tatŵ? Rwbath i'w ystyried, ond dwi'n awgrymu ein bod ni'n chwilio am rywun lleol, cyfaill i Tony Marino, efallai? Rhywun sy'n teithio ar hyd a lled y wlad – gyrrwr lorri, a'i gartref yn agos i'r dre 'ma? Bydd yr ymchwiliad yma'n canolbwyntio ar y posibilrwydd hwnnw, a bydd y proffil o Marino y byddwn yn ei baratoi yn cynnwys ei holl deulu, ei gyfeillion a'i gysylltiadau. Peidiwch ag anghofio ein bod yn chwilio am deithiwr – rhywun sy'n gorfod teithio efo'i waith, yn gymdeithasol, neu yn gysylltiedig ag unrhyw weithgaredd hamdden. O hyn ymlaen, bydd cronfa ddata ein cyfrifiadur yn gysylltiedig â'r cronfeydd data ar gyfrifiaduron yr heddluoedd yn yr ardaloedd hynny lle ymosodwyd ar y merched eraill. Bydd staff yr ystafell reoli yn paratoi crynodebau o fanylion pob llofruddiaeth sy'n gysylltiedig â'r llofrudd hyd yn hyn, a dwi'n disgwyl i bob un ohonoch chi eu darllen yn drwyadl. Un peth arall, gan fod yr ymchwiliad yma wedi tyfu cymaint erbyn hyn, a'i fod yn croesi ffiniau nifer o heddluoedd, mae'r Prif Gwnstabl Cynorthwyol yn yr adran Droseddau, Mr Eric Edwards, wedi ei benodi i arolygu'r ymchwiliad. Er hynny, fi fydd yn ei reoli o ddydd i ddydd a dwi wedi fy mhenodi'n Dditectif Uwch Arolygydd. Ditectif Sarjant Powell fydd fy nirprwy, ac mae o wedi'i benodi'n Dditectif Arolygydd Dros Dro.'

Cyn gorffen, gofynnodd Renton i Jeff Evans fynd i'w swyddfa yn syth.

Disgwyliodd Jeff yno am rai munudau cyn i Renton a Powell ymddangos. Renton ddechreuodd y sgwrs, a sylwadau Renton yn unig a drafodwyd, yn ffordd hunanbwysig arferol y meistr.

'Reit, DC Evans, 'dach chi wedi clywed pa drywydd mae'r ymholiad yma'n ei ddilyn. Dach chi'n nabod Tony Marino'n well na neb arall yma, a chi sydd wedi ei holi o'n barod. Does dim dwywaith, ganddo fo mae'r atebion rydan ni eu hangen, a dwi angen i chi eu gwasgu nhw allan ohono fo. Mae ganddoch chi bedwar diwrnod cyn iddo ddychwelyd yma o'r ddalfa i ymddangos o flaen y llys ddydd Llun nesa, a dwi isio i chi ddefnyddio'r holl amser i baratoi'n fanwl ar gyfer ei ailholi. DA Powell fydd yn eich cynorthwyo yn ystod y cyfweliad y tro hwn, ac yn arolygu eich gwaith o ddydd i ddydd. Dim ond un cyfle sydd, ac mi fyddwch angen eich holl amser i baratoi. Dallt? Eich *holl amser*. Bydd angen i chi ddogfennu eich ymchwil fel yr ydach chi'n symud ymlaen a briffio'r DA yn drwyadl bob dydd i wneud yn siŵr ei fod o'n hollol gyfarwydd â'ch gwaith. Ydach chi'n dallt be' dwi'n 'i orchymyn?'

Gwyddai Jeff yn iawn, ond roedd cryn dipyn o amheuaeth yn ei gorddi.

'Ydw, dwi'n dallt, Swpyr, ond be' os ydan ni'n pori yn y cae anghywir? Be' 'tasa Tony Marino yn ddieuog?'

'Mi bora' i ym mha bynnag gae dwi'n meddwl sy'n berthnasol i'r achos yma, Evans,' atebodd Renton, ei lais yn gynddeiriog. 'Ac mi borwch chitha yn y cae o 'newis i.'
Tro Jeff oedd hi i godi ei lais. 'Wel, alla i ddim ond gobeithio bod gynnoch chi rywun yn edrych i mewn i'r busnes 'na yn Hendre Fawr, yn chwilio am ein cowboi ni, efo'r un brwdfrydedd.' Hoffai Jeff fod ynghlwm â'r rhan honno o'r ymchwiliad, ond gwyddai nad oedd mewn sefyllfa i ddadlau. 'Glywsoch chi ei fod o yn angladd yr hen ddynes ddoe?'

Ochneidiodd Renton yn uchel gan chwythu gwynt trwy ei ddannedd ac edrych ar Powell.

'Do. Dwi wedi clywed hynny hefyd. Ond 'dach chi'n meddwl am funud y basa llofrudd cyfresol yn hongian o gwmpas rhyw gynhebrwng yng Nglan Morfa i ddisgwyl cael ei ddal? Na fasa siŵr. Mae o filltiroedd maith i ffwrdd erbyn hyn, ond dwi'n siŵr bod Marino yn ei nabod o. Mi wyddoch chi'n iawn hefyd, Evans, na fedra i ffordd'io peidio â chymryd sylw o unrhyw wybodaeth, dim ots o ble mae o'n dod, ac mi fydda i'n sicrhau fod cynnwys datganiad Elen Thomas yn cael ei drin yn drwyadl. Ond cofiwch chi mai cyswllt tenau ofnadwy sydd yna efo'r llofruddiaeth a ddigwyddodd ddeng mlynedd ar hugain yn ôl, ac oherwydd hynny, fydd y mater ddim yn cael cymaint o sylw'r heddlu.'

'Cymerwch air o gyngor gen i, Swpyr,' atebodd Jeff yr

un mor gadarn â'i feistr. 'Dydi'r cyhoedd allan 'cw ddim yn ffyliaid, ac maen nhw'n ddigon craff i wneud eu penderfyniadau eu hunain ynglŷn ag unrhyw gyswllt â llofruddiaeth Diane Smith. Dach chi'n gwbod sut effaith gafodd y digwyddiad hwnnw ar bobl yr ardal, a bod nifer ohonyn nhw'n gwrthod siarad efo ni hyd yn oed heddiw, yn enwedig yr oedolion sy'n cofio'r amgylchiadau.'

Oedodd er mwyn gweld sut y byddai Renton yn derbyn geiriau mor blaen.

'Ewch yn eich blaen ...' Chwifiodd Renton ei law mewn dull a awgrymai ryddid iddo barhau i roi ei farn.

'Pan aiff y stori allan bod llofrudd Donna wedi bod wrthi o'r blaen, a fydd hynny ddim yn hir, mi fydd 'na ddiawl o le yn y dre 'ma, a dwi'n gobeithio bod ganddoch chi gynllun i ymateb i hynny.'

Edrychodd Renton a Powell y naill ar y llall. Gwyddai'r ddau yn iawn ei fod yn llygad ei le.

'Diolch i chi am ddeud eich deud, Evans,' atebodd Renton. 'Dyna'r cwbl am rŵan.'

Unwaith y caeodd Jeff y drws o'i ôl hoeliodd Renton ei sylw ar Powell. 'Gwna'n siŵr dy fod ti'n cadw llygad barcud arno fo, wnei di?'

'Siŵr o wneud, Alex,' atebodd Powell.

Cerddodd Jeff Evans i lawr y coridor yn teimlo fel petai ei fyd bach cysurus wedi cael ei ddwyn oddi arno, ei ryddid wedi'i golli. Gwyddai ei fod am orfod treulio'r dyddiau nesaf o dan do, yn pori trwy domen o wybodaeth ac yn atebol yn uniongyrchol i'r Ditectif Arolygydd (Dros Dro) Powell. Powell o bawb! Cyfaill Renton ers blynyddoedd yn ôl pob golwg. Ysgydwodd ei ben mewn anobaith.

Roedd gan Jeff un gorchwyl arall cyn troi am adref, ac roedd o'n hwyr yn barod. Cychwynnodd i nôl Nansi'r Nos o'r ysbyty. Yr oedd o'n dal i deimlo'n gyfrifol am y niwed a gafodd, ac yr oedd yn siŵr na fyddai'r teimlad hwnnw'n diflannu. Gan ei bod hi'n nosi, penderfynodd risgio mynd â hi adref yn ei gar ei hun ond gofalodd fynd rownd y stryd gefn i'w thŷ. Roedd yn falch o weld ei bod hi'n edrych yn well yn barod.

'Aros efo fi heno, Jeff,' plediodd wrth ddisgyn o'r car.

'Ti'n fy nabod i'n well na hynny, Nansi,' atebodd.

'Mae'n ddrwg gen i ddeud 'mod i,' meddai.

Oedd wir, roedd Nansi'n gwella. Sylweddolodd Jeff ei bod yn amser troi ei sylw at Jean.

Eisteddodd Meurig Morgan ym mharlwr Y Gorwel y noson honno'n pendroni dros ddigwyddiadau'r dyddiau diwethaf. Treuliodd gryn dipyn o amser yn y fynwent yn ystod y dydd. Rhoddodd flodau ffres ar fedd Eirlys a Dafydd, a thacluso rhywfaint. Nid oedd yn siŵr ai gweddïo yr oedd o ar ei gwrcwd yn y fan honno, ac nid oedd yn siŵr ychwaith a oedd yn teimlo rywfaint gwell ar ôl gwneud.

Arhosodd am funud wrth ymyl giât y fynwent a gwelodd fod y blethdorch a adawyd yno gan y cowboi y diwrnod cynt wedi'i thaflu i fin sbwriel gerllaw. Gwelodd fod y cerdyn arno o hyd, a rhoddodd ef yn ei boced cyn gadael.

Oriau yn ddiweddarach, yn y bwthyn, bodiodd y cerdyn a cheisiodd amgyffred bwriad pwy bynnag a'i hysgrifennodd. Tywalltodd wydryn o Merlot o Chile iddo'i hun a cherddodd at y cwpwrdd cryno ddisgiau. Edrychodd trwyddynt yn nhrefn yr wyddor tan y cafodd hyd i *Peter and the Wolf* gan Prokofiev. Rhoddodd y disg yn y peiriant chwarae a chymhwysodd y sain cyn eistedd yn ôl yn ei gadair. Llyncodd fymryn o'r gwin coch a gwrandawodd ar nodau cyfarwydd y llinynnau yn creu delwedd o Peter. Y ddelwedd o fachgen bychan a gerddodd, yn ôl y gerddoriaeth, i mewn i'r goedwig yn erbyn ewyllys ei daid. Cofiodd Meurig ei ddyddiau ysgol, a'r hudoliaeth a deimlai wrth feddwl am allu'r cyfansoddwr i bortreadu'r cymeriadau gyda holl offerynnau'r gerddorfa. Dyma oedd un o'i gyflwyniadau cyntaf i gerddoriaeth glasurol, ond heddiw, yr oedd ystyr hollol wahanol i'r nodau – ystyr twyll, ystyr aflonydd.

Yn unigrwydd y noson honno yn y bwthyn, bu Meurig yn ystyried os oedd Medwyn yn debyg i'r Peter tyner – ynteu a oedd o erbyn hyn yn gowboi a oedd wedi dod yn ei ôl i ddial ar Lan Morfa?

Pennod 9

Cyrhaeddodd y trên cynnar o ogledd Cymru Orsaf Euston ychydig funudau cyn deg y bore. Nid oedd Meurig Morgan ar frys, ac nid oedd ganddo apwyntiad chwaith. Teimlai mai galw'n ddirybudd a fyddai orau heddiw. Yn awyr iach y gwanwyn, brasgamodd i lawr Ffordd Euston yn mwynhau'r ymarfer ar ôl bod yn eistedd cyhyd ar y trên a gychwynnodd ei daith ym Mangor bedair awr a hanner ynghynt.

Treuliodd ugain munud hamddenol wrth fwrdd ar y pafin y tu allan i gaffi yn mwynhau coffi cryf o Puerto Rico, ac wrth lygadu'r torfeydd amrywiol, amryliw yn rhuthro heibio, meddyliodd am y diwrnod o'i flaen.

Am chwarter wedi un ar ddeg, cerddodd i mewn i swyddfeydd y gwerthwyr eiddo Travis & Bushel. Nid oedd yn syndod i Meurig nad swyddfeydd cyffredin mo'r rhain – nid oedd lluniau o dai ar werth yn y ffenestr heb sôn am brisiau, ond cofiodd nad yng Nghaerdydd na Glan Morfa roedd o. Cerddodd yn llawn hyder i'r dderbynfa foethus ac ar ei union fe'i cyfarchwyd gan ddynes hardd Ladinaidd yr olwg yn ei thri degau.

'Bore da, syr,' meddai. 'Sut fedra i'ch helpu chi?'

'Meurig Morgan ydi fy enw i, cyfreithiwr yn cynrychioli perchnogion eiddo sylweddol yng Ngogledd Cymru. Gwnaeth y cwmni yma gynnig amdano ychydig o flynyddoedd yn ôl a hoffwn gael gair â phwy bynnag oedd â diddordeb yn y lle.' Doedd ei stori ddim mor bell â hynny oddi wrth y gwir.

'Oes gennych chi gyfeirnod?' gofynnodd y ferch.

Tynnodd Meurig y llythyr a guddiodd Emily Parry yn y twll o dan y grisiau yn Hendre Fawr o'i boced a'i ddangos iddi.

'Daw rhywun i'ch gweld chi toc,' meddai. 'Hoffech chi gwpaned o goffi?'

'Diolch. Du, cryf, dim siwgr os gwelwch yn dda.'

Aeth chwarter awr heibio cyn i Meurig gael ei arwain i ystafell gynadledda lle safai dyn mawr, tew yn ei bum degau wedi'i wisgo yn arbennig o dda mewn siwt binstreip lwyd a chrys gwyn. Gwisgai dei sidan browngoch ac roedd hances o'r un defnydd yn disgyn mewn sioe grand o boced frest ei siaced. Wrth ei ochr roedd bwrdd derw mawr hen ffasiwn a chwe chadair o'r un steil yn sefyll ar garped coch trwchus. Gosodwyd planhigion egsotig yn chwaethus o amgylch yr ystafell. Yr oedd y dyn a moethusrwydd yr amgylchedd yn cadarnhau tyb Meurig fod y cwmni hwn yn un o'r cwmnïau gwerthu eiddo mwyaf llwyddiannus yn y wlad.

'Oes yna rywbeth arall?' gofynnodd y ferch cyn gadael yr ystafell.

'Na, dim diolch, Maria,' atebodd y dyn mewn acen mor goeth fel ei bod hi bron yn amhosib ei ddeall yn siarad.

Trodd ac estynnodd ei law tuag at Meurig. Roedd breichled aur drom o amgylch cnawd brasterog ei arddwrn. Ysgydwodd Meurig ei law lipa yn gadarn fel y gwnâi pan gyfarfyddai â rhywun am y tro cyntaf, gan edrych yn awdurdodol i'w lygaid yr un pryd.

'Ralph C. Mortimer, Partner,' meddai, â'i drwyn i fyny. 'Coffi du heb siwgr, fel dwi'n deall, Mr Morgan,' meddai. 'Well gen i goffi efo hufen fy hun,' ychwanegodd.

Hufen? Dim syndod, meddyliodd Meurig. 'Diolch, Mr Mortimer,' atebodd.

Tynnodd Mortimer gerdyn busnes o'i boced, ei roi ar y bwrdd o flaen Meurig a thywalltodd fwy na digon o hufen i'w goffi ei hun.

'Eisteddwch i lawr os gwelwch yn dda,' meddai.

Cyflwynodd Meurig ei gerdyn ei hun, a rhoddodd ef yn llaw Mortimer. 'Os sylwch chi, nid mewn practis preifat ydw i,' meddai. 'Cyfaill personol i'r teulu sydd yn berchen ar yr eiddo ydw i.'

Edrychodd Mortimer ar y cerdyn yn frysiog ddibwys cyn ei daflu i ffolder agored o'i flaen. 'Felly, dywedwch wrtha i, Mr Morgan,' meddai. 'Beth alla i a Travis & Bushel wneud i chi?'

'Ysgrifennodd Travis & Bushel at Mrs Emily Parry bum mlynedd yn ôl yn gwneud cynnig digymell am ei fferm, Hendre Fawr, Glan Morfa,' dechreuodd. 'Bu Mrs Parry farw yn ddiweddar a gadawyd y fferm i'w dwy nith, ac rydw innau'n eu cynrychioli nhw, ar lefel bersonol yn unig. Ac yn y swyddogaeth honno, maen nhw wedi gofyn i mi ddarganfod ffynhonnell y cynnig.' Nid oedd hynny'n hollol gamarweiniol, ond roedd yr hyn a ddywedodd nesaf yn gelwydd noeth. 'Dwi wedi cael cyfarwyddyd hefyd i'ch hysbysu chi, os bydd fy ymholiadau i yn arwain at werthu'r fferm, y bydd diddordebau ariannol Travis & Bushel yn cael eu nodi.'

Gwenodd Meurig pan welodd fod y dyn mawr tew yn cymryd yr abwyd, yn aflonyddu yn ei gadair a chodi ei law at ei ên i geisio'n ofer i fygu bytheiriad. Defnyddiodd ei law arall i estyn y papurau o'r ffolder o'i flaen ac edrychodd trwyddynt heb eu darllen.

'Fedra i ddim dweud llawer wrthych chi mae gen i ofn, Mr Morgan.'

Yr oedd Meurig wedi ei siomi. Roedd yn sicr y byddai'r posibilrwydd o ennill tâl wedi dylanwadu ar Mortimer.

''Dach chi'n gweld,' parhaodd Mortimer. 'Un o'r partneriaid eraill ddeliodd â'r mater yma, a tydi o ddim wedi gweithio i'r cwmni ers peth amser. Tydw i ddim yn bradychu cyfrinachedd neb wrth ddweud fod y cynnig wedi'n cyrraedd ni trwy Baldwin, Gate & Waters, cyfreithwyr yn New Bond Street. Ond does gen i ddim syniad pwy oedd y ffyrm honno'n ei gynrychioli.'

'Oes modd i chi ofyn i'ch cyn-bartner? Efallai ei fod o'n cofio.'

'Yn wir,' atebodd Mortimer. 'Efallai ei fod o'n cofio, ond tydi hi ddim yn bosib cael gafael arno fo ar hyn o bryd. Dyn digon rhyfedd oedd o wyddoch chi. Un o'r rheiny sydd bob amser eisiau mwy na'r hyn sy'n ddyledus iddo. Fe'n gadawodd ni i wneud chydig o waith ar ben ei hun yn y Philippines, a chafodd ei hun mewn rhyw fath o firi – twyll o ryw fath yn ôl pob golwg. Dwi'n credu y bydd o'n aros yno am gryn amser eto, yng nghwmni'r awdurdodau, os ydych chi'n fy neall i?'

'Be' ddigwyddodd pan wnaethpwyd y cynnig i Mrs Parry?' gofynnodd Meurig.

'Dyma ei hymateb.' Dangosodd Mortimer lythyr i Meurig.

Daeth mymryn o wên i wefusau Meurig pan ddarllenodd y geiriau wedi eu teipio ar y papur, a chofiodd am y teipiadur a welodd yn Hendre Fawr y diwrnod cynt. Un frawddeg oedd ar Emily ei hangen i gadarnhau nad oedd ei chartref ar werth.

'Yr unig beth wnaethon ni oedd cyfleu ateb y wraig i Baldwin, Gate & Waters.' Rhoddodd Mortimer y papurau yn eu holau yn y ffolder gan edrych ar gerdyn Meurig unwaith yn rhagor cyn ei gau.

'Ydi hi'n arferol i wneud y math yma o gynnig am eiddo yn anhysbys trwy gyfreithwyr?' gofynnodd Meurig yn bur chwilfrydig.

'Does yna ddim byd sy'n hollol arferol am y busnes yma,' atebodd Mortimer. Mae rhai pobl yn gwneud ymholiad fel hyn yn ddienw o dro i dro, ond dylech gofio fod Baldwin Gate & Waters yn ffyrm ecsgliwsif dros ben gyda chleientiaid mwy ecsgliwsif byth.'

Deallodd Meurig yr awgrym yn syth fod rhywun grymus iawn y tu ôl i'r cynnig, neu yn gysylltiedig â'r cynnig o leiaf.

'Dwi'n ddiolchgar iawn am eich cymorth, Mr Mortimer,' meddai. 'Mi gysylltaf â chi eto os yw'r mater yn debygol o ddatblygu.'

Ar ôl y cyfarfod, gwyddai Meurig Morgan ei fod yn nes at yr ateb yr oedd yn chwilio amdano, ond yn rhyfeddol, ni wyddai i ble roedd y llwybr yn ei arwain. Gwyddai hefyd na fuasai'r cam nesaf mor hawdd, oherwydd nad oedd yn bosib iddo frasgamu i mewn i swyddfeydd un o'r cwmnïau cyfreithiol mwyaf blaenllaw yn Llundain a gobeithio cael yr atebion yr oedd o'n eu disgwyl. Oedd hi'n amser galw am gymorth hen gyfaill efallai?

Dyn tal, golygus, athletig yr olwg yn ei bedwar degau hwyr oedd Matthew Brittain. Bu Meurig ac yntau yn gydweithwyr yn y Swyddfa Gymreig cyn dyddiau Datganoli. Roedd Matthew wedi bod yn anlwcus yn ystod y tocio yr adeg honno ac nid oedd swydd iddo yn y Cynulliad newydd. Ar yr un pryd, yn ffodus, agorodd drws iddo yng

Nghymdeithas y Gyfraith, yr awdurdod sy'n rheoli cyfreithwyr trwy Gymru a Lloegr.

'Meurig! Meurig Morgan. Sut ddiawl wyt ti?' gofynnodd, y wên ar ei wyneb yn ddiffuant.

Ysgydwodd Meurig ei law. 'Mae'n dda gen i dy weld ditha hefyd, Matt. Digwydd bod yn yr ardal a meddwl y byswn i'n prynu cinio i hen ffrind.'

''Swn i byth yn gwrthod cynnig fel'na! Mae 'na dafarn reit dda ar draws y ffordd 'cw. Bwyd da a chwrw bendigedig.' Yna cofiodd am berthynas Meurig â'r ddiod. 'Neu ma' 'na gantîn yn y swyddfa os ydi hynny'n well gen ti.'

Synhwyrodd Meurig ei bryder. 'Paid â phoeni, Matt. Tydi cael diferyn bach bob rŵan ac yn y man ddim yn broblem y dyddiau yma, dwi'n falch o ddeud. Dwi'n mwynhau blas y cwrw erbyn hyn, yn hytrach na'i effaith. Ond mae'n rhaid iddo fo fod yn beint da, wrth reswm.' Rhoddodd winc iddo. 'Ty'd, fi sy'n prynu.'

'Ro'n i'n meddwl dy fod ti'n edrych yn well, Meurig,' meddai, ei bleser a'i ryddhad yn amlwg.

Dros ginio Ploughman's a pheint ardderchog mewn ystafell a oedd yn llawn o ddynion busnes uchel eu cloch, trafododd y ddau hynt a helynt y blynyddoedd a aeth heibio ers eu cyfarfyddiad diwethaf. Allai Matt ddim anwybyddu'r cwestiwn a oedd wedi bod ar flaen ei dafod ers meitin.

'Felly, deud wrtha i, Meurig,' meddai, gan daflu ei napcyn ar ei blât gwag. 'Be' sy'n dod â dyn fel chdi o Gymru lân i ganol y ddinas fyglyd 'ma?'

Dywedodd Meurig ddigon o'r hanes i gynnau diddordeb ei gyfaill – a digon i gadarnhau nad oedd y cinio am ddim yn y diwedd. Pan orffennodd, gwenodd Matt o glust i glust arno.

'Wel, yr hen fêt,' meddai. 'Wyddost ti ddim pa mor lwcus wyt ti.'

'Be' ti'n feddwl?' Roedd ymateb Matt wedi drysu Meurig.

'Dwi newydd orffen job, mater disgyblu – rwbath i'w wneud â ffyrm o gyfreithwyr i fyny yng ngogledd Lloegr – ac mi oedd un o uwch-bartneriaid Baldwin, Gate & Waters yn eistedd ar banel Cymdeithas y Gyfraith. Rydan ni wedi bod yn gweithio'n agos iawn â'n gilydd yn ystod yr wythnosau diwetha, ac yn dod ymlaen yn dda iawn hefyd. Tyrd yn ôl i'r swyddfa ac mi edrycha i be' fedra i ei wneud i ti – ond dwi'n addo dim, ti'n dallt?'

'Dallt yn iawn.' Swniai'n addawol.

Aeth Matt Brittain ar grwydr gan adael Meurig yn ei swyddfa yn darllen ei bapur newydd.

'Fedra i ddim deud llawer wrthat ti ar hyn o bryd,' meddai pan ddychwelodd ugain munud yn ddiweddarach. Eisteddodd tu ôl i'w ddesg ac edrych i fyw llygaid ei gyfaill. 'Daeth y cynnig am Hendre Fawr oddi wrth ffyrm arall o gyfreithwyr. Dim ond gweithredu ar eu rhan nhw yr oedd Baldwin, Gate & Waters. Dyna'r oll maen nhw'n fodlon ei ddatgelu ar hyn o bryd. Gwranda, fy marn i ydi eu bod nhw'n amau nad ydi popeth fel y dylai fod yn yr achos yma. Doeddan nhw ddim yn amau hynny ar y pryd, ond erbyn heddiw, mae dy ymholiad di wedi newid eu meddyliau. Wrth gwrs, mi fu'n rhaid i mi ddeud rhan o dy hanes di er mwyn bod yn hollol agored efo nhw. Ma' raid i ti sylweddoli eu bod nhw'n sensitif ynglŷn â chyfrinachedd eu cleientiaid, a'r math yna o beth, ond maen nhw'n fwy sensitif byth am eu hygrededd eu hunain.'

'Dwi'n dallt hynny,' atebodd Meurig yn siomedig. 'Mi

oedd hi'n werth trio, Matt. Gobeithio nad ydi 'nghais i wedi gwneud petha'n anodd i ti.'

'Ddim o gwbl, Meurig.'

Gwenodd Matt Brittain, a sylweddolodd Meurig fod mwy i ddod.

'Dw i'n dy nabod di'n ddigon da, Meurig, ac mae'r hyn dwi am 'i ofyn yn dod o Baldwin, Gate & Waters, nid oddi wrtha i.' Oedodd yn ofer i ddisgwyl am adwaith ar wyneb Meurig. 'Cyn belled nad wyt ti'n defnyddio'r wybodaeth yma'n ddiofal, dwi wedi cael eu caniatâd nhw i ddeud wrthat ti fod y cynigion am Hendre Fawr wedi dod oddi wrth Williams, Reynolds a James, cyfreithwyr yng Nglan Morfa, yn wreiddiol.'

Ni fedrai Meurig guddio'i wên.

'Oes 'na fwy?'

'Dim ond bod y cyfreithwyr yng Nglan Morfa yn gweithredu ar ran rhyw sefydliad arall ond does ganddyn nhw ddim syniad pwy. Gofynnwyd i Baldwin, Gate & Waters wneud cynnig arall ar ran yr un bobl bedwar mis yn ôl, y tro yma am £1.25 miliwn. Fe wnaethpwyd y cynnig yn uniongyrchol mewn llythyr gan Baldwin Gate & Waters y tro hwn, a chafwyd ateb ar unwaith gan yr hen ddynes yn deud yr un peth, nad oedd y ffarm ar werth.'

'Sgwn i pam y bu i Williams, Reynolds a James a'u Cwmni ddefnyddio Baldwin, Gate & Waters yn hytrach na gofyn i Mrs Parry yn uniongyrchol?' Meddwl oedd Meurig yn hytrach na gofyn y cwestiwn. Synnodd nad oedd o ac Elen wedi darganfod yr ail lythyr hwnnw. Oedd yna bosibilrwydd bod rhywun wedi bod yn y tŷ ac wedi'i ddwyn? Yn ôl Elen, roedd rhywun wedi bod yn ymweld â'i modryb yn gyson yn ystod oriau'r nos. Oedd yna gysylltiad?

Gwenodd Matt unwaith eto. 'Dwi'n siŵr y gwnei di, o bawb, ddarganfod y rheswm, Meurig, ond gwranda am funud. Mae 'na un mater arall. Does gen i ddim ateb iddo fo, ond mae'r cwestiwn yn un diddorol dros ben.'

'Ia?' gofynnodd Meurig, yn ysu am gael clywed mwy.

'Y dyn, yr uwch-bartner yn Baldwin, Gate & Waters sydd wedi bod yn delio â'r mater yma, ydi pennaeth eu hadran gorfforaethol.'

'Felly?'

'Dim ond mewn biliynau fydd o'n delio fel arfer, Meurig. Dwi ddim yn deud celwydd, biliynau. Fel arfer, wnaiff dynion mor uchel â hwn ddim cerdded ar draws y stafell i ddelio â rwbath mor bitw â'r miliwn a chwarter gafodd ei gynnig am Hendre Fawr.'

Deallai Meurig ystyr geiriau ei gyfaill yn iawn. 'Wyt ti'n awgrymu bod 'na rwbath mawr iawn yn y cefndir, neu ar y gorwel?'

'Hollol.'

'Rwyt ti wedi bod yn hen foi iawn erioed, Matt,' meddai Meurig. 'Heddiw, rwyt ti'n un o'r rhai gora'n y byd. Ac wrth gwrs, mi gei di ddeud wrth dy gyfaill yn Baldwin Gate & Waters fod yr wybodaeth yn ddiogel yn fy nwylo i. Os bydda i isio ei ddefnyddio fo, mi gysylltai i efo chdi a gofyn am eu caniatâd nhw cyn mentro ymhellach. Ydi hynny'n ddigon da?'

'Dwi'n siŵr y byddan nhw'n berffaith hapus efo hynny.'

Yr oedd y swyddfeydd yr oedd Meurig yn bwriadu ymweld â nhw nesaf yn nes at ei gynefin – yn rhan o'r gwasanaeth sifil o leiaf – er nad oedd y Weinyddiaeth Amddiffyn mor agos â hynny at y Cynulliad Cenedlaethol. Gwyddai fod yn rhaid iddo droedio'n ofalus, rhag ofn iddo sathru ar draed rhywun. Fuasai hynny ddim yn helpu ei achos o gwbl. Cymerodd bron i hanner awr iddo ddelio â biwrocratiaeth y dderbynfa cyn cael ei arwain ar hyd coridorau hir i berfeddion yr adeilad ac i ystafell fechan – i gyfarfod â bachgen tuag ugain oed, ei wallt oren yn bigog a modrwyau yn sgleinio yn ei glustiau a'i drwyn. Roedd Meurig wedi disgwyl gweld rhywun hŷn.

'Meurig Morgan, o Adran Gyfreithiol Llywodraeth Cymru,' cyflwynodd ei hun.

'Ia, Mr Morgan, prynhawn da. Desmond ydi f'enw i.' atebodd y gŵr ifanc. 'Dwi wedi sicrhau pwy ydach chi, dim ond er mwyn bod yn berffaith saff. Dwi'n siŵr eich bod chi'n dallt. Fedrwn ni ddim bod rhy ofalus y dyddiau yma. A rhag ofn i mi anghofio, unwaith y byddwn ni wedi gorffen ein cyfarfod, wnewch chi gysylltu â'ch rheolwr, Mr Chandler yng Nghaerdydd, os gwelwch yn dda? Mae'n amlwg ei fod o wedi sylwi ar eich absenoldeb o'ch swyddfa yn ystod yr wythnos ddiwethaf ...' Roedd golwg hunangyfiawn ar wyneb y llanc. 'Rŵan 'ta, sut gall y Weinyddiaeth Amddiffyn fod o gymorth i'n cymdogion yn y Cynulliad?'

Nid gorchymyn Chandler yn unig wnaeth i Meurig wenu, ond y ffaith fod edrychiad y gŵr ifanc o'i flaen wedi ei dwyllo'n lân. Dyna wers fach i ti, Meurig 'machgen i, meddyliodd.

Dechreuodd Meurig ddweud ei hanes o'r dechrau i'r diwedd. Gwyddai nad oedd diben cuddio dim oddi wrth y dyn yma.

'Hoffwn wybod os oes ganddoch chi unrhyw ddata ynglŷn â hen safle llongau tanfor yng ngogledd Cymru, yn agos i dref o'r enw Glan Morfa? Yr holl wybodaeth os gwelwch yn dda, cyn belled nad ydi hynny'n ymyrryd â chyfrinachau swyddogol y wlad wrth gwrs,' ychwanegodd Meurig gyda gwên.

'Credwch fi, Mr Morgan,' atebodd Desmond. 'Mewn sefyllfa felly, fuasech chi ddim wedi cyrraedd cyn belled â hyn.'

Trodd Desmond at flwch mawr wrth ei ochr yn llawn ffeiliau a dogfennau ac esboniodd ei fod wedi eu casglu pan ddywedwyd wrtho gan y derbynnydd beth oedd pwrpas ymweliad Meurig. Gwenodd Meurig eto. Yr oedd y bachgen yma efo'i sbeics a'i dlysau yn gwneud argraff dda arno.

'Reit, Desmond. Dwi'n gwrando'n astud,' meddai.

Tynnodd Desmond ddarn mawr o bapur ac arno gynlluniau a lluniadau allan o'r blwch a'i agor ar y ddesg o'u blaenau. 'Daeth y safle i sylw'r Weinyddiaeth Amddiffyn yn ystod dechrau'r Ail Ryfel Byd,' dechreuodd. 'Roedd angen hafan ddiogel i longau tanfor, lle'r oedd posib eu cynnal a'u cadw, eu hatgyweirio a'u hailarfogi. Rhywle lle gallasent gyrraedd ac ymadael yn y dirgel, lle oedd â mynediad rhwydd i ogledd Môr Iwerydd o Fôr Iwerddon gan ddefnyddio Sianel y Gogledd neu Sianel Sant Siôr, a heb fod ymhell o Fae Lerpwl. Roedd ogofeydd naturiol y safle yn berffaith gan eu bod o faint digonol i dderbyn llongau tanfor – nid oedd yn rhaid iddynt godi i wyneb y dŵr nes yr oedden nhw i mewn yn ddiogel. Yr unig beth oedd yn rhaid ei wneud oedd cloddio'r ceudyllau naturiol i greu harbwr tanddaearol a gweithdai. Mae'r safle'n ddigon mawr i letya tair o'r llongau tanfor a ddefnyddid yn ystod y cyfnod hwnnw, neu efallai un o'r maint a ddefnyddiwyd yn ddiweddarach – y Polaris, er enghraifft. Mae'r dŵr yn ddwfn iawn yno, wyth gwryd hyd yn oed pan fo'r llanw allan.

Oedodd am ennyd i edrych yn fanwl ar y lluniadau ac ar fap, a defnyddiodd ei fys i ganolbwyntio ar ddau fan neilltuol cyn parhau.

'Edrychwch, mae yna ddwy ogof tua thri chwarter milltir ar wahân, ond maen nhw'n ymuno wrth iddyn nhw ymestyn i'r mewndir. Defnyddiwyd un yn fynediad a'r llall yn allanfa.'

'Ble mae'r ffarm, Hendre Fawr?' gofynnodd Meurig.

'Fan yma,' atebodd Desmond gan bwyntio ar fap arall ar raddfa lai. 'Mae'r twnelau'n parhau am tua hanner milltir i gyfeiriad y ffarm. Defnyddiwyd y rhain i gario beth bynnag oedd ei angen ac fe adeiladwyd rheilffordd yr holl ffordd i lawr ar gyfer hynny.'

'Yr holl ffordd o'r ffermdy, 'dach chi'n feddwl?'

'Yn hollol.'

Astudiodd Meurig y papurau o'i flaen ac ni chymerodd lawer o amser i'w cloriannu'n fanwl.

'Gan nad ydi'r ffarm fwy na hanner milltir o'r man lle mae'r ogofeydd yn cyfarfod, hynny yw, yr harbwr tanddaearol,' parhaodd y gŵr ifanc, 'fe ail-letywyd y ffarmwr a'i wraig gan y Weinyddiaeth Amddiffyn drwy gydol y rhyfel, er ei fod wedi parhau i ffarmio'r tir.'

'Be' ddigwyddodd wedyn?' gofynnodd Meurig, ei feddwl yn carlamu ac yn archwilio'r posibiliadau.

'Does gen i ddim gwybodaeth yma i ddweud faint o ddefnydd a wnaethpwyd o'r lle, ond 'doedd fawr o ddefnydd iddo ar ôl adeg y rhyfel. Er hynny, cadwodd y Weinyddiaeth ei hawliau ar y lle hyd ganol y chwe degau, rhag ofn i dechnoleg arsylwi gyda lloeren ei wneud yn ddefnyddiol unwaith eto. 'Dach chi'n gwybod, cuddio oddi wrth y Rwsiaid a'r math yna o beth.'

'A?'

'Pan orffennodd y rhyfel oer, a bloc y dwyrain yn chwalu, doedd dim llawer o ddefnydd i'r safle. Tyfodd llongau tanfor yn ddirfawr, llawer mwy na'r cyfleusterau sydd ar gael yn y fan hon, ac mae yna fannau llawer mwy addas i fyny yn yr Alban beth bynnag. Gwnaeth toriadau yn ein cyllideb hi'n amhosib datblygu'r adnodd hwn ymhellach.'

'Oes modd cael copïau o'r cynlluniau a'r lluniadau yma, os gwelwch yn dda, Desmond?' gofynnodd Meurig.

'Fedra i ddim gweld pam lai,' atebodd y bachgen. 'Ond doedd dim rhaid i chi ddod yr holl ffordd i Lundain i'w cael nhw.'

'Sut felly?' Nid oedd Meurig yn deall, ond tybiodd y byddai'r ateb yn ddiddorol. Fel y digwyddodd, ni chafodd ei siomi.

'Fe ddarparwyd copïau ar gyfer Cyngor Sir Glanaber ychydig fisoedd yn ôl.'

'Argian Dafydd, i bwy felly?' ebychodd Meurig, wedi rhyfeddu.

Tynnodd Desmond ffeil ohebiaeth allan o'r blwch. Gwenodd wrth weld fod Meurig ar binnau yn disgwyl am ateb.

'Dewch i mi weld, rŵan, Mr Morgan,' meddai, yn chwilio am y llythyr neilltuol a'i ddarllen. Gwyddai Meurig ei fod yn oedi er mwyn gwneud iddo ddisgwyl ymhellach, ac o dan yr amgylchiadau, ni allai Meurig ei feio.

'Dyma ni,' meddai, o'r diwedd. Adran Datblygu Economaidd y Cyngor, cyfeirnod CM/ME/03/07.

Gwelodd Meurig enw arall cyfarwydd arno.

'Ai enw Baldwin, Gate & Waters wela i yn fanna?' gofynnodd.

Edrychodd Desmond trwy'r llythyr cyfan cyn ateb.

'Ia,' meddai. 'Mae'n edrych yn debyg ein bod ni wedi eu cyflenwi hwythau efo'r un copïau bedair neu bum mlynedd yn ôl.'

'Diddorol iawn,' atebodd Meurig. 'Ond os nag oes ots ganddoch chi, mi fasa'n well gen i gael copïau ganddoch chi, os gwelwch yn dda.'

'Siŵr iawn.'

Chwifiodd Meurig ei law am dacsi gan obeithio dal y trên tri munud wedi pump o Euston am ogledd Cymru. Pan gafodd sedd cymerodd y cyfle i ffonio'i bennaeth adran, Dominic Chandler, yng Nghaerdydd. Treuliodd y deng munud nesaf yn esbonio'i absenoldeb o'i swyddfa. Nid oedd yn siŵr a oedd ei reolwr rywfaint callach ar ôl clywed yr hanes, ond gwyddai, o leiaf, fod Meurig yn ymchwilio i fater personol ac na fuasai unrhyw ganlyniadau anffafriol i'r adran. Yr oedd Chandler wrth ei fodd o glywed hynny. Atgoffodd Meurig ei bennaeth fod ganddo ddirprwy ardderchog a bod ganddo hefyd faint fynnir o wyliau'n ddyledus iddo. Ond y gwir oedd nad oedd gan Chandler ddiddordeb, cyn belled â bod yr adran yn cael ei chadw allan o unrhyw firi gweinyddol.

Trodd Meurig y Stag allan o faes parcio gorsaf Bangor a gyrrodd yn ôl i Lan Morfa. Roedd bron yn un ar ddeg cyn iddo gyrraedd Y Gorwel. Bu'n ddiwrnod hir, ond gwerth bob munud. Coginiodd omled corgimwch iddo'i hun, agorodd botel o Chablis a bwyta i gyfeiliant llais swynol Renée Fleming. Yr union beth i ymlacio'i gorff a'i ysbryd tra'r oedd yn rhoi trefn ar ddigwyddiadau a chanfyddiadau'r dydd. Pwy oedd Williams, Reynolds, James a'u Cwmni yn ei gynrychioli? Pam ceisio cuddio'r cynnig am Hendre Fawr trwy gyfreithwyr a chwmni gwerthu eiddo yn Llundain? A pham oedi am yn agos i bum mlynedd rhwng y cynnig cyntaf a'r ail? Pwy oedd gymaint o eisiau Hendre Fawr, a pham?

Ond y cwestiwn mwyaf ym marn Meurig oedd y diddordeb a ddangoswyd gan Adran Datblygu Economaidd y Cyngor, a beth, os rhywbeth, oedd cysylltiad yr adran honno â Baldwin, Gate & Waters. Allai hyd yn oed llais Renée Fleming a'r 'Lleuad Arian' o'r opera *Rusalka* gan Dvořák ddim tynnu meddwl Meurig oddi ar yr hyn a oedd yn troi allan yn bos diddorol a chymhleth.

Pennod 10

Bu Cecil Moorcroft, Prif Swyddog Adran Datblygu Economaidd Cyngor Sir Glanaber, yn gyfrifol am ddenu nifer o gwmnïau cynhyrchu i'r ardal a chreu gwaith i gannoedd o bobl. Gyda chymorth y llywodraeth ac arian o Ewrop, adeiladwyd nifer o ystadau diwydiannol yn y sir dan ei arweinyddiaeth. O'r herwydd, cafodd gryn ganmoliaeth am ei lwyddiant a'i fentergarwch ers ei benodiad chwe blynedd ynghynt. Er nad oedd eto wedi cyrraedd ei ddeugain oed, yr oedd wedi ennill parch cyffredinol fel dyn busnes craff.

Nid oedd Moorcroft yn disgwyl ymweliad gan swyddog o'r Cynulliad y bore hwnnw, ond roedd y cais munud olaf am apwyntiad wedi tanio ei chwilfrydedd. Yr oedd yn fodlon neilltuo ychydig funudau o'i ddiwrnod prysur, felly, i gyfarfod â'r gŵr o Gaerdydd.

'Ydan ni'n nabod ein gilydd, Mr Morgan? Dwi'n siŵr bod yr enw'n gyfarwydd,' gofynnodd Moorcroft wrth ysgwyd llaw Meurig.

'Na, dwi ddim yn meddwl ein bod ni wedi cyfarfod.' Nid oedd Meurig yn awyddus i Moorcroft gofio ei gysylltiad â'r cyngor bum mlynedd ynghynt.

'Be alla i wneud i chi?'

'Mi hoffwn i gael eich barn chi ar ryw fater bach 'dan ni'n ymchwilio iddo. Mater nad ydi o wedi ennyn llawer o sylw hyd yn hyn, ond mae yna ddiddordeb ynddo yng

Nghaerdydd ac yn San Steffan – ond cyn datblygu'r syniad, y bwriad ydi cael barn pobl fel chi o fewn llywodraeth leol.'

'Wel, mi wna i 'ngorau,' atebodd Moorcroft. 'Ond mae cais fel hwn yn cael ei wneud yn ffurfiol fel rheol, a'r ateb yn cael ei gyflwyno efo tystiolaeth i'w gefnogi.'

'Yn hollol, ond mae'r Prif Weinidogion yn awyddus i ddechrau'r datblygiad cyn gynted â phosib, a dyna pam dwi yma heddiw.' Cofiodd Meurig ei addewid i Dominic Chandler i beidio ag ymglymu'r adran, ond roedd hi'n rhy hwyr erbyn hyn.

'Be' fuasai'ch barn chi,' parhaodd, 'pe byddai'r llywodraeth yng Nghaerdydd yn goruchwylio pob contract i ddatblygu diwydiant o fewn ardaloedd llywodraeth leol os yw'r gwaith yn cael ei gyllido gan ddefnyddio arian cyhoeddus, neu os oes ddiddordeb cyhoeddus yn y datblygiad? Ond dim ond os ydi'r gyllideb dros hyn a hyn, wrth gwrs.' Gobeithiodd fod ei gwestiwn celwyddog yn ddigon i ddenu ateb.

'Dyna gwestiwn i daro rhywun oddi ar ei echel ben bore fel hyn, Mr Morgan, ond fy nheimlad cyntaf i yw bod gormod o ymyrraeth yn dod o gyfeiriad Caerdydd a Llundain yn barod,' atebodd Moorcroft heb oedi.

Sylweddolodd Meurig ei fod wedi brathu'r abwyd. Penderfynodd fentro'r holl ffordd.

'Dwi'n cytuno,' ychwanegodd Meurig. 'Ond dim ond ar gyfer y cytundebau mwyaf un 'dan ni'n awgrymu hyn. Er enghraifft, yr un sydd ganddoch chi mewn golwg ar safle Hendre Fawr.'

Gwelodd Meurig effaith y cwestiwn ar wyneb Moorcroft yn syth. Cododd o'r tu ôl i'w ddesg, cerddodd draw at y ffenestr ac edrychodd allan, ei feddwl yn rhedeg trwy nifer o bosibiliadau. Penderfynodd chwarae'n saff.

'Hendre Fawr, Mr Morgan?'

'Wedi clywed si ydw i fod yna ddatblygiad sylweddol ar droed.'

Camodd Moorcroft i gyfeiriad Meurig a safodd yn union o flaen ei gadair.

'Dychmygwch am funud fod cynlluniau ar gyfer y safle yma,' meddai, gan edrych i lawr ar Meurig. 'Ydach chi'n meddwl bod yr hawl a'r rhyddid gen i i drafod hynny efo chi neu unrhyw un arall? Yn aml iawn, mae 'ngwaith i'n hynod o gyfrinachol, Mr Morgan, a chanran fechan iawn o'm syniadau i sy'n arwain at ddatblygiad.'

'Ond be' am egwyddor y syniad?' Ciliodd Meurig wrth gofio'r addewid a wnaeth i'w feistr yng Nghaerdydd.

'Dwi am fod yn berffaith strêt efo chi rŵan, Mr Morgan.' Roedd llais Moorcroft yn taranu erbyn hyn. 'Rydach chi wedi brasgamu i mewn i'm swyddfa i efo rhyw esgus gwael am wneud ymholiad sydd yn ddim mwy na ffantasi. Pe bawn i'n trafod pob syniad sy'n dod i 'mhen efo pawb sy'n dod i mewn 'ma, mi fysa f'enw da i wedi hen ddiflannu erbyn hyn. Rŵan,' cododd ei lais i greu effaith. 'Os gwnewch chi fy esgusodi i, Mr Morgan, mae gen i gyfarfod wedi'i drefnu.'

Heb air arall, cerddodd Moorcroft tuag at ddrws ei swyddfa a'i agor.

Er bod y cyfarfod yn fyr, roedd Meurig yn sicr fod ei sgwrs â Moorcroft wedi cadarnhau ei amheuon. Tuag at ddiwedd eu sgwrs roedd y straen yn ei lais yn ensynio fod ganddo rywbeth i'w guddio. Dewisodd Meurig adael yr ystafell heb fentro ymhellach ac roedd yn barod am yr alwad bosibl gan Chandler yng Nghaerdydd yn ei geryddu am gymryd mantais o'i safle proffesiynol yn y Cynulliad ar gyfer ymchwiliad personol. Mewn ffordd, gobeithiai y byddai'n derbyn yr alwad honno er mwyn gweld pwy yn union yn y Cyngor fyddai'n gwneud y gŵyn.

Curai tonau cymhleth trydydd concerto Rachmaninov ar gyfer y piano trwy'r seinydd wrth i Meurig Morgan yrru'r Triumph Stag ar hyd ffordd yr arfordir tua swyddfeydd Llywodraeth Cymru yn y gogledd. Adlewyrchai haul poeth y prynhawn yn ddisglair yn erbyn corff melyn a bymperi crôm y car. Unwaith eto, ni chafodd Meurig drafferth trefnu cyfarfod sydyn efo'r Ymgynghorydd Prosiectau Arbennig yno.

Cyfarchwyd Meurig ganddo yn y dderbynfa. 'Wel wel! Mi wyt ti wedi magu dipyn o bwysa ers i mi dy weld di ddwytha, Meurig,' meddai'r swyddog gan daro dwrn ysgafn yn erbyn ei fol yn chwareus.

'Dwyt ti ddim yn edrych yn ddrwg dy hun, Guto,' atebodd, gan gofleidio'i gyfaill. Y gwir oedd bod Guto Wyn Hughes yn edrych yn eithriadol o ffit, heb arwydd o fraster i'w weld yn unman ar ei gorff. Nid oedd yn dal iawn ond roedd yn ddyn cadarn, a'i wên a'r fflach yn ei lygaid yn arwydd o'i awch at fywyd.

Bu Guto a Meurig yn gyd-fyfyrwyr yn Aberystwyth yn yr wyth degau, ac wedi cadw mewn cysylltiad fyth ers hynny. Byddai eu llwybrau proffesiynol yn croesi o dro i dro.

Dros goffi dechreuodd Meurig esbonio'i reswm am alw'r cyfarfod.

'Guto, wyt ti'n gwbod rwbath am gynllun sydd ar y gweill i ddatblygu hen safle trin llongau tanfor yn agos i Lan Morfa?'

'Ydw, rhywfaint. Ar dir fferm Hendre Fawr ynte? Ond does 'na ddim wedi digwydd yn ddiweddar. Mi ges i olwg ar y dogfennau ryw bum mlynedd yn ôl, a chyn belled ag y gwn i does dim sôn wedi bod amdano ers hynny. Newidiodd polisi'r llywodraeth cyn i betha fynd ymhellach, gan olygu nad oedd diben i'r fenter.'

'Sut fath o ddatblygiad oedd o?'

'Safle cynhyrchu pŵer – tyrbinau nwy,' ychwanegodd.

'Argian, dyna ddiddorol,' meddai Meurig, ei feddwl yn carlamu. 'Sut hynny?'

'Mae 'na nwy o dan y môr allan yn fanno, Meurig, faint fynnir. Yr unig ddrwg ydi ei fod yn llawn sylffwr a tydi o ddim yn addas ar gyfer y farchnad ddomestig. Ond mi ellir ei ddefnyddio'n fasnachol i danio tyrbinau nwy. Fel ro'n i'n deud, mae 'na ddigon yno i bara am ddeng mlynedd ar hugain a mwy, a dyna ydi oes arferol gorsaf bŵer. Mae safle Hendre Fawr yn berffaith, ti'n gweld, oherwydd 'i bod hi'n bosib defnyddio'r twnelau sydd yno'n barod i gario'r dŵr hallt sydd ei angen i oeri'r tyrbinau a hefyd i ddod â'r nwy i'r lan.'

'Fedra i ddychmygu'r posibiliadau,' meddai Meurig, gan eistedd yn ôl yn ei gadair. Roedd y darlun yn fwy eglur erbyn hyn.

'Yn hollol,' parhaodd Guto Wyn. 'Ac ar y pryd, mi fu trafodaethau ynglŷn â phrosiect arall i ychwanegu gwerth i'r fenter – fferm frithyll, efo dŵr fyddai'n cael ei gadw ar yr un tymheredd drwy'r flwyddyn i helpu tyfiant y pysgod. Roedd 'na sôn am erddi trofannol a gwres di-dâl i ysgolion yr ardal ac i adeiladau cyhoeddus y dref. Atyniad ymwelwyr hyd yn oed – digon o waith a digonedd o fudd i bawb yn yr ardal.

'Pwy oedd am ariannu'r fenter, Guto? Mae angen adnoddau helaeth iawn i wneud y math yna o beth, ma' siŵr gen i.'

'Chawson nhw mo'u henwi. "Ein cefnogwyr" oeddan nhw'n cael eu galw gan y cynrychiolwyr a welais i, ond ma' raid bod ganddyn nhw ddylanwad. Rhywun tebyg i Carron Energy, RWE npower neu E.ON sydd â'r profiad angenrheidiol. Does 'na ddim llawer o gwmnïau gyda'r gallu a'r adnoddau i allu mentro ar gynllun fel hwn.'

'Be' ddigwyddodd bum mlynedd yn ôl i rwystro'r datblygiad felly?'

'Mi ohiriodd y Llywodraeth bob cynllun i adeiladu safleoedd pŵer nwy er mwyn ysgafnhau'r baich ar y diwydiant glo a rhoi mwy o bwyslais ar bŵer niwclear.'

'Ydi hynny'n dal yn gyfredol?' gofynnodd Meurig.

'Na, mae'r gwaharddiad wedi cael ei godi yn ystod y flwyddyn neu ddwy ddiwethaf, ond fel y galli di ddychmygu, dydi hi ddim yn hawdd cael trwydded i adeiladu gorsaf bŵer. Does 'na ddim llawer o ddatblygiadau fel hyn yn cael eu cynnig a'u hystyried hyd yn oed.'

'Be' ydi'r sefyllfa heddiw felly?'

'Digon syml, Meurig. Y mwya'r angen, y mwya'r siawns o lwyddo.'

Ystyriodd Meurig y sefyllfa am ennyd. 'Mae 'na ddau safle yng ngogledd Cymru ar hyn o bryd, Trawsfynydd, sydd wedi ei gau yn barod – a tydi dyfodol Wylfa ddim yn hollol sicr, nac ydi?'

'Cywir,' atebodd Guto, yn wên o glust i glust. Gwyddai yn union beth fyddai'n dod nesaf.

'Felly mae'n bosib y byddai cais i adeiladu gorsaf bŵer

yng ngogledd Cymru yn cael ei drin yn ffafriol ar hyn o bryd.'

''Falla wir. Ti'n gwybod sut mae hi, nid pawb sydd o blaid mwy o safleoedd pŵer niwclear.'

'Fuaswn i'n agos at y gwir wrth ddeud mai mater o amser yw hi p'run bynnag?'

'Does dim dwywaith am hynny.' Tywalltodd Guto fwy o goffi o'r jwg.

'Ac os ydi Hendre Fawr yn safle addas, mae rheswm yn deud felly y gallai'r perchennog ofyn, neu fynnu ei bris.'

'Cywir eto, a hyd yn oed pe byddai gorchymyn pryniant gorfodol y Llywodraeth yn cael ei gyflwyno i'r perchennog, mae'r swm a fyddai'n cael ei roi yn siŵr o fod yn uchel iawn. Ond y peth pwysicaf i'w gofio ydi nad oes unman gwell na Hendre Fawr i adeiladu gorsaf bŵer, nwy neu niwclear, ym Mhrydain. Cyn belled ag y mae'r nwy yn y cwestiwn, yr unig ddewis arall ydi ei bwmpio ar draws y môr i Iwerddon. Mewn gwirionedd, o dan ddyfroedd rhyngwladol mae'r nwy, a dydi adeiladu trigain milltir o beipiau i wneud y dasg yn ddim i'r cwmnïau sy'n gwneud y math yma o beth. Ac wrth gwrs, mi fuasai hynny'n anfantais fawr i Brydain.'

Oedodd Guto am rai eiliadau ac edrychodd yn gadarn i lygaid ei gyfaill. 'Wyt ti'n deud wrtha i, Meurig, fod diddordeb yn y cynllun yma wedi codi eto?'

'Mae hynny'n bosibilrwydd, Guto,' atebodd. 'Ond fedra i ddim bod yn berffaith siŵr ar hyn o bryd.'

Ochneidiodd Guto Wyn, a difrifoli. 'Wel, os ydi hynny'n wir, mae 'na rwbath mawr sy'n fy mhoeni i. Dwi'n byw ac yn bod yn y byd masnachol yma, a chlywais i ddim sôn am y fenter. Mae'n amhosib dechrau'r fath beth heb gael cefnogaeth Llywodraethau Caerdydd a Llundain. Mae'n debygol o fod yn dasg enfawr o'r dechrau hyd y diwedd ac os oes 'na rywun yn cynllunio'r fath brosiect heddiw, maen nhw'n trio'n galed ofnadwy i'w guddio.'

'Fy met i,' awgrymodd Meurig, 'ydi bod rhywun yn ceisio cael eu dwylo budron ar Hendre Fawr cyn i'r cynllun ddod yn swyddogol.' Cododd ar ei draed. 'Does gen i ond diolch i ti'r hen gyfaill. Ma' hi 'di bod yn bleser dy weld di eto.'

'Gwranda di, Meurig,' siarsiodd Guto. 'Bydda di'n ofalus iawn rŵan. Pan wyt ti'n sôn am y math yma o arian, mae rhai o'r cymeriadau sy'n debygol o fod ynghlwm â'r petha yn gallu bod yn beryg 'sti.'

Gwyddai Meurig fod ei sylwadau'n ddiffuant.

'Dwi'n gwbod,' atebodd. 'Dwi'n meddwl 'mod i wedi gweld rhywfaint o'u hymdrechion nhw'n barod, Guto, a tydyn nhw ddim yn neis iawn o gwbl.'

Cyrhaeddodd Meurig yn ei ôl yng Nglan Morfa ychydig cyn saith o'r gloch y nos. Yr oedd ar ei ffordd i ymweld â'r Cynghorydd Rolant Watkin, ac yn teimlo'n euog nad oedd wedi galw i'w weld ynghynt. Wedi'r cwbl, roedd wythnos a mwy wedi mynd heibio ers iddo ddychwelyd i'r cyffiniau. Gobeithiai na fuasai ei gyfaill yn meddwl mai dim ond galw oherwydd ei fod eisiau rhywbeth oedd o. Ond gwyddai yn ei galon y buasai Rolant a Gladys, ei wraig, yn deall. Prynodd flodau i Gladys a photel o win i Rolant ar y ffordd yno ond teimlai nad oedd hynny'n ddigon o anrheg rhywsut i'r ddau a fu'n gymaint o gefn iddo pan ddarganfu'r gwir am ddamwain ei wraig a'i fab.

Gwenodd Gladys yn siriol wrth agor y drws. 'Sbïa pwy sy' 'ma, Rolant,' galwodd wrth lapio ei breichiau o amgylch Meurig a'i wasgu'n dynn.

'Mae'n dda gen i'ch gweld chitha hefyd, Gladys,' meddai.

'Rŵan 'ta! Cyn i chi fynd gam ymhellach, Meurig, wnewch chi aros am ginio? Caserol bîff sy' gen i. Ma' Rolant newydd ddod adra'n hwyr o gyfarfod yn y Cyngor 'na, ac mae 'na fwy na digon i ni'n tri.'

'Sut fedra i wrthod, Gladys? Mae'r oglau da wedi 'nghyrraedd i'n barod, a tydw i ddim wedi camu dros y rhiniog eto!' Ni fyddai fyth wedi ystyried gwrthod, oherwydd gwyddai Meurig yn iawn cystal cogyddes oedd Gladys.

Eisteddodd Meurig yng nghwmni ei gyfaill yn y parlwr tra'r oedd Gladys yn gorffen paratoi'r bwyd.

Athro wedi ymddeol oedd Rolant Watkin a fu'n ustus yn y dref ac yn aelod o Gyngor Glanaber am ddeugain mlynedd. Gweithiodd yn ddiflino er budd y gymuned gan haeddu'r parch a gafodd yno. Rolant drodd pwnc y sgwrs.

'On'd oedd marwolaeth Emily Parry yn fusnes ofnadwy dywed?'

'Oedd. Mi welais i chi'ch dau yn y cynhebrwng.'

'Wnest ti?' Synnodd Rolant. 'Welais i mohonat ti yno, Meurig.'

Eglurodd Meurig y rheswm am hynny. 'Ac nid galwad gymdeithasol yn unig ydi hon heno chwaith ma' gen i ofn, Rolant,' cyfaddefodd.

'O'n i'n amau braidd, Meurig, ond paid â phoeni. Mi ddeudodd Elen wrtha i dy fod ti o gwmpas, a'r rheswm pam, a dwi'n sylweddoli dy fod ti wedi bod yn brysur. Sut fedra i dy helpu di?'

'Wyt ti'n dal i fod ar Bwyllgor Datblygu Economaidd y sir?'

'Ydw Tad, fi 'di'r cadeirydd ers dwy flynedd.'

'Yn ystod y chwe mis diwetha, wyt ti wedi clywed unrhyw si am adeiladu gorsaf bŵer yn yr ardal 'ma?'

'Arglwydd naddo, Meurig. Pam?' Symudodd y Cynghorydd ymlaen yn ei gadair.

'Wel, mae 'na bosibilrwydd bod rhywun yn meddwl gwneud.' Dewisodd Meurig ei eiriau'n ofalus.

'Fedar dim byd felly ddigwydd yn y sir 'ma heb i *mi* fod yn gwybod amdano fo, Meurig. Mi fasa'n rhaid i unrhyw gynllun gael ei drafod o flaen y pwyllgor cyn dechrau arno fo. Mae yna bob math o oblygiadau, fel y gwyddost ti. Nid yn unig y datblygiad ei hun – mae angen caniatâd yr Adran Gynllunio, sy'n golygu astudiaeth dichonolrwydd, astudiaeth effaith amgylcheddol ac ymchwiliad cyhoeddus mae'n debyg.'

'Rolant, ma' raid i mi ofyn i ti gadw'r hyn dwi am 'i ddeud wrthat ti i chdi dy hun.'

'Wrth gwrs, Meurig.'

'Be' 'tawn i'n deud wrthat ti fod Williams, Reynolds a James a'u Cwmni wedi gwneud cynnig i Emily Parry am naw can mil a hanner o bunnau i brynu Hendre Fawr bum mlynedd yn ôl?'

Eisteddodd Rolant Watkin yn ei gadair yn fud, yn ystyried y datganiad yn fanwl gan fyseddu ei ên yn araf. 'Pum mlynedd yn ôl, ia?' meddai o'r diwedd. 'Doeddwn i ddim ar y pwyllgor yr adeg honno, ond chlywais i ddim gair.'

'Wedyn,' parhaodd Meurig, 'gwnaethpwyd cynnig arall o dri chan mil ychwanegol tua mis yn ôl. Does gen i ddim syniad pwy maen nhw'n ei gynrychioli, ond mae'n edrych yn debyg eu bod wedi gwneud ymdrech fawr i gelu hynny – a chelu eu cysylltiad eu hunain fel cynrychiolwyr hefyd.'

Gadawodd Meurig i Rolant ystyried y mater mewn distawrwydd, heb geisio'i ruthro.

'Yn anffodus, tydi hyn ddim yn fy synnu i,' dywedodd

o'r diwedd. 'Ond does dim angen edrych ymhellach na'r Clwb Golff neu neuadd y Seiri Rhyddion i ddarganfod yr ateb i dy gwestiwn. Wyt ti'n meddwl bod y cymeriad 'ma sydd wedi bod o gwmpas y dre'n ddiweddar, y cowboi, yn rhan o'r holl beth?'

Fel y gwyddai Meurig eisoes, roedd Rolant yn ddyn craff iawn.

'Fedra i ddim bod yn siŵr, wrth gwrs, ond synnwn i ddim,' atebodd. 'Pwy ti'n feddwl ydi'r brêns y tu ôl i'r cynllun 'ma felly?'

'Dyfalu ydw inna hefyd, Meurig. Wyt ti wedi clywed am Eiddo'r Aber erioed?'

'Fedra i ddim deud 'mod i.'

'Syndicet ydi hi,' dechreuodd Rolant esbonio. 'A dwi'n ama' nad oes unrhyw un y tu allan i'r syndicet yn gwybod pwy yn union sy'n aelodau. Yr unig beth wn i ydi eu bod yn gyfyngedig ac yn dawedog. Dos di i lawr i'r Clwb Golff 'na unrhyw nos Wener ac mi weli di gylch o hanner dwsin i ddwsin o ddynion efo'i gilydd. Ma' siŵr gen i fod yr aelodau ymhlith y rheiny, ond does 'na ddim mwy na hanner dwsin ohonyn nhw. Mae'r gweddill isio cael eu gweld yn eu cwmni ac yn trio, yn ofer, i ymuno â nhw.'

'Pwy ydyn nhw, Rolant?' gofynnodd Meurig.

'Wel, i ddechrau, mi faswn i'n deud bod Rhys Morris, Pennaeth yr Adran Gynllunio, a Colin Moorcroft o'r Adran Datblygu Economaidd yn eu plith; Edwin James, prif bartner Williams, Reynolds a James a'u Cwmni, Frank Dobson y cyfrifydd, Charles Atkins o'r banc ac, wrth gwrs, ein harweinydd annwyl, David Beaumont. Ond dim ond taflu enwau i mewn i'r het ydw i, Meurig. Mae dy ddychymyg di cystal â f'un i.'

'Maen nhw'n swnio'n ddynion pwerus iawn.'

'Beth bynnag wnei di, paid, Meurig, â mynd i'r afael â nhw heb fod yn hollol siŵr o dy bethau.' Edrychodd yn ddifrifol ar ei gyfaill. 'Ydyn, maen nhw'n bobl nerthol ofnadwy ym myd busnes y dre 'ma, a phob un efo'i arbenigedd ei hun. Ma' hi'n fwy na phosib fod Gwynfor Jones gynt, fel arweinydd y Cyngor, wedi bod yn eu plith hefyd – ac mi wyt ti o bawb yn gwbod yn iawn pa mor llygredig oedd y Cyngor 'ma yn ei ddyddiau o.'

'Be'n union mae Eiddo'r Aber yn 'i wneud, Rolant?'

'Yn ôl y si, dechreuodd y syndicet flynyddoedd yn ôl drwy brynu tai, rhai preifat yn y dechrau, a'u gosod i bobol ddigartref. Fel arfer gwehilion o ddinasoedd Lloegr oeddan nhw, a wnaeth yr un ohonyn nhw unrhyw les i'r dre 'ma.'

'Llenwi'u pocedi eu hunain heb falio botwm am weddill y gymuned.'

'Yn hollol, Meurig. Wedyn, mi ddechreuon nhw brynu adeiladau masnachol – nid siopau yn unig chwaith – ac erbyn hyn mae ganddyn nhw afael sy'n tagu'r dref i gyd. Y dyddiau yma, does dim llawer yn digwydd yng Nglan Morfa nad ydyn nhw ynghlwm â fo, neu yn ei reoli'n llwyr.'

'Fel ti'n deud, Rolant, dynion o bob rhan o fyd masnachol y dre a thu hwnt. A phob un efo'i arbenigedd neilltuol i chwyddo cyfoeth y cwbl.'

'Dyna sut mae'r olwyn yn troi. Mae'n anodd iawn rhoi bys ar unrhyw ran o'u gweithgareddau a'u cyhuddo o fod yn anonest, ac erbyn hyn, maen nhw'n fwy pwerus ac yn fwy hyderus nag erioed.'

'Digon hyderus i ddod â'r cowboi 'ma i'r dre i ddychryn ei fam, ti'n meddwl?' gofynnodd Meurig.

'O 'mhrofiad i, mae pobl drachwantus fel rhain, ymhen

hir a hwyr, yn credu na all neb eu cyffwrdd nhw. Synnwn i ddim, ma'n ddrwg gen i ddeud, eu bod nhw'n ddigon hy' i geisio perswadio Emily Parry i werthu, p'un ai Medwyn ei mab fu'n ei bygwth ai peidio.'

'Cinio'n barod,' galwodd Gladys o'r ystafell fwyta. 'Agor y gwin, wnei di, Rolant.'

Yn sicr, ystyriai Meurig Morgan ei fod wedi dysgu llawer yn ystod y dyddiau diwethaf, ond nid oedd ganddo ef hyd yn oed syniad o nerth a maint y bwystfil yr oedd ar fin ei wynebu.

Pennod 11

Yr oedd Jeff Evans wedi llwyr syrffedu. Ei ased mwyaf oedd ei ddawn i'w gymell ei hun, ond pan lenwai'r Ditectif Arolygydd (Dros Dro) Powell ei fasged â phentyrrau o waith dibwys bob dydd, buan y sylweddolodd fod ei frwdfrydedd yn pallu. Buasai'r gwaith o greu proffil llawn o Tony Marino, ei deulu, ei gyfeillion a'i gydnabod, yn dasg y medrai Jeff ei chyflawni'n gyflym fel arfer, ac i foddhad unrhyw feistr. Ond bob tro y deuai'n agos at ddiwedd y daith, taflai Powell nifer o syniadau diddim ato, gan ddisgwyl iddo ymchwilio iddynt yn syth. Ystyriai Jeff fod ei amser yn cael ei wastraffu, gan fod yr wybodaeth yr oedd Powell yn ceisio'i darganfod yn dda i ddim ar gyfer ailholi'r carcharor – ac ar gyfer yr ymchwiliad yn gyffredinol petai'n dod i hynny.

Yr oedd Jeff yn ymwybodol o'i hoffter o weithio ar ei ben ei hun, rhywbeth yr oedd Renton wedi ei atgoffa ohono sawl gwaith yn ystod y dyddiau blaenorol. Ond erbyn hyn, edrychai fel petai Renton yn ei gadw ar ymylon yr ymchwiliad yn fwriadol, yn gwneud gwaith nad oedd yn mynd i'r naill le na'r llall. Gwyddai ei bod yn angenrheidiol fod Renton yn arwain y tîm gyda llaw gadarn, ond fel rheol byddai rhywun yn ei sefyllfa o, mewn achos o lofruddiaeth fel hwn, yn falch o dderbyn syniadau a sylwadau o unrhyw gyfeiriad, yn enwedig gan blismyn a'u traed ar y ddaear. Pan gynigiai Jeff ei farn ac awgrymu trywydd newydd neu wahanol, byddai'n cael ei wrthod yn goeglyd, ac yn gyhoeddus, hyd yn oed pan oedd ei sylwadau'n gwbl dderbyniol gan y mwyafrif. Ni allai gael gwared â'r syniad nad oedd yr ymchwiliad yn anelu i'r cyfeiriad cywir.

Nid dyna'r unig beth a oedd yn atal ei frwdfrydedd. Roedd llais bach yng nghefn ei feddwl yn mynnu bod cysylltiad rhwng cael ei stopio gan ei gydweithwyr o'r adran draffig a'r ymosodiad ar Nansi. Digwyddodd y ddau o fewn oriau i'w gilydd ond ni fedrai roi'r darnau at ei gilydd. Oedd yr efeilliaid Allen yn gyfrifol am yr ymosodiad ar eu pennau eu hunain, ynteu a oedd rhywun wedi eu cymell? Gwyddai fod yr ail bosibilrwydd yn codi bob math o oblygiadau. Doedd neb, heblaw Renton, yn gwybod bod Nansi'n ei hysbysu am weithredoedd troseddwyr y dref – a'r unig reswm am hynny oedd bod yn rhaid cofrestru ac arolygu holl hysbyswyr yr heddlu gan yr uchel swyddogion. Oedd Renton, neu rywun agos ato, yn gyfarwydd â'i berthynas mwy personol â hi – ei bod hi'n ei gyflenwi â chanabis? Gwyddai yn iawn ei fod wedi ei osod ei hun mewn safle peryglus, ond gwyddai hefyd mai Jean oedd ei flaenoriaeth. Edrychai ymlaen at ddiwedd yr ymchwiliad er mwyn dychwelyd i ryw fath o normalrwydd – os oedd y fath beth yn bosibl bellach!

Y bore hwnnw, yng ngorsaf yr heddlu, darllenodd Jeff trwy adroddiadau digwyddiadau'r noson cynt, a dysgodd fod rhywun wedi dial ar yr efeilliaid Allen. Ymosodwyd arnynt gan nifer o lafnau ifanc mewn hwdis. Tynnwyd eu dillad oddi amdanynt, ac yn hollol noeth, fe'u gorfodwyd i wylio eu dillad yn cael eu socian mewn petrol a'u llosgi. Yna, yn noeth o hyd, rhoddwyd sachau am eu pennau, eu llusgo i ganol y dref a'u cadwyno i bostyn lamp tu allan i glwb nos erbyn amser cau. Daeth y digwyddiad â difyrrwch mawr i ddau gant o bobl ifanc y dref. Gwenodd Jeff wrth feddwl nad oedd hi wedi cymryd yn rhy hir i Nansi dalu'r pwyth yn ôl. Dyma'r math o gywilydd na fuasai'r efeilliaid yn ei anghofio ar chwarae bach. Ond y peth diwethaf yr oedd Jeff ei angen oedd cast am gast, dant am ddant – cynnen a fuasai'n dwysáu. Ar y llaw arall, gwyddai Jeff fod y ddau yma ar bedestal ym marn rhai o droseddwyr ifanc y dref, a bod y parch hwnnw wedi'i ddryllio o fewn ychydig funudau. Doedd hynny ddim yn ddrwg o beth.

Treuliodd Meurig yr un bore yng nghwmni Elen yn dweud wrthi am ei ddarganfyddiadau. Ni wyddai Elen fod y twnelau o dan dir Hendre Fawr mor eang, fod yno harbwr tanddaearol nag am y cynnig diweddaraf a wnaethpwyd i'w modryb am y fferm.

'Be' wnawn ni rŵan ta, Meurig?' gofynnodd. 'Deud wrth yr heddlu?'

'Dwi ddim yn meddwl mai dyna fyddai'r peth calla',' atebodd Meurig, heb wybod yn sicr sut i esbonio'n fwy trwyadl.

'Pam?'

Meddyliodd Meurig am funud. 'Dwi'n teimlo rywsut, Elen, 'mod i wedi cael fy rhybuddio i beidio â rhoi 'nhrwyn ym musnes dy fodryb Emily. Dydi hynny ddim yn fy mhoeni fi o gwbl, cofia, ond canlyniad hynny ydi 'mod i'n teimlo rheidrwydd i fod yn ofalus efo pwy dwi'n rhannu'r wybodaeth yma. Ti'n gweld, dwi'n meddwl bod cysylltiad rhwng yr hyn a oedd yn digwydd yn Hendre Fawr a f'arestiad i ar amheuaeth o lofruddio'r ferch ifanc 'na. Rhaid bod cysylltiad.'

'Pam nad ei di uwch 'u penna' nhw? Siarad efo rhywun yn y pencadlys?'

'Am nad oes gen i dystiolaeth sy'n awgrymu drygioni ar ran neb – dim trosedd yn f'erbyn i, Emily na neb arall,' esboniodd Meurig. 'Pe bawn i'n mynd i'r pencadlys, mwy na thebyg y byddai 'nghwynion i'n cael eu cyfeirio i lawr y lein at heddlu Glan Morfa, at yr union rai dwi'n eu hamau. Ond mae un peth yn sicr, mi fydd yn rhaid i ni gael help llaw o rwla os ydan ni am ddarganfod y gwir. Rhywun ar y tu fewn fysa'n handi.'

Oedodd Elen am ennyd. 'Be' am i ni sgwrsio efo Jeff Evans eto?' awgrymodd.

Edrychodd Meurig arni. 'Mi groesodd hynny fy meddwl inna hefyd, Elen. Ond mae o wedi deud yn barod nad ydi o'n fodlon ein helpu ni ymhellach yn tydi? Ond ti'n 'i nabod o'n well na fi,' cyfaddefodd.

'Mae hynny'n wir, ond os ddeudwn ni wrtho fo be' ddysgaist ti yn Llundain, a'r hyn glywaist ti ddoe, falla y bysa hynny'n ddigon i newid 'i feddwl o.'

'Y gwir ydi, Elen, wn i ddim pwy fedra i 'i drystio. Wyddwn ni ddim be' oedd rôl Jeff yn fy arestiad i, nag i bwy y bydd yn rhaid iddo adrodd ar ôl ein gadael.'

'Pa ddewis 'sgynnon ni, Meurig?' gofynnodd Elen. Gafaelodd yn ei law. 'Wnei di adael i mi siarad efo fo yn y lle cynta? Gawn ni weld be' fydd ei ymateb o.'

'Iawn,' cytunodd Meurig. 'Ond bydda'n ofalus, mae 'na lot i'w golli.'

Dychwelodd Elen ymhen ychydig funudau ar ôl ffonio Jeff.

'Mae o swnio'n reit gyndyn a deud y gwir, Meurig,' meddai. 'Doedd o ddim yn swnio'n fo'i hun o gwbl. Siarad yn ddistaw er mwyn gwneud yn siŵr nad oedd 'na neb yn gwrando. All o ddim dianc o'i waith, ond mae o'n fodlon ein cyfarfod ni heno yn y Winwydden. Mae o'n gwrthod dod i'r tŷ 'ma – rhy beryg medda fo.'

'Rhy beryg? Dyna ddywediad rhyfedd i blismon 'i ddefnyddio 'de?' ystyriodd Meurig yn ddryslyd.

Hen westy porthmyn ar ochr y ffordd tua thair milltir tu allan i'r dref, a'i waliau'n eiddew drosto, oedd y Winwydden, gydag enw da am fwyd cartref. Nid oedd yn noson wahanol i unrhyw noson arall – y maes pacio'n orlawn a nifer o bobl yn mynd a dod. Dyna pam y dewisodd Jeff y dafarn yn fan cyfarfod gan na fuasai dau gar ychwanegol y tu allan yn denu unrhyw sylw. Yr oedd yno far cyhoeddus, ystafelloedd bwyta ac ystafell gefn dywyll, oedd yn ddistawach na'r ystafelloedd eraill, lle byddai un neu ddau o fechgyn lleol yn chwarae darts a pŵl.

Ni chymerodd yr un o'r dwsin cwsmeriaid yno lawer o sylw pan gerddodd Jeff i mewn. Tarodd ei gôt ddyffl ar stôl wrth ochr y bar ac eisteddodd ar yr un agosaf ati. Archebodd beint o gwrw mwyn. Daeth oglau'r bwyd oedd yn cael ei gario allan o'r gegin i'w ffroenau i'w atgoffa nad oedd wedi bwyta ers amser cinio. Erbyn i'r drws agor roedd wedi llowcio hanner cynnwys ei wydryn.

Elen ymddangosodd gyntaf, a Meurig y tu ôl iddi. Roedd hwyliau da arni, ei cherddediad yn sionc a gwên ar ei hwyneb. Cododd Jeff oddi ar ei stôl i'w chyfarch a chofleidiodd Elen ef – gan obeithio y byddai hynny'n gymorth i'r tri ohonynt ymlacio. Ymatebodd Jeff ar unwaith gyda gwên.

'Diolch am ddod,' meddai'n ddiffuant.

Ysgydwodd Jeff a Meurig ddwylo'i gilydd ond nid oedd eu cyfarchiad fel petai'n dod o'r galon. Roedd y ddau yn ymwybodol y byddai'n rhaid iddynt oresgyn eu hamheuaeth o'i gilydd os oedd y cyfarfod am fod yn un llwyddiannus.

Archebodd Meurig win gwyn i Elen a pheint o gwrw chwerw iddo'i hun.

'Yr un peth eto i chi?' trodd at Jeff.

'Dim ond hanner, os gwelwch yn dda, Meurig,' meddai, gan fachu ar y cyfle i ddefnyddio'i enw cyntaf, a chymryd yr ail lwnc o'i wydr. 'Mi wneith o'n iawn yn hwnna,' ychwanegodd gan roi'r gwydr ar y bar.

Eisteddodd y tri o amgylch bwrdd mewn cilfach yng nghornel yr ystafell. Meurig gymerodd y cam cyntaf ac ef hefyd wnaeth y rhan helaeth o'r siarad. Gwibiodd llygaid Elen o'r naill i'r llall, yn chwilio am unrhyw arwydd o ddiddordeb ar wyneb Jeff yn fwy na dim.

Nid oedd Meurig wedi bwriadu dweud yr holl hanes yn syth, ond darganfu yn fuan ei fod yng nghwmni ditectif â'r gallu i gael a dadansoddi gwybodaeth heb ymdrech amlwg. Sylweddolodd fod gan Jeff ddawn i ofyn cwestiynau treiddiol heb ddefnyddio fawr o eirfa, a bod codi ael ar yr adeg gywir, neu edrych arno mewn ffordd neilltuol yn ddigon i annog Meurig i ychwanegu at yr hyn yr oedd ganddo i'w ddweud. Buan y deallodd ei fod yn delio â phlismon a chanddo lawer iawn mwy o ddeallusrwydd a gallu na Powell, y pen bach a'i holodd ychydig ddyddiau ynghynt. Pan orffennodd Meurig, ugain munud yn ddiweddarach, dechreuodd Jeff.

'Elen, mi faswn i wrth fy modd yn eich helpu chi, ond ma' raid i chi sylweddoli pa mor anodd ydi hi i mi wneud hynny ar hyn o bryd. A Meurig,' ychwanegodd, 'dwi'n gwerthfawrogi ac yn ddiolchgar i chi am siarad mor agored. Ond y pwynt ydi hyn. Mae'n holl adnoddau ni ar hyn o bryd yn cael eu defnyddio i ymchwilio i'r llofruddiaeth. Does gen i na neb arall amser i roi sylw teg i'r honiadau yma. Mewn amgylchiadau eraill mi fyswn wrth fy modd yn gwneud. Mae'ch hanes chi'n drewi o dwyll a llygredd, ond does neb ym mynd i wrando arnoch chi nes byddwn ni wedi dal pwy bynnag laddodd yr hogan Murphy.'

Yn siomedig, edrychodd Elen a Meurig ar ei gilydd, ond tro Jeff oedd hi'n awr i ddatgelu mwy nag yr oedd wedi ei fwriadu.

'Y gwir ydi, Elen,' parhaodd. 'Ddaru dy hanes di ddim gwneud argraff fawr arna i pan ddois ti ata i'r bore hwnnw bythefnos yn ôl. Ond y noson honno, pan dorrwyd dy ffenest di, ro'n i ar fy ffordd acw yn syth pan stopiwyd fi. Mynnodd y Ditectif Brif Arolygydd Renton mai mater i'r hogia iwnifform oedd o. Yna, ar ôl y llofruddiaeth, fe es i allan o fy ffordd i nodi dy ddatganiad, dod â'r cowboi 'ma i mewn i'r darlun a'i gynnwys yng nghronfa wybodaeth ymchwiliad y llofruddiaeth. Coeliwch fi, fe gafodd hynny 'i guchio gan yr uwch swyddogion a dwi wedi bod yn diodda mewn un ffordd neu'r llall ers hynny.'

'Pwy sy'n gyfrifol am hynny?' gofynnodd Meurig.

'Yr un un, Renton – neu'r Uwch Arolygydd Renton erbyn hyn.'

'Pwy oedd tu ôl i'm harestiad i?' Achubodd Meurig ei gyfle.

'Fi, i gychwyn,' atebodd Jeff heb fath o betruster yn ei lais.

Culhaodd llygaid Meurig, gan ryfeddu eto at onestrwydd Jeff. Edrychodd Jeff yn ôl arno'n ddidwyll.

'Does dim rheswm i chi synnu, Meurig. Yr oll nes i oedd

rhoi rhif eich car i mewn yn y system – wedi'r cwbwl, mi oedd o wedi cael ei weld yn agos i'r fan lle lladdwyd y ferch. Mi oedd yn rhaid eich dileu chi o'r ymchwiliad. Ond yna digwyddodd rwbath annisgwyl. Fel rheol, fi fasa wedi cael y gwaith o'ch dileu o'r ymchwiliad – gan mai fi roddodd yr wybodaeth i mewn yn y dechrau. Felly mae hi'n gweithio fel arfer, ond na, dim y tro yma. Dwi'n gwbod bod Powell wedi mynd dros ben llestri wrth eich holi chi'r bore hwnnw. Dwi ddim yn meddwl y buaswn i wedi gwneud y fath beth – dim heb reswm, wrth gwrs,' ychwanegodd gan wenu.

'Pam felly, wnaeth Powell y ffasiwn stŵr?' gofynnodd Meurig, yn anwybyddu ymgais Jeff i ysgafnhau cywair y sgwrs.

'Os cofia i'n iawn, chi oedd yn gyfrifol am lanhau'r smonach 'na flynyddoedd yn ôl pan oedd y marina'n cael ei adeiladu ynte? Arweinydd y Cyngor yn blacmelio'r Prif Weithredwr, llygredd yn arwain at ddwy lofruddiaeth a hunanladdiad. Mae'n ddrwg gen i Elen,' ategodd, wrth gofio bod ei gŵr, Gareth, yn un o'r ddau a lofruddiwyd.

'Arhoswch am funud,' meddai Meurig. Gafaelodd yn llaw Elen mewn ymgais i'w chysuro. 'Ydach chi'n awgrymu bod yr hyn a oedd yn digwydd yr adeg honno yn dal i ddigwydd heddiw?'

'Mae'n bosib, yn enwedig ar ôl clywed eich hanes chi,' atebodd Jeff gan gymryd cegaid arall o'i gwrw. 'Falla'ch bod chi'n gwneud i rywun deimlo'n anghyfforddus eto. Chi ydi'r dyn diwetha y bysan nhw isio'i gael o gwmpas, yn tyrchu i drafferthion Emily Parry, 'dach chi'n cytuno?

'Os felly, lle mae'r cyswllt efo fy arestiad i? Mi fasa'n rhaid bod 'na gyswllt rhwng pwy bynnag sy'n trio cael eu dwylo ar Hendre Fawr a Powell.'

'Dyna be' fydd yn rhaid i ni 'i ddarganfod.' Nid oedd Jeff am ddatgelu ei holl amheuon. Dim eto.

'Lle mae'r dyn 'ma oedd yn dychryn Anti Em, y cowboi, yn dod i mewn iddi?' gofynnodd Elen, a oedd hyd yn hyn wedi bod yn berffaith hapus i'r dynion arwain y drafodaeth.

Am rai eiliadau o ddistawrwydd, a dorrwyd yn unig gan sŵn y peli'n taro'i gilydd ar y bwrdd pŵl ym mhen pella'r ystafell, edrychodd Meurig a Jeff ar ei gilydd. Ni wyddai'r un ohonynt beth yn union oedd yr ateb. Cyffyrddodd Meurig yn ei llaw wrth ei hateb.

'Mae'n bosib, Elen, fod rhywun wedi'i ddenu o yma i geisio'i pherswadio hi i werthu'r ffarm.'

'Wel, pwy ydi o felly?' gofynnodd Elen yn awyddus, ond eto heb ddisgwyl dim mwy na dyfaliad gan yr un ohonynt.

'Dwi ddim yn meddwl mai Medwyn Parry ydi o. Dim ar ôl deng mlynedd ar hugain,' tybiodd Jeff.

Edrychodd Elen i gyfeiriad Meurig a wyddai yn union beth oedd am ddod nesaf.

'Jeff, dwi ddim wedi deud y cwbwl wrthat ti,' dechreuodd Elen, ei llais yn swil. 'Ac mae'n wir ddrwg gen i. Wyt ti'n cofio'r tro cynta 'na pan welais i chdi, a deud 'mod i wedi gweld rhywun ar fuarth y ffarm? Ddeudaist ti efallai mai potsiwr oedd o.'

Nodiodd Jeff ei ben. Cofiai'r sgwrs, a'r holl ddigwyddiadau cymhleth ers y diwrnod hwnnw.

'Wel, wnes i'm deud wrthat ti ei fod o wedi gollwng rwbath y bore hwnnw – hen daniwr sigarét efo'r llythrennau *M P* wedi eu 'sgythru arno.'

'*M P* – Medwyn Parry ti'n feddwl?' Oedodd i ystyried yr wybodaeth newydd. 'Ond mae posibilrwydd fod y llythrennau yna'n sefyll am nifer o enwau.'

'Mae hynny'n bosib,' cytunodd Elen. 'Ond dim y tro yma. Mi ddangosais y taniwr i Anti Em ac mi ddaru hi ei nabod o'n syth. Dywedodd wrtha i mai hi a f'ewyrth Huw brynodd o'n anrheg pen-blwydd i Medwyn pan oedd o'n ddeunaw oed. Nhw oedd yn gyfrifol am ei 'sgythru. Heb os nag oni bai, Jeff, taniwr Medwyn ydi o.'

'Argian, Elen, 'ti wedi fy rhoi i mewn sefyllfa annifyr rŵan. Mewn gwirionedd, 'ti wedi'n rhoi ni'll tri yn yr un sefyllfa.' Nid oedd yn rhaid i Jeff ystyried ymhellach i benderfynu nad oedd ond un opsiwn. 'Ma' raid i ti ei roi o i mi. Mae'n debygol ei fod o'n gliw pwysig ofnadwy yn yr ymchwiliad i'r llofruddiaeth. Wyt ti'n dallt y goblygiadau?'

'Ond dim ond os ydi'r dyn a'i gollyngodd yn gysylltiedig â'r llofruddiaeth,' ychwanegodd Meurig.

'Siŵr iawn,' cytunodd Jeff. 'Ond mae'r ffarm mor agos i'r man lle lladdwyd hi, ma' raid i ni ei amau.' Yn sydyn, oedodd Jeff ac ailfeddwl. 'Ddeuda i wrthach chi be' wnawn ni,' parhaodd, yn dal i ystyried y dewis gorau tra'n siarad. 'Mae'n amlwg i mi fod y Ditectif Uwch Arolygydd Renton yn trio gwneud ei orau i lywio'r ymchwiliad oddi wrth ddigwyddiadau Hendre Fawr. Pam na wnawn ni gadw'r wybodaeth ynglŷn â'r taniwr i ni'n hunain ar hyn o bryd, nes y byddwn ni'n gwybod pam? Ond cadwa fo'n ddiogel, Elen. Mae gen i deimlad y bydd y taniwr yna o ddefnydd i ni cyn bo hir.'

'Mae 'na un peth arall 'dan ni ddim wedi 'i ddeud wrthat ti ynglŷn â'r cowboi ma, Jeff.' Er mwyn Elen, dewisodd ddefnyddio'r enw 'cowboi' yn hytrach na 'Medwyn'.

'Mwy eto? Mi oeddwn i'n ofni hynny.' Gwenodd Jeff a llyncodd fwy o'i gwrw. Teimlai'n fwy cyfforddus erbyn hyn, a gwyddai fod y tri ohonyn nhw wedi dod i ddeall ei gilydd yn ystod yr awr flaenorol.

'Mi ddarllenais yn y papur newydd,' parhaodd Meurig, 'hanes am ddefaid yn cael eu lladd efo rwbath tebyg i fwa croes.'

'Ia, dyna rwbath arall dwi wedi bod yn ymchwilio iddo yn ystod yr wythnosau diwetha', ac mae'n dal i fod yn ddirgelwch. Pam?' gofynnodd Jeff yn frwdfrydig.

'Roedd 'na ddafad wedi marw yn nhanc dŵr Hendre Fawr,' esboniodd Meurig. 'Roedd ei gwddf wedi'i dorri er mwyn i'w gwaed lifo i ddŵr y tŷ.' Edrychodd Meurig i fyw llygaid y ditectif, yn disgwyl ei ymateb. 'Ac roedd 'na saeth fer o fwa croes yn ei choes ôl.'

'Wel ar f'enaid i, Meurig, mae hynny'n rhoi gogwydd arall ar betha eto,' atebodd, ei feddwl ar garlam. 'Rydan ni wedi gweld digon o sgerbydau o gwmpas y lle 'ma yn ddiweddar i fwydo byddin. Ma' hi'n anodd dychmygu be' sy' ganddon ni. Rhyw fab afradlon sydd wedi dod adra ar ôl llofruddiaeth yn y dre ddeng mlynedd ar hugain yn ôl? Mae o'n dod yn ôl i ddychryn ei fam er mwyn iddi werthu ei ffarm i rywun sydd isio adeiladu gorsaf bŵer, a rŵan, mae o'n gigydd rhwystredig hefyd. Dydi hyn ddim yn gwneud lot o blydi synnwyr i mi, Meurig.'

'Gwrandwch, Jeff,' atebodd Meurig, 'mae Elen a finna'n dallt eich bod chi mewn sefyllfa anodd, ond 'swn i'n ddiolchgar iawn 'tasach chi'n defnyddio pob cyfle gewch chi i gysylltu'r ymchwiliad i lofruddiaeth Donna Murphy â'r hyn sydd wedi bod yn digwydd yn Hendre Fawr, a'r cowboi 'ma. Felly mi allwn ddefnyddio nerth yr ymchwiliad, y cyhoedd a'r heddlu i'w ddenu allan o'r cysgodion, os ydi Mr Renton yn cytuno ai peidio.'

'O dan yr amgylchiadau, mae hynny'n hollol gyfiawn, a does gen i ddim problem gwneud hynny.' Ar ôl dyddiau lawer o anobaith, teimlai Jeff ei frwdfrydedd a'i gymhelliant yn dychwelyd.

Ychydig funudau'n ddiweddarach, pan oedd y tri yn cerdded ar draws y maes parcio, daeth dyn i'w cyfarfod ar ei ffordd i mewn i'r dafarn. Ni welsant ef nes yr oedd hi'n rhy hwyr i geisio'i osgoi, ac yn anffodus gwelodd yntau hwythau hefyd. Gwyddai Jeff a Meurig oblygiadau cael eu gweld yng nghwmni ei gilydd, ac yng nghwmni Elen, yn syth. Rhys Morris oedd y dyn, Prif Swyddog Cynllunio'r Cyngor. Un o griw Gwynfor Jones gynt ac un o ddynion David Beaumont rŵan ac – yn ôl pob tebyg – un o aelodau Eiddo'r Aber.

'Fe groesodd fy meddwl i falla'ch bod chi wedi fy rhoi i ar blât iddyn nhw, Jeff,' meddai Meurig.

'Yr un peth yn union aeth trwy fy meddwl inna,' atebodd y plismon.

Ni wyddai'r un o'r ddau a oedd gwirionedd yn y geiriau, ac oerodd eu perthynas newydd.

Teimlodd Elen y newid yn yr awyrgylch. 'Dewch yn eich blaena', y ddau ohonach chi. 'Dach chi ddim yn credu mewn cyd-ddigwyddiadau?' Chwarddodd. ''Dach chi'ch dau'n bihafio fel dwy hen wreigan.'

Ni wyddai'r un o'r tri fod Rhys Morris wedi gwneud galwad ar ei ffôn symudol cyn iddynt gyrraedd eu ceir hyd yn oed.

Pennod 12

Dychwelodd Jeff Evans i'w swyddfa yn hwyr ar ôl cael tamaid o swper a threulio mymryn o amser yng nghwmni Jean. Ers misoedd, roedd wedi bod yn treulio mwy o amser yn ei waith a llai o amser gartref, hyd yn oed mor hwyr â hyn. Gwyddai nad oedd yn rhaid iddo ddychwelyd – roedd ei shifft ar ddyletswydd wedi gorffen ers oriau. Ond ei waith oedd ei unig ddihangfa, mor syml â hynny, er bod yr euogrwydd yn pwyso'n drwm ar ei ysgwyddau. Ceisiodd argyhoeddi ei hun nad ei fai o oedd ei absenoldeb o'i gartref – beth arall allai o wneud? Eistedd yno'n gwneud dim byd ond edrych arni'n gwaethygu bob dydd? Na, mi fyddai hynny'n amhosibl. Sylweddolai Jeff ei fod yn ei dwyllo ei hun, ond mater o raid oedd dianc.

Trodd ei feddwl i gyfeiriad arall. Materion lle na fyddai ei euogrwydd yn ymyrryd â'i ymresymu. Pwy oedd yn ceisio cael ei ddwylo ar Hendre Fawr? Oedd o, neu nhw, yn gysylltiedig â'r cais i lywio ymchwiliad Donna Murphy oddi wrth y cowboi a'r amgylchiadau od ar y fferm? Pe bai hynny'n wir, a oedd Renton a Powell ynghlwm â'r peth? Na, penderfynodd. Amhosib.

Fel y disgwyl, yr oedd pawb wedi hen adael ystafell fawr yr ymchwiliad. Yr ystafell a fu'n brysur drwy gydol y dydd; plismyn ac aelodau sifil yr heddlu mewn awyrgylch o ffrwst o amgylch y cyfrifiaduron a phentyrrau o waith papur. Pawb yn dyfalu, rhai â'i bysedd yn curo'r bysellfwrdd o'u blaenau, rhai ar y ffôn a'r gweddill yn siarad ar draws ei gilydd, ond pawb â'r un bwriad, darganfod pwy oedd wedi lladd Donna Marie Murphy.

Yn nistawrwydd y min nos, eisteddodd Jeff wrth ei ddesg i ystyried sut y gallai lywio'r ymchwiliad i ganolbwyntio mwy ar ddigwyddiadau Hendre Fawr a'r cowboi. Edrychodd trwy ei fasged i weld faint o ymchwiliadau newydd diwerth roedd Powell wedi eu creu iddo. Yng nghanol y pentwr gwelodd neges wedi'i hargraffu o'r system gyfrifiadurol yn dweud bod Nansi eisiau ei weld ar frys yn gysylltiedig â'r llofruddiaeth. Teimlodd Jeff ias oer yn treiddio i lawr ei war. Byddai hi'n aros yn y lle arferol am hanner awr wedi un ar ddeg. Pwysleisiai'r neges na ddylai, ar unrhyw gyfrif, geisio cysylltu â hi o flaen llaw. Llwythwyd y neges i'r cyfrifiadur gan Heddferch Harrison am ddeng munud i naw ac roedd hi bron yn hanner awr wedi un ar ddeg yn barod. Pam nad oedd yr heddferch wedi cysylltu ag ef gartref neu ar ei ffôn symudol yn y cyfamser? Doedd hi ddim i wybod y byddai'n dod yn ôl i'r swyddfa. Plygodd y neges a'i rhoi yn ei boced cyn rhuthro allan.

Wrth gychwyn ei gar, rhyfeddodd Jeff fod Nansi wedi cysylltu â fo mewn ffordd mor swyddogol. Roedd ei ffôn symudol wedi bod ymlaen drwy'r adeg – drwy neges destun y byddai hi'n cysylltu fel arfer, a doedd o ddim wedi methu galwad na neges ganddi. Edrychodd ar ei oriawr. Pum munud ar hugain wedi un ar ddeg – roedd ganddo deimlad na ddylai fod yn hwyr.

Bu'n bwrw'n drwm ers awr ac yr oedd hi'n dal i lawio. Gyrrodd Jeff o amgylch y maes parcio arferol, lampau mawr ei gar yn creu adlewyrchiad yn y pyllau dŵr dwfn. Yn y pellter gwelodd siâp corff yn gorwedd yn y gwlybaniaeth. Gwichiodd y car i stop. Neidiodd allan a rhedodd ato, gan adael y drws yn agored a'r injan yn rhedeg yn ei frys. 'O na, Nansi, dim eto!' gwaeddodd, ond nid oedd ei lais i'w glywed uwch sŵn y gwynt a'r glaw. 'Dim eto,' oedd yr unig eiriau yn ei feddwl, yr unig eiriau a lenwai ei holl fyd yr ennyd honno. Ar ei gwrcwd, ceisiodd droi'r corff tuag ato ond rhyfeddodd wrth sylweddoli nad oedd pwysau iddo. Nid corff oedd o, dim ond dillad, a bŵts pen glin merch wedi cael eu gosod i ddynwared siâp corff yn gorwedd.

Synhwyrodd fod rhywun y tu ôl iddo a throdd rownd i weld amlinelliad dyn mawr yn lampau ei gar ei hun. Yn sydyn, diffoddwyd y golau ac yn yr eiliad ddall honno, trawodd cic nerthol ochr ei ben a disgynnodd i'r llawr mewn poen. Ceisiodd godi ond teimlodd ail gic galed i'w asennau, o'r ochr dde y tro hwn, a gwyddai ar unwaith fod o leiaf ddau berson yn ymosod arno. Gwasgwyd y gwynt allan o'i ysgyfaint. Rowliodd ar hyd y llawr a, rhywsut, cododd ar ei draed a gwelodd bedwar dyn, tri o'i amgylch a'r llall ymhellach i ffwrdd, yn gwneud dim ond edrych. Sylwodd fod un o'r tri agosaf ato'n cario coes caib.

Daeth y ddau ymosodwr arall yn nes ato i geisio gafael yn ei freichiau. Ceisiodd Jeff achub y blaen arnynt gan anelu dwrn at foch y cyntaf, ond er gwaetha'i fwriad, dim ond ergyd ysgafn oedd hi. Gwnaeth y momentwm iddo ddal i droi a theimlodd ergyd y goes bren yn taro'i gefn. Disgynnodd i'r llawr. Er gwaetha'r ergydion cyson, brwnt, a chan ddefnyddio'i holl nerth, cododd ar ei draed unwaith eto. Synhwyrodd fod ei ymosodwyr wedi penderfynu gadael iddo wneud hynny, yn sicr o'u gallu i wneud beth a fynnent â fo pan ddeuai'r awydd. Yn ôl eu lleisiau a'u chwerthin, sylweddolodd Jeff eu bod yn mwynhau eu hunain. Sylweddolodd hefyd na fedrai, yn ei gyflwr presennol, redeg i ffwrdd. Ceisiodd feddwl am ddihangfa ond daeth y ddau ato eto. Trawodd nifer o'i ergydion yn solet â gwahanol rannau o'u cyrff, ond gwyddai fod ei ymdrechion yn ofer. Gafaelwyd yn ei ddwy fraich a safodd y trydydd o'i flaen a'r goes caib yn ei ddwylo. Yna clywodd lais y pedwerydd ychydig ymhellach draw, yr un nad oedd, hyd yn hyn, wedi gwneud dim ond sefyll yn fud yn gwylio:

'Reit bois, 'dach chi wedi cael eich hwyl. Gorffennwch o!'

Fflachiodd delwedd o Jean o'i flaen pan glywodd y geiriau a gweld y trydydd dyn yn cerdded tuag ato. Disgynnodd y goes caib a gwelodd Jeff adlewyrchiad golau gwan lampau'r stryd yn y pellter yn sgleinio ar lafn hir y cleddyf a roddodd y pedwerydd dyn yn ei law. Cododd y cleddyf yn uchel dros ben Jeff. O grombil ei fodolaeth, galwodd Jeff ar y diferion olaf o'i nerth. Pwysodd yn erbyn cyrff y ddau ddyn a oedd yn gafael yn ei freichiau er mwyn codi ei hun ac anelodd gic rhwng coesau'r trydydd. Cysylltodd ei droed yn solet â'i geilliau. Clywoddd Jeff floedd o boen ac yng nghanol yr anhrefn llwyddodd i wthio'i benelin i dop stumog y dyn ar y dde iddo – roedd hynny'n ddigon i wneud iddo golli'i falans. Yr un eiliad, trodd a phenio'r llall yng nghanol ei wyneb efo'i dalcen, a chwydodd gwaed tew o'i drwyn i faeddu'i holl frest. Defnyddiodd bwysau'r symudiad i daro'r dyn a oedd ar y dde iddo ym mlaen ei wddf ag ochr ei law agored, gan ei adael yn brwydro'n boenus am ei wynt. Ciciodd Jeff y cleddyf i ffwrdd o'u cyrraedd ac ymbalfalodd am y goes caib a adawyd ar y llawr gwlyb. Gafaelodd ynddi gan ddisgwyl am eu hymateb, ond ni ddaeth. Clywodd sŵn seiren yn y pellter. Clywodd yr ymosodwyr o hefyd. Gan helpu'i gilydd i godi a hanner rhedeg, hanner ymlusgo, diflannodd y tri i ganol y nos. Ciliodd yr adrenalin a sigodd corff Jeff gyda'r boen. Llifai gwaed o'r doluriau agored ar ei ben a theimlai fel petai ei olwg yn diflannu. Roedd ei lygad chwith ynghau a daeth yn ymwybodol o'r poen o amgylch ei asennau am y tro cyntaf. Yn ei wendid, syrthiodd ar ei bennau gliniau a phlygodd ei gorff i bwll o law gwaedlyd.

Sylweddolodd Jeff nad oedd y pedwerydd dyn wedi dianc ac mewn niwl, trwy gongl ei lygad, gwelodd bâr o esgidiau brown cryf efo sawdl Ciwbaidd a choes mewn jîns glas. Gwyddai ei fod yn rhy flinedig a gwan i'w amddiffyn ei hun erbyn hyn. Safodd y dyn mawr uwch ei ben, poerodd i lawr arno a cherddodd i ffwrdd heb arwydd o frys. Wrth iddo bellhau cafodd Jeff well golwg arno. Dyn tal mewn côt wêr laes a het gowboi lydan. Cododd y cleddyf oddi ar y llawr a'i wthio i wain ar draws ei gefn, a pharhau i gerdded yn ei amser ei hun. Ni wnaeth sŵn y seiren yn agosáu ei gymell i frysio hyd yn oed. Diflannodd yn araf i'r tywyllwch.

Er ei fod bron yn anymwybodol daeth hyfforddiant a phrofiad proffesiynol Jeff o rywle'n ddwfn yn ei fodolaeth i'w orfodi i gofio cymaint ag y gallai am yr ymosodiad. Ni welodd lawer, ond sylweddolodd ei fod wedi canfod rhywbeth yng nghanol yr anhrefn, rhywbeth na allai roi ei fys arno, ond yn sicr rhywbeth cyfarwydd. Yn oer, yn wlyb ac yn boenau drosto, gwelodd oleuadau glas y cerbydau'n cyrraedd. Diolchodd i Dduw fod rhywun wedi'u galw.

Sylweddolodd Meurig yn syth ar y cryndod yn llais Elen pan gododd y ffôn am hanner awr wedi naw fore trannoeth.

'Meurig, glywist ti? Mae 'na rywun wedi ymosod ar Jeff yn hwyr neithiwr, ac mae o yn yr ysbyty.'

'Argian! Be' ddigwyddodd?'

'Mae pawb yn sôn am y peth bore 'ma. Mi gafwyd hyd iddo fo neithiwr wrth ymyl y stad ddiwydiannol – ti'n gwbod, y darn hwnnw o dir wast lle bydd pobol yn parcio weithiau. Wyt ti'n meddwl 'i fod o'n rwbath i wneud â …?'

Wnaeth Meurig ddim gadael iddi orffen. 'Does dim pwynt i ni ddyfalu heb fod yn gwbod y ffeithiau, Elen.' Ond gwyddai'n union natur y cysylltiad yn ei feddwl. 'Ddo i draw atat ti. Mi fydda i acw mewn chwarter awr, ac mi gawn ni sgwrs iawn. Sut mae o? Wyt ti wedi clywed?'

'Digon symol yn ôl pob golwg. Mae'n debyg y byddan nhw'n ei gadw i mewn am ddiwrnod neu ddau o leia.'

Yr un cwestiwn oedd yn mynd trwy feddwl Meurig hefyd wrth iddo ddatgloi'r Stag y tu allan i'r bwthyn, ond gwyddai nad oedd pwrpas damcaniaethu heb wybod yr holl fanylion.

Tywynnai haul braf y bore ar wyneb arian y glaswellt ar ôl noson o law llifeiriol. Pwysodd Meurig ei droed ar y sbardun a chyflymodd y Stag yn sydyn trwy bwll dwfn o ddŵr ar y ffordd tua hanner can llath o'r man lle dechreuai'r ffordd ddisgyn yn serth am y dref. Byddai dŵr yn casglu yno bob amser ar ôl glaw trwm. Ar yr ochr draw rhoddodd brawf ar frêc y car ond er syndod iddo nid oedd unrhyw ymateb a tharodd ei droed yn erbyn y llawr heb rwystr. Sylweddolodd Meurig yn syth ei fod mewn trwbl. Teithiai'r car yn gyflym tuag at frig yr allt serth a cheisiodd newid y gêr i lawr, yr unig ffordd y medrai feddwl amdano i arafu'r Stag. Clywodd yr injan yn sgrechian. Doedd dim gobaith arafu'r car ar yr allt, a chan weddïo, tynnodd ar y brêc llaw wrth ei ochr. Nid oedd hwnnw'n ymateb chwaith. Ceisiodd ei orau i lywio'r car rownd y corneli ond gwyddai ei fod yn agosáu at gornel siarp gyntaf yr allt, a'i fod yn gwneud dros bum deg milltir yr awr. Yna, daeth achubiaeth. Ar y chwith, yn union ar gornel y troad i'r dde yr oedd giât yn agored i gae newydd ei aredig. Gwyddai yn iawn nad oedd dewis arall ac anelodd y car am y cae. Bownsiodd a neidiodd y Stag dros y tir anesmwyth, a chaeodd Meurig ei lygaid, yn disgwyl iddo stopio. Daeth i aros tuag ugain llath i mewn i'r cae ac eisteddodd Meurig yn llonydd am funud yn ei gryndod chwyslyd.

Wedi dod o hyd i'w ffôn symudol o dan y sedd flaen, galwodd Meurig y garej i gychwyn ac wedyn Elen, gan ddweud wrthi ei fod wedi cael dipyn o drafferth efo'r car a buasai'n galw i'w gweld hi'n hwyrach. Doedd o ddim yn credu y byddai'n beth doeth dweud mwy wrthi dros y ffôn.

Yn ddiweddarach yn y prynhawn, cerddodd Meurig y pedair milltir ar hyd y traeth o Lan Morfa at garej Griff ar gyrion y pentref nesaf. Roedd blynyddoedd lawer ers iddo wneud yr un daith. Cofiodd y pleser a gawsai yng nghwmni Eirlys, gyda Dafydd bach ar ei ysgwyddau, y picnics, y chwarae yn y tywod a'r ymdrochi yn y môr – dyddiau difyr, cyfnod fel petai'n rhan o fywyd arall, byd arall erbyn hyn.

Roedd Griff yn disgwyl amdano yn y garej, ac roedd Meurig yn falch o weld wyneb cyfarwydd ei hen gyfaill. Nid oedd Griff wedi newid fawr mewn pum mlynedd: yr un stwcyn byr, y bochau gwritgoch, ei wên yn llawn a chroesawgar a'i oferôls a'i ddwylo'n olew drostynt.

'Meurig bach,' ebychodd Griff, wrth ei weld yn agosáu. 'Ti'n gwbod yn iawn pa mor hoff ydw i o'r trysor melyn 'ma sy' gen ti, ac mae'n gas gen i weld niwed yn dod iddi.' Fel 'hi' y byddai bob amser yn cyfeirio at y clasur o gar. 'Dydi hi ddim wedi cael ei gwneud i'w gyrru ar draws cae, yn enwedig un wedi'i aredig! Cymer dipyn o gyngor gen i. Y tro nesa byddi di isio gyrru i lawr allt serth fel'na, gwna'n siŵr fod gen ti ddigon o hylif brêc.'

'Be' ti'n feddwl, Griff?' Roedd yntau, fel Griff, yn meddwl y byd o'r car ac yn edrych ar ei ôl yn ofalus.

'Dim ond na wneith y brêc ddim gweithio'n rhy dda hebddo fo,' atebodd, gan sychu ei ddwylo efo cadach oedd yn edrych hyd yn oed yn futrach na'i fysedd duon. Tarodd ei law ar ysgwydd Meurig. 'Tyd i mewn i'r swyddfa.'

Gorffennodd lanhau ei ddwylo, yn y sinc y tro hwn, gan ddefnyddio rhyw fath o sebon, ond y gwir oedd mai dim ond hanner glân y buon nhw ers ei blentyndod. Ond digon glân, yn ôl pob golwg, i daflu dau fag te i mewn i ddau fyg wedi eu staenio a'u llenwi efo dŵr berwedig. 'Llefrith a siwgr?'

''Run, diolch, Griff,' atebodd Meurig.

'Deud i mi, Meurig, wyt ti wedi cael trafferth efo'r hylif brêc cyn heddiw?'

'Naddo wir,' atebodd Meurig. 'Ac fel mae'n digwydd, fe gafodd hi syrfis llawn yng Nghaerdydd dair wythnos yn ôl. Be' ddigwyddodd i'r brêc llaw 'ta?'

'Ma' raid bod pin y cebl wedi torri 'sti. Doedd 'na ddim golwg ohono fo beth bynnag. Ella dy fod ti wedi tynnu gormod arno fo pan oedd y car allan o dy reolaeth di.'

'Oes 'na unrhyw niwed oddi tani?' gofynnodd Meurig yn bryderus.

'Nag oes, mi wyt ti'n lwcus.' Edrychodd Griff arno'n

ddifrifol. 'A deud y gwir, mi wyt ti'n lwcus dy fod ti yma, Meurig, myn diawl, dwi'n deud 'that ti.'

Gwyddai Meurig yn union beth oedd o'n feddwl. 'Heblaw bod y pwll dŵr ar y lôn ar ôl y glaw neithiwr, faswn i ddim wedi profi'r brêcs cyn cyrraedd top yr allt, a Duw a ŵyr be' fuasai wedi digwydd wedyn.'

'Yn hollol,' cytunodd Griff. 'Dwi wedi gofyn i un o'r hogiau i daro'r hôs drosti,' ychwanegodd wrth gerdded ar draws yr iard tua'r Stag. 'Doedd 'na ddim niwed o gwbl iddi, mae'r brêcs wedi'u trwsio a digon o hylif yn y gronfa a'r holl system. Mae hi fel newydd i ti.'

Tynnwyd sylw Meurig gan weddillion Morris Minor 1959 a oedd ymhlith nifer o geir eraill gydag ôl damweiniau arnynt. Sylwodd Griff.

'Car Mrs Parry, Hendre Fawr oedd hwnna.'

'Ro'n i'n amau braidd,' atebodd Meurig. 'Deud i mi, Griff, oedd 'na unrhyw ddiffyg mecanyddol arno fo cyn y ddamwain?'

'Dwi'm wedi edrych arno fo, Meurig, i ddeud y gwir wrthat i. Mi ddaeth archwiliwr yr heddlu yma i gael golwg arno fo ddiwrnod neu ddau ar ôl i mi ddod â fo yma. Does a wnelo fi ddim â fo, ond mi ddeuda i un peth wrthat ti,' oedodd am ennyd i bwyntio'i fys i gyfeiriad y car, 'mi ydw i, a nhad o 'mlaen i, wedi trin y car yna'n gyson dros yr hanner canrif ers i Mrs Parry ei brynu'n newydd, ac mi oedd o'n berffaith bob tro. O'n i'n nabod y car 'na fel cefn fy llaw a doedd 'na ddim byd o'i le efo fo, Meurig bach. Mi ddeuda i hynna wrthat ti am ddim.' Swniai Griff yn amddiffynnol heb fod angen.

'Dwi'n siŵr na fydd neb yn dy amau,' meddai Meurig. 'Gyrra fil i mi am be' sydd arna' i am dy waith heddiw, wnei di, Griff?'

'Mi fedri di fod yn sicr o hynny, Meurig bach,' gwenodd, 'yn berffaith sicr.'

Gwelodd Meurig Morgan y cyrten yn symud cyn i Elen agor y drws, ac roedd hynny'n anghyffredin. Ni ddywedodd air yn syth, ond gwyddai Meurig fod rhywbeth o'i le. Caeodd Meurig y drws ar ei ôl a throdd ati, gan afael yn ei hysgwyddau ac edrych ar ei hwyneb tlws, a oedd yn anarferol o welw. Tynnodd hi'n nes ato gan lapio'i freichiau o'i hamgylch yn dyner. Teimlodd ei chorff cynnes yn ei erbyn a'i hanadl ar ei wddf.

'Mi oedd o yno eto, Meurig. Y cowboi. Wrth yr ysgol.'

'O Elen bach, pam na wnest ti 'ngalw i'n gynt?'

'Am ei bod hi'n rhy hwyr, Meurig. Mi ddangosodd ei hun am funud, dyna'r oll, yn nhop yr allt eto. Yna mi ddiflannodd. *Fi* mae o ar ei hôl rŵan. Dwi'n siŵr o hynny.'

''Swn i'n licio gwbod be' sy'n mynd drwy 'i feddwl o.' Petrusodd. Wyddai o ddim a ddylai ddweud yr hyn oedd ar ei feddwl, ond penderfynodd mai bod yn hollol agored oedd y dewis gorau. 'O hyn ymlaen, Elen, gwna'n siŵr dy fod yn rhoi dy gar yn y garej dros nos, a bod y garej wedi'i gloi.'

'Pam? Be' ti'n feddwl?' Gwthiodd Elen ei hun yn bellach oddi wrtho er mwyn edrych i'w lygaid.

Dywedodd hanes y bore hwnnw wrthi.

'Pan es i'n f'ôl i'r bwthyn mi es i archwilio'r ddaear, yn lle gadewais y car neithiwr. Roedd 'na hylif brêc ym mhob man.'

'Rhywun wedi ymyrryd â fo, ti'n feddwl?'

'Heb os nac oni bai, Elen,' meddai. 'Mae'n amlwg fod rhywun yn trio'n rhybuddio ni i gadw'n glir. Yr unig beth nad ydw i'n wybod eto ydi pwy sy'n rhoi'r gorchmynion. Pwy sy'n rheoli'r cwbwl. Mi hoffwn fynd yn ôl i Hendre Fawr ryw dro. Falla y dylwn i edrych o gwmpas eto.'

Ni chymerodd Elen fwy nag ychydig eiliadau i sylweddoli'r cysylltiad. Cododd ei llaw at ei cheg. 'O na, Meurig! Car Anti Em hefyd?'

'Ella wir.' Cymerodd y cyfle i newid y pwnc. 'Oes 'na ryw newydd am Jeff eto?' gofynnodd.

'Mi ffoniais yr ysbyty gynna. Mae o'n hogyn cryf yn ôl pob golwg – wedi cael ei frifo'n arw ond dydi 'i gyflwr o ddim yn rhy ddifrifol. Geith o fynd adra ryw dro fory, meddan nhw.'

Clywodd Meurig ddrws y lolfa'n agor yn gyflym a sŵn tebyg i gorwynt y tu ôl iddo.

'Yncl Meurig! Yncl Meurig!'

'Hei! Sut ma'i, boi bach?' meddai, gan godi'r bachgen. 'Ti'n hogyn da i Mam?'

'Yncl Meurig, ga i reid yn y Stag, plîs, efo'r to i lawr?'

Edrychodd Meurig i gyfeiriad Elen, a'i gweld yn nodio. 'Cei siŵr, 'ngwas i. Ydi Mam yn cael dod?'

Er bod presenoldeb Geraint wedi ysgafnhau'r sefyllfa, roedd y teimlad anesmwyth hwnnw fod y cowboi'n nes nag erioed yn dal i fod ar flaen meddwl Meurig. Fo a'i ddrygioni.

Pennod 13

'Fel y gwyddoch chi i gyd, mae Anthony Marino yn ymddangos gerbron y llys heddiw.' Roedd y Ditectif Uwch Arolygydd (Dros Dro) Renton yn annerch holl blismyn yr ymchwiliad yn y cyfarfod fore Llun. 'Byddwn yn manteisio ar y cyfle i'w ailholi heddiw er mwyn cael goleuni ar y manylion hynny nad ydyn nhw'n cyd-fynd â'r dystiolaeth rydan ni wedi'i gael o'r labordy fforensig. Y Ditectif Arolygydd Powell fydd yn arwain y cyfweliad yng nghwmni Ditectif Gwnstabl Jarvis.' Oedodd am ennyd fel petai wedi anghofio dweud rhywbeth.

'A rhag ofn fod rhai ohonoch heb glywed, fe anafwyd Jeff Evans mewn ffeit nos Sadwrn a fydd o ddim efo ni am sbel. Mae o'n iawn, dim ond cleisiau yma ac acw. Reit,' meddai, yn amlwg yn falch o gael anghofio am Jeff a'i sefyllfa, 'yn ôl at fusnes. Mae pob un ohonoch yn gwybod pa drywydd mae'r ymchwiliad yma'n ei ddilyn, ac mae digon o waith i bawb. Beth bynnag fydd datblygiadau'r dydd, fe gawn ni eu trafod nhw heno.'

Sylwodd nifer o gynulleidfa Renton nad oedd llawer o dosturi yn ei lais wrth adrodd hanes Jeff. Roedd y plismyn lleol yn deall y berthynas anesmwyth rhwng y ddau, ond rhyfeddodd y gweddill o weld y diffyg cydymdeimlad – roedd yr emosiwn a'r loes a fyddai'n bresennol fel rheol pan fyddai plismon yn cael ei anafu wrth ei waith yn absennol. Gwelodd Renton y rhyfeddod ar eu hwynebau, ond doedd o ddim mewn hwyl i gymryd sylw.

Ddau funud yn ddiweddarach, roedd Renton a Powell ar eu pennau eu hunain yn swyddfa Renton.

'Richard, mae 'na gyfrifoldeb mawr ar dy ysgwyddau di heddiw.' Syllodd Renton yn syth i lygaid Powell. 'Mi wyt ti'n gwybod pa mor bwysig ydi cael yr atebion cywir a chanlyniad llwyddiannus. Mae'n *rhaid* i mi gael gwbod pwy oedd efo Marino pan laddwyd y ferch, pwy adawodd ei semen ynddi, a dwi isio cau a chloi'r ymchwiliad yma cyn gynted â phosib. Wyt ti'n dallt?'

'Be' sy', Alex? Ti'n swnio'n flin iawn bore 'ma,' atebodd Powell, a oedd wedi synhwyro ei lid ers y bore cyntaf. 'Ydi'r ymchwiliad 'ma'n cael y llaw ucha arnat ti?' Doedd o ddim wedi gweld yr ochr hon i Renton o'r blaen, a thybiodd fod gweddill eu cydweithwyr wedi sylwi ar yr un gwendid yn gynharach.

'Paid â'i gwthio hi, Arolygydd Powell. Cofia dy safle, a f'un innau hefyd. Dwi'n ymwybodol ein bod ni'n nabod ein gilydd ac wedi gweithio efo'n gilydd ers blynyddoedd, ond paid â'i gwthio hi.' Yna, heb reswm amlwg, newidiodd ei agwedd. 'Adawodd DC Evans becyn cyfweld i ti, Richard?' gofynnodd yn dawelach.

'Do, un cynhwysfawr hefyd.' Gwyddai Powell pryd i ollwng ei afael. 'Heb amheuaeth, mae o wedi gwneud gwaith da iawn. Es i drwyddo fo dros y penwythnos. Mae o wedi bod yn brysur iawn, chwarae teg iddo fo, ac mae popeth ynddo fo'n daclus – gorffennol Marino a'i deulu a'i ffrindiau, ei gydweithwyr, cudd-wybodaeth a manylion trwyadl ei holl gyn-ddedfrydau. Mae o hyd yn oed wedi llunio proffil o bawb mae Marino'n ei nabod, dim o bwys pa mor denau ydi'r llinyn rhyngddyn nhw, ac wedi chwilio am unrhyw gyswllt rhwng pob un o'r rheiny a'u cymharu â'r enwau ar holl gronfeydd data'r llofruddiaethau eraill sy'n gysylltiedig trwy DNA ym Mhrydain.'

'Rwbath arall?' gofynnodd Renton.

Roedd y cwestiwn ei hun yn syml. Ar y llaw arall, roedd y ffordd y'i gofynnwyd yn datgan nad oedd Renton yn meddwl llawer o'r parch uchel, newydd roedd Powell yn ei roi i Jeff Evans.

'Na, dim llawer mwy a deud y gwir. Mae gan Marino frawd sy'n byw i lawr yn y de, a hwnnw efo dedfryd yn ei erbyn am ymosodiad rhywiol ar eneth bymtheg oed pan oedd o'n ddeunaw. Ond mae Jeff wedi dilyn hynny. Gofynnodd i'r heddlu yn Slough ei holi, ac maen nhw wedi cadarnhau ei fod yn y dref honno pan laddwyd Donna.' Oedodd Powell ac edrychodd yn ddryslyd ar Renton. 'Dwi'm yn dallt, Alex,' meddai, gan ddewis anwybyddu natur fwy ffurfiol ei fos yn gynharach. 'Mae Jeff wedi gwneud gwaith campus, llawer gwell nag oeddwn i'n 'i ddisgwyl. Pam oeddat ti isio i mi ei wylio mor agos? Mae'n edrych yn debyg 'mod i wedi bod yn pwyso arno a rhoi trafferth i'r dyn heb fod angen.'

'Dwyt ti rioed wedi gweithio efo Jeff Evans o'r blaen, nag wyt? Does dim dal be' neith o wyddost ti, Richard; ditectif da ond yn casáu derbyn gorchmynion. Mae'n rhaid ei arolygu o'n glòs, a'i drin yn gadarn iawn ar adegau neu mi redith i ffwrdd a gwneud be' fynnith o, ac arwain yr ymchwiliad i bob math o gyfeiriadau heb fod angen.'

Sylweddolodd Powell yn reit handi nad oedd gan Renton air da i'w ddweud am Jeff, ond nid hwn oedd yr amser gorau i ddatblygu'r drafodaeth. Er hynny, edrychodd yn feddylgar ar ei fos cyn gofyn y cwestiwn nesaf.

'Fel arwain yr ymchwiliad i gyfeiriad y cymeriad 'ma

sydd wedi bod yn loetran o gwmpas Hendre Fawr ti'n feddwl? Mae'r ffarm yn agos i'r safle lle lladdwyd yr eneth ac mae dilyn y llwybr hwnnw'n swnio'n berffaith resymegol i mi.' Edrychai'n debyg fod Powell yn ddigon parod i wthio'r cwch i'r dŵr am ran o'r ffordd o leiaf, ond fe'i stopiwyd gan Renton.

'Mae'n rhaid i Jeff Evans a phawb arall gofio mai fi sy'n arwain yr ymchwiliad yma, Richard, a dwi'n gwbod be' dwi'n neud,' meddai. 'Dwi ddim isio i'r ymchwiliad yma ddriff#tio heb fod angen oherwydd dychymyg rhyw hen ddynes fethedig a syniadau gwirion y cyhoedd di-glem am ryw gyswllt â llofruddiaeth ddeng mlynedd ar hugain yn ôl. Yli, Richard, mae'n rhaid i mi gael dy gefnogaeth di a dy ymddiriedaeth di, ti'n dallt? Ydi hynny'n glir?'

'Wrth gwrs, Alex.' Penderfynodd Powell beidio â thrafod y mater ymhellach. Er hynny, roedd yn awyddus i ddysgu mwy am yr hyn a ddigwyddodd i Jeff a dewisodd ofyn un cwestiwn arall.

'Ydan ni'n gwbod pam roedd Jeff yn y maes parcio hwnnw pan anafwyd o nos Sadwrn?'

Edrychodd Renton arno, fel petai wedi synnu o glywed y cwestiwn. 'Dwi ar ddallt mai cyfarfod hysbysydd oedd o.' Atebodd mewn ffordd oedd yn awgrymu y dylai Powell fod yn gwybod yr ateb.

'Wel pwy, ac am ba wybodaeth? Allai o ddim bod yn gysylltiedig â'r ymchwiliad yma – wel, dim yn swyddogol beth bynnag.'

'Sut felly?' atebodd Renton.

'Edrychais ar y system y bore 'ma, a does dim ar y cyfrifiadur i awgrymu hynny.'

'Fel yr oeddwn i'n deud,' atebodd Renton gan wenu.

'Mae o'n cymryd petha i'w ben ac yn dilyn sgwarnogod. Ti'n gwbod pa mor beryg ydi gweithio efo rhywun felly.'

'Pwy sy' ganddon ni'n ymchwilio i'r mater?'

'Yr ymosodiad ar Jeff ti'n feddwl? Dwi wedi gofyn i'r Ditectif Sarjant lleol roi dau ddyn arno am ddiwrnod neu ddau. Dyna'r oll fedrwn ni 'i fforddio ar hyn o bryd.'

Synnodd Powell unwaith eto, ond roedd yr ateb unwaith yn rhagor yn dangos diffyg trugaredd Renton.

Roedd awyrgylch brudd yn swyddfa Renton pan ddychwelodd Powell yno ganol y prynhawn i adrodd canlyniad ei gyfweliad â Marino.

'Mae o wedi tynnu ei gyfaddefiad yn ôl,' meddai.

'*Mae o wedi be*'?' Ni allai Renton guddio'i siomedigaeth. 'Be' ti'n feddwl, "ei dynnu'n ôl"?' gofynnodd, yn tagu ar y geiriau, gan chwalu'r papurau oddi ar ei ddesg wrth godi.

'Mor syml â hynny. Mae o'n deud nad oedd o ar gyfyl y lle pan laddwyd hi. Os ti'n cofio'n iawn mi ddeudodd Jeff Evans pan holwyd o y tro cynta 'i fod o'n amau fod Marino'n dweud celwydd. Ella y bysa hi wedi bod yn well tasan ni wedi rhoi mwy o sylw i farn Jeff yr adeg honno.' Gobeithiai Powell y byddai Renton yn sylweddoli mai ato fo roedd y *ni* hwnnw'n cyfeirio.

'Pam ddaru o redeg i ffwrdd? Pam ddaru o gyfaddef i'w lladd yn y lle cynta?' gofynnodd Renton wrth godi'r papurau oddi ar y llawr a'u lluchio'n blith draphlith yn ôl ar ei ddesg. 'Tyrd, Richard, eistedda i lawr,' parhaodd, yn dechrau difaru ei ddiffyg amynedd. 'Yli. Mi gawn ni baned o goffi bob un ac mi gei di ddeud yr holl hanes wrtha i.' Hyd yn oed yn ei anobaith, sylweddolodd Renton y byddai creu gwrthdaro rhyngddynt yn annoeth.

Cododd y ffôn ac archebodd y diodydd.

'Mae o'n dal i gydnabod ei fod o wedi'i cham-drin hi'n rhywiol,' dechreuodd Powell. 'Dwi wedi rhoi'r holl dystiolaeth fforensig o'i flaen o – ei semen ar ei dillad hi ac yn y blaen – ac mae'n berffaith hapus i gyfaddef i hynny; yr anwesu, y mastyrbio, oedd yn digwydd hyd at chwe gwaith bob wythnos. Mae'n cyfaddef i bob dim ddeudodd o pan gafodd ei holi gan Jeff yr wythnos ddiwetha, heblaw am ei lladd hi.'

'Does ganddo fo ddim llawer o ddewis ond cyfaddef y gweddill nag oes, dim efo'r holl dystiolaeth fforensig yna? Unwaith yn rhagor daeth rhwystredigaeth Renton i'r wyneb.

'Mi ddychrynodd o pan glywodd fod Donna wedi'i lladd,' parhaodd Powell. 'Mae'n deud ei fod o'n nerfus cyn hynny oherwydd bod y gwasanaethau cymdeithasol yn gwbod am ei driciau. Dywedodd Padrig, brawd Donna, wrtho fo fod ei gweithiwr cymdeithasol hi'n gwbod am yr holl helynt. Sylweddolodd y byddai ei droseddau yn debygol o ddod i'r wyneb yn ystod unrhyw ymchwiliad i'w llofruddiaeth. Fo fuasai'r un fyddai'n cael ei amau gyntaf, ac felly mi benderfynodd ei heglu hi o 'ma.'

'Wel, mi oedd o'n llygad ei le felly ... ond pam cyfaddef i'w lladd hi yn y lle cynta?' Rhwbiodd Renton ei fysedd trwy'i wallt mewn anobaith. 'Pam? Dyna be' dwi ddim yn 'i ddallt.'

'Am mai dyna oedd o'n feddwl oeddan ni isio'i glywed.'

'Arglwydd, dwi wedi gwrando ar y tâp o Jeff yn ei holi ddwsin o weithiau,' ochneidiodd Renton. 'A does dim awgrym fod Jeff wedi pwyso arno fo.'

'Mae hynny'n wir,' cytunodd Powell, 'Ond mi wyt ti'n gwbod cystal â finna fod pobl weithiau'n cyfaddef i droseddau nad ydyn nhw wedi'u cyflawni.'

'Ydyn, mi wn i, hyd yn oed i lofruddiaeth.' Rhedodd Renton ei fysedd yn ôl ac ymlaen trwy ei wallt unwaith eto. 'Ti'n gwbod yn union lle mae hyn yn ein gadael ni, dwyt, Richard? Reit yn ôl yn lle dechreuon ni. Mae'r holl ymchwiliad ar 'i din!'

'Does ganddon ni ddim math o dystiolaeth i gysylltu Marino â'r llofruddiaeth, nag oes? Dim byd ar y corff na'r man lle'i lladdwyd hi. Dyna oedd yn poeni Jeff, os wyt ti'n cofio.'

Gwyddai Renton ei fod o'n pwysleisio'r pwynt, cystal â dweud, 'mi ddywedodd Jeff Evans wrthat ti'.

'Ia, ia, dwi'n cofio,' meddai Renton, ei lais yn ddistaw a'i lygaid yn syllu'n wag i nunlle. 'Ond nid dyna dwi isio'i glywed ar hyn o bryd, Richard.' Sylweddolodd yr holl oblygiadau.

'Be' ydi'r cam nesa felly, Alex?' gofynnodd Powell. 'Penderfyniad pwysig, sut bynnag yr edrychi di arni.' Ni wyddai Richard Powell pa mor fawr fyddai'r penderfyniad hwn i'w bennaeth mewn gwirionedd. 'Wyt ti'n dal i feddwl mai dyn lleol sy'n gyfrifol?'

'Duw a ŵyr, ond dwi'n amau ei bod hi'n amser ystyried cymryd sampl DNA gan bawb, pawb yn yr ardal yma i ddechrau.'

'Job enfawr, Alex. Sut wyt ti'n meddwl trefnu hynny?

'Creu proffil seicolegol o'r troseddwr. Cysyllta â Chyfadran Troseddau Coleg yr Heddlu yn Bramshill, a gofyn fedran nhw awgrymu rhywun i wneud hynny ar ein rhan. I ddechrau, bydd pawb sy'n byw o fewn hanner can milltir i Lan Morfa ac yn ffitio'r proffil hwnnw'n cael cais i roi sampl. Mi ddechreuwn ni yn y fan honno.'

'Be' am yr ysgol – cyd-fyfyrwyr Donna?'

'Bydd hynny'n fwy anodd ei gyfiawnhau i'r cyhoedd,' atebodd Renton. 'Ond does na'm dewis nag oes? Bydd yn rhaid i ni gael y rhieni ar ein hochr ni. Mi fyddwn angen cynnwys holl ffrindiau a theulu Donna yn yr ymgyrch hefyd.'

'Y gwir ydi, Alex,' awgrymodd Powell, 'y bydd yn rhaid cynnwys pob dyn yr ydan ni'n ei gyfweld, yn unigolion dan amheuaeth neu yn dystion, pob bachgen dros ddeuddeg oed a phob dyn o dan wyth deg ddeudwn i – ac i wneud hynny, bydd angen cefnogaeth holl boblogaeth yr ardal. Ar ben hynny, rhaid cynnwys pawb sy'n cael ei enwi ar gronfa ddata pob un o'r ymchwiliadau eraill trwy'r wlad sydd ag unrhyw gysylltiad â'r ardal.'

'Wrth gwrs, mi wna i hynny'n rhan o bolisi'r ymchwiliad yn syth.' Edrychodd Renton ar ei oriawr. 'Rwyt ti'n llygad dy le, Richard. Ond yn y lle cynta, mae'n rhaid i mi dorri'r newyddion i'r timau ymchwil. Tyrd, mae'n amser am y cyfarwyddyd nesaf.' Cododd Renton o'i sedd. 'O, a hefyd, dwi angen archwiliad manylach o gronfeydd data'r llofruddiaethau eraill, i chwilio am nodweddion cyffredin rhyngddyn nhw a'n llofruddiaeth ni. Pobl, cerbydau, digwyddiadau, *modus operandi*, unrhywbeth. A gwna'n siŵr fod y dasg honno'n cael ei chyflawni gan dditectifs profiadol. Efallai mai dyna fydd ein cyfle gorau ni.'

Yr oedd newyddion siomedig y prynhawn wedi cyrraedd timau'r ymchwiliad yn barod ac roedd awyrgylch trwm neuadd y cyfarwyddyd yn amlwg. Ni fu'n hawdd i Renton arddangos arweiniad positif y noson honno, ond gwyddai yn iawn mai dyna oedd yr ymchwiliad ei angen, yn fwy nag erioed. Synnodd nifer yno o weld Renton yn edrych yn anarferol o flinedig. Rhedodd trwy ddigwyddiadau'r dydd er mwyn i bawb gael clywed yn swyddogol beth oedd y sefyllfa. Amlinellodd ei bolisi ar gyfer y dyfodol agos.

Y pryder mwyaf o'r llawr oedd bod y cyhoedd yn dechrau colli hyder yn yr heddlu – sefyllfa a fyddai'n mynd o ddrwg i waeth pan ddeuai'r newyddion nad oedd Marino bellach yn cael ei gyhuddo o lofruddio Donna. Gwyddai pawb fod hyder a chefnogaeth y cyhoedd yn allweddol os oedd yr heddlu am ofyn i fwyafrif o ddynion yr ardal roi sampl o'u DNA.

'Oes unrhyw awgrymiadau?' gofynnodd Renton.

Cododd y cwnstabl oedd â chyfrifodeb am gyswllt yr heddlu â'r ysgolion lleol ar ei draed.

'Mi oedd nifer o fechgyn i blismyn y dre 'ma'n mynd i'r ysgol efo Donna,' meddai. 'Ac mi fysa'n dangos esiampl ardderchog tasan nhw'n gwirfoddoli i gynnig samplau DNA i gychwyn y broses. Dwi'n siŵr y bysa'r athrawon a'r Prifathro'n helpu hefyd.'

'Ardderchog,' atebodd Renton. 'Trefnwch chi hynny os gwelwch yn dda.'

'Mae Gary 'Y Bomiwr' Pugh, y bocsiwr, yn byw ar yr un stad â theulu Donna,' awgrymodd rhywun arall. 'Mi gafodd o fedal efydd yng Ngemau'r Gymanwlad rai blynyddoedd yn ôl. Mae o'n gymeriad reit galed ond mae o'n boblogaidd ofnadwy a dwi'n siŵr y bydd o'n fodlon helpu. Mae 'na actor, Sam Siencyn, yn byw ar gyrion y dre hefyd, ac mae o'n actio yn un o'r cyfresi 'na i bobol ifanc ar S4C. Mi siarada i â'r ddau os liciwch chi. Efallai y gwnân nhw ill dau arwain yr ymgyrch trwy wirfoddoli i fod yn rhai o'r cyntaf i roi sampl.'

'Awgrymiadau ardderchog eto,' meddai Renton. 'Oes yna fwy?'

'Oes,' daeth llais arall. 'Rydan ni angen aelod blaenllaw o'r gymuned i'n helpu ni i gychwyn yr ymgyrch wrth ochr

Sam Siencyn a Gary Pugh. Rhywun mwy swyddogol. Dwi wedi sylwi nad ydi'r Cynghorydd Beaumont wedi bod yma yn ystod y dyddiau diwethaf, ond mi roddodd gymorth gwerth chweil i ni yn ystod dyddiau cynnar yr ymchwiliad. Pam na wnawn ni ofyn iddo fo roi sampl DNA yn gyhoeddus ar gychwyn y fenter hefyd?

'Iawn. Gwych,' atebodd Renton. 'Mi siarada i efo fo fy hun.'

Pennod 14

Am chwarter i ddeg y noson honno, agorodd David Beaumont ddrws ei gartref moethus i Renton.

'Dwi'n dallt dy fod yn mynd i fyny yn y byd, Alex. Uwch Arolygydd rŵan dwi'n clywed.'

'Dros dro, David, dyna'r oll – dyrchafiad politicaidd am fod yr ymchwiliad wedi ymuno â'r ymholiadau i'r llofruddiaethau eraill sy'n rhedeg mewn rhannau eraill o'r wlad.'

'Scotch?'

'Diolch.'

Tywyswyd Renton i swyddfa bersonol Beaumont, lle'r oedd desg fawr hen ffasiwn a thop lledr arni yn un pen a lle ar gyfer cyfrifiadur wrth ei hochr. Yng nghanol yr ystafell roedd dwy soffa ledr Chesterfield frowngoch yn wynebu'i gilydd a bwrdd coffi derw rhyngddynt. Llenwyd dwy wal â llyfrau o'r llawr i'r to ac ar wal arall roedd nifer o baentiadau olew o wahanol rannau o arfordir creigiog a stormus y sir, pob un mewn hen ffrâm dderw a golau arbennig uwch eu pennau. Agorai drws gwydr allan o'r ystafell i orendy a edrychai dros yr ardd.

Yn ysblander yr ystafell, eisteddodd Renton yn anghyffordddus ar un soffa, yn gwybod pa mor anodd fyddai'r hanner awr nesaf. Edrychodd o'i gwmpas tra oedd yn disgwyl i Beaumont ddychwelyd ac edmygodd yr holl ddodrefn *antique* o'i gwmpas. Dychmygodd ei bod wedi cymryd blynyddoedd i Beaumont gwblhau'r casgliad. Yn wir, roedd dodrefn o'r un arddull i'w weld trwy'r tŷ i gyd.

Dychwelodd Beaumont yn cario dau dymbler o hylif aur. 'Mi wnei di fwynhau hwnna: Clynelish, o ddistylldy bychan yn Brora yn Sutherland,' broliodd, gan ddangos y botel. Gwyddai Renton fod Beaumont yn hoff o ddangos ei gasgliad o wisgi brag, a'i wybodaeth ohonynt hefyd.

'Diolch.' Cymerodd Renton y gwydr trwm. 'Ond dwi'n ei chael hi'n anodd deud "iechyd da" a bod yn llawen heno, David, o ystyried yr hyn sy' gen i i ddeud.'

Edrychodd Beaumont arno. Eisteddodd ar y soffa arall a chodi'r tymbler i'w wefusau ac yn y distawrwydd llethol clywid y rhew yn tincian yn erbyn y gwydr. Gadawodd i'w lygaid ofyn y cwestiwn.

'Waeth i ti glywed y newyddion drwg gen i rŵan ddim, yn hytrach na'i glywed o rywle arall yn y bore,' dechreuodd Renton. 'Mae'r ymchwiliad i'r llofruddiaeth yn agored eto. Mae Marino wedi tynnu'i gyfaddefiad yn ôl, a does 'na ddim math o dystiolaeth i'w gysylltu â'r drosedd.'

'Ond be' sydd a wnelo hynny â fi?' Eisteddodd Beaumont yn ôl yn ei sedd, a chroesi ei goesau a'i freichiau'n amddiffynnol.

'Paid â thrio gwneud allan dy fod ti'n ddiniwed, David. Ti'n gwbod yn iawn 'mod i wedi gwneud fy ngora hyd yn hyn i gadw'r ymchwiliad yma ar wahân i fusnes Hendre Fawr. Ond dwi ddim yn siŵr y medra i lwyddo i wneud hynny o hyn ymlaen. Mae pawb sydd ynghlwm â'r achos yn sôn am y cowboi sinistr 'ma sydd wedi bod yn loetran o gwmpas y ffarm ac yn methu dallt pam nad ydi o'n cael mwy o sylw gen i.'

'Ond sut mae pawb yn gwbod cymaint amdano fo?' Roedd Beaumont yn aflonydd yn ei gadair esmwyth.

'Mi gofnododd Jeff Evans ddatganiad gan Elen Thomas yn ystod dyddiau cyntaf yr ymchwiliad ar ôl iddi weld rhywun ar fuarth y ffarm. Mae o wedi ymddangos ger yr ysgol yn y cyfamser ac mae'r dre i gyd yn ymwybodol ohono erbyn hyn. Nid yn unig mae o'n cael ei gysylltu â llofruddiaeth Donna Murphy ond llofruddiaeth ei modryb yn y saith degau hefyd. Mi lwyddais i gadw sylw pawb oddi wrtho pan oedd Marino'n cael ei amau o lofruddio Donna, ond gan fod pethau wedi newid erbyn hyn, wel, mi fedri di weld dy hun, David, fod yr ymchwiliad yn siŵr o droi tuag at y cowboi 'ma.' Oedodd, gan astudio wyneb Beaumont cyn parhau. 'A dwi'n amau'n gryf dy fod ti'n gwbod yn iawn pwy ydi o.' Daliodd i syllu, a daliodd i ddisgwyl am ateb na ddaeth.

'Does dim rhaid i mi ddeud wrthat ti faint sydd 'na i'w golli, nag oes, Alex? Nid yn unig i mi'n bersonol ond i bob un ohonan ni. Fedran ni ddim gadael i hynny ddigwydd na fedrwn?' Gwyddai Beaumont yn union sut benbleth oedd gan Renton, ond feiddiai o ddim cydnabod hynny.

'Ond damia, ddyn, dwyt ti ddim yn gweld?' Cododd Renton ei lais, yn siomedig â'r ymateb a gafodd. 'Nid be' fedra i 'i wneud neu beidio'i wneud ydi o, mae'r blydi sefyllfa'n llithro o 'ngafael i!'

Cododd ei wydr i'w geg a chymerodd lymaid mawr o'r gwirod cyn ei daro'n ôl yn drwm ar y bwrdd coffi o'i flaen.

'Mi oedd hi'n ddigon hawdd cadw trwyn Jeff Evans allan o fusnes y ffarm ar y dechrau, ond wedyn mi oedd yn rhaid i'r blydi mwrdwr 'ma ddigwydd ar stepan drws y lle 'doedd. O'n i'n meddwl 'mod i wedi medru cadw trwyn y busneswr Meurig Morgan 'na allan hefyd, ond mae o fel gelen ... does 'na'm posib cael gwared ohono fo. Mae Evans allan ohoni dros dro o leia, ond rargian, David, dwi'm yn gwybod o ba gyfeiriad y daw'r llwyth nesa o gachu, na pwy sy'n mynd i'w daflu o.'

Estynnodd Beaumont y botel werthfawr a thywalltodd fodfedd arall i'w gwydrau.

'Y peth pwysica ydi peidio â chynhyrfu. Gwneud dim. Gadael i bethau ddatblygu a delio efo unrhyw ... anawsterau ... fel maen nhw'n codi.' Oedodd Beaumont i ddisgwyl ymateb Renton.

'Anawsterau, David, anawsterau? Arglwydd, 'dan ni i fyny at ein tinau mewn *anawsterau* yn barod. Wyt ti'n sylweddoli lle rwyt ti'n debygol o landio os clywith rhywun mai chdi oedd yn gyfrifol am drio dychryn Emily Parry o'i chartref?'

'Dim fi,' atebodd Beaumont yn gadarn. 'Ond *ni*. A chofia di hynny.'

Edrychodd Renton arno. Gwyddai'n iawn beth oedd arwyddocâd y datganiad.

'Ydw, dwi'n cydnabod bod yn rhaid i mi rannu'r cyfrifoldeb. Y gwir ydi ein bod ni i gyd yn gyfrifol mewn rhyw ffordd neu'i gilydd. Ond mae'n fy nychryn i pa mor bell mae petha wedi mynd, a be' dwi wedi fy nghlymu fy hun iddo fo heb wbod yr holl ffeithiau.'

'Callia, ddyn, a dechreua feddwl yn strêt, wnei di?' Yr oedd Beaumont yn dechrau colli'i hyder ynddo. Cododd ar ei draed. 'Wnes i ddim llwyddo i gyrraedd lle ydw i heddiw heb orfod sicrhau canlyniad ffafriol i ambell ddigwyddiad bob hyn a hyn. Mi ges i fy magu yma yng Nglan Morfa – yn yr un stad â Donna Murphy druan, ond mi lwyddais i symud ymlaen. Erbyn hyn, dwi wedi ennill parch yn y gymuned 'ma, a thipyn go lew o eiddo i'w ganlyn o – ac wedi helpu eraill i ffynnu hefyd. Mi oeddat ti'n ddigon hapus i ymuno â'r syndicet pan oedd pethau'n mynd yn iawn. Digon parod i weld dy gyfri banc yn chwyddo, dy gyfoeth yn tyfu, a dal i dyfu, yn ystod y pum mlynedd diwetha. Ond rŵan, pan mae pethau'n dechrau troi yn dy erbyn am y tro cynta – wel, Duw a ŵyr, Alex, nes i rioed feddwl dy fod yn un am fynd i banic mor sydyn!'

Edrychai fel petai'r cyhuddiad wedi sodro traed Renton yn gadarn ar y llawr. 'Nid mater o banic ydi o, David,' meddai'n fyfyriol. 'Mater o ragweld yr anawsterau cyn iddyn nhw ymddangos, a chynllunio strategaeth cyn iddyn nhw'n niweidio ni.'

'Rŵan 'ta, mi ydan ni'n dau yn siarad yr un iaith, Alex.' Ceisiodd Beaumont dawelu meddwl Renton. 'Gadael i betha ddatblygu'n naturiol, dyna be' wnawn ni; ond dwi'n falch ein bod ni wedi cael y sgwrs fach 'ma. Mae trafod yn agored o dro i dro yn llesol. Ond gad i mi wbod be' sy'n digwydd, wnei di? Ond hei, fedra i ddim gweld sut y gall ymchwiliad y mwrdwr 'ma rwystro'n cynlluniau ni, sut bynnag yr aiff pethau. Rŵan bod Mrs Parry wedi'n gadael ni, mi fydd y ffarm ar werth cyn bo hir, ac mi fydd cynrychiolydd y syndicet yn yr ocsiwn yn barod i gynnig mwy o arian amdani na neb arall.'

'Mi liciwn i fod mor ffyddiog â chdi, David,' cyfaddefodd Renton, 'ond dwi ddim yn hoff o gyd-ddigwyddiadau, ti'n gweld. Dydi plismyn yn gyffredinol ddim yn credu mewn cyd-ddigwyddiadau ac i'r rhan fwyaf o staff yr ymchwiliad, mae cysylltiad posib rhwng Hendre Fawr a'r llofruddiaeth yn amhosib ei anwybyddu.'

Cerddodd Beaumont at y drws. Roedd yn amlwg fod amser Renton ar ben.

'Wel, Alex, cadw dy ben i lawr ac mi ddown drwyddi.'

'David, mae 'na un peth arall.' Cododd Renton oddi ar y soffa. 'Wyt ti'n sylweddoli ei bod hi'n bosib adnabod pwy bynnag laddodd Donna Murphy trwy brawf DNA?'

'Ac mae'n bosib ei gysylltu â nifer o lofruddiaethau eraill ar hyd a lled y wlad, hefyd, 'tydi, os ydi'r hyn dwi'n ei ddarllen yn y papurau newydd yn gywir.'

'Ydi,' atebodd Renton. 'Dwi ar fin dechrau ymgyrch proffilio DNA ac mi fyddwn yn gofyn i nifer fawr o'r cyhoedd roi sampl i ni. Bydd hyn yn gyfyngedig i rai categorïau o ddynion yr ardal i gychwyn, ond mi fydd yn ymgyrch helaeth a bydd angen cymorth a chefnogaeth y cyhoedd arnon ni. Rhaid i mi eu hargyhoeddi nhw nad ydi rhoi sampl yn rwbath i'w ofni.'

'Ac mi wyt ti isio i mi gefnogi'r fenter yn gyhoeddus?' gofynnodd Beaumont yn awyddus.

'Mwy na hynny, David. Dan ni'n defnyddio'r wasg i lansio'r ymgyrch mewn diwrnod neu ddau. Bydd Gary Pugh, y bocsiwr, a'r actor Sam Siencyn a nifer o ddisgyblion y Chweched Dosbarth yno'n rhoi sampl o flaen y newyddiadurwyr a'r camerâu teledu. Rwyt ti wedi gweld yr un peth yn digwydd mewn achosion tebyg dwi'n siŵr, ond dwi angen aelod blaenllaw, un o arweinyddion y gymuned, i'n helpu i gychwyn y fenter yn iawn.'

'Ac mi wyt ti isio i mi roi sampl hefyd?' Trodd Beaumont i ffwrdd.

'Nid fy syniad i oedd dy ddefnyddio di, David. Syniad un o dditectifs yr ymchwiliad oedd o, o ganlyniad i'r help gawson ni gen ti yn ystod y dyddiau cynnar. Mi gynigiais i ofyn i ti.'

Ni ddywedodd Beaumont air. Safai'n llonydd, yn syllu drwy'r ffenest dros y caeau tuag at yr afon. Ceisiodd Renton ddychmygu beth oedd yn mynd trwy'i feddwl.

'Mae'n rhaid i mi wrthod, Alex,' meddai o'r diwedd. 'Yr un ydi'r rheswm am fy absenoldeb o'r cyfarfodydd yn ystod y dyddiau diwetha – oherwydd trywydd yr ymchwiliad ... tuag at Hendre Fawr. Y peth gorau fuasai i mi gadw'n glir o hyn ymlaen.'

'Dwi'n dallt.' Doedd Renton ddim yn deall mewn gwirionedd. 'Ond alla i ddim mynd yn ôl yn waglaw.'

'Gad o efo fi am ddiwrnod neu ddau. Mi ffeindia i rywun addas i roi sampl i ti.'

Y noson honno, anwybyddodd Jeff Evans gyngor meddygol a gadawodd yr ysbyty yn erbyn ewyllys ei feddyg gan fod materion pwysicach ar ei feddwl. Gwyddai fod Jean yn cael gofal tyner a thrylwyr gan ei chwaer, ond ei ofal arbennig o roedd hi'n siŵr o fod ei angen erbyn hyn. Daeth ei frawd yng nghyfraith i'w nôl i'r ysbyty ond mynnodd Jeff yrru ei gar ei hun yr ugain milltir neu fwy yn ôl tua'i gartref. Hwnnw oedd y tri chwarter awr hwyaf a mwyaf poenus iddo ei dreulio y tu ôl i lyw car, gan fod pob tro yn y lôn yn gyrru saethau o artaith trwyddo. Stopiodd yng nghanol y pentref ac wedi peth anfodlonrwydd, disgynnodd ei frawd yng nghyfraith yno. Trodd y car ac ailgychwyn.

Stopiodd mewn adwy cae allan o olwg y ffordd fawr ac ymbalfalodd i fyny'r llwybr yn y tywyllwch. Byddai tortsh wedi bod o gymorth ond doedd ganddo ddim amser i fynd i chwilio am un yn y bŵt blêr. Ni fuasai wedi dychmygu defnyddio'r llwybr hwn fel rheol ond yn ei gyflwr o, nid oedd bustachu ar hyd ei ffordd gudd arferol trwy'r goedwig ac ar draws y caeau'n synhwyrol. Daeth rhywfaint o olau'r lleuad trwy'r cymylau i'w helpu, ond er hynny baglodd yn boenus sawl gwaith, gan lwyddo i daro'r union fannau a gafodd eu cicio a'u pwnio ddwy noson ynghynt.

Cymerodd Jeff lawer hwy nag arfer i gyrraedd yr hen felin wynt. Arhosodd am funud neu ddau i adennill ei wynt ac astudio amlinelliad yr adfail yn erbyn golau gwan y lleuad, yn union fel y gwnaeth droeon o'r blaen. Tynnodd yr ysgol o'i chuddfan a'i llusgo i'r man cyfarwydd o dan lle bu llafnau'r felin yn troi flynyddoedd maith yn ôl. Defnyddiodd ei holl nerth i gwffio yn erbyn ei boenau a chodi'r ysgol i'w lle, cyn sefyll yn llonydd ac yn chwyslyd i adennill ei egni. Yna dringodd yr ysgol a rhoddodd ei fraich i mewn yn y gwagle bychan yng nghrombil y wal gerrig drwchus. Tynnodd fag plastig allan. Ynddo roedd hen dun te Earl Grey yn cynnwys dwsin o becynnau ffoil. Tynnodd un allan a'i roi yn ei boced ac yna caeodd y tun a'i roi yn ei ôl yn y bag plastig a'i stwffio'n ôl i'r gwagle. Ymhen deng munud yr oedd yn ôl yn ei gar, yn ysu am gael cyrraedd adref.

Ugain munud yn ddiweddarach trodd Jeff yr allwedd yn nrws ffrynt ei dŷ ac aeth i mewn. Allai o ddim diolch digon i'w theulu am bopeth wnaethon nhw dros Jean, ond roedd yn falch iawn o weld ei bod hi ar ei phen ei hun pan ddychwelodd. Agorodd y drws i'w hystafell yn ddistaw a gwyrodd wrth ochr y gadair olwyn. Deffrôdd Jean pan rwbiodd ei law yn dyner yn erbyn defnydd ei choban.

'O Jean bach, 'nghariad i, mae mor ddrwg gen i na faswn i wedi medru dod o'r ysbyty 'na'n gynt,' meddai.

Gwenodd ei wraig arno. 'Diolch byth dy fod di adra'n saff. Dwi 'di bod yn poeni gymaint. Mi ddeudon nhw wrtha i be' ddigwyddodd, a'r cwbl fedrwn i wneud oedd disgwyl yn fama. O, mae 'na olwg ar dy wyneb di, Jeff. Gad i mi dy weld ti'n iawn.'

'Ddylat ti weld y lleill,' atebodd Jeff gan geisio gwenu. 'Ond mi fydda i rêl boi. Sut wyt ti wedi bod?'

'Dim yn rhy dda. Mi redais i allan fore Sul.'

'Damia'r awdurdod iechyd,' grwgnachodd wrth chwilota'i bocedi a thynnu'r pecyn ffoil allan. 'Sbïa.'

'O, ti'n werth y byd, nghariad i. Wnei di 'i baratoi o i mi plîs?'

'Gwnaf siŵr.' Roedd Jeff wedi agor ei focs sigaréts yn barod. Rhoddodd dipyn o faco ar bapur a defnyddiodd gyllell boced i grafu'r bloc o resin canabis a rhannu'r naddion ar hyd y baco. Rowliodd y papur a'i gynnwys rhwng ei fysedd a rhedodd ei dafod yn ysgafn ar hyd yr ochr sgleiniog. Rhoddodd y sigarét yng ngheg ei wraig, cynigiodd y fflam iddi ac edrychodd arni'n tynnu'n galed a llyncu'r mwg yn ddwfn i'w hysgyfaint a'i ddal yno'n hir er mwyn sicrhau y byddai'n cael holl effaith y cyffur. Caeodd ei llygaid, yn gwybod y byddai'r boen yn ei gadael cyn hir.

Ganol y bore canlynol, brasgamodd y Ditectif Arolygydd (Dros Dro) Powell drwy ddrws swyddfa Renton heb ei guro, yn gafael yn dynn mewn hanner dwsin o dudalennau yr oedd newydd eu hargraffu o gronfa wybodaeth yr ymchwiliad.

'Wnei di byth goelio hyn, Alex,' meddai'n frysiog. 'Mi holwyd dy fêt di, David Beaumont, gan yr heddlu ynglŷn â'r mwrdwr yn Halifax yn 1988. Y mwrdwr cynta un.'

'Sut felly?' Ceisiodd Renton guddio'i syndod a'i chwilfrydedd.

'Mi ddaeth un o'r ymchwilwyr ar draws yr wybodaeth yn gynharach bore 'ma. Cyd-ddigwyddiad llwyr.'

'Cyd-ddigwyddiad? Sut all hynny fod? Sut na ddaeth yr wybodaeth i'r amlwg yn gynt? Mi ddylai'r cyfrifiadur fod wedi gwneud y cysylltiad yn gynt na hyn.'

'Am nad ydi enw'r Cynghorydd Beaumont ar ein system ni. Does dim sôn amdano yn ein hymholiadau ni ac felly does dim rheswm iddo fo fod ar y system. Felly waeth faint o ymchwil wnaed, fasa'r system ddim wedi pigo'i enw fo i fyny.'

'Ty'd â'r manylion 'ta,' gorchmynnodd Renton.

'Yn Halifax,' dechreuodd Powell. 'Deuddeg oed oedd y ferch. Fe'i cipiwyd o gae chwarae pan oedd hi ar y ffordd adra o'r ysgol ac fe gafwyd hyd i'w chorff hi mewn coedwig saith milltir o'r fan honno bedwar diwrnod yn ddiweddarach. Gwelodd tri thyst Ford Granada Estate gwyn yng nghyffiniau'r cae chwarae ar y pryd, a gwelwyd yr eneth yn cael ei bwndelu i mewn i'r un car gan dyst arall. Y cwbl a gadarnhawyd gan yr ymholiad hwnnw oedd rhan o rif cofrestru'r car a bu i'r heddlu ar y pryd holi perchnogion dros ddeuddeng mil o geir Ford Granada gwyn a oedd yn ffitio'r disgrifiad. Roedd Beaumont yn un o'r rheiny.'

'Dydi hynny'n golygu dim, nag ydi?' atebodd Renton, yn teimlo mwy o ryddhad nag yr oedd o'n ceisio'i ddangos.

'Aros am funud, mae 'na fwy,' meddai Powell, yn edrych trwy'r papurau yn ei law. 'Fe'i holwyd o ddwywaith am nad oeddan nhw'n hapus efo'i atebion y tro cynta.'

'Neno'r Tad, Richard! Allan â fo.' Dechreuodd Renton golli'i amynedd.

'Yn y lle cynta, fe'i holwyd bedwar mis ar ôl y mwrdwr gan yr heddlu yma yng Nglan Morfa trwy ddefnyddio holiadur pro forma, fel rydan ni'n arfer 'i wneud mewn achosion fel hyn. Dywedodd ei fod wedi gwerthu'r Granada

Estate o gwmpas yr un adeg â'r mwrdwr yn Halifax ond allai o ddim cofio'r dyddiad yn iawn nag enw'r prynwr. Dywedodd ei fod wedi gadael y gwaith papur i'r prynwr, ac addawodd hwnnw ei yrru i Abertawe, ond wnaeth o ddim. A hyn sy'n ddiddorol, Alex. Ni welwyd y car hwnnw erioed wedyn. Dim newid perchennog, dim treth newydd, dim golwg ohono o gwbl.'

'Peth rhyfedd nad oedd ganddo unrhyw gofnod, siec yn mynd trwy ei gyfrif banc, rwbath felly,' myfyriodd Renton yn anesmwyth a dryslyd.

'Anfonwyd tîm o Halifax yma yn unswydd i'w holi'r ail waith. Dywedodd Beaumont y tro hwnnw ei fod wedi gwerthu'r car i ddeliwr mewn hen ddodrefn, a choeli di ddim, ei gyfnewid am hen ddresel.'

'Oeddan nhw'n fodlon efo'i ateb?'

'Efo'i ateb? Dim gant y cant. Efo'i gar? Dim o gwbl.'

'Oedd ganddo fo alibi?'

'Cipiwyd yr eneth am ugain munud wedi pedwar. Bu Beaumont yn un o gyfarfodydd y Cyngor yng Nglan Morfa o ddeg y bore tan bron i hanner dydd. Ar ôl hynny allai neb gadarnhau ei symudiadau. Mynnodd ei fod o adra ar ei ben ei hun nes y dychwelodd ei wraig am un ar ddeg o'r gloch y noson honno ar ôl bod allan am y diwrnod efo ffrindiau. Y teimlad ar y pryd oedd nad oedd hi'n bosib iddo fod wedi teithio'r holl ffordd o Lan Morfa i Halifax, yna i'r goedwig lle cafwyd hyd i'r eneth, ac yn ôl adref yn ystod yr amser hwnnw. Mae'n bosib, ond yn hynod o annhebygol.'

'Os dwi'n cofio'n iawn, roedd DNA'r ymosodwr ar gorff yr eneth 'doedd?'

'Oedd,' cadarnhaodd Powell.

'A ofynnwyd i Beaumont roi sampl?'

'Naddo. Megis dechrau oedd technoleg DNA ar y pryd a doedd yr heddlu ddim yn gofyn am sampl gan bob person dan amheuaeth.'

'Ddaeth y car i'r fei yn y cyfamser?' gofynnodd Renton.

'Mae ei gar o, neu pwy bynnag oedd perchennog y car ar ddiwrnod y mwrdwr, yn dal i fod ar goll. Byth wedi'i ddarganfod.' Oedodd Powell. 'Ydi hyn i gyd yn golygu y dylen ni amau Mr Beaumont o ladd Donna?'

'Go brin, Richard,' atebodd Renton ar ei union. 'Mi oedd o efo fi yn chwarae golff drwy'r pnawn hwnnw, ac yn ystod y min nos hefyd. Rownd ymarfer cyn Cwpan Elusennol Glanaber y diwrnod canlynol.'

'Sut ddylwn i drin y mater felly?'

'Does 'na ddim byd i'w drin ar hyn o bryd, yn fy marn i, Richard,' atebodd Renton gan geisio swnio'n bendant. 'Diolch am adael i mi wbod. Dyna'r oll.'

'Ond be' os daw'r wasg i glywed?' mynnodd Powell.

'Gad i *mi* boeni am hynny.' Roedd llais Renton yn ddigon i gofnodi fod y sgwrs ar ben.

Nid oedd Alex Renton yn ddyn amyneddgar o dan amgylchiadau fel hyn. Cafodd hyd i Beaumont rhwng cyfarfodydd a'i alw i'w gar.

'Dwi'n siomedig iawn efo chdi, David,' meddai. 'Dyma fi, yn trio 'ngorau i fod mor agored efo chdi ag sy'n bosib, a'r peth lleia dwi'n 'i ddisgwyl yn ôl gen ti ydi'r un peth.'

Edrychodd Beaumont arno'n fud.

'Pam ddiawl na ddeudist ti wrtha i dy fod wedi cael dy holi ynghylch un o'r llofruddiaethau sy'n gysylltiedig â'r achos yma?'

Roedd Beaumont yn dawel o hyd.

'Be' ydi'r goblygiadau, Alex?' gofynnodd o'r diwedd, yn ddistaw a phenisel.

'Wyt ti'n cofio be' ddeudis i neithiwr am fedru delio efo anawsterau posib cyn iddyn nhw ddigwydd? Wel sut ddiawl ydw i i fod i wneud hynny os nad wyt ti am fod yn berffaith agored efo fi? Yn enwedig ynglŷn â mater mor bwysig â hwn.' Nid oedd amheuaeth bod Renton wedi gwylltio'n gacwn.

'O, tyrd 'laen Alex. Mi oedd hynny ymhell dros ugain mlynedd yn ôl, a beth bynnag, be' nes i o'i le, hyd yn oed yr adeg honno?'

'Paid â malu cachu, David. Dwyt ti ddim mor ddiniwed â hynny. Nid am gipio merch ifanc, ymosodiadau rhywiol difrifol a mwrdro merched ar hyd a lled y wlad yn unig rydan ni'n sôn yn fama, ond amdanat ti a finna ac uffar o smonach fawr – un na fedrwn ei hosgoi os na fyddwn ni'n ofalus iawn. Ma' pob dim yn debygol o ffrwydro o'n cwmpas ni os nag ydw i'n rheoli'r ymchwiliad yma yn y ffordd briodol. Na, nid "priodol" bellach,' ychwanegodd, 'ond mewn ffordd sy'n llwyddo i ddiogelu dy fuddiannau di, a fy rhai inna, gwaetha'r modd.'

'Creda neu beidio, doeddwn i ddim wedi gweld y basa hyn yn digwydd.' Sylweddolai Beaumont fod sefyllfa Renton yn un anodd ac am y tro cyntaf dechreuodd deimlo'n ansicr. 'Lle mae hyn yn ein gadael ni, Alex?'

'I ddechra, mae hyn yn dy gysylltu di â'r llofruddiaeth yn Halifax a hon yng Nglan Morfa, dim ots bod dros ugain mlynedd rhyngddyn nhw – ac mi fydd yn rhaid i ti roi manylion llawn am dy symudiadau ar ddiwrnod llofruddiaeth Donna Murphy.'

'Ond dydi hynny ddim yn broblem! Ro'n i efo chdi, 'doeddwn?'

'Wrth gwrs, ond y peth ydi nad oedd pwynt o gwbl i mi drio dy gadw di, a digwyddiadau Hendre Fawr, y tu allan i'r ymchwiliad pan oedd 'na fater na wyddwn i ddim amdano yn barod i ddod â chdi'n ôl i ganol yr holl firi.'

'Creda fi, Alex. Doedd gen i ddim syniad bod hyn yn debygol o ddigwydd. Yr unig beth wnes i o'i le oedd gwerthu 'nghar heb fod wedi gwneud y gwaith papur yn iawn.'

'Gwranda, David, dwi isio'r gwir rŵan. Oes 'na *rwbath* arall ddylwn i wbod? Rwbath o gwbl – am Halifax, yr hogan Murphy neu unrhyw beth arall?'

'Dim byd, Alex. Dwi'n addo.'

Sylweddolodd y ddau nad oedd y naill na'r llall wedi sôn am y cowboi. Y gwir oedd bod Renton bron yn rhy ofnus i ofyn ac nid oedd Beaumont am ymhelaethu heb fod rhaid.

'Un peth arall,' meddai Renton, yn dal i archwilio wyneb Beaumont am unrhyw arwydd o betruster. 'Neithiwr, mi ofynnais i ti roi sampl o dy DNA er mwyn helpu i gychwyn yr ymgyrch broffilio.'

'Do,' mwmialodd Beaumont. 'Ond dwi ddim wedi cael cyfle i ofyn i neb dy helpu di eto. Dwi'n siŵr y medra i gael gafael ar rywun cyn bo hir.'

'Wel mi gei di anghofio am hynny,' parhaodd Renton. 'Dwyt ti ddim yn dallt, nag wyt? Mae fy mholisi i wedi ei wneud yn barod, wedi ei gofnodi ac wedi'i ddyddio a'i amseru, a fedra i ddim tynnu'n ôl am unrhyw reswm. Gan fod 'na gysylltiad rhyngddat ti â'r mater yn Halifax, y sefyllfa ydi bod yn *rhaid* i ti roi sampl DNA er mwyn dy ddileu o'r ymchwiliad. Os fyddi di'n gwrthod, mi wyt ti'n debygol o gael dy arestio. Alla i ddim deud yn fwy plaen na hynny.'

Gwelodd Renton fod Beaumont wedi cynhyrfu'n lân.

'Be' dwi'n awgrymu ydi dy fod yn gwirfoddoli i'n helpu trwy roi sampl a dangos dy gefnogaeth i'r ymgyrch. Rho dy hun ymlaen fel arweinydd y gymuned gan obeithio bydd pawb yn edrych arnat ti fel dyn da a chyfiawn.'

'Ond dwi'm yn hoff iawn o'r syniad a deud y gwir wrthat ti, Alex ...' Trodd Beaumont i edrych allan o'r car.

Torrodd Renton ar ei draws. 'Wneith hyn ddim gweithio 'run ffordd arall, David. Mae pawb yn gwbod 'mod i am ofyn am sampl gen ti. Os digwyddith rhywun ffeindio dy fod ti wedi gwrthod, a bod gen ti gysylltiad â'r ymchwiliad yn Halifax, mi fydda i'n wynebu pob math o gwestiynau anodd. A dwi isio osgoi hynny ar bob cyfrif.'

'Ond Alex...'

'Am unwaith yn dy fywyd, David, does gen ti ddim dewis.'

Pennod 15

Pan aeth Meurig ac Elen i Hendre Fawr yn ystod y prynhawn, roedd y ddau'n ofni'r hyn yr oeddynt yn debygol o'i ganfod yno. Er hynny, gwyddai Meurig nad oedd aros draw yn opsiwn, ac nid oedd rheswm i oedi chwaith. Mynnodd Elen fynd gydag ef.

Chwibanai'r gwynt cryf trwy'r llwyfenni, yn chwythu dail crin yr hydref cynt a'u hailosod ganwaith mewn patrymau blêr ar draws y buarth. Yn bryderus, cerddodd y ddau i'r sied agored a ddefnyddid gan Emily Parry i gadw'i char. Cyrcydodd Meurig ar ganol y llawr, lle parciwyd y Morris Minor yn ddeddfol am fwy na hanner can mlynedd. Rhwbiodd ei fysedd yn y staen o'i flaen. Cododd ei law i'w harogli.

'Hylif brêc?' gofynnodd Elen yn bryderus.

'Ia, ma' gen i ofn,' atebodd Meurig. Doedd yr un ffordd haws i ddweud wrthi.

'Mae hynny'n golygu felly nad damwain oedd marwolaeth Anti Em. Mi laddodd o hi, do, Meurig?' Daeth deigryn i lygad Elen.

'Ma' hi'n rhy fuan i fod yn siŵr.' Ceisiodd Meurig esmwytho'r ergyd. 'Ond mae'n ormod o gyd-ddigwyddiad, yn fy marn i.'

'Ond mae 'na fwy na hynny iddi, 'does?' Roedd Elen dan deimlad. 'Mi ddefnyddiodd fi er mwyn ei helpu i'w lladd hi. Mi wyddai o'n iawn be' oedd o'n 'i wneud pan daflodd y fricsen 'na trwy fy ffenast i. Roedd o'n gwbod y byswn i'n gwneud y cysylltiad ac y bysa Anti Em yn poeni digon amdana i a Geraint i ddod draw i fy helpu. I adael y ffarm, hyd yn oed yr adeg honno o'r nos.'

'Mae'n bosib bod hynny'n wir, Elen.' Nid oedd pwynt gwadu, ond er ei mwyn hi, doedd Meurig ddim eisiau ymhelaethu ymhellach.

Rhoddodd ei fraich amdani a chyd-gerddodd y ddau yn ôl i gyfeiriad y car. Ei gyrru hi adref cyn gynted â phosib oedd ei fwriad, oherwydd gwyddai Meurig fod ei phryder mwyaf, erbyn hyn, wedi cael ei gadarnhau.

Elen sylwodd gyntaf ar y newid yn nrysau mawr hen adeilad y Weinyddiaeth Amddiffyn – roedd y gadwyn oedd yn clymu'r drysau wedi'i chau'n wahanol. Wrth edrych yn fanylach gwelsant fod y clo clap wedi'i dynnu.

'Doedd o ddim fel'na ddydd Mercher, Meurig. Ti'n meddwl 'i fod o gwmpas o hyd?'

'Welaist ti'r gadwyn a'r clo fel'na ryw dro o'r blaen, Elen?' gofynnodd, gan anwybyddu'i chwestiwn.

'Naddo, erioed,' meddai. 'Dim yn yr holl flynyddoedd y bues i'n dod yma. Be' am i ni gael sbec tu mewn?' awgrymodd.

Roedd olwynion bychain ar waelod y drysau trwm a'r rheiny'n gorwedd ar gledrau rhydlyd a redai ar hyd y llawr. Sgrechiodd metel yn erbyn metel pan ddefnyddiodd Meurig ei holl egni i'w hagor yn ddigon llydan i'r ddau wthio'u ffordd trwodd, a daeth golau anghyfarwydd i'r tywyllwch oddi mewn. Pan ddaeth eu llygaid i arfer â'r golau gwan gwelsant olygfa ryfedd – fel petaent wedi teithio'n ôl i ryw oes a fu. Uwch eu pennau roedd offer a ddefnyddid ddegawdau ynghynt i godi pethau trwm, a hen dryc metel wedi rhydu yn sefyll ar gledrau a oedd yn diflannu i'r tywyllwch yn y pellter. Eisteddai nifer o daclau llaw cyntefig yr olwg ar fainc gerllaw, fel petaent wedi cael eu gadael yno ar frys.

'Ma'r lle 'ma'n codi arswyd arna i!' Crynodd Elen. 'Ydan ni am fentro'n bellach?'

'Mi hoffwn i, ryw dro, ond dim rŵan. Mae hi'n rhy beryg. 'Swn i'n licio treulio tipyn o amser i lawr 'ma i gael golwg iawn ar y lle, ond dim heb offer pwrpasol a chynllun ar bapur. Tyrd, Elen, mi ddown ni yn ein holau ryw dro eto.'

'Mae o'n dal i hongian o gwmpas 'ma yn tydi, Meurig?' gofynnodd eto.

'Mae'n edrych felly.' Atebodd Meurig y cwestiwn yn uniongyrchol y tro hwn.

Gwyddai'r ddau yn union beth oedd ystyr hynny.

'Be' sy' matar arni hi'r tro yma?' gwaeddodd Griff yn chwareus ar draws yr iard pan ddaeth Morgan â'r Stag i stop o flaen y garej. 'Na, paid â deud wrtha i. Ti wedi bod â hi am drochiad yn y môr!'

'Ia, ia. Does 'na ddim yn bod – wel, dim na fuasai ras iawn ar hyd y lonydd bach 'ma'n 'i wella,' atebodd Meurig, yr un mor gellweirus.

'Am y Stag ta'r dreifar ti'n siarad?' Chwarddodd Griff eto.

''Swn i'n lecio 'tasat ti'n gallu gwneud rwbath i mi, os wnei di, Griff. Ella bydd hyn yn swnio'n od, ond wnei di archwiliad o system frêcs car Emily Parry os gweli di'n dda? A plîs paid â gofyn pam,' ychwanegodd, gan weld yr olwg chwilfrydig ar wyneb y mecanic.

Sylweddolodd Griff fod Meurig o ddifrif.

'Dw i'n dy nabod di'n ddigon da, Meurig. Fasat ti ddim

yn gofyn heb reswm da, dwi'n gwbod hynny. Mae'r heddlu wedi gorffen efo fo erbyn hyn, a does neb yn mynd i dalu i mi am ei gadw fo yma, felly fedra i ddim meddwl am reswm pam na ddylwn i wneud fel 'mynna i efo fo.'

Pan gerddodd y ddau ar draws yr iard at y Morris Minor 1959, ni fedrai Griff atal ei chwilfrydedd.

'Am be'n hollol dwi'n chwilio?' gofynnodd.

'Am unrhyw beth sydd allan o'i le,' atebodd Meurig. 'Ar ôl yr hyn ddigwyddodd i mi'r diwrnod o'r blaen, mi ges olwg ar y lôn o flaen y tŷ 'cw, a gweld ôl hylif brêc lle parciais y car y noson cynt. Yn Hendre Fawr gynna, mi welis yr un peth o dan lle bysa'r hen wraig wedi parcio'i char.'

Gwyddai Griff na ddylai ofyn y myrdd cwestiynau oedd yn ei ben.

Agorodd ddrws y car, rhyddhaodd gliced y boned stumiedig a'i agor cyn belled ag y gallai. Treuliodd rai munudau'n archwilio'r gronfa hylif brêc a pheipiau'r system. Prociodd ei fysedd tewion yma ac acw, o dan y boned i ddechrau ac wedyn ar ei gefn ar lawr o dan y car. Yna aeth i sedd y gyrrwr a phwysodd ei droed ar bedal y brêc nifer o weithiau gan fwmian rhywbeth o dan ei wynt na allai Meurig ei ddeall. Yna defnyddiodd jac i godi'r car, tynnodd y pedair olwyn i ffwrdd a gofynnodd i Meurig roi pwysau ar y pedal. Sylwodd Meurig cyn lleied o wrthsafiad a deimlai. Ymddangosodd Griff wrth ei ochr.

'Wel, mae gen i ateb i ti, Meurig,' meddai, yn crafu'i ben efo llaw oedd yn olew drosti. 'Dwi'n meddwl dy fod ti'n iawn, ond mae yna rwbath dwi'm yn 'i ddallt. Mae'r gronfa'n llawn o hylif brêc ond mae'r peipiau bron yn wag o hylif.'

'Sut hynny?' gofynnodd Meurig.

'Tyrd i fama ac mi ddangosai i ti,' meddai, ei ben o dan y boned unwaith eto. 'Drycha ar y beipen sy'n dod allan o'r gronfa. Nid y beipen wreiddiol ydi honna, ac yn sicr i ti tydi hi ddim wedi cael ei gwneud i ffitio'r car yma. Ma' 'na rywun wedi gwneud job amrwd iawn o drio gwneud iddi edrych fel petai hi wedi bod yma erioed.'

'Oes 'na unrhyw bosibilrwydd ei bod hi wedi cael ei gosod wrth atgyweirio'r car rhyw dro yn y gorffennol, Griff?'

'Dim peryg, 'ngwas i. Wyt ti'n fy nghofio fi'n deud na fu neb yn trin y car y tu allan i'r garej yma? Ac mae un peth yn siŵr, fasa neb *yma* wedi gwneud smonach o job fel honna! Ond nid dyna'r cwbwl, dallta. Pan bwysaist ti ar y pedal, doedd 'na ddim llawer o afael, dwi'n iawn? Ddeuda i wrthat ti pam, Meurig bach. Dim pwysa', dim hylif yn y system, boi. Dim ond pocedi o aer.'

'Be'n union mae hynny'n 'i olygu, Griff?'

'Bod rhywun wedi chwarae o gwmpas efo'r brêcs, a rhyw dro wedyn, trio'u trwsio nhw i guddio hynny. Gwaith sâl iawn oedd o, ond digon da i osgoi sylw heb archwiliad gofalus. Ti'n gweld, mi osodwyd y beipen newydd heb ddraenio'r system, a dyna pam na does 'na ddim byd ond aer ynddi.'

'Pam na fysa archwiliwr yr heddlu wedi sylwi ar hynny? Mi wnest ti.'

Do, Meurig, mi wnes i, ond dim ond am dy fod ti wedi fy arwain i'r cyfeiriad hwnnw.'

'Deud wrtha i, lle oeddat ti'n cadw'r car dros nos ar ôl i ti ddod â fo'n ôl yma wedi'r ddamwain?'

'I mewn, o dan do yn y garej nes i'r heddlu ei archwilio fo. Yna mi ddois i â fo allan i'r fan hyn.'

'Ddigwyddodd 'na rwbath amheus o gwmpas yr adeg honno?' gofynnodd Meurig.

'Peth rhyfedd dy fod yn gofyn hynna i mi. Aros am funud, wnei di?' meddai. Gadawodd Meurig am funud neu fwy a dychwelodd ar ôl cadarnhau ei ffeithiau.

'Y noson ar ôl i mi ddod â'r car yma, mi dorrodd rhywun i mewn i'r garej. Pythefnos yn ôl i heno. Chafodd 'na ddim byd 'i ddwyn a 'ddylis i mai un neu ddau o blant y pentre oedd wedi bod yma'n cambihafio. Mae'n digwydd o dro i dro, 'sti. Wyt ti'n meddwl bod hynny'n gysylltiedig?'

'Mae'n swnio'n debyg i mi,' meddai Meurig. 'Ro' i fet bod rhywun wedi ymyrryd â brêcs y car 'ma yn Hendre Fawr, ac yna, ar ôl y ddamwain, wedi torri i mewn yma i geisio cuddio'r peth cyn i archwiliwr yr heddlu gyrraedd, gan obeithio na fysa fo'n sylwi.'

'Heb waedu'r system, gan nad oedd ganddo fo amser i wneud hynny – neu am ei fod o'n meddwl na fysa neb yn sylwi.' Trodd Griff i edrych ar ei gyfaill, yn cydnabod y goblygiadau enfawr yn syth.

'Dyna fo yn union, Griff,' meddai Meurig. 'Ond rŵan 'ta, dim gair wrth neb, iawn? Paid, â 'nghamddallt i, does gen i ddim bwriad o gadw hyn o glustiau'r heddlu, ond mae 'na lot i'w golli, a dim rŵan ydi'r amser iawn i siarad efo'r heddlu, dim eto.'

'Chdi sy'n gwbod, Meurig bach. Ond mi fedri di ddibynnu arna i.

Gyrrodd Meurig Morgan yn ôl i Lan Morfa yn araf. Nid oedd ganddo amheuaeth erbyn hyn nad damwain oedd marwolaeth Emily Parry. Roedd hi wedi cael ei llofruddio.

Pennod 16

Daeth y gwynt a oedd wedi bod yn hyrddio o'r de-orllewin drwy'r dydd â glaw ysgafn erbyn diwedd y prynhawn. Gobeithiai Meurig fod Jeff wedi gwella digon i allu siarad â fo gan ei fod ar dân isio trafod darganfyddiadau'r ddeuddydd diwethaf. Nid oedd wedi trefnu i alw rhag rhoi'r cyfle i Jeff wrthod ei weld, a gadawodd y Stag mewn maes parcio yng nghanol y pentre rhag ofn i rywun weld y car trawiadol tu allan i dŷ'r ditectif. Cofiai ganlyniad eu cyfarfyddiad diwethaf.

Tŷ digon cyffredin ar gornel mewn stad o ddeugain o dai a adeiladwyd yn yr wyth degau oedd cartref Jeff. Edrychai'r ardd yn fendigedig – roedd blodau'r gwanwyn yn dechrau ei lliwio a thir wedi'i baratoi ar gyfer tyfu llysiau. Synnodd Meurig fod gan Jeff amser ar gyfer hobi o'r fath. Pwysodd ar y gloch a chamu'n ôl i ddisgwyl ateb. Agorwyd y drws gan Jeff, oedd yn gwgu arno. Dewisodd Meurig gymryd pwyll.

'Mae'n ddrwg gen i alw heb wahoddiad, Jeff. Os ydi hi'n rhy fuan, mi ddo i yn f'ôl ryw dro eto,' meddai.

'Dim dyna sydd,' atebodd Jeff pan sylweddolodd betruster Meurig. 'Dwi'n cadw 'ngwaith a 'nghartref ar wahân, ac felly dwi'n 'i licio hi.' Oedodd. 'Ond tydi'n sefyllfa fach ni ddim yn un arferol, nac'di.' Rhoddodd hanner gwên iddo er mwyn ceisio ysgafnhau'r awyrgylch. Penderfynodd Jeff fod angen llacio ychydig ar ffurfioldeb eu cyfarfod diwethaf. 'Tyd i mewn,' meddai o'r diwedd. Edrychodd i fyny ac i lawr y lôn. 'Welodd rhywun chdi'n dod?'

'Naddo,' cadarnhaodd Meurig. 'Mi barcis i yng nghanol y pentre a cherdded. Hwda,' meddai, gan wthio potel o wisgi i law Jeff. 'Mi glywis i dy fod ti angen dipyn o ffisig.'

'Dew! Diolch yn fawr. Wisgi brag hefyd. Ffisig gwell na'r cachu ges i gan y doctor, mae hynny'n saff! Tyrd, awn ni drwodd.' Amneidiodd at ystafell fwyta a chegin ym mhen draw'r coridor.

Gwelodd Meurig gadair godi ar y grisiau a chafodd gip ar hoist trwy ddrws arall.

'Gwylia rhag ofn i ti faglu ar draws y gadair olwyn 'na,' meddai Jeff. 'Ma' hi braidd yn gyfyng yn fama.'

'Dy wraig?' gofynnodd Meurig yn betrusgar.

'Jean? Ia. Multiple Sclerosis,' atebodd wrth ei arwain i'r gegin.

'Mae'n ddrwg gen i.'

'A finnau hefyd, coelia di fi. Gymeri di ddiferyn?' gofynnodd, yn cyfeirio at y botel yn ei law.

'Gymera i gwrw os oes gen ti beth. Dwi wedi yfed digon o hwnna i bara am oes – ond paid â gadael i hynny dy rwystro di.'

Estynnodd Jeff ddau dun o gwrw, ac eisteddodd y ddau, un bob ochr i'r bwrdd, yn ystyried digwyddiadau'r ychydig ddyddiau ers iddynt gyfarfod yng nghwmni Elen yn y Winwydden. Meurig siaradodd gyntaf.

'Wyt ti'n dod drosti hi?'

'Ydw, diolch. Dipyn yn boenus mewn ambell le, ond mi fydda i'n iawn ymhen diwrnod neu ddau.'

'Pwy wnaeth hyn i ti?' gofynnodd Meurig. Doedd ddim pwynt oedi cyn gofyn y cwestiwn pwysicaf.

'Does gen i ddim syniad, ond mi oedd un yn gwisgo jîns glas a chôt laes – efo bŵts a het gowboi,' atebodd Jeff heb dynnu'i lygaid oddi arno.

'Dydi hynny ddim yn fy synnu i o gwbl,' atebodd Meurig. 'Wyt ti wedi deud hynny wrth rywun?'

'Naddo myn diawl,' meddai, ei lais yn isel fel John Wayne ers talwm.

'Ara' deg,' atebodd Meurig. 'Ti'n swnio fel cowboi dy hun rŵan!'

Chwarddodd y ddau, ac roedd hynny'n ddigon i yrru nodwyddau o boen drwy asennau Jeff.

'Nid dyna'r unig beth mae ein cyfaill y cowboi wedi bod yn 'i wneud ers ein cyfarfod ddwytha,' meddai Meurig.

Edrychodd Jeff arno ar draws y bwrdd yn ddryslyd a chymerodd lymaid bach o'i gwrw chwerw.

'Mi wnaeth ei orau i gael gwared â finna hefyd,' meddai Meurig. 'Ac mi fysai wedi llwyddo hefyd heblaw am dipyn o lwc. Ga i ddeud yr hanas wrthat ti, i weld os fedrwn ni wneud synnwyr o betha efo'n gilydd?'

'Iawn.' Edrychodd Jeff arno drwy ddau lygad piws, chwyddedig, ond gwyddai Meurig fod ei angerdd yn dychwelyd.

'Be' wyt ti'n ystyried oedd y digwyddiadau mwyaf arwyddocaol cyn yr ymosodiad arnat ti?' gofynnodd Meurig.

'Roedd yr holl beth wedi'i gynllunio, mi wn i hynny,' atebodd Jeff. 'Ond mae 'na ddau beth. Mi welodd Rhys Morris, un o ddynion Beaumont, ni'n gadael y dafarn, do?'

Nodiodd Meurig mewn cytundeb.

'Doedd dim angen bod yn glyfar iawn i ddallt be' oeddan ni'n tri yn ei wneud yno efo'n gilydd, nag oedd? Mae Morris yn siŵr o fod yn un o aelodau'r syndicet,

Eiddo'r Aber, ond be' dwi'n methu ei ddallt ydi sut y cawson nhw'u cynllun at ei gilydd mor gyflym. A dyma'r ail beth. Pan gyrhaeddais yn ôl i'r swyddfa'r noson honno roedd 'na neges wedi ei gadael yn fy masged yn deud bod un o 'nghontacts wedi ffonio isio i mi ei chyfarfod – bod ganddi rwbath i'w ddeud wrtha i ynglŷn â'r mwrdwr. Es i'r man arferol i'w chyfarfod a dyna lle'r oeddan nhw'n disgwyl amdana i. Dwi wedi siarad efo hi yn y cyfamser, a 'doedd hi'n gwbod dim am y peth.'

'Mae hynny'n awgrymu dau bosibilrwydd, tydi?' awgrymodd Meurig. 'Un ai bod rhywun wedi ffonio yn cogio mai dy hysbyswr oedd hi, neu ...'

'Bod rhywun o fewn yr heddlu'n gysylltiedig â'r ymosodiad arna i.' Oedodd Jeff am ennyd i ystyried ymhellach. Ysgydwodd ei ben yn araf. 'Na, fedra i ddim credu hynny, Meurig,' parhaodd. 'Mi dderbyniwyd y neges gan blismones o'r enw Harrison, ond dwi ddim wedi mentro siarad efo hi eto.'

'Ond mae'n sefyll i reswm tydi, fod pwy bynnag sydd y tu ôl i'r neges yn gwbod enw'r hysbysydd? Dydi'r math yna o wybodaeth ddim yn fater cyfrinachol?'

'Ydi, hynod o gyfrinachol. Dim ond gen i a'r Ditectif Brif Arolygydd oedd y manylion. Ond be' sy'n rhyfeddach fyth ydi bod pwy bynnag sydd y tu ôl i hyn yn gwbod lle byddwn i'n ei chyfarfod hi hefyd.'

'Ac yn medru galw ar y cowboi yno,' ychwanegodd Meurig.

'Mae'r peth yn anhygoel, Meurig. Dwi wedi gwrthod credu hyd yn hyn, ond rŵan mae'n amser dechrau ystyried y posibilrwydd fod rhywun yn yr heddlu yn gysylltiedig â'r peth.' Er nad oedd Jeff yn cyd-dynnu â sawl un yn ei waith, doedd o ddim eisiau credu y gallai'r un ohonyn nhw fod mor llygredig.

'Pwy?'

'Dwi ddim yn siŵr, ond roedd 'na ddau o'r adran draffig ar fy ôl efo'r bag y noson o'r blaen. Mi ges i bob math o drafferth gan dy fêt di, Powell, am ddyddiau cyn yr ymosodiad, a dwi rioed wedi gwneud yn arbennig o dda efo'r dyn mawr, Renton. Mae 'na ddigon o bosibiliadau.'

'Be' am y rhai oedd efo'r cowboi'r noson honno?'

''Sgen i ddim llawer o syniad ma' gen i ofn, Meurig, ond nid hogia lleol oeddan nhw, mi wn i gymaint â hynny. Roedd 'na dri ohonyn nhw, ond y cowboi oedd yn rhedeg y sioe er na chymerodd ran ei hun. Ond mi oedd 'na rwbath ynglŷn â'r tri na fedra i roi 'mys arno ar hyn o bryd. Rwbath pwysig ... mae o'n siŵr o ddod yn ôl i mi cyn bo hir. Ella mai'r gic ges i i 'mhen sy'n gwneud i mi anghofio.' Oedodd am ennyd cyn parhau. 'Felly, be' ddigwyddodd i *ti*?' gofynnodd.

Dywedodd Meurig yr hanes wrtho – methiant brêcs y Stag, archwiliad Griff ar gar Emily Parry, a'r archwiliad o garej Hendre Fawr.

'Ti'n dallt be' mae hyn i gyd yn 'i olygu, dwyt Meurig,' meddai Jeff ar ôl iddo orffen. 'I ddechra, ma' gynnon ni ddau fwrdwr rŵan, yn hytrach nag un. A chan fod Eiddo'r Aber â diddordeb yn Hendre Fawr, mae'n rhaid i ni amau mai rhywun yn eu plith nhw sy'n gyfrifol, neu o leia'n gysylltiedig â'r cwbl. Ac maen nhw i gyd yn ddynion cyfoethog, pwysig a phwerus rownd y lle 'ma.'

'Felly dwi'n dallt. Pileri'r gymdeithas. Ond yn fwy na hynny, Jeff, mae ganddyn nhw gysylltiad â'r heddlu.' ychwanegodd Meurig. 'Ddylwn i ddweud wrth rywun uwch eu pennau? Mi allwn i greu tipyn o stŵr swyddogol trwy'r llywodraeth os basa raid. Wedyn mi welwn ni dipyn o dân gwyllt.'

Gwenodd Jeff. 'Dwi'n licio'r syniad, Meurig, ond dim eto. Dwi ddim yn meddwl bod ganddon ni ddigon o brawf eto. Mi fydd yn rhaid i ni sbïo ar hyn o sawl cyfeiriad. Pwy ydi'r unig un yn hyn i gyd nad oes ganddon ni ddim syniad pwy ydi o?'

'Y cowboi ti'n feddwl?'

'Yn hollol. Yn fwy na thebyg, mae o wedi cael ei ddenu yma i ddychryn Emily Parry er mwyn ei pherswadio i werthu'r ffarm. Ac ar ran pwy?'

''Dan ni'n dod yn ein holau at Eiddo'r Aber eto,' atebodd Meurig, yn dilyn trywydd meddwl y ditectif.

'Ac mae o'n ddyn efo'r gallu a'r natur i lofruddio Emily Parry a gwneud i'r holl beth edrych fel damwain. A thrio'n lladd ninnau'n dau hefyd,' ychwanegodd.

'Cywir,' cytunodd Meurig. 'Ond be' am yr hogan Murphy? Dwy lofruddiaeth o fewn tafliad carreg i'w gilydd, ac o fewn dyddiau i'w gilydd hefyd. Be' sy'n clymu honno i'r cwbwl?'

Myfyriodd Jeff.

'Ma' raid ini gofio'u bod nhw yn ddwy lofruddiaeth hollol wahanol. Os ydan ni'n agos i'n lle, trefniad proffesiynol oedd mwrdwr Emily Parry, ond ymosodiad wedi ei symbylu gan ryw oedd y llall. Ac yn ôl y dystiolaeth, nid dyma'r tro cynta iddo fo wneud rwbath fel hyn chwaith. Dydi hyn i gyd ddim yn gwneud synnwyr, Meurig. Mae'n anodd gen i gredu fod llofrudd proffesiynol yn ddigon haerllug a diofal i adael ôl ei semen ar ferched a laddwyd ar hyd a lled y wlad, ac ar y llaw arall yn medru bod yn ddigon cyfrwys i wneud i'w ddrygioni edrych fel damwain. A chofia di, mae hwn wedi bod yn lladd merched ers dros ugain mlynedd.'

'Os mai llofrudd proffesiynol *ydi* o wrth gwrs,' atgoffodd Meurig. 'Ti'n anghofio arwyddocâd y taniwr Ronson. Mi ddiflannodd Medwyn Parry ddeng mlynedd ar hugain yn ôl yng nghanol ymchwiliad i lofruddiaeth merch ifanc. Ymddangosodd y cowboi yma dri mis yn ôl i ddychryn Emily Parry, ac roedd taniwr Medwyn ganddo fo.' Oedodd Meurig. 'Mae'r cowboi tua'r un oed ag y dylai Medwyn fod erbyn hyn – ella y dylen ni ystyried ei fod o wedi dod adra ar ôl bod yn gyfrifol am ladd y merched eraill 'na yn y cyfamser.'

Gwyddai Jeff fod tybiaeth Meurig yn werth ei hystyried yn fanwl.

'Be' ti'n olygu felly, Meurig, ydi nad llofrudd proffesiynol s'gynnon ni, ond seicopath fysa'n lladd ei fam ei hun hyd yn oed. Mae'n ddamcaniaeth na fedrwn ni ei hosgoi, debyg.'

'Mi â i â'r cwestiwn gam ymhellach felly. Pwy ydi'r cyswllt rhwng y cowboi ac Eiddo'r Aber?' gofynnodd Meurig. 'Be' am Cecil Moorcroft o'r Adran Datblygu Economaidd, neu Rhys Morris, Cynllunio?' Fo welodd ni'n dau yng nghwmni Elen a chymerodd hi ddim llawer wedyn i'r cowboi ddechra arnon ni.' Chwilio am syniadau oedd Meurig.

'Na, dwi ddim yn meddwl,' atebodd Jeff. 'Dynion sy'n cymryd cyfarwyddiadau ydyn nhw 'u dau, nid eu rhoi nhw. A pheth arall, dydyn nhw ddim yn ddigon didostur chwaith, dim o bell ffordd. Mae'n rhaid i ni edrych ymhellach i fyny'r gadwyn at yr un sy'n rheoli'r syndicet ...

dwi'n amau dy fod ti'n gwbod yr ateb i'r cwestiwn hwnnw, Meurig.'

'Beaumont,' meddai, gan wenu ar Jeff. Gwyddai ei fod yn agosáu at y gwir.

'Rŵan ti'n nes ati.' Dechreuodd Jeff rowlio sigarét a'i lyfu'n ofalus ar ei hyd.

'A phwy sy' ganddo fo tu mewn i'r heddlu?'

'Fel roeddwn i'n deud, nes i erioed licio na chyd-dynnu efo Renton,' meddai. 'Mae'r ddau yn agos iawn, mae hynny'n sicr, ond mae Renton yn ddyn sy'n meddwl yn fawr o'i yrfa yn yr heddlu, ac alla i 'mo'i weld o'n trochi mewn budreddi fel hyn. Gyda llaw, dwi'n cofio tynnu sylw Renton at y ffaith nad oedd car Emily Parry wedi'i archwilio gan arbenigwr yr heddlu yn syth ar ôl y ddamwain. Mi ges i ar ddallt wedyn mai Renton ei hun oedd wedi trefnu'r archwiliad, a dydi hynny ddim yn ffitio efo ymddygiad rhywun sydd yng nghanol y miri 'ma.'

'Ond be' os mai fo ddaru achosi'r oediad er mwyn i bwy bynnag oedd yn gyfrifol am dorri i mewn i garej Griff gael amser i guddio'r difrod bwriadol i'r car?'

Myfyriodd Jeff ar y syniad.

'Be' am gadw golwg ar dŷ Beaumont am noson neu ddwy, er mwyn cadw llygad ar be' sy'n digwydd yno? Pwy sy'n mynd a dod? Pwy a ŵyr be' welwn ni.'

'Sut wyt ti'n meddwl gwneud hynny?'

'Aros am funud, wnei di? Dwyt ti ddim ar frys, nag wyt?'

'Nag'dw i.'

Aeth Jeff allan o'r gegin a gwrandawodd Meurig arno'n siarad ar y ffôn mewn ystafell arall. Ar ôl i'r sgwrs orffen, clywodd Meurig sŵn ei draed, ac yna'i lais – er bod y geiriau'n aneglur roedd yn amlwg ei fod yn swnio'n flin. Caewyd drws y lolfa'n galetach nag oedd raid. Pan ddychwelodd Jeff i'r gegin, sylwodd Meurig nad oedd cystal hwyliau arno. Edrychai'n bryderus, yn nerfus hyd yn oed. Ar yr un pryd, daeth arogl baco trwodd i'r gegin a oedd yn wahanol iawn i arogl y sigarét y bu Jeff yn ei hysmygu – persawr arbennig nad oedd Meurig wedi'i arogli ers ei ddyddiau coleg. Deallodd Meurig bryder Jeff yn syth, a sylweddolodd pam nad oedd llwybrau ei waith a'i gartref fyth yn croesi.

'Dwi wedi gofyn i un o 'ngyfeillion ddod draw, Meurig, ond dwi ddim yn meddwl rŵan mai hwn ydi'r amser gorau.' Sylwodd Meurig ei fod yn aflonydd.

'Gwranda arna i am funud bach, Jeff,' mentrodd Meurig. Siaradodd yn ddiffuant ond yn gadarn. 'Roedd gen i chwaer oedd yn dioddef efo Multiple Sclerosis. Mi fues i'n ei gwylio hithau'n diodda. Ddeudis i wrthi sawl gwaith y baswn i'n gwneud unrhyw beth i gymryd y boen fy hun, a'r cwbl fyddai hi'n ddeud oedd na fysa hi byth yn 'i roi o i mi. 'Tawn i wedi medru gwneud rwbath i leihau ei phoen, mi fyswn i wedi gwneud hynny, anghyfreithlon neu beidio, coelia fi.'

'Dwi wedi gofyn i Jean droeon i beidio â'i ddefnyddio fo pan fydd 'na rywun arall yn y tŷ.' Roedd Jeff yn benisel. 'Arglwydd, Meurig, yn fy safle i, fedra i ddim fforddio cael fy nal!'

Gwyrodd Meurig ymlaen dros y bwrdd. Gwnaeth yn siŵr fod Jeff yn edrych arno. 'Dwi'n dallt hynny'n iawn, ond Jeff, aiff hyn ddim pellach, dwi'n addo.'

'Ma' raid i mi 'i helpu hi, Meurig. Ers i mi ddarllen am y posibilrwydd y gallai canabis leddfu'r symptomau, doedd gen i ddim dewis. Fedri di ddim dychmygu faint o help ydi o iddi hi. Ma' hi'n ymlacio, a'i chorff yn symud gymaint yn haws. Doedd o ddim ar gael iddi pan o'n i yn yr ysbyty dros y penwythnos, a choeliet ti ddim y gwahaniaeth ynddi. Mae hi ganwaith gwell eto rŵan. Mae'r diffrwythdra yn lleihau, yr iselder ysbryd yn cilio – a'i phoen yn gyffredinol hefyd. Does 'na ddim cyffuriau traddodiadol yn dod yn agos at wneud hynny, heb ddim o sgileffeithiau'r rhai mae'r doctor yn 'u rhoi iddi – iselder, magu pwysa' a ballu. Falla fod defnyddio canabis yn anghyfreithlon, ond i Jean a finna, does 'na ddim dewis arall.'

'Does dim rhaid i ti gyfiawnhau dim, Jeff. Mi gollis i fy ngwraig saith mlynedd yn ôl ac mi faswn i'n gwneud unrhyw beth i'w chael yn ôl. Dal ati ydi dy unig ddewis di.'

'Mi faswn i'n licio gallu gwneud mwy, Meurig, ond mae'n gas gen i edrych arni'n gwaethygu bob dydd. Yr unig ffordd y medra i ymdopi ydi cadw'n brysur, ond mae hynny'n fy nghadw i allan o'r tŷ yn hirach. Fedrwn i ddim aros wrth ei hochr hi yn y tŷ drwy'r dydd, bob dydd, waeth faint o euogrwydd a phoen dwi'n deimlo o beidio bod yma.' Teimlai Jeff ryddhad mawr o allu bwrw'i fol wrth un a oedd yn prysur ddod yn gyfaill iddo.

'Reit ta, deud wrtha i pwy ydi'r ffrind 'ma sy'n dod i'n gweld ni.' Newidiodd Meurig drywydd y sgwrs.

'Esmor Owen ydi 'i enw fo, pen cipar afon Ceirw a thipyn o gymeriad. Mi wnei di 'i licio fo.' Swniai Jeff yn hapusach. 'Mae arno fo ffafr neu ddwy i mi. Mi rois i dipyn o gymorth fforensig iddo fo ar ddiwedd y tymor dwytha ar ôl i botsiars roi calch yn yr afon a lladd cannoedd o bysgod. Rŵan, os bydda i isio benthyg cyfarpar i weld yn y nos ryw dro, dim ond gofyn iddo fo sydd raid. Fel arall, mi fasa'n rhaid i mi lenwi mynydd o waith papur er mwyn cael offer swyddogol yr heddlu o'r pencadlys.'

'Am ofyn am fenthyg ei offer o i gadw golwg ar dŷ Beaumont yn ystod y nos wyt ti?'

'Na, dwi'n gobeithio gwneud yn well na hynny,' atebodd Jeff wrth dynnu mwy o'r cwrw chwerw o'r oergell a'i dywallt i'w gwydrau. 'Dydi tŷ Beaumont ddim yn bell oddi wrth yr afon ac mae gan Esmor a'i ddynion ddigon o reswm i fod yn yr ardal drwy'r nos os oes raid. Mi wneith dipyn o newid iddo fo gadw golwg ar rywun arall heblaw potsiars – mi fydd o wrth 'i fodd.'

Roedd Meurig yn dechrau cyffroi wrth feddwl am yr antur o'i flaen pan agorodd y drws cefn. Heb gnoc na gwahoddiad, cerddodd dyn yn ei bedwar degau hwyr, yn gwisgo côt wêr a welodd ddyddiau gwell, i'r gegin.

'Ro'n i'n amau mai o fama roedd yr ogla cwrw 'na'n dod,' meddai, gan estyn am wydr peint oddi ar y silff. Sylweddolodd Meurig yn syth ei fod yn gyfarwydd iawn â'r gegin.

Cyflwynodd Jeff y ddau i'w gilydd. Doedd Esmor ddim yn dal iawn, ond roedd yn solet ac yn gryf. Roedd ei wallt tywyll wedi ei gribo'n ôl a'i locsyn clust helaeth yn cyrraedd ei fochau. Wrth eistedd, tynnodd baced Embassy o'i boced ac wedi estyn sigarét ohono, tarodd y ddau ben yn erbyn y paced a'i lluchio i'w geg nes roedd hi'n dawnsio rhwng ei wefusau.

Tynnodd Jeff dun o lager allan o'r oergell iddo.

'Wel,' meddai Esmor yn chwilfrydig. 'Be' 'di'r cynllun cyfrinachol 'ma ta?'

Er na ddywedodd Jeff a Meurig y cyfan wrtho, cafodd Esmor fwy na digon o wybodaeth i danio ei ddychymyg – a digon i sicrhau y byddai'n cymryd gofal.

'Os oes 'na jans y rhoith hyn y diawlad 'na gurodd di

dan glo, Jeff, mi faswn i'n aros allan yna drwy'r nos bob nos i'w dal nhw. Ac fel ma' hi'n digwydd, ma' gen i reswm da dros fod yn yr ardal honno ar hyn o bryd. Mae Clwb Pysgota Aber Ceirw wedi rhoi mil o bysgod, brithyll brown neis tua dau bwys a hanner yr un, yn yr afon yn yr wsnosa' diwetha, ac rydan ni'n cael cwynion bod rhywun yn eu potsio nhw'n barod.'

'Dim ond i ti gofio bod yn ofalus, Esmor,' atgoffodd Meurig. 'Mae Beaumont yn ddyn dylanwadol, ac mae'r cowboi 'ma'n ddyn peryg.'

'Paid â phoeni, Meurig. Cha i 'mo fy nal. Efo'r cyfarpar sgin i, fydd dim rhaid mynd yn agos atyn nhw er mwyn gweld be' sy'n mynd ymlaen,' atebodd Esmor, ei lygaid direidus yn llachar. 'Ac os gwneith o stopio i biso ganllath i ffwrdd yng nghanol y nos, mi ddeuda i wrthat ti pa liw ydi'i drôns o. Ydi hynny'n ddigon da?'

'Digon da,' meddai Jeff, gan chwerthin er gwaetha'i asennau poenus. 'Ond cofia, Esmor, dim gair am hyn wrth neb.'

'Siŵr iawn,' atebodd. 'Lager da 'di hwnna, Jeff,' meddai, gan godi, gwagio'i wydr a sychu'i geg efo'i law. 'Mi wela i chi yn ystod y dyddia' nesa 'ma. Yn gynt os bydd gen i rwbath go lew i'w ddeud wrthach chi. Hwyl,' galwodd, ar ei ffordd allan.

'Fel deudist ti, Jeff, tipyn o gymeriad,' meddai Meurig. 'Gobeithio'i fod o'n ddibynadwy.'

'Cant y cant.'

'Deud i mi, Jeff, ynglŷn â'r cowboi 'ma, a'r posibilrwydd mai Medwyn Parry ydi o – 'swn i'n lecio cael gwbod mwy am lofruddiaeth Diane Smith ddiwedd y saith degau. Be' yn union oedd y cysylltiad rhwng Medwyn a'r ymosodiad?'

'Mi fydd hynny'n anodd, Meurig,' meddai Jeff. 'Mae

dogfennau unrhyw ymchwiliad i lofruddiaeth heb ei datrys yn cael eu cadw'n fyw, ond mi fuon ni'n chwilio am ffeils llofruddiaeth Diane Smith yr wythnos dwytha, ac yn ôl pob golwg, maen nhw ar goll. Mi ddyla' bod 'na nifer o focsys ohonyn nhw yn y pencadlys, ond mae'r cwbwl wedi diflannu.'

'Be'?' Roedd Meurig wedi'i synnu. 'Mae hynny'n anhygoel.'

'Yn hollol. Gei di ddod i dy gasgliadau dy hun ynglŷn ag arwyddocâd hynny, ond mi ailstrwythurwyd yr heddlu yn y cyfamser, ac mae'r pencadlys a'r storfa wedi symud o un adeilad i'r llall. Mae'n bosib eu bod nhw wedi eu colli'n ddamweiniol, am wn i.'

'Oes 'na unrhyw un yn dal i fod o gwmpas a oedd yn rhan o'r ymchwiliad?' gofynnodd Meurig.

'Oes. Mi oeddwn i am fynd i'w weld o fy hun yr wsnos yma, ond rŵan 'mod i allan ohoni am sbel, mi gei *di* wneud os lici di.'

'Â chroeso,' meddai Meurig. 'Pwy ydi o?'

'Raymond Rogers. Fo oedd Prif Arolygydd yr heddlu yng Nglan Morfa'r adeg honno. Mae o wedi ymddeol ers ugain mlynedd bellach ac yn ei saith degau, ond mae ei feddwl a'i gof o'n reit siarp o hyd. Mi wna i'ch cyflwyno chi i'ch gilydd. Na, mi wna i'n well na hynny – mi ffonia i o rŵan.'

Diflannodd Jeff gan adael Meurig ar ei ben ei hun yn hwy y tro hwn.

'Mi gymerodd dipyn i'w berswadio,' meddai pan ddychwelodd, 'felly bydd yn ofalus sut y byddi di'n 'i drin o. Doedd pobol ddim yn hapus iawn efo'r ymchwiliad yn gyffredinol, fel y gwyddost ti, ac fe daflwyd tipyn o faw tuag at yr heddlu. Mae'r holl deimladau rheiny wedi dod i'r wyneb eto rŵan, ac agor hen grachod. Ond mae o wedi cytuno i dy weld di am hanner awr wedi deg bore fory. Ydi hynny'n gyfleus?

Yn ei fwthyn y noson honno gwrandawodd Meurig ar Offeren Mozart Dros y Meirw. Y fersiwn hwn gan La Grande Ecurie et la Chambre du Roy oedd ei ffefryn. Llithrodd ei feddwl yn ôl ac ymlaen o'r nodau swynol i lofruddiaethau'r ddwy eneth ifanc ddeng mlynedd ar hugain ar wahân i'w gilydd, a damwain honedig Emily Parry. Agorodd botel o win coch o Awstralia a oedd dipyn yn fwy sbeislyd na'r gwinoedd y byddai'n eu dewis fel arfer, ond roedd yn esgus da i orffen yr hyn a oedd yn weddill o'r caws Roquefort yn ei oergell.

Gorchuddiodd y llawr o'i flaen â'r cynlluniau a gafodd gan y Weinyddiaeth Amddiffyn yn dangos yr ogofeydd a'r twnelau a adeiladwyd o dan dir Hendre Fawr. Rhyfeddodd o weld cymaint ohonyn nhw. Yn ychwanegol i'r twnnel mawr yn arwain tua'r môr, gwelodd fod nifer o rai llai nad oeddynt i weld yn arwain i unlle arbennig, a dychmygodd y buasai'n cymryd amser maith i'w harchwilio i gyd. Nid oedd Meurig yn deall pam roedd rhywun, y cowboi yn ôl pob tebyg, yn dal i ymweld â Hendre Fawr a'r mynediad i'r ceudwll. Ystyriodd y posibilrwydd fod y cowboi yn gyfarwydd â'r lle yn ei gyfanrwydd, efallai ers degawdau. Os felly, efallai y dylai Jeff ac yntau ganolbwyntio ar Hendre Fawr a'r fynedfa i'r twnelau, tra'r oedd Esmor yn cadw golwg ar dŷ Beaumont. Ond eto, doedd hynny ddim yn flaenoriaeth gyda sawl trywydd arall i'w ddilyn.

Roedd Meurig bum munud yn hwyr pan gurodd ar ddrws tŷ Raymond Rogers, cyn-Brif Arolygydd yr heddlu, fore trannoeth. Gwyddai ei fod wedi ei roi yn ei le pan agorwyd y drws gan ŵr bonheddig tal yn edrych yn bwrpasol ar ei oriawr. Edrychai'n dda am ei oed, gyda mwstash arian taclus o'r un lliw â'r gwallt trwchus cyrliog a oedd wedi'i gribo'n ôl oddi ar ei dalcen. Gwisgai gardigan lwyd olau dros grys siec a thei swyddogol yr olwg. Bu ei drowsus melfaréd brown yn ddilledyn o ansawdd ar un adeg, ond erbyn hyn roedd yn disgyn yn flêr dros esgidiau cryf brown, sgleiniog.

'Dewch i mewn, Mr Morgan,' meddai'n ffurfiol, gan estyn ei law dde i gyfeiriad Meurig. 'Mi wneith Ethel baned o goffi i ni mewn munud. Wnei di, 'nghariad i?' Trodd ei ben tua'r gegin a chodi'i lais.

Wedi ei ddilyn i'r lolfa, derbyniodd Meurig y gwahoddiad i eistedd.

'Rŵan 'ta, Mr Morgan,' meddai'r cyn-heddwas, gan sefyll o flaen Meurig a'i ddwylo y tu ôl i'w gefn. Er ei fod wedi ymddeol, yr oedd natur plismon yn ddwfn yn Raymond Rogers. 'Wn i ddim yn iawn sut fedra i'ch helpu chi. Mater i'r heddlu ydi llofruddiaeth, fel y gwyddoch chi – ac mae 'nyddiau i yn y Ffôrs wedi hen ddarfod.'

'At ba lofruddiaeth yn union ydach chi'n cyfeirio?' gofynnodd Meurig mewn ymdrech i'w dynnu i lawr rywfaint oddi ar ei glwyd.

'Wel Diane Smith wrth gwrs. Pa reswm arall fyddai ganddoch chi dros ddod i 'ngweld i?' Edrychodd fel petai wedi synnu.

'Falla basan ni'n medru trafod y tebygrwydd rhwng ei llofruddiaeth hi a llofruddiaeth Donna Murphy, Mr Rogers. Ond fy niddordeb mwya i ydi pryderon teulu Mrs Emily Parry gynt. Mi fu rhywun – mae rhai yn honni mai ei mab,

Medwyn oedd o – yn ymweld â hi a'i dychryn yn ystod yr wythnosau cyn iddi hi farw. Does gan yr heddlu ddim llawer o ddiddordeb yn hynny, ac o dan yr amgylchiadau, hoffwn ofyn i chi am eich barn.'

'Dydi diffyg diddordeb yr heddlu ddim yn fy synnu i o gwbl, Mr Morgan,' meddai'n fawreddog, gan siglo'n ôl ac ymlaen yn ei unfan. Cliriodd ei wddf yn ddibwrpas. 'Maen nhw'n rhy brysur yn edrych ar eu cyfrifiaduron y dyddiau yma yn lle bod allan yn cerdded y strydoedd fel yr oeddan ni ers talwm. Welwch chi byth blisman y dyddia' yma pan fydd angen un.'

'Dywedwch wrtha i am hanes Diane Smith a Medwyn Parry, wnewch chi, os gwelwch yn dda?' mynnodd Meurig.

Oedodd Rogers. 'Noson ddawns y dre, nos Wener, oedd hi. Fel arfer, mi fyddwn i'n rhoi plismon tu allan i'r drws – yn yr hen Neuadd y Dref oedd hi, wyddoch chi, wrth y cloc – rhag ofn y byddai 'na dipyn o gwffio, fel y byddai o dro i dro. Gwelwyd Peter – mae'n ddrwg gen i, Medwyn – yng nghwmni Diane amryw o weithiau yn ystod y gyda'r nos. Edrychai'r bachgen fel petai'n ffansïo'r ferch os 'dach chi'n gofyn i mi, ac yna'n hwyrach, gwelwyd nhw'n gadael y ddawns efo'i gilydd gan y cwnstabl oedd ar y drws.'

'Dim ond y ddau ohonyn nhw?'

'Efallai fod yna fwy yno, fedra i ddim bod yn sicr ar ôl yr holl amser 'ma, Mr Morgan, ond yn siŵr i chi, mi oedd Medwyn yno efo hi. Wnaeth Diane Smith ddim cyrraedd adref y noson honno ac fe ffeindiwyd ei chorff hi o dan y bont y bore wedyn – roedd rhywun wedi ymosod yn rhywiol arni a'i chrogi efo'i sgarff ei hun. Cafwyd hyd i gap Medwyn yn yr un lle, Mr Morgan, wedi'i wasgu yn ei llaw dde hi.'

'Sut wyddoch chi mai cap Medwyn oedd o?' gofynnodd Meurig.

'Roedd ei enw y tu mewn iddo fo.'

'Oedd yna dystiolaeth fforensig?' gofynnodd Meurig eto.

'Mae'n siŵr bod yna, ond fedra i ddim bod yn sicr be'n union oedd o erbyn hyn.'

'Be' ddigwyddodd i Medwyn?'

'Diflannodd oddi ar wyneb y ddaear. Chwiliwyd amdano ym mhobman. Daeth nifer o bobl aton ni, o lefydd ar hyd a lled y wlad, yn deud eu bod wedi'i weld o, ond ddaeth 'na ddim gwybodaeth bendant i'r golwg.'

'Oedd hi'n bosib ei fod o'n cuddio'n rhywle agosach at ei gartref? Yn y twnelau a'r ogofeydd rhwng Hendre Fawr a'r môr efallai?'

'Ddim cyn belled ag y gwn i. Cred y mwyafrif oedd ei fod o wedi gadael yr ardal.'

'Oedd y gallu ganddo fo i wneud y fath beth, 'dach chi'n meddwl, Mr Rogers?' gofynnodd Meurig. 'Yn feddyliol, dwi'n 'i olygu – oedd ganddo fo ddigon o grebwyll i redeg i ffwrdd ac edrych ar ei ôl ei hun?'

'Tydi'r cymwysterau meddygol ddim gen i i allu ateb eich cwestiwn chi,' atebodd Rogers yn amddiffynnol.

'Oedd ganddo'r natur greulon fyddai ei angen i fedru lladd geneth ifanc? Mae rhai yn dal i fynnu ei fod o'n fachgen tyner ac na allai o frifo pry.' Mynnodd Meurig gael ateb. 'Dim ond gofyn eich barn chi ydw i, Mr Rogers.'

'Fe rannwyd y dre yma am fisoedd, blynyddoedd hyd yn oed, gan yr un cwestiwn, Mr Morgan. A busnes difrifol oedd hynny hefyd, y teimladau'n gryf ar y ddwy ochr. Mi fedra i deimlo'r un awyrgylch allan yna heddiw, wyddoch chi. Mae'r cyfan wedi dod i'r wyneb eto ar ôl i'r hogan fach

Donna 'na gael ei lladd. Mae rhai'n meddwl ei fod yn ei ôl, rhai yn meddwl ei fod wedi marw ers blynyddoedd ac eraill yn grediniol nad fo laddodd Diane Smith yn y lle cyntaf. Mae pawb wedi dechrau dyfalu unwaith eto.'

'A lle ydach chi'n sefyll, Mr Rogers, os ga i ofyn?'

'Dim fy musnes i ydi dyfalu, Mr Morgan. Dim heddiw, na deng mlynedd ar hugain yn ôl chwaith. Ein gwaith ni oedd ymchwilio'r ffeithiau yn drwyadl ac mor ddiduedd â phosib.'

Dyma'r cyfle yr oedd Meurig wedi bod yn aros amdano. 'Yn union fel y mae'r heddlu'n wneud ar hyn o bryd, wrth gwrs.'

'Hy! Dwi'm yn meddwl fod ganddyn nhw syniad be' maen nhw'n wneud y dyddiau yma. Rhy brysur yn trio dod â phob creadur i mewn i'r pictiwr. Ydach chi'n gyfarwydd â'r hyn sydd wedi bod yn digwydd yn yr ardal yma'n ystod y blynyddoedd diwethaf, Mr Morgan? Mae'n anodd iawn gwbod pwy sy'n rhedeg y sioe y dyddia' yma. Mi fasech chi'n meddwl mai'r gŵr mawr ei hun, Mr David Beaumont, ydi'r Prif Gwnstabl ac mai'r ci bach 'na wrth ei sodlau, Renton, ydi'i ddirprwy o.'

Sylweddolodd Meurig fod Rogers wedi llyncu'r abwyd. Nawr oedd yr amser i roi dipyn o linyn iddo. Ceisiodd ymddangos yn ddi-glem.

'Dwi'm yn siŵr os ydw i efo chi.'

'Mae Renton yn gadael iddo stwffio'i drwyn i mewn i bob agwedd o waith yr heddlu.' Dechreuodd Rogers danio. 'A Beaumont ynta'n rhedeg y dre i gyd gan chwyddo'i gyfoeth yr un pryd, yn union fel gwnaeth ei dad o'i flaen o. Dwi'n cofio David Beaumont yn hogyn bach slei o gwmpas y lle 'ma, ar gyrion pob math o ddrygioni a miri ond byth yn cael ei ddal.' Ysgwydodd Rogers ei ben mewn anghymer-adwyaeth. 'Yna gadawodd Glan Morfa i fynd i'r coleg. Gwnaeth enw ac arian iddo fo'i hun yn rhywle, mewn ffordd amheus mae'n siŵr gen i. Mi ddychwelodd o tua ugain mlynedd neu fwy yn ôl, ac ers hynny mae o wedi bod yn treulio'i amser yn trio rhoi ei fys ym mhob briwas.'

'Dywedwch i mi, fyddai Beaumont a Medwyn Parry yn nabod ei gilydd yr adeg honno?' gofynnodd Meurig.

'Bysan wrth gwrs, ond fedra i ddim deud pa mor dda. Arweinydd ydi Beaumont ac arweinydd oedd o yn y dyddiau hynny hefyd. Fo oedd yn arwain llafnau ifanc y dref ac os oedd o'n meddwl y byddai Peter, mae'n ddrwg gen i, Medwyn dwi'n feddwl, o ddefnydd iddo mewn rhyw ffordd, buasai'n siŵr o fod wedi manteisio arno fo. Er, mae'n rhaid i mi ddeud, fasa fo ddim wedi dewis bachgen diniwed fel Medwyn yn gyfaill personol.'

'Diniwed, ddywedsoch chi? Mr Rogers. Diniwed?'

'Ia, diniwed, Mr Morgan, ond mae 'na fwy nag un ystyr i'r gair, toes?'

'Un peth arall,' gofynnodd Meurig. 'Ydi hi'n bosib – yn ddichonadwy – fod Beaumont, ar ôl yr holl flynyddoedd, wedi cael gafael ar Medwyn yn rhywle a'i orchymyn yn ôl yma er mwyn dychryn ei fam?'

'Er ei fwyn ei hun, fuaswn i ddim yn rhoi dim byd heibio i Mr Beaumont.'

Ffarweliodd Meurig â Raymond Rogers cyn gweld golwg o'r baned. Roedd o angen amser i brosesu'r hyn a ddysgodd – fod Beaumont yn adnabod Medwyn. Ar ei ben ei hun, nid oedd hynny'n golygu fawr ddim, ond yn bendant agorai'r wybodaeth y drws i lawer mwy o gwestiynau.

Pennod 17

Erbyn y dydd Mercher canlynol gallai Jeff Evans symud yn gymharol rwydd, er bod olion du-las cleisiau ei ornest ddychrynllyd yn amlwg ar ei wyneb. Ychydig cyn hanner awr wedi deg y noson honno parciodd ei gar yng nghanol y dref a cherdded gweddill y ffordd i orsaf yr heddlu. Cerddodd i gefn yr adeilad a defnyddiodd ei gerdyn arbennig i ddatgloi'r drws. Dewisai ddefnyddio'r fynedfa hon yn aml, ond heno, roedd ganddo reswm da. Ni wyddai ym mhwy y gallai ymddiried, ac o dan yr amgylchiadau, nid oedd defnyddio'r drws ffrynt yn syniad doeth. Mewn gwirionedd, nid oedd Jeff yn awyddus i unrhyw un ei weld yn defnyddio'r drws yma yng nghefn yr adeilad chwaith. Pasiodd y camera diogelwch a'i ben i lawr gan obeithio bod pwy bynnag a oedd ar ddyletswydd ar y ddesg yn brysur. Gwnaeth ei ffordd yn ddistaw i fyny'r grisiau ac i'r ystafell ymchwiliad a neilltuwyd ar gyfer y llofruddiaeth.

Yr oedd y coridor ar y llawr cyntaf yn olau fel arfer. Arhosodd ym mhen y grisiau a gwrandawodd am ychydig eiliadau. Nid oedd golau i'w weld trwy'r ffenestri uchel rhwng yr ystafell ymchwiliad a'r coridor, ac ni chlywodd unrhyw sŵn yn dod oddi yno. Arhosodd wrth y drws a oedd yn gilagored. Edrychodd yn ofalus i mewn i'r ystafell wag ac, yn hapus â hynny, aeth i mewn. Deuai digon o olau trwodd o'r coridor fel nad oedd yn rhaid i Jeff daro'r swits ymlaen.

Edrychodd ar y llu o gyfrifiaduron ar y desgiau a phentyrrau o bapurau wedi eu gadael wrth eu hochrau. Edrychai ei ddesg ei hun fel petai yn yr un cyflwr yn union ag y gadawodd hi bedair noson ynghynt. Tynnodd y neges o'i boced – yr un a ddywedai fod Nansi eisiau ei gyfarfod. Myfyriodd yn y gadair am funud yn y distawrwydd. Clywodd fwmian distaw un cyfrifiadur nad oedd wedi'i ddiffodd. Symudodd at y cyfrifiadur hwnnw a dechreuodd deipio.

'Drwg, drwg iawn,' meddai wrtho'i hun gyda gwên pan welodd nad oedd defnyddiwr y cyfrifiadur wedi'i allgofnodi, ac felly'n galluogi Jeff i archwilio'r gronfa ddata heb orfod defnyddio'i allweddair ei hun. Mynediad heb ei awdurdodi oedd yr union beth yr oedd o ei angen ar hyn o bryd, y math na fuasai'n bosib ei gysylltu â fo.

Dechreuodd archwilio'r gronfa ddata am y neges a gafodd ei chofnodi am ddeng munud i ddeg y nos Sadwrn cynt. Synnodd weld nad oedd golwg ohoni. Nid oedd y neges wedi'i chofnodi ar y gronfa ddata! Sut allai hynny fod? Nid oedd Jeff yn arbenigwr ar y system gyfrifiadurol ond gwyddai fod y cyfrifiadur yn cynhyrchu rhif dilynol i bob neges yn awtomatig. Edrychodd a gwelodd nad oedd toriad yn nilyniant y rhifau ac edrychodd eto ar y copi caled yn ei law, neges rhif 1147. Chwiliodd am y neges gyda'r rhif hwnnw ar y cyfrifiadur a gwelodd fod y neges honno hefyd wedi'i chofnodi ar union yr un amser, gan yr un blismones, Heddferch Harrison, ond ynglŷn â mater hollol wahanol. Yr unig esboniad oedd bod printer y cyfrifiadur wedi argraffu copi caled a oedd yn hollol ffug. Yr unig ffordd i wneud hynny oedd teipio'r neges ar y cyfrifiadur, ei hargraffu ac yna'i dileu oddi ar y gronfa ddata. Dyna'r unig eglurhad, ond roedd y darganfyddiad yn golygu fod y person a wnaeth hynny yn gyfarwydd iawn â'r system gyfrifiadurol. Yn fwy na hynny, roedd y person hwn yn rhywun a wyddai am y system gyfrifiadurol, a wyddai fod Nansi'r Nos yn hysbysu iddo, a'r man lle byddai'n arfer cyfarfod â hi.

Syllodd ar y sgrîn, yn canolbwyntio ar arwyddocâd y darganfyddiad, pan glywodd sŵn traed y dod i fyny'r grisiau. Caeodd y ffeil cyn gynted ag y gallai, ond doedd dim digon o amser i gau'r cyfrifiadur i lawr yn gyfan gwbl. Daeth y sŵn traed yn nes. Beth oedd y peth gorau i'w wneud? Eistedd tu ôl i'w ddesg a chymryd arno nad oedd dim o'i le? Yn y tywyllwch? Na. Doedd hynny ddim yn opsiwn. Gydag eiliad yn unig i sbario, cuddiodd Jeff tu ôl i gabinet metel yng nghornel yr ystafell a disgwyliodd yno'n ddistaw.

Agorodd y drws a chamodd Renton i mewn i'r ystafell. Renton, y person diwethaf yr oedd Jeff eisiau ei weld. Heb feiddio edrych yr eilwaith, a'i galon yn curo'n galed, clywodd Renton yn cerdded at y cyfrifiadur yr oedd o newydd fod yn ei ddefnyddio, a'i gau i lawr. Mi fyddai pwy bynnag a'i gadawodd ymlaen yn cael y ddam yn y bore, gwyddai Jeff hynny. Yna, diolch i'r nefoedd, gadawodd Renton yr ystafell a chlywodd Jeff o'n cerdded i'w swyddfa'i hun ddau ddrws ymhellach draw i lawr y coridor.

Ochneidiodd Jeff yn ddistaw a llamodd ei galon pan sylweddolodd fod Renton wedi gadael drws yr ystafell yn gilagored unwaith eto. Ar flaenau ei draed cerddodd tua'r drws a chlywodd Renton yn eistedd tu ôl i'w ddesg ac yn tynnu'i gadair yn nes ati. Yna, clywodd ffôn symudol yn canu. Roedd hi'n amlwg fod drws ei swyddfa yntau'n agored hefyd. Oedodd Jeff er mwyn gwrando ar ochr Renton o'r sgwrs.

'Ydi, mae'n iawn i ni siarad.'

Bu distawrwydd tra'r oedd Renton yn gwrando. Yna atebodd.

'Hapus neu beidio, David, 'dan ni wedi trafod hyn yn barod ac mi oeddwn i'n meddwl ein bod ni wedi dod i ddealltwriaeth, a dy fod ti'n sylweddoli nad oes gen ti ddewis. Wyt ti'n cofio?'

Daeth Jeff i'r casgliad mai efo Beaumont roedd o'n siarad, a dechreuodd gymryd diddordeb.

'Ond dwi wedi egluro na fedra i wneud dim ynglŷn â'r peth. Fedra i ddim gweld be' sy'n bod efo chdi. Fedra i ddim dallt dy wrthwynebiad di.'

Ar ôl ychydig eiliadau o ddistawrwydd, siaradodd Renton drachefn.

'Ydw, dwi'n gwbod bod ganddon ni lawer iawn i'w golli, bob un ohonan ni, ond dwi wedi deud wrthat ti mai'r ffordd orau o ddelio â'r mater, o dan yr amgylchiadau, ydi gwneud sioe fawr o'r holl beth fory. Felly, mi fydd pawb yn gweld dyn mor dda a chyfiawn wyt ti, yn arwain dy gymuned wrth roi cymorth i'r heddlu mewn achos difrifol. Fydd neb yn dy gysylltu di â digwyddiadau Hendre Fawr wedyn, ac mi gei di gilio i dy gragen yn ddistaw.'

Gwyddai Jeff yn union pa mor anarferol fyddai hi i Beaumont gilio oddi wrth unrhyw agwedd o waith yr heddlu a bywyd cyhoeddus. Ond roedd yr hyn a glywodd yn cadarnhau beth oedd Meurig wedi ei amau – ei fod yn rhan o Eiddo'r Aber, y syndicet oedd yn ceisio cael eu dwylo ar Hendre Fawr. Er gwaethaf anfanteision gwrando ar un ochr i'r sgwrs yn unig, dyma'r arwydd gorau eto fod Renton a Beaumont yn cydweithio mewn rhyw ffordd a bod yr holl beth yn ymwneud â'r fferm.

'Na, does 'na'r un ffordd arall, David,' mynnodd Renton. 'Os nag wyt ti'n gwirfoddoli i roi sampl o DNA fory, mi fyddwn yn dy orfodi i roi sampl oherwydd bod gen ti gysylltiad â'r llofruddiaeth yn Halifax. Fedra i ddim dy gadw di allan o'r peth, David. Mae'n amhosib. Os nad ydi'r llaw dde yn dy daro di, mi wneith y chwith, a dyna'r sefyllfa rwyt ti ynddi hi. Wyt ti'n dallt?'

Roedd Jeff wedi ei syfrdanu'n llwyr. Gwrandawodd yn astud, ei galon yn cyflymu gan gyffro. Roedd oediad hwy y tro hwn.

'Ti'n gofyn i mi wneud *be*'? Paid â bod yn hurt, ddyn! Mi fyddai 'ngyrfa i lawr y pan yn sydyn iawn 'tasa 'na rywun yn ffeindio allan.'

Oedodd ymhellach cyn parhau, a'r tro hwn clywodd Jeff gryndod anarferol yn llais ei feistr.

'Gwneud fel ti'n deud? Paid â 'mygwth i, David.'

Bu cyfnod o ddistawrwydd eto.

'Ydw, dwi'n ymwybodol o be' dwi wedi gallu 'i wneud i ti yn y gorffennol, ac mi wyt ti wedi talu i mi am wneud hynny, yn hael iawn os ca' i ddeud, ond fy nealltwriaeth i ydi ein bod ni'n gyfartal.'

Hyd yn oed o'i safle cudd, gallai Jeff glywed Renton yn anadlu'n uchel, yn codi o'i gadair ac yn cerdded o gwmpas ei swyddfa. Aeth ton o banig drwyddo, a gweddïodd na fyddai Renton yn mentro at y drws.

'Rwyt ti'n fy rhoi i mewn sefyllfa gas ac anodd, David,' meddai Renton.

Distawrwydd eto.

'Mae'n debyg nad oes gan yr un ohonon ni ddewis felly. Ac os ydw i'n gwrthod, be' sy'n digwydd wedyn?'

Swniai Renton yn fwy bregus.

'Doeddwn i erioed yn disgwyl hyn gen ti, David. Chdi o bawb,' parhaodd. 'Busnes? Busnes, wir! Mae'n swnio'n debycach i fygythiad arall i mi. Mi fydd yn rhaid i mi wneud fel wyt ti isio felly, bydd? Er nad ydw i'n dallt dy reswm di. Mi oeddan ni'n chwarae golff efo'n gilydd pan laddwyd Donna Murphy, dwyt ti ddim yn cofio? Mae'r DNA a gafwyd ar ei chorff hi'n cyd-fynd â'r DNA a gafwyd ar gorff yr eneth a laddwyd yn Halifax. Mae hi'n amlwg mai'r un person sy'n gyfrifol am y ddwy lofruddiaeth, a'r gweddill os ydi hi'n dod i hynny, felly dwi'n methu â dallt dy reswm di o gwbl.'

Beaumont yn cael ei gysylltu â'r llofruddiaeth yn Halifax? Gwrandawodd yn fanwl er mwyn ceisio deall yr holl drafodaeth.

'Dy drystio di? Sut fedra i drystio rhywun sy'n dal gwn at fy mhen i?'

Distawrwydd .

'Drosodd? Cynta'n y byd, gorau'n y byd, David, coelia fi. Beth bynnag, mi wela i di fory.'

Clywodd Jeff Renton yn ochneidio'n uchel ac yn disgyn yn ôl i mewn i'w gadair a manteisiodd ar y cyfle i fentro'n ddistaw i lawr y coridor. Pan oedd hanner ffordd at y drws ym mhen y grisiau clywodd Jeff sŵn cadair ei feistr yn symud eto, a sylweddolodd fod Renton wedi'i glywed. Damia. Edrychodd ar y drws o'i flaen gan geisio asesu a allai ei gyrraedd cyn i Renton gyrraedd drws ei swyddfa'i hun. Efallai, ond allai o ddim mentro gwneud camgymeriad. Byddai ar ben arno petai Renton yn amau ei fod wedi clywed sgwrs mor ddadlennol. Ychydig cyn cyrraedd y drws, gwyddai fod Renton ar fin cyrraedd drws ei swyddfa ei hun, a phenderfynodd droi yn ei unfan.

Dechreuodd gerdded yn gyflym yn ei ôl at ystafell yr ymchwiliad a diolchodd nad oedd Renton wedi troi'r gongl eto. Tri cham yn ddiweddarach gwelodd Renton yn sefyll yn y drws yn edrych arno.

'Be' wyt *ti'n* da yma?' gofynnodd, ei lais yn dal i swnio'n ansicr.

'Dim ond digwydd mynd heibio oeddwn i, ac mi welis i olau yn ffenest eich swyddfa chi. Meddwl y baswn i'n dod i mewn am sgwrs. 'Dach chi'n gwbod pa mor anodd ydi hi i mi gadw 'nhrwyn allan o bethau.' Roedd Jeff yn dal i frasgamu tuag ato, yn gobeithio bod ei esboniad yn gredadwy.

'Wel, well i ti ddod i mewn felly,' meddai'n amheus.

Eisteddodd Renton yn anghyfforddus yn ei gadair. Estynnodd am y ffôn symudol a'i ddiffodd cyn ei gadw yn nrôr y ddesg. Dadlennol iawn, meddyliodd Jeff.

'Dim ond isio holi oeddwn i sut mae'r ymchwiliad yn dod yn ei flaen.' Ceisiodd Jeff swnio'n ddi-hid.

'Wel, mae Marino'n gwadu ei lladd hi,' dechreuodd Renton.

'Dim mwrdwr Donna dwi'n feddwl, ond yr ymgais i'm lladd i.'

Synnodd Renton. 'Tydan ni ddim yn ystyried y digwyddiad yn un mor ddifrifol â hynny, Jeff. Mae gen ti dipyn o gleisiau yma ac acw ond erbyn hyn mi wyt ti wedi dechrau dod atat dy hun yn ôl pob golwg. Mae gen i ddau ddyn yn edrych i mewn i'r achos ond hyd yn hyn does dim gwybodaeth. Sut wyt ti beth bynnag?'

'Wel, diolch i ti am eich pryder, bos,' atebodd yn goeglyd. 'Dwi lawer iawn gwell nag oeddwn i dridiau'n ôl, ond ar fy nghefn yn y mortiwari faswn i rŵan heblaw 'mod i wedi medru plannu fy nhroed ym mol yr un efo'r llafn cyn iddo fo'i defnyddio hi.' Mynnodd adael i Renton wybod yn union pa mor ddifrifol yr oedd o'n ystyried y digwyddiad.

'Felly pwy wyt ti'n feddwl oeddan nhw?' gofynnodd. 'A pham ymosod arnat ti?' Ceisiodd Renton ymddangos yn bryderus, ond erbyn hyn roedd Jeff wedi sylweddoli nad oedd fawr ddim yn cael ei wneud i geisio dal y rhai a oedd yn gyfrifol.

'Rhywun rydw i wedi'i gynhyrfu yn y gorffennol, ma' siŵr gen i,' atebodd. Oedodd yn bwrpasol. 'Neu rywun sy'n meddwl y medra i chwalu eu cynlluniau nhw.' Er i Jeff ei wylio'n fanwl, ni ddangosodd Renton unrhyw arwydd o gynnwrf.

'Pa fath o gynlluniau?' Dechreuodd Renton chwarae'n ddibwrpas efo pensel ac, am y tro cyntaf, gwelodd Jeff nerfusrwydd yn ei ymddygiad.

'Does gen i ddim syniad ar hyn o bryd, ond mi ddeuda i un peth,' meddai, gan ddal i edrych i fyw llygaid y Ditectif Uwch Arolygydd. 'Mi ga i hyd iddyn nhw, hyd yn oed os cymrith hi flynyddoedd. Nid yn unig y rhai oedd yn gyfrifol, ond y rhai roddodd yr ordors hefyd.' Oedodd eto. ''Dach chi'n gwbod be' dwi'n feddwl, bos?'

'Be' sy'n gwneud i ti feddwl bod rhywun wedi rhoi gorchymyn?' Roedd anadl Renton yn ysgafn ac yn cyflymu erbyn hyn.

'Nid rhai o'r dre 'ma oeddan nhw, neu mi fuaswn i wedi eu nabod nhw. Mi oeddan nhw'n gwbod yn iawn be' oeddan nhw'n 'i wneud, ac yn mwynhau eu hunain hefyd. Gwneud gwaith rhywun arall, rhyw gachgi arall, oeddan nhw. Dwi'n siŵr o hynny.'

'Pam oeddat ti yn y maes parcio 'na yn y lle cynta?' gofynnodd Renton.

Sylweddolodd Jeff ei fwriad, a dewisodd beidio datgelu'r cyfan a wyddai. 'Ateb neges oeddwn i. Ffoniodd rhywun i mewn 'ma yn deud mai Nansi oedd hi, isio rhoi gwybodaeth am y mwrdwr. Es i'w chyfarfod hi, a dyna lle roeddan nhw'n disgwyl amdana i.'

Arhosodd Jeff am y cwestiwn amlycaf, sef sut y cafodd o'r neges i'w chyfarfod hi, ond wnaeth Renton 'mo'i ofyn. Dyna, i Jeff, oedd yr arwydd mwyaf arwyddocaol mai Renton oedd yn gyfrifol. Oedd o'n edrych i lygaid y dyn a'i gyrrodd i wynebu'i farwolaeth?

'Wel, dy flaenoriaeth di rŵan ydi gwella'n gyfan gwbl, Jeff,' meddai Renton gyda gwên arwynebol. 'Yna mi gei di ddod yn dy ôl i dy waith. Ond paid â brysio. Cymer bythefnos, neu dair wythnos, i wella'n iawn. Mae 'na ddigon ohonan ni i edrych ar ôl y lle 'ma yn y cyfamser.'

'Siŵr o wneud.' Wrth droi i adael, teimlai Jeff don o ryddhad yn llifo drosto. Doedd Renton ddim wedi amau ei fod wedi clustfeinio ar ei sgwrs ffôn, yn amlwg – nac, yn ôl pob golwg, yn sylweddoli faint yr oedd o wedi ei ddatgelu.

Ar y ffordd adref dechreuodd ystyried o ddifrif gysylltiad Renton â digwyddiadau'r wythnosau diwethaf. Doedd o ddim wedi bod eisiau credu mai Renton a'i gyrrodd i gyfarfod y cowboi a'i gyfeillion, ond edrychai hynny'n fwy tebygol nag erioed erbyn hyn. Felly beth oedd y cysylltiad rhwng Renton a Beaumont, a Beaumont a'r cowboi? Oedd Powell ynghlwm yn y busnes hefyd? Mi fyddai gwaith Esmor yn cynnig atebion i hynny, gobeithio. Ond yr hyn a boenai Jeff yn fwy na dim arall oedd beth oedd gan Beaumont i'w ofni ynglŷn â'r llofruddiaeth yn Halifax dros ugain mlynedd yn ôl – a'r un yng Nglan Morfa rŵan. Roedd

Renton yn mynd i wneud rhywbeth iddo'r diwrnod canlynol – allai Jeff ddim meddwl beth allai hynny fod, na pham fod Beaumont mor amharod i roi sampl o'i DNA.

Yn ddiweddarach y noson honno, ddeng munud ar ôl cyrraedd adref, llyncodd y Ditectif Uwch Arolygydd (Dros Dro) Renton y diferyn olaf o wisgi allan o'r tymbler trwm am yr ail waith a llenwodd y gwydr unwaith yn rhagor. Eisteddodd yn ei gadair yn darllen trwy'r datganiadau diweddaraf ynglŷn â llofruddiaeth Donna Murphy. Cyn hir, llifodd yr alcohol trwy ei gorff ac nid oedd yn hawdd canolbwyntio. Daeth niwl dros ei lygaid a disgynnodd ei bapurau i'r llawr wrth i'w feddwl droi'n anfoddog at ei gyfarfod efo Jeff Evans yn gynharach y noson honno. Jeff Evans: dyn a oedd yn haeddu, ac yn cael, parch mawr ganddo fel rheol. Ond doedd hwn ddim yn achos cyffredin.

Sylweddolodd Renton nad oedd ei fywyd wedi bod yn un cyffredin ers rhai blynyddoedd. Nid bod hynny wedi ei boeni pan oedd popeth yn mynd yn iawn, ond hyd yn oed yn y dyddiau cynnar, gwyddai'n iawn fod yr hyn yr oedd yn ei wneud yn anghyfiawn.

Erbyn hyn, sylweddolai fod pethau lawer yn waeth nag 'anghyfiawn', ei fod ymhell allan o'i dyfnder ac yn suddo'n is bob dydd. Sut nad oedd o wedi rhagweld hyn? Teimlai fel petai'r sefyllfa wedi bod yn tyfu fel rhyw glefyd, yn crynhoi'n afiach y tu mewn iddo, y math o glefyd nad oedd yn ymddangos ar yr wyneb nes yr oedd hi'n rhy hwyr i'w wella. Llosgodd yr alcohol ei lwnc, ond llenwodd ei dymbler crisial drachefn, er ei fod yn gwybod bod wisgi'n ei wneud yn isel. Cofiodd pa mor bur oedd ei fwriad pan gychwynnodd ei yrfa. Ond rŵan, hyd yn oed yn ei anobaith, cydnabyddai nad ei chwant am gyfoeth yn unig oedd wedi newid ei ffocws, ond ei ysfa i droi yn yr un cylchoedd â gwŷr mawr, nerthol yr ardal. Ei flys am statws.

Yn gynnar yn ei yrfa, fe'i hystyriwyd yn un a allai gyrraedd y top – swydd y Prif Gwnstabl. Cydnabuwyd ei gyraeddiadau academaidd a chanmolwyd ei berfformiad ar y strydoedd, a gwnaeth ei radd yn y Gyfraith yn sicr y byddai'n gymwys am ddyrchafiad cyflym. Fe ragorodd yng Ngholeg yr Heddlu yn Bramshill.

Yna, chwe blynedd yn ôl, cyfarfu â David Beaumont. Edrychai'r byd yn wahanol iawn o'r tu mewn i boced Beaumont rhywsut, ond wrth gwrs roedd pethau'n ddigon diniwed yn y dechrau. Y gêm gyntaf honno o golff yng nghwmni dau ddyn arall, a threulio awr bleserus yn y bar wedyn. Dilynodd nifer o brydau moethus yn nhŷ Beaumont a chyn hir ffeindiodd Beaumont swydd gampus i wraig Renton yn swyddfeydd y Cyngor er bod nifer o'r ymgeiswyr eraill yn llawer mwy cymwys na hi. Sicrhaodd dylanwad Beaumont nad oedd gan y gweddill siawns yn y byd o lwyddo! Ni wyddai Renton na'i wraig hynny ar y pryd, ond pan ddaeth y cyfle i ennill rhyw fantais, roedd Beaumont yn awyddus iawn i egluro mewn manylder yr hyn a wnaeth.

Gwnaeth Renton gais i adeiladu tŷ ar gyrion y dref, ar lecyn a ddynodwyd yn safle o harddwch naturiol arbennig, a thu allan i'r ffin ddatblygu. Pasiwyd y cais yn ddiwrthwynebiad trwy'r adran Gynllunio er ei fod yn groes i bolisi'r Cyngor. Beaumont oedd cadeirydd y pwyllgor a'i pasiodd, a gwyddai Renton ar unwaith ei fod yn ddyledus iddo.

Hyd yn oed yn y dyddiau hynny, buasai Renton wedi dadlau nad oedd o'n gwneud dim o'i le, ond o fewn tri mis fe alwodd Beaumont arno i ad-dalu'r ffafr. Cafodd Beaumont ddamwain fechan yn ei gar, a dangosodd prawf anadl fod ychydig gormod o alcohol yn ei gorff, digon yn unig i'w orfodi i roi sampl o'i waed i gadarnhau'r drosedd. Diflannodd sampl gwaed Beaumont o orsaf yr heddlu cyn iddo gael ei yrru i'r labordy. Fel y gellid disgwyl, bu ymchwiliad mewnol, ond wnaeth neb ystyried amau prif swyddog yr ymchwiliad, a bu Beaumont yn hael ei ddiolchgarwch: gwyliau moethus i bedwar yn y Seychelles a blesiodd eu gwragedd yn fawr. Ond o'r munud y diflannodd y sampl gwaed, gwyddai Renton ei fod o dan ddylanwad Beaumont yn llwyr, ac nad oedd posib troi'n ôl. Gwyddai hefyd ei fod wedi gwneud cam, nid yn unig â'i swydd, ond â'i hunan-barch hefyd.

Llyncodd fwy o'r gwirod gan feddwl am yr holl fudd a gafodd yn ystod eu perthynas. Derbyniodd y gwahoddiad i ymuno ag Eiddo'r Aber, ac o fewn dim daeth yn gydberchennog ar nifer o dai. Daeth hynny ag incwm ychwanegol, hwylus iawn iddo yn ogystal â'r modd i brynu mwy o eiddo rhyngddynt. Chwyddodd ei gyfoeth yn fuan, llawer mwy nag a fyddai'n bosibl ar gyflog plismon yn unig. Caeodd Renton ei lygaid i ffynhonnell y grantiau a ddefnyddiwyd i adnewyddu'r adeiladau hynny, a cheisiodd beidio ag ystyried y cyfrifo creadigol a ddefnyddiwyd er mwyn cyflwyno'r ceisiadau amdanynt yn y lle cyntaf. Cododd ambell lais yn y Cyngor ac yn y wasg i gwyno, ond defnyddiodd ei ddylanwad i sicrhau na fyddai'r heddlu'n gwastraffu amser yn ymchwilio iddynt. Diolchodd nad oedd neb yn gwybod ei fod yn aelod o Eiddo'r Aber, ond ar ôl holl ddigwyddiadau'r pythefnos diwethaf, pwy a ŵyr am faint yn hwy y byddai hynny'n parhau. Ac roedd Beaumont yn llygad ei le. Yr oedd gan bob aelod o Eiddo'r Aber lawer iawn i'w golli.

Edrychodd ar y tymbler gwag yn ei law wrth gofio ei fod yn ymwybodol o ddiddordeb Eiddo'r Aber yn fferm Hendre Fawr ers dros flwyddyn bellach. Roedd yn bresennol yng nghyfarfod y syndicet pan drafodwyd y mater am y tro cyntaf, ac yna'n ddiweddarach pan wrthododd Emily Parry werthu. Gwenodd pawb pan ddywedodd Beaumont y dylai'r hen wraig gael ei pherswadio i werthu, a bod ganddo'r union ddyn a fuasai'n sicrhau hynny. Erbyn hyn roedd o'n difaru ei enaid ei fod yn rhan o'r drafodaeth honno. Ni wyddai beth yn union oedd gan Beaumont mewn golwg, a doedd o ddim eisiau gwybod chwaith. Ond ar y llaw arall, roedd o'n ddigon parod i fedi unrhyw gynhaeaf, beth bynnag y pwysau a gâi ei roi ar Mrs Parry – cyn belled nad oedd o'n debygol o gael ei gysylltu â'r mater. Ond erbyn hyn, daethai'r dewis hwnnw'n ôl i'w felltithio. Cofnodwyd campau dyn Beaumont ychydig yn rhy fanwl yn y datganiad a gymerodd Jeff Evans gan Elen Thomas, ac ni ragwelodd neb y buasai Elen Thomas yn tynnu Meurig Morgan i mewn i'r achos. Amheuai Renton nad oedd hyd yn oed y diwrnod a dreuliodd hwnnw yn y gell yn ddigon i atal ei frwdfrydedd. Wnaeth yr addasiad bach i frêcs ei gar ddim gwahaniaeth chwaith. Gwyddai fod Morgan yn ddyn medrus ac roedd y syniad ohono yn chwilota i gefndir marwolaeth Mrs Parry yn ei wneud yn anesmwyth iawn. Gwyddai hefyd fod Beaumont yn debygol o gymryd cam arall i ddiogelu diddordebau Eiddo'r Aber, ond ni allai Renton ddirnad i ba eithafion y byddai'n mynd.

Pan orchmynnodd Beaumont iddo oedi cyn archwilio

car Emily Parry, gwyddai na allai wrthod. Roedd rheswm yn dweud bod rhywun wedi cam-drin y car, a'i fod yntau wrth gytuno i ohirio'r archwiliad, er yn ddiarwybod, wedi ei gysylltu ei hun â'r llofruddiaeth. Ni fu'n anodd llywio Jeff Evans oddi wrth y digwyddiadau yn Hendre Fawr ar y dechrau, ond yna fe laddwyd Donna Murphy o fewn tafliad carreg i'r fferm. Gobaith ofer oedd y syniad mai ei llystad, Tony Marino, oedd yn gyfrifol ond diflannodd unrhyw amheuaeth pan ddaeth Jeff â'r cowboi i'r amlwg. Mi fyddai ei erlid yn siŵr o fod wedi dod â'i berthynas ag Eiddo'r Aber i'r wyneb, a fyddai yn ei dro yn arwain at ymchwiliad llawn i weithgareddau Eiddo'r Aber, a cholledion enfawr i aelodau'r syndicet. Ond dyna, mewn gwirionedd, oedd y lleiaf o'i broblemau ar hyn o bryd.

Trodd ei feddwl yn ôl at Jeff Evans, a'r ffordd yr oedd y ditectif wedi syllu arno oriau ynghynt. Pam na ddaru o wrando yn y lle cyntaf, a chadw o'r ffordd? Ceisiodd Renton ei ddarbwyllo'i hun nad oedd o wedi meddwl achosi loes i Jeff, ond mynnodd Beaumont roi gwers iddo. Ei fwriad oedd anafu Jeff ddigon i'w gadw allan o'r ffordd am wythnos neu ddwy, ond o safbwynt Beaumont, roedd yr ymosodiad wedi bod yn ymgais i'w ladd.

Hyd yn oed yn ei feddwdod sylweddolodd Renton pa mor rhwydd yr oedd o wedi syrthio o dan ddylanwad Beaumont, a pha mor anodd oedd hi i ddod yn rhydd o'i afael. A dyma fo, yn arwain yr ymchwiliad mwyaf a'r pwysicaf yn ei yrfa, i'r achos mwyaf difrifol a welodd yr ardal yn ystod y deng mlynedd ar hugain diwethaf – gyda'i ddwylo y tu ôl i'w gefn ac unman i droi. Roedd pob llwybr yn arwain at ddinistr. Oedd ganddo fywyd a gyrfa i'w gwarchod erbyn hyn? Hyd heddiw, wyddai o ddim pwy oedd y cowboi felltith. Oedd hi'n bosib mai Medwyn Parry oedd o?

Deffrôdd Alex Renton yn y gadair pan darodd y cloc dri o'r gloch y bore, ei gorff yn anystwyth a phoenus a'r botel wag wrth ei ochr. Cerddodd yn simsan i'w wely yn cario pwysau annioddefol ar ei ysgwyddau.

Ymgasglodd nifer o aelodau'r wasg, yn lleol a chenedlaethol, yng ngorsaf heddlu Glan Morfa erbyn deg o'r gloch fore trannoeth ar gyfer y gynhadledd i'r wasg. Yno hefyd roedd nifer o fechgyn o ysgol Donna, rhai yn blant i blismyn y dref. Gwelai pawb fod Gary 'Y Bomiwr' Pugh yn mwynhau pob munud, gan na chafodd y fath gyhoeddusrwydd ers iddo roi'r gorau i baffio'n broffesiynol flynyddoedd ynghynt, ond roedd Sam Siencyn, yr actor ifanc, yn gwerthfawrogi difrifoldeb y sefyllfa.

Yn y gongl, safai'r Cynghorydd David Beaumont, arweinydd Cyngor Sir Glanaber, yn edrych yn llawer mwy gwylaidd nag arfer. Myfyriodd tybed a oedd Renton yn ei anwybyddu'n bwrpasol ond yna, fel yr oedd y cyfarfod yn dechrau, ymlaciodd rywfaint pan welodd ei gyfaill yn taflu winc slei i'w gyfeiriad. Tawelodd meddwl Beaumont.

Ni pharodd hynny'n hir. Doedd Beaumont ddim yn disgwyl yr hyn a ddigwyddodd nesaf. Dim ond Renton sylwodd ar y newid amlwg ar ei wyneb pan gerddodd Claire Marino, yn nerfus a'i hwyneb coch yn ddagrau, i mewn i'r ystafell yng nghwmni ei theulu ac aelodau o dîm cyswllt yr heddlu. Edrychodd Beaumont yn nerfus ar Renton pan arweiniwyd hi i'r gadair agosaf ato y tu ôl i fwrdd hir a rhes o feicroffonau arno.

Heb fath o emosiwn agorodd Renton y gynhadledd i fflachiadau'r camerâu, ac ar ôl rhagarweiniad byr cyflwynodd Claire Marino, a wnaeth y math o apêl emosiynol a ddisgwylid gan fam o dan amgylchiadau mor boenus. Er ei chyfyngder roedd Claire Marino am fanteisio ar ei chyfle, ac yn ddirybudd, dechreuodd ddweud yn union beth oedd ar ei meddwl. Doedd dim smic arall i'w glywed yn yr ystafell pan gysylltodd Claire lofruddiaeth ei merch â llofruddiaeth ei chwaer ddeng mlynedd ar hugain ynghynt, a phledio ar Medwyn Parry, neu Peter fel y bu pawb yn ei alw – hwnnw oedd yn gwisgo fel cowboi – i roi ei hun yn nwylo'r heddlu.

Wedi hynny roedd bron yn amhosibl i Renton gadw trefn ar y gynhadledd.

'Er bod yr hyn a ddywed Ms Marino'n bosibilrwydd,' meddai, 'nid hwn ydi prif drywydd ymchwiliad yr heddlu.'

Gwrandawodd Beaumont o'r sedd nesaf ond un, yn ffidlan yn nerfus efo agenda'r gynhadledd ac yn gobeithio na fyddai neb yn crybwyll Hendre Fawr. Fel yr oedd hi'n digwydd, wnaeth neb – ond doedd o ddim yn hoffi'r ffordd yr oedd y gynhadledd yn datblygu, yn enwedig o flaen y wasg. Ni allai o na'r syndicet fforddio cael eu cysylltu â'r fferm na'r cowboi.

Cymerodd ugain munud arall i'r gynhadledd symud i'r neuadd lle'r oedd nifer o blismyn mewn iwnifform yn disgwyl i gymryd sampl DNA gan y bechgyn a'r dynion i gyd, yn cynnwys Beaumont, Gary 'Y Bomiwr' Pugh a Sam Siencyn. Yn anghyfforddus, darllenodd Beaumont ddatganiad a oedd wedi'i baratoi ymlaen llaw yn cefnogi'r fenter. O flaen camerâu'r wasg a'r teledu cymerwyd swab o geg pob un ohonynt a'i roi mewn llestr arbennig i'w gadw mewn oergell cyn ei yrru i'r labordy yn ddiweddarach y prynhawn hwnnw.

Diolchodd Renton i bawb am eu rhan a gwnaeth apêl ar i holl ddynion yr ardal ddilyn yr un esiampl pe byddai'n rhaid gofyn iddynt am sampl yn y dyfodol agos. Y delweddau olaf a ddarlledwyd ar y newyddion ganol dydd oedd yr un o Gary Pugh yn paffio'i gysgod ei hun o flaen y camerâu, a gwep sarrug Beaumont.

Roedd Jeff Evans yn gyfarwydd iawn â'r drefn a ddefnyddid i yrru samplau gwyddonol o Lan Morfa i labordy'r Swyddfa Gartref yn Chorley. Daeth gwên i'w wyneb wrth wylio'r newyddion pan gyfeiriwyd at lofruddiaeth Diane Smith, a chais Renton i osgoi'r cwestiynau a ddilynodd.

O gofio'r hyn a glywodd yn ystod sgwrs Renton a Beaumont y noson cynt roedd yn benderfynol o ddarganfod a oedd sampl DNA Beaumont ymysg y gweddill ar eu ffordd i'r labordy'r diwrnod hwnnw. Roedd yn adnabod gyrrwr y fan a fyddai'n eu danfon yno, a gwyddai ym mha drefn y byddai'n ymweld â'r gorsafoedd eraill i godi deunydd. Gyrrodd hanner can milltir a pharcio yng nghefn un ohonynt i aros amdano.

'Duw, Jeff! Sut wyt ti?' holodd. 'O'n i'n clywed dy fod ti wedi cael dipyn o stîd.'

'Dwi'n well, diolch am holi, Twm. Gwranda, diolch i ti am aros amdana i. Ga i weld y samplau 'na o orsaf Glan Morfa? Dim ond isio edrych ar un peth bach ydw i. Ella bod 'na broblem fach efo'r gwaith papur – wna i ddim dy gadw di'n hir.'

'Dim problem, Jeff,' atebodd. 'Mae gen i ddigon o amser heddiw.'

Edrychodd Jeff yn fanwl trwy'r papurau a oedd yn rhestru'r samplau DNA a gwelodd nad oedd enw David Beaumont

247

yno. Edrychodd drwy bob sampl yn unigol a chafodd hyd i'r gweddill – y bechgyn o'r ysgol, Gary Pugh a Sam Siencyn – ond doedd dim golwg o sampl Beaumont yn unman.

'Diolch, Twm,' meddai. 'Ma' bob dim i'w weld yn iawn.'

'Gwylia dy hun tro nesa', Jeff,' galwodd wrth yrru i ffwrdd.

Yn amlwg, roedd Renton wedi dilyn gorchymyn Beaumont.

Pennod 18

Gyrrodd Jeff adref yn awchu i rannu'r cyfan â Meurig. Gwyddai y byddai'n gorfod adrodd yr holl hanes i'w uwch swyddogion yn y pencadlys cyn bo hir, a mynd dros ben Renton. Teimlai fod ganddo ddigon o dystiolaeth yn barod, ond gwyddai fod parch mawr i Renton gan brif swyddogion yr heddlu ac ni fedrai ragweld sut y byddai ei eiriau'n cael eu derbyn. Y canlyniad mwyaf tebygol fyddai gwahardd Renton ar unwaith, ond byddai Beaumont wedyn yn cynhyrfu a'r cowboi yn diflannu – a dyna'r peth diwethaf oedd Jeff ei eisiau. Pan gyrhaeddodd adref, ffoniodd Meurig yn syth i drefnu iddo ddod draw.

Gwrandawodd ar neges gan Esmor ar y peiriant ateb yn gofyn iddo'i ffonio. Sylwodd Jeff yn syth ar y cyffro yn llais y cipar pan ddywedodd fod y wyliadwriaeth ar dŷ Beaumont y noson cynt wedi bod yn ddiddorol dros ben. Gofynnodd Jeff iddo yntau alw hefyd.

Meurig gyrhaeddodd gyntaf a chymerodd Jeff fawr o amser i ddweud ei hanes. Cytunodd Meurig mai cael gafael ar y cowboi oedd y flaenoriaeth, cyn cysylltu â phrif swyddogion yr heddlu. Cerddodd Esmor drwy ddrws y cefn, ei lygaid yn fflachio.

'Wel ty'd i mewn a 'stynna gan o gwrw i chdi dy hun,' meddai Jeff gan dynnu cadair allan iddo.

Yn groes i'w arfer, tynnodd Esmor ei gôt wêr.

'Drycha arno fo, Meurig. Mae o'n meddwl 'i fod o'n aros yma dros nos,' cellweiriodd Jeff.

'Mi fydda i'n disgwl gwahoddiad i aros am swper o leia pan glywi di be' sgin i i'w ddeud,' atebodd Esmor, yn hongian ei gôt tu ôl i'r drws cefn. 'Ond mi wneith y lager 'ma'n iawn i ddechra,' meddai, gan agor drws yr oergell. 'Ga i estyn un arall i ti, Meurig?' gofynnodd.

'Pam lai?' atebodd, yn sylwi bod ei wydr yn wag.

'Mae'r blydi dyn 'ma'n meddiannu 'nhŷ fi,' dwrdiodd Jeff. 'Gwna fo'n dri, nei di?' ychwanegodd gan chwerthin.

Estynnodd Esmor gan o gwrw i'r ddau a thaniodd sigarét cyn eistedd.

'Wel, bois bach, 'dach chi'n mynd i fwynhau hyn,' dechreuodd. 'Es i rownd i dŷ Beaumont nos Fawrth ar ôl 'ych gadael chi'ch dau. Wedi iddi d'wllu mi ges i sbec bach o gwmpas, dim ond digon i gyfarwyddo â'r lle. Doedd 'na ddim llawar o ddim yn digwydd. Fedrwn i ddim deud oedd o adra ai peidio, ond mi oedd 'na olau yn y tŷ. Es i yn f'ôl neithiwr a dyna pryd y ces i dipyn o lwc.' Llygadodd y ddau a gwenodd wrth gymryd llymaid o'i gwrw.

Sylwodd Jeff fod Meurig yn aflonydd yn ei gadair, yn amlwg yn colli amynedd efo rhediad araf stori Esmor. Cymerodd swig o'i gwrw i geisio cuddio'i rwystredigaeth.

Nid oedd Jeff yn teimlo'r angen i fod mor foneddigaidd. 'Ty'd yn dy flaen, ar f'enaid i, Esmor, neu yma fyddwn ni,' meddai, yn gwybod yn iawn am arferiad ei gyfaill o ymestyn a lliwio pob hanes.

'Mi oedd 'na gyfarfod yno neithiwr. Tri char tu allan pan gyrhaeddais yno tua chwarter wedi naw,' aeth yn ei flaen o'r diwedd. 'Daeth pawb allan ychydig ar ôl un ar ddeg. Rhys Morris, Colin Moorcroft, Edwin James y twrna' a Dobson y cyfrifydd. Daeth y pumed, Charles Atkins y banc, allan tua deng munud wedyn a cherddodd Beaumont efo fo at ei gar. Yna aeth Beaumont yn ôl i mewn ac ymhen tipyn roedd yr holl le'n dywyll.'

'Ti'n gwbod be' mae hyn yn 'i olygu, 'dwyt Meurig?' gofynnodd Jeff.

'Eu bod nhw i gyd yno pan glywist ti Renton yn sgwrsio efo Beaumont ar y ffôn neithiwr?'

'Ella, ond mae'n fwy tebygol, 'sw'n i'n meddwl, bod y sgwrs wedi digwydd yn syth ar ôl iddyn nhw adael.'

'Ro'n i'n meddwl y bysa'r wybodaeth yna'n plesio,' parhaodd Esmor. 'Penderfynais aros am dipyn ac ymhen sbel, daeth Beaumont allan eto, trwy'r drws cefn y tro yma, yn y tywyllwch. Diolch i'r nefoedd na wnes i 'mo'i fethu o. Cerddodd i lawr y dreif, croesi'r lôn fawr a throi am y llwybr cyhoeddus sy'n mynd draw am yr afon. Ti'n gwbod pa un dwi'n feddwl, Jeff?'

'Ydw. Nest ti 'i ddilyn o?' gofynnodd Jeff yn awyddus.

'Siŵr iawn. Ond mi fu bron iawn i mi wneud smonach o betha. Drwy lwc, ro'n i'n medru gweld gola'i dortsh o yn mynd o 'mlaen i yn y coed. Wneith o'm potsiar, mae hynny'n ffaith. Yna diffoddodd ei olau a bu bron i mi ei golli o – dydi fy sbectol gweld yn y nos ddim yn gweithio'n rhy dda yng nghanol brwgaitsh trwchus. Cyflymais ar ei ôl o a dyna pryd y sylweddolais i fod rhywun yn dod tu ôl i mi. Wrth ymyl y cwt pysgota oeddwn i – mae 'na lannerch fach yno. Argian, mi fues i bron â gwneud yn 'y nhrowsus, Jeff, achos nes i 'mo'i glywed o'n dod. Fflachiodd Beaumont ei olau ac mi oedd yn rhaid i mi neidio i mewn i'r gwrych i guddio. Aeth y ddau i mewn i'r cwt. Reit wrth fy ochr i, myn diawl.' Oedodd i yfed ei gwrw.

'Welaist ti pwy oedd y llall?' gofynnodd Jeff yn awchus. 'Gest ti olwg arno fo o gwbl?'

''Sgin i'm syniad pwy oedd o,' atebodd. 'Roedd hi'n rhy dywyll i'w weld o, er nad ydi hi'n bell o fod yn lleuad lawn ar hyn o bryd. Ond mi fedrwn ddeud ei fod o'n uffar o foi mawr, ac yn gwisgo het gowboi.' Oedodd am eiliad eto. 'Ro'n i'n meddwl y basach chi'n licio clywed hynny hefyd,' gwenodd.

'Oeddat ti'n ddigon agos i glywed y sgwrs?' gofynnodd Meurig.

'Mi driais i, ond roedd sŵn llif yr afon yn ei gwneud hi'n anodd, a doeddwn i ddim isio risgio mynd yn rhy agos. Ond mi oedd yn hollol amlwg fod Beaumont wedi gwylltio ynglŷn â rwbath roedd y llall wedi'i wneud neu heb 'i wneud. Mynnu drosodd a throsodd bod yn rhaid iddo fo gael rwbath yn ôl, rhyw eiddo neu'i gilydd. A gwneud hynny costied a gostio, dim o bwys be' oedd yn rhaid iddo'i wneud. Ydi hynny'n gwneud rhyw fath o synnwyr i chi, bois?'

Edrychodd y ddau arall ar ei gilydd. Estynnodd Jeff gan arall o'r oergell ac edrychodd ar Esmor yn tywallt yr hylif aur yn araf. Parhaodd yr hanes.

'O be' glywis i, Beaumont oedd y bos, ac yn rhoi ordors i'r boi mawr, ond doeddan nhw ddim efo'i gilydd yn hir. Mi aeth Beaumont yn ôl am adra, ond mi benderfynais i aros efo'r cowboi. Wel dyna ddyn sy'n fwy tebyg i botsiar; un sy'n gwbod ei ffordd yn y tywyllwch. Roedd o'n symud yn gyflym a dilynais o am tua hanner milltir i'r encil barcio 'na sydd ddim yn bell o'r hen ffordd Rufeinig – ti'n gwybod lle dwi'n feddwl, Jeff? Roedd ei gar o wedi 'i barcio yna, hen Jaguar dwi'n meddwl, ond fedra i ddim bod yn saff achos mi o'n i'n trio cuddio.'

'Bechod!' meddai Jeff.

'Dal dy ddŵr, boi bach,' gwenodd Esmor. 'Paid â bod mor frysiog.' Cymerodd lwnc da arall o'i wydr.

Sylweddolodd Meurig fod amynedd yn rhinwedd gwerthfawr yng nghwmni'r cipar.

'Ti'n 'y nghofio fi'n deud ein bod ni'n cael trafferth efo potsiars yn y cyffiniau 'ma?'

Nodiodd Jeff i gadarnhau ei fod o'n cofio.

'Roedd un o fy hogia i, Trefor, allan ar yr afon chydig nosweithiau'n ôl, ac mi welodd o'r un dyn yn siarad efo tri jipo. Mae yna griw ohonyn nhw'n aros mewn carafanau yn uwch i fyny. Dwi'n ama 'u bod nhw'n crwydro'r wlad yn prynu a gwerthu hen ddodrefn. Mae yna hanner dwsin o garafanau yno, a 'dan ni'n meddwl mai nhw sy'n potsio'r afon, ond heb lwyddo i'w dal nhw eto. Ta waeth am hynny, mi adawodd y pedwar ohonyn nhw – y cowboi a'r tri jipo – mewn dau gar, a dyma i ti rif y Jaguar, Jeff.' Estynnodd ddarn o bapur i Jeff. 'Mae rhif fan y jipos yna hefyd.'

'Rwbath arall?' gofynnodd Jeff. Roedd Meurig yn amau ei fod yn gwybod beth oedd ar ei feddwl.

'Ti'n bod yn farus rŵan, Jeff Evans,' ffugddwrdiodd Esmor. 'Wel oes, fel mae'n digwydd, mae 'na fwy. Arhosodd Trefor wrth yr afon, a chydig ar ôl hanner nos, daeth fan y sipsiwn yn ei hôl, ac mi oedd 'na helynt diawledig yno, merched yn sgrechian a dynion yn gweiddi. Duw a ŵyr be' oedd yn digwydd, ond mi oedd Trefor ar ei ben ei hun, a'r peth calla o dan yr amgylchiadau oedd iddo fo'i heglu hi o'na.'

'Mae gen i syniad reit dda be' oedd,' meddai Jeff. 'Pa noson oedd hon?'

'Nos Sadwrn dwytha,' atebodd Esmor. 'Oriau mân bore Sul.'

'Noson yr ymosodiad arnat ti,' ychwanegodd Meurig.

'Cywir,' cadarnhaodd Jeff yn fyfyriol. 'Wyt ti'n fy

nghofio fi'n deud, Meurig, 'mod i'n cofio rwbath amdanyn nhw na fedrwn roi fy mys arno? Wel, dwi newydd gofio. Yr ogla. Mi fydd unrhyw un sydd wedi delio â phobl fel hyn yn gwbod yn iawn be' dwi'n feddwl. Ogla budr rhywun sydd heb folchi'n iawn, a hwnnw'n gymysg ag ogla tân agored ar 'u dillad nhw. Mae o'n beth unigryw, cofiadwy iawn, a dyna be' dwi'n 'i gofio.'

'I fynd yn ôl at y cowboi,' ychwanegodd Meurig. 'Dwi'n meddwl ei fod o'n dal i fynd i Hendre Fawr bob hyn a hyn.' Eglurodd Meurig yr hyn welodd o ac Elen.

'Os mai fo ydi o, pam ti'n meddwl 'i fod o'n dal i fynd yno?' gofynnodd Jeff.

'Fedra i ddim bod yn siŵr heb edrych i lawr yn y twnelau rhwng y ffarm a'r môr. Dwi wedi cael gafael ar gynlluniau o'r lle. Wyt ti ddigon ffit i ddod am dro yno efo fi, Jeff? Wn i ddim be' ffeindiwn ni yno, ond mi fydd angen i ni baratoi'n dda cyn cychwyn. Sgidia cryf, goleuadau da, a thorrwr bolltiau a ballu, ac mi gymerith dipyn o amser i ni chwilota drwy'r lle'n iawn.'

'Mi fedra i gael gafael ar bob dim 'dach chi 'i angen, bois,' meddai Esmor yn syth. 'Ac i gyd am bris tun arall o'r lager da 'na, Jeff,' ychwanegodd, yn edrych tua'r oergell. 'Dwi'n cadw tŵls felly adra ac mi ddo' i â nhw yma'n hwyrach os liciwch chi.'

'Ac mi ydw i'n hen ddigon ffit, diolch,' cadarnhaodd Jeff, yn edrych ymlaen at yr antur. 'Esmor, 'nghyfaill annwyl i,' ychwanegodd wrth agor drws yr oergell unwaith eto. 'Mi wyt ti wedi gwneud joban arbennig o dda. Dyma fo dy gwrw di, ond sgin i ddim syniad lle ddiawl wyt ti'n 'i roi o i gyd. A gan dy fod di wedi sôn gynna, mi wna i damed o swper i ni hefyd.'

'Wel, dwi'n bwriadu mynd allan eto yn y munud, ond wna i ddim gwrthod brechdan bacwn.'

'Be' amdanat ti, Meurig?'

'Pam lai.'

'Iawn,' meddai Jeff. 'Dechreuwch chi'ch dau. Mae bob dim yn y ffrij neu'r bin bara. Dwi angen gwneud galwad ffôn sydyn.'

Pan ddychwelodd Jeff ymhen pum munud, gwelodd y ddau yn brysur yn paratoi'r brechdanau. 'Dan ni'n lwcus,' meddai. 'Mae'r shifft sy'n gorffen am ddeg heno yn cychwyn gweithio eto am chwech yn y bore. Dwi wedi siarad efo'r sarjant ac mae ganddo fo ddigon o ddynion. Ar ben hynny mae un neu ddau o'r shifft nos yn fodlon gweithio'n hwyrach os oes angen ac mi wnân nhw daro gwersyll y sipsiwn am chwech y bore. Gwell gwneud cyn gynted â phosib rhag ofn iddyn nhw adael yr ardal. Paid, beth bynnag wnei di, â'u styrbio nhw ar dy drafals heno, Esmor.'

'Dyna lle roeddwn i'n meddwl mynd,' atebodd. 'Ond mae'n edrych yn debyg dy fod ti wedi rhoi noson o seibiant i mi, Jeff.'

'Os felly,' meddai. 'Helpa dy hun i gan arall.'

Nid oedd yn rhaid gofyn ddwywaith.

Wrth droi'r bacwn drosodd ar y gril trodd Meurig i wynebu Jeff. 'Fydd y Ditectif Uwch Arolygydd Renton yn gwybod be' sydd ar y gweill ar gyfer bore fory?' gofynnodd.

'Ddim o gwbl,' atebodd Jeff gyda gwên. 'Wel, dim tan ar ôl y cyrch o leia.'

'Reit dda,' atebodd Meurig. 'A sut ydach chi'ch dau'n licio'ch bacwn?'

'Cras,' meddai'r ddau ar unwaith.

'Tair brechdan bacwn wedi'u crasu'n dda felly,' atebodd Meurig, yn mwynhau ei swydd yn brif gogydd.

'Barod mewn munud.'

Yn sydyn agorodd y drws rhwng y gegin a gweddill y tŷ. Sylwodd Meurig ar yr olwg bryderus ar wyneb Jeff. Pan drodd Meurig i wynebu'r drws gwelodd ddynes mewn dillad nos, gyda dwy ffon fagl alwminiwm yn ei chynnal. Doedd hi ddim yn dal, ond tybiodd Meurig iddi fod yn dalach. Buasai'n ferch brydferth iawn ar un adeg, ond roedd blynyddoedd o boen wedi dwyn y rhan helaethaf o'i harddwch, a'i gwallt erbyn hyn wedi dechrau gwynnu ymhell o flaen ei amser. Edrychai Jeff fel petai wedi'i ddal yn gwneud rhywbeth na ddylai.

'Jean bach, 'nghariad i, be' wyt ti ... sut nest ti ...?'

Nid adawodd Jean iddo orffen.

'Fedrwn i ddim peidio,' meddai. 'Dim efo'r oglau bacwn da 'na drwy'r tŷ i gyd. Mi oedd yn rhaid i mi ddod i lawr.' Roedd ei llais yn gryfach nag yr oedd ei chorff eiddil yn ei awgrymu. Trodd at Meurig. 'Ma' raid mai chi ydi Mr Morgan? Dwi wedi clywed lot amdanoch chi.'

Edrychodd Jeff yn betrusgar pan symudodd tuag ati.

'Paid, plîs, Jeff. Mi fedra i wneud hyn ar fy mhen fy hun.'

Syllodd y tri arni'n symud ymlaen yn raddol, fesul modfedd, nes iddi gyrraedd Meurig. Tynnodd ei braich dde allan o'r fagl a'i hestyn tuag ato. Cymerodd Meurig ei llaw yn dyner.

'Dwi'n gwbod na fydd Jeff yn meindio 'mod i mor agored â deud wrthach chi fod ganddo lawer iawn o barch tuag atoch chi, Mr Morgan.'

'A finnau ato fo, Mrs Evans.'

'Jean. Galwch fi'n Jean, plîs.'

'Dim ond os galwch chi fi'n Meurig,' atebodd. 'Drychwch ar y lle 'ma. 'Dan ni wedi gwneud llanast ofnadwy yn eich cegin chi. Y peth lleia fedra i 'i wneud ydi cynnig brechdan facwn i chi.' Gwenodd Meurig arni'n ddiffuant, ond eto roedd awgrym o gellwair yn ei lais. Awgrym y bu i Jean a Jeff ei werthfawrogi yn syth.

'Faswn i wrth fy modd.'

Cronnodd dagrau yn llygaid Jeff wrth iddo helpu ei wraig i eistedd wrth y bwrdd. Hwn oedd y tro cyntaf iddi gerdded ar ei phen ei hun ers misoedd.

'Wel myn diawl, drycha be' ti wedi'i wneud rŵan, Jean,' meddai Esmor yn ysgafn. 'Ti wedi gwneud iddo fo losgi'r bacwn! Dydi cogydd rhan amser yn da i ddim i neb.'

Chwarddodd y tri.

Pennod 19

Llewyrchai haul isel y bore yn wan ar y gwlith ar ôl noson oer, glir. Mudlosgai tân y noson cynt yng nghanol y gwersyll, ei fwg yn codi'n unionsyth yn yr awyr lonydd. Cyfarthodd ci unig fel petai wedi'i 'sgytio o drwmgwsg. Roedd dodrefn wedi'u twmpathu'n flêr ger dwsin o garafanau a dillad wedi'u taenu'n anniben ar y cloddiau yn disgwyl am wres yr haul i'w sychu.

Ychydig ar ôl chwech y bore aflonyddwyd ar yr heddwch gan seirenau aflafar. Rhuthrodd heddweision mewn dillad gwrth-derfysg fesul pâr allan o fflyd o geir yr heddlu a mynnu'u ffordd i mewn i'r carafanau, eu batynau'n barod. Deffrôdd gweddill y cŵn, ac yng nghanol eu cyfarth ymosodol clywyd un yn griddfan yn boenus pan drawyd ei drwyn efo baton. Gwaeddai'r merched a'r plant eu rhegfeydd sarhaus a gwgai'r dynion yn ffyrnig wrth gael eu tynnu o'u gwelyau.

Ddeng munud yn ddiweddarach, corlannwyd y dynion i ganol y gwersyll, yn syllu'n fud ar yr iwnifforms duon o'u hamgylch. Heb lol, gwahanwyd tri ohonynt oddi wrth y gweddill, eu rhoi mewn gefynnau llaw a'u gyrru ymaith mewn tri gwahanol gerbyd i sŵn protestiadau brwnt y gweddill. Safai un ferch ymhlith y criw teithwyr yn rhoi'r fron i blentyn a edrychai'n ddigon hen i fynd i'r ysgol. Poerodd yn ddirmygus tuag at un o'r heddferched.

Anfonwyd rhai o'r plismyn i archwilio'r carafanau a'r

tir o'u cwmpas. Tynnwyd lluniau o nifer o eitemau cyn eu rhoi mewn bagiau plastig a'u llwytho i un o'r ceir, a chyn pen yr awr, cludwyd gweddill y dynion o'r gwersyll yn un o gerbydau mawr yr heddlu. Taflodd y merched a'r plant gerrig, blociau o bren, clytiau budur – a beth bynnag arall a allent ei godi – yn erbyn y cerbyd wrth iddo basio, y cwbl yn taro'n swnllyd yn erbyn gril amddiffynnol y ffenestri.

Gwyddai Jeff y buasai'n anodd peidio â chodi'r ffôn bob munud y bore hwnnw i holi am ganlyniadau'r digwyddiadau, ond dywedodd ei brofiad maith wrtho nad oedd dim byd gwaeth na rhywun yn ymyrryd yn ystod cyrch pwysig. O dan yr amgylchiadau cydnabyddai ei fod mewn gwell safle oddi allan i'r ymchwiliad ar hyn o bryd, a bod ganddo fo a Meurig ddigon o faterion eraill i'w diddori, a'r rheiny allan o gyrraedd a dylanwad Renton. Er hynny, nid oedd disgwyl yn rhywbeth yr oedd yr afanc yn hoff o'i wneud ac nid aeth ymhell o gyrraedd yn ffôn.

Doedd Meurig ddim gwell. Ei esgus, yr ail waith iddo ffonio Jeff, oedd trafod yr hyn yr oedd Esmor wedi clywed Beaumont a'r cowboi yn ei drafod ar lan yr afon ddwy noson ynghynt, ond gwyddai Jeff mai ysu am unrhyw wybodaeth ynglŷn â helyntion y bore yr oedd o.

Pan ganodd y ffôn am y trydydd tro, atebodd Jeff ar yr ail ganiad. Synnodd nad llais Meurig a glywai, ond yn hytrach lais Cwnstabl Bob Taylor, yr un a arestiodd Phillip Allen, y deliwr cyffuriau, yn yr orsaf bron i bythefnos ynghynt.

'Ew, Jeff, mi fasat ti wedi bod wrth dy fodd efo ni bora 'ma!' Roedd y cyffro'n amlwg yn ei lais. 'Wel sôn am joban yn mynd fel watsh. 'Dan ni wedi'u dal nhw. Gwadu maen nhw ar hyn o bryd a does gynnon ni ddim digon o dystiolaeth i'w cyhuddo o ymosod arnat ti ar hyn o bryd, ond dwi'n bendant y cawn ni hyd i rwbath. Ac ma' 'na fwy iddi na hynny. Maen nhw, a gweddill criw'r camp 'na, wedi bod yn gwneud pob math o ddryga ers iddyn nhw landio'n yr ardal 'ma.'

'Dach chi wedi cael y tri? Reit dda. Sut ddaru chi benderfynu pa dri oedden nhw?'

'Doedd dim rhaid i ni benderfynu – mi wnest ti hynny i ni, Jeff,' atebodd.

Doedd Jeff ddim yn deall.

'Wel, allan o bymtheg o ddynion, roedd gan un ddau lygad ddu fawr a'i drwyn wedi'i symud hanner ffordd ar draws 'i foch o. Mae laryncs yr ail wedi'i rwygo mor ddrwg fel na fasa fo'n gallu siarad efo ni hyd yn oed tasa fo isio fwya'n y byd.'

'Fydd o ddim yn achwyn felly. Be' am y trydydd?'

'Ma'i gwd o a'i geillia fo'n ddu las ac wedi chwyddo'n ddiawledig, ac mae'n amlwg yn ôl y doctor na fydd ganddo fo mo'r tacl i fod yn dad i jipo bach arall byth eto.'

'Hwnnw oedd yn dal y cleddyf. Ella 'mod i wedi gwneud ffafr â'r byd felly. Be arall maen nhw wedi bod yn 'i wneud?' gofynnodd.

'Mi oedd gan y tri rolyn bob un o arian papur arnyn nhw, pum cant mewn papurau ugain punt. 'Di hynny ddim yn anarferol ella wrth feddwl am y math o waith maen nhw'n 'i wneud, prynu a gwerthu dodrefn, ond mi oedd y papurau'n rhai newydd a'r rhifa'n rhedeg mewn trefn. Mae canolfan ddosbarthu arian y banciau ym Manceinion yn trio ffeindio'u tarddiad nhw ar hyn o bryd.'

'Eu tâl am yr ymosodiad arna i, ma' siŵr i ti. Oes 'na arwydd o'r cowboi?'

'Oes, ond mi ddo i'n f'ôl at hynny mewn munud. Ac o, gyda llaw, 'dan ni wedi cymryd 'u dillad nhw er mwyn gwneud profion fforensig. Mae'n edrych yn debyg bod gwaed arnyn nhw. Ddoi di yma ryw dro'r pnawn 'ma i roi sampl o dy waed er mwyn cymharu?'

'Dim problem, Bob.'

'Wnei di byth ddyfalu be' arall ffeindion ni yno.' Oedodd yn hunanfodlon. 'Dau fwa croes a gweddillion digon o ddefaid i borthi'r pum mil. Mae'n edrych yn debyg 'u bod nhw i gyd wedi bod yn byw'n dda ar gig oen Cymru ers pan gyrhaeddon nhw yma.'

'Mae hynny'n gwneud synnwyr rŵan,' atebodd Jeff. 'A sglaffio brithyll Esmor Owen fel cwrs cynta ma'n siŵr gen i, os ydi tincars yn mwynhau'r math yna o wledda.'

'Mae'n edrych yn debyg 'u bod nhw wedi chwarae'r un triciau yn Cumbria cyn dod i lawr yma i ogledd Cymru ac mae CID Penrith yn dod yma i'n gweld ni ymhen diwrnod neu ddau. 'Dan ni wedi clirio dwy fyrgleriaeth i lawr ym Mhowys hefyd, hen ddesg a dresel o un tŷ a chloc mawr o'r llall. Mi gafon ni hyd iddyn nhw yng nghefn un o'u faniau.'

'Mae hon yn swnio'n job dda iawn i mi, Bob. 'Sgin ti unrhyw syniad lle maen nhw'n cael gwared â'r dodrefn maen nhw'n 'i ddwyn?'

'Am unwaith yn fy mywyd mi ydw i o dy flaen di, Jeff,' atebodd Bob, ei lais yn llawn balchder yr oedd Jeff yn ei ddeall yn iawn o dan yr amgylchiadau. 'Dwi wedi rhedeg rhif yr hen Jaguar 'na trwy'r cyfrifiadur, a wnei di ddim coelio hyn. Ceidwad swyddogol y car ydi dyn o'r enw Medwyn Parry, o Toxteth yn Lerpwl!'

'Argian, Bob! Mi wyt ti wedi disgwyl yr holl amser 'ma cyn deud hynny wrtha i,' ebychodd.

'Dal dy wynt am funud. Dydi petha ddim mor syml â hynny. Fedrwn i ddim ista ar wybodaeth mor bwysig â hyn, na fedrwn, felly mi basiais o 'mlaen i'r Ystafell Ymholiad i fyny'r grisiau am wyth o'r gloch bore 'ma. Mi yrrodd dy fêt di, Powell, ddau dîm yno ar unwaith.'

'Oes 'na unrhyw newydd bellach?' Roedd Jeff yn fwy brwdfrydig nag erioed.

'Glywson ni ganddyn nhw tua chwarter awr cyn i mi dy ffonio di. Mae'r cyfeiriad bron yn adfail a dydi'r bobl sy'n byw o gwmpas y lle ddim yn awyddus iawn i helpu'r heddlu – er, mi fedron nhw siarad efo'r dyn sy'n byw drws nesa. Mae hwnnw'n cofio'r boi sy'n byw yno, er nad ydi o yno'n gyson. Dim fel Medwyn Parry mae o'n 'i nabod o ond fel Marcus Payne. Basdad mawr hyll sy'n meddwl 'i fod o'n gowboi oedd ei ddisgrifiad o. Ond dydi o ddim wedi 'i weld o ers tro byd.'

'*M P*. Yr un blaenlythrennau.'

'Mae'n timau ni'n gweithredu gwarant i chwilio'r lle yn hwyrach pnawn 'ma. Mae'n cymryd mwy o amser nag arfer gan nad ydi peth felly'n cael ei wneud yn Toxteth heb gymorth arweinydd y gymuned.'

'Gad i mi wybod y canlyniad, wnei di?'

'Siŵr i ti,' parhaodd Bob. 'Ond gwranda, Jeff, dwi wedi gwneud tipyn mwy o dyllu fy hun. Mi ffoniais i adrannau cudd-wybodaeth heddluoedd Glannau Merswy a Swydd Gaer, ac maen nhw'n nabod Marcus Payne. Daeth i sylw'r heddlu yng Nglannau Merswy cyn belled yn ôl a dechrau'r wyth degau. Yn ogystal ag un neu ddau o ddedfrydau blaenorol am ddwyn manion, mi dreuliodd bum mlynedd allan o ddedfryd o wyth yn y carchar am geisio treisio geneth ddeuddeg oed.'

'Pryd ddaeth o allan o'r carchar?'

'Wyth deg chwech, a 'di o ddim wedi bod mewn miri wedyn.'

'Heb gael ei ddal ti'n feddwl.'

'Hollol.'

'Felly does 'na ddim DNA?'

'Nag oes. Roedd hyn i gyd cyn dyddiau DNA, ond mae ei enw fo ar y Gofrestr Troseddwyr Rhyw Genedlaethol ers i'r heddlu ddewis cofrestru enwau cyn-droseddwyr. Roedd o'n ymosodiad difrifol iawn. Mi fu'r eneth yn lwcus ei bod hi'n dal yn fyw, ond mi gafwyd o'n ddieuog o drio'i lladd.'

'Oes 'na ddisgrifiad ohono fo?'

'Nag oes, dim ers iddo fo gael ei ryddhau yn yr wyth degau. Mae pobl yn newid, ond roedd ganddo fo datŵ ar ei benelin dde – tatŵ o ddraig Tsieineaidd.'

'Yr un fath â'r dyn a ymosododd yn rhywiol ar yr eneth honno yn Newcastle,' cofiodd Jeff.

'Dim cyd-ddigwyddiad ydi hyn i gyd, nage Jeff?' gofynnodd Bob, yn chwilio am gadarnhad. 'Mae'n rhaid mai hwn ydi'n dyn ni.'

'Be' maen nhw'n feddwl mae o'n wneud rŵan, heblaw ymosod ar ferched ifanc a dychryn hen wragedd?' Doedd Jeff ddim yn credu mewn cyd-ddigwyddiadau chwaith.

'Mae 'na awgrym ei fod o'n prynu a gwerthu hen ddodrefn, ac mae hynny'n fy arwain i at yr hyn ddysgais i gan heddlu Swydd Gaer,' esboniodd Bob. 'Stopiwyd y Jaguar gan un o'u ceir nos nhw yn oriau mân y bore ar y pymthegfed o'r mis yma.'

'Pythefnos yn ôl i ddydd Mercher dwytha felly.'

'Ia, yn teithio am Birkenhead. Rhoddodd y gyrrwr ei enw i'r plismon fel Medwyn Parry a dangosodd drwydded yrru i gadarnhau hynny. Dwi wedi siarad efo'r plismon ddaru 'i stopio fo – yn ddiddorol, dywedodd fod ei ddwylo'n olew i gyd. Eglurhad y gyrrwr oedd ei fod wedi torri i lawr a'i fod wedi gorfod trin y car. Doedd o ddim wedi gwneud dim o'i le, ac felly doedd dim rheswm i'w gadw. O, ac un peth arall. Roedd 'na het gowboi ar y sedd wrth ei ochr.'

'Dydi o byth yn ei gadael hi ar ôl, nag ydi?' Oeddat i'n gwbod bod 'na fyrgleriaeth yn garej Griff y noson honno, Bob?'

'Oeddwn. Oes 'na gysylltiad?'

'Oes, ond paid â sôn wrth neb ar hyn o bryd. Rŵan ta, deud wrtha i, be' mae'r Ditectif Brif Arolygydd Renton – neu'r Uwch Arolygydd (Dros Dro) ddylwn i ddeud – yn feddwl o hyn i gyd?'

'Yn rhyfeddol, mae o'n ddistaw iawn. Fysat ti'n meddwl y bysa fo wrth 'i fodd ond na, mae o fel petai o wedi mynd yn fewnblyg i gyd. Mae 'na un neu ddau ohonan ni wedi sylwi ar ei ymddygiad o yn ystod y dyddiau dwytha 'ma. Roedd pawb yn y swyddfa wedi gwirioni efo datblygiadau heddiw, heblaw fo. Ac ma' hi'n edrych yn debyg mai Powell sy'n rhedeg y sioe erbyn hyn.'

'Sgwn i os ydi'r dyn Payne yma'n cael gwared â'r hen ddodrefn sy'n cael eu dwyn gan y tincars?' awgrymodd Jeff. 'Mae'n edrych felly.'

'Ac i wneud hynny, mae o'n siŵr o fod yn teithio ar hyd a lled y wlad 'ma – llefydd fel Halifax, Bradford, Coventry, Wakefield, Telford a Bolton.'

'Ella wir. Gwranda, Jeff, ma' raid i mi fynd, ond mi

gadwa i mewn cysylltiad, i ddeud sut mae petha'n datblygu.'

'Un peth arall, Bob,' meddai Jeff. 'Y goler 'na gest ti gen i, Phillip Allen. Mae'r ddyled wedi'i thalu'n ôl heddiw'r hen fêt – ganwaith drosodd.'

'Mi oedd yn bleser. Brysia'n ôl, Jeff. 'Dan ni'n gweld dy golli di o gwmpas y lle 'ma.'

Ymhen yr awr cyrhaeddodd Jeff orsaf yr heddlu er mwyn cymharu ei waed â'r olion ar ddillad y tri thincer. Cafodd meddyg yr heddlu gryn bleser wrth ddweud wrtho nad oedd wedi cael y fraint amheus o dynnu gwaed plismon o'r blaen. Cododd Jeff lawes ei grys ac edrychodd ar y nodwydd yn treiddio i'r wythïen. Tynnodd y meddyg y chwistrell yn araf ac edrychodd y ddau ar y gwaed coch yn llifo i mewn i'r tiwb clir.

'Byddwch yn ofalus, doctor,' cellweiriodd Jeff. 'Mae hwnna'n beth gwerthfawr iawn, wyddoch chi!'

'Gobeithio nad oes ganddoch chi ddim i'w guddio, Mr Evans,' atebodd y meddyg. 'Dim pechodau yn eich gorffennol chi gobeithio, neu mi fydd gyrru hwn i'r labordy yn siŵr o ddod â nhw i'r wyneb.'

Nid atebodd Jeff. Syllai i ryw wagle o'i flaen.

'Dach chi'n iawn, Mr Evans? Teimlo chydig yn wan ydach chi?'

'Na, dwi'n iawn, diolch, Doc.' Efallai fod Jeff yn ddistaw, ond roedd ei feddwl ar garlam.

Pwysodd Jeff y tamaid bach o wadin yn erbyn ei fraich tra llenwodd y meddyg y llestr pwrpasol efo'i waed. Edrychodd o amgylch yr ystafell feddygol.

'Dan ni dipyn yn fyr i fyny'r grisiau o'r taclau 'ma sydd ganddoch chi yn fama, doctor. Ga i fynd â dipyn efo fi?'

'Cewch, tad, Mr Evans. Cymerwch beth bynnag 'dach chi isio. Yr heddlu bia'r cwbl, nid fi.'

Cododd Jeff focs o swabiau, bagiau plastig a thiwbiau di-haint a gadawodd yr adeilad. Gymaint ag yr oedd o'n awchu i gael gwybod mwy, dewisodd ffonio Meurig i wneud yn siŵr ei fod o adref cyn cychwyn i'w fwthyn.

Er holl bleser Meurig pan adroddodd Jeff hanes digwyddiadau'r bore, gwyddai'r ddau fod cwestiynau yn dal i fod heb eu hateb – un cwestiwn yn arbennig.

'Pa un wyt ti'n feddwl ydi o 'ta, Jeff?' gofynnodd Meurig dros baned o goffi.

'Marcus Payne 'ta Medwyn Parry wyt ti'n feddwl?'

'Ia, ond be' am ofyn y cwestiwn mewn ffordd arall? Ai'r un person ydi'r ddau? Un person yn defnyddio dau enw?'

'Mi ddaeth Marcus Payne i sylw'r heddlu fwy na chwarter canrif yn ôl,' meddai Jeff, yn syllu i'r gwpan yr oedd yn ei gwasgu. 'Fe'i cafwyd o'n euog yn nechrau'r wyth degau. Pan gymerwyd olion ei fysedd yr adeg honno, o dan yr enw Marcus Payne y cafon nhw'u cofrestru.'

'Ond does dim byd i ddeud nad Medwyn Parry oedd o cyn hynny, nag oes?' dadleuodd Meurig. 'Pan ddiflannodd Medwyn o Lan Morfa wedi llofruddiaeth Diane Smith, mae'n bosib ei fod o wedi symud i Lerpwl, neu lle bynnag, a dechra defnyddio'r enw Marcus Payne.'

'Mae hynny'n berffaith wir, Meurig. Fedrwn ni ddim osgoi'r posibilrwydd, ond dwi'n siŵr y bysa Elen yn anghytuno. Hogyn tyner, addfwyn oedd o medda hi.' Oedodd Jeff am eiliad. 'Ond os felly, sut mae car Marcus Payne, y Jaguar, wedi 'i gofrestru yn enw Medwyn Parry?'

'Dryswch?' awgrymodd Meurig.

'Rhag ofn i'r car gael ei weld o gwmpas yr ardal yma, ti'n feddwl?'

'Ella,' atebodd Meurig, gan godi a chrwydro'r ystafell. 'Ond be' am sbïo ar y posibilrwydd arall? Nad Medwyn Parry ydi o, ond yn hytrach Marcus Payne o Lerpwl, deliwr mewn hen ddodrefn, sy'n ymosod ar ferched ar hyd a lled y wlad, heb gysylltiad â'r ardal yma o gwbwl tan rŵan. Sut felly mae o'n nabod Medwyn, a ddiflannodd gymaint o amser yn ôl? Sut oedd o'n gwbod digon amdano fo i dwyllo mam Medwyn mai fo oedd o?'

'Yr unig ateb i hynny,' atebodd Jeff. 'Ydi bod rhywun wedi rhoi'r wybodaeth iddo fo.'

'Yn hollol,' cytunodd Meurig.

'A phwy ydi'r un mwyaf tebygol o fod wedi gwneud hynny?' Cododd Jeff ei lygaid ac edrychodd i fyny ar Meurig.

'Ti'n llygad dy le, Jeff. David Beaumont, wrth reswm, yr un sydd â diddordeb yn Hendre Fawr. Mi fagwyd Beaumont a Medwyn yn y dre 'ma, ac mi oedd y ddau yn nabod ei gilydd yn iawn, yn ôl Raymond Rogers.'

'Ond mi oedd y cowboi angen rwbath arall er mwyn bod yn berffaith siŵr o fedru twyllo Emily Parry. Rwbath personol.'

'Y taniwr, y taniwr Ronson. Ydan ni'n cytuno felly mai Marcus Payne ydi'r llofrudd, nid Medwyn, ac mai'r unig beth sydd 'na yn yr holl fyd i gysylltu Beaumont a Payne ydi'r taniwr?'

'A dyna be' glywodd Esmor y noson o'r blaen,' awgrymodd Jeff. 'Ma' raid bod Beaumont yn flin bod Payne wedi colli'r taniwr, a'i fod o isio'i gael o'n ôl cyn gynted â phosib. Dim ots sut.'

Edrychodd y ddau ar ei gilydd pan darodd goblygiad y darganfyddiad hwy fel gordd.

'Argian, Jeff,' meddai Meurig yn bryderus. 'Elen! Ganddi hi mae'r taniwr, ac mae'n debygol iawn 'i bod hi mewn peryg. Dwi'n gobeithio nad ydan ni'n rhy hwyr!' Cipiodd oriadau'r Stag oddi ar y bwrdd.

'Ti isio i mi ddod efo chdi?'

'Na, dim diolch. Ond mi fydda i'n siŵr o dy ffonio os bydda i dy angen di.'

'Iawn felly, achos dwi isio galw yn nhŷ Beaumont,' meddai Jeff, yn gwybod yn iawn y buasai ei ddatganiad yn ennyn ymateb gan ei gyfaill newydd.

'*Ti'n mynd i wneud be*'?'

'Ond paid â phoeni,' ychwanegodd Jeff. 'Fydd o ddim callach 'mod i yno. Ma' gen i ryw syniad bach yng nghefn fy meddwl, a chdi fydd y cynta i gael gwbod os daw rwbath ohono fo. Mae rhif fy ffôn symudol i gen ti, dydi?

Yn ddryslyd, cadarnhaodd Meurig ei fod.

Ar gyrion y dref, treuliodd Jeff bum munud yn cyfarwyddo Esmor Owen, a gwneud yn sicr ei fod yn deall yn union beth oedd angen iddo ei wneud.

'Wyt ti'n siŵr rŵan dy fod ti'n dallt yn iawn?' gofynnodd.

'Ydw i rioed wedi dy adael di i lawr, boi bach?' atebodd Esmor efo'i wên arferol. 'Ond mae un peth bach sy'n 'y mhoeni fi. Be' digwyddith os daw o adra a chditha yn y tŷ?'

'Mi fydda i yn y cachu go iawn, byddaf? Ond os codith y sefyllfa honno, dwi isio i ti ddiflannu, dallt? Mi ffonia i di ymhen chwarter awr ac mi gei di ddod i fy nôl i i fama. Iawn?'

'Ardderchog.'

Edrychodd Jeff o'i guddfan ar Esmor yn gyrru ei fan werdd i fyny'r dreif tuag at ddrws ffrynt tŷ moethus David Beaumont. Tarodd yn drwm ar y drws a chanodd y gloch. Ei esgus oedd gofyn a oedd ganddo unrhyw wybodaeth ynglŷn â'r potsio ar yr afon gyferbyn â'r tŷ. Disgwyliodd am funud neu ddau. Dim ateb. Reit dda. Edrychodd ar Esmor yn cerdded i gefn yr adeilad ac ymddangos yr ochr arall. Yna cododd y cipar ei fawd mewn arwydd fod y lle yn glir, cyn gyrru i ffwrdd.

Ni wastraffodd Jeff amser. Rhedodd ar ei union o'i guddfan i'r garej wrth ochr y tŷ gan obeithio na fyddai angen iddo dorri i mewn i'r tŷ ei hun. Gwyddai na fuasai'n rhaid iddo wneud hynny pe byddai'n ddigon lwcus i ddarganfod rhywbeth addas yn y fan honno.

Gwelodd rywbeth annisgwyl – roedd car Beaumont yno, ac yntau i fod wedi gadael y tŷ. Gobeithiai fod Esmor yn iawn! Garej gyffredin, fel pob un arall, oedd hi: pob math o offer ar fainc a chyfarpar garddio wedi'i gadw'n dwt yma a thraw. Yna gwelodd fag lledr golff a'r enw 'D. Beaumont' mewn llythrennau aur ar yr ochr, y clybiau i gyd ynddo yn disgwyl am eu trip nesaf i'r Clwb.

'Siort orau,' meddai Jeff wrtho'i hun. 'Mi wneith y rheina'n iawn.'

Fel y disgwyl, roedd drws cefn y garej wedi'i gloi. Dim ond un opsiwn oedd ganddo felly. Nid oedd ganddo amser i gael gwarant i chwilio'r lle – hyd yn oed pe byddai hynny'n bosib heb fath o reswm na thystiolaeth! Dim ond teimlad yng nghefn ei feddwl, ac yng ngwaelod ei fol, oedd ganddo i'w gefnogi.

Teimlodd bleser anesboniadwy pan aeth ei benelin trwy

ffenest y drws. Chwalodd y gwydr yn deilchion. Rhoddodd ei law fanegog i mewn ac agorodd glicied y drws o'r tu mewn. Gadawodd y drws yn agored er mwyn medru dianc yn sydyn pe byddai rhaid. Yn ôl ei brofiad o, dyna fyddai'r byrgleriaid gorau i gyd yn ei wneud. Agorodd ei fag a thynnodd ohono'r cyfarpar a gafodd gan y meddyg yn gynharach.

I ddechrau, chwiliodd trwy bocedi'r bag golff. Tynnodd faneg llaw chwith Beaumont, honno a ddefnyddiai i afael yn y clwb dreifio, a rhoddodd hi yn un o'i fagiau plastig di-haint. Yna gafaelodd yn un o'r swabiau di-haint, ei dynnu allan o'i diwb a'i rwbio'n ofalus ar hyd handlen y pytiwr, ei selio'n ôl yn y tiwb a'i labelu. Gwnaeth yr un peth efo nifer o glybiau eraill – y rhai y byddai golffwyr yn eu defnyddio heb wisgo maneg. Mewn chwinciad, swabiodd lyw y car yn yr un modd.

Ar ôl gorffen, cafodd fwynhad wrth greu llanast o gwmpas y lle – dim ond digon i wneud i'r garej ymddangos fel petai plant y dref wedi bod yno'n chwilio am rywbeth.

'Yn enw cyfiawnder,' ceisiodd argyhoeddi ei hun ar y ffordd allan.

Ffoniodd Esmor, ac ymhen ugain munud yr oedd wedi cyrraedd adref. Estynnodd lager oer i Esmor a chuddio'r samplau'n ddiogel yng nghefn yr oergell.

Pennod 20

Ni chafodd Meurig ateb ar ffôn tŷ na ffôn symudol Elen. Dechreuodd boeni ei fod yn rhy hwyr. Neidiodd i'r Stag a rhoi ei droed i lawr.

Doedd yr un arwydd o fywyd yn y tŷ. Canodd y gloch a gwrandawodd ar ei hatsain. Safodd yn ôl i ddisgwyl, gan archwilio'r ffenestri am unrhyw symudiad. Dim byd o gwbl. Symudodd yn nes at y drws eto, a gwelodd gymydog yn dod allan o un o'r tai gyferbyn.

'Dwi bron yn siŵr ei bod hi adra,' meddai. 'Dydi hi ddim wedi bod allan ers iddi fynd â Geraint i'r ysgol bora 'ma.'

Canodd Meurig y gloch eilwaith, a churodd y drws yn drwm efo'i ddwrn, ond eto, dim ymateb. Cerddodd i ochr y tŷ a gwelodd fod y giât yn arwain i gefn yr adeilad wedi'i chloi. Dringodd drosti i'r ardd gefn a gwelodd leinaid o ddillad, yn edrych fel petaent yn syth o'r peiriant golchi. Nid oedd y drws cefn wedi'i gloi. Agorodd y drws ac aeth i mewn yn wyliadwrus, yn gwrando'n astud am unrhyw smic. Camodd yn araf drwy'r gegin a mentro ymhellach i'r tŷ, gan edrych i mewn i bob ystafell. Edrychai popeth fel petai yn ei le, ac nid oedd arwydd o sgarmes yn unman. Yn araf, dechreuodd ddringo'r grisiau. Pan gyrhaeddodd y gris uchaf, galwodd yn ddistaw:

'Elen, wyt ti yna?'

Dychrynodd Meurig pan ymddangosodd ffigwr yn chwim o'i flaen ar ben y grisiau yn anelu bat criced tuag at ei ben. Collodd ei falans, baglodd yn ôl yn erbyn y canllaw a chododd ei fraich i'w arbed ei hun rhag yr ergyd, ond yr eiliad honno, sylweddolodd pwy oedd ar fin ei daro.

'Elen!'

'Meurig! Be' ar y ddaear ti'n wneud? Sut ddoist ti i mewn? Mi fuest ti bron iawn â rhoi hartan i mi!'

'O, sori,' meddai'n chwithig, gan geisio adennill rhywfaint o'i hunanfeddiant. 'Do'n i ddim yn bwriadu dy ddychryn di. Ro'n i'n meddwl dy fod ti mewn peryg. Efallai dy fod ti o hyd. Tyrd i lawr, i mi gael egluro.'

Erbyn i'r ddau fynd i lawr y grisiau i'r lolfa roedd Meurig wedi sylweddoli nad oedd gan Elen ddim amdani ond gŵn wisgo. Eisteddodd y ddau ar yr un soffa.

Gwelodd Meurig y petruster yn ei llygaid.

'Mae'n ddrwg gen i Elen,' meddai. 'Mi ganais y gloch a chnocio'r drws – a doeddat ti ddim yn ateb y ffôn. Mi o'n i'n meddwl 'mod i'n rhy hwyr.'

'Cael cawod oeddwn i, Meurig,' atebodd Elen. 'Pan ddois i allan mi glywais sŵn rhywun yn dod i fyny'r grisia.' Oedodd. 'Be' ti'n feddwl, "rhy hwyr"?' gofynnodd, yn dal i fod yn fyr o wynt. 'Rhy hwyr i be'?'

Yn yr holl gynnwrf, nid oedd Meurig wedi sylwi pa mor brydferth oedd hi yn ei gŵn wisgo wen, heb fymryn o golur a thywel gwyn wedi ei glymu fel tyrban am ei phen. Gwelodd fod ei dwylo yn dal i grynu. Trodd i'w hwynebu a gafaelodd ynddynt mewn ymgais i'w chysuro.

'Mi ddysgith hynna chdi i beidio â chloi'r drws cefn, gwneith?' Gwenodd arni. 'Ond gwranda, dwi o ddifri,' dechreuodd esbonio. 'Mae 'na bosibilrwydd dy fod ti mewn perygl. Ydi'r taniwr 'na'n dal i fod gen ti? Yr un oedd yn perthyn i Medwyn.'

'Ydi – wel, mewn ffordd. Ar ôl i Jeff ddeud tystiolaeth mor bwysig oedd o, mi es â fo i'r banc a'i gloi yn un o'r bocsys diogel 'na.'

'Diolch byth. Mae Jeff a finna'n meddwl bod y cowboi ar ei ôl o, a does dim dal be' wneith o i'w gael yn ôl. Dyna pam ro'n i'n poeni cymaint amdanat ti.'

Dywedodd wrthi am ddatblygiadau'r dyddiau diwethaf, ond wrth wneud, sylweddolodd fod ei feddwl yn crwydro. Roedd yn fwy ymwybodol nag erioed o'i deimladau tuag at y ferch wrth ei ochr. Edrychai Elen fel petai wedi dod dros y braw o ddarganfod rhywun yn ei thŷ, ac eisteddai fodfeddi oddi wrtho, wedi ymlacio'n gyfan gwbl. Sylwodd nad oedd yn cymryd llawer o ddiddordeb yn ei adroddiad am y cowboi a difrifoldeb y sefyllfa. Roedd ei llygaid yn dawnsio wrth edrych arno yntau.

Gwelodd Meurig fod ei gŵn wedi llacio rhywfaint, a gallai weld ei hysgwydd noeth. Disgynnodd ei lygaid yn is, lle'r oedd rhigol ei bronnau'n creu cysgod ar ei chroen melfedaidd. Anghofiodd yr hyn yr oedd o'n trio'i ddeud. Syllodd ar siâp ei chlun o dan y defnydd, ac ar ei choesau hir yr holl ffordd i lawr at ewinedd sgarlad ei thraed.

Edrychodd Elen yn ôl arno. Tynnodd y tywel oddi ar ei phen a'i daflu ar y llawr wrth ei hochr. Disgynnodd ei gwallt claerddu mewn torchau gwlyb trwchus dros ei hysgwyddau mewn cyferbyniad hyfryd â'i gwisg wen.

'Meurig?' gofynnodd. 'Wyt ti'n sylweddoli faint dwi'n feddwl ohonat ti?'

'I fod yn berffaith onest, doeddwn i ddim,' meddai. 'Ond y peth dwytha dwi isio 'i wneud ydi bod yn haerllug.' Roedd o bron yn rhy swil i ateb ei chwestiwn.

Symudodd Elen tuag ato a'i gusanu'n llawn, yn araf a thyner, gan fwytho'i wefusau â'i rhai hi.

Tynnodd Meurig yn ôl. 'Be' am Geraint?' gofynnodd.

'Paid â phoeni, Meurig. Mae o'n mynd yn syth o'r ysgol i de parti yn nhŷ un o'i ffrindia heddiw. Ma' gynnon ni ddigon o amser.'

Gafaelodd Meurig amdani a'i thynnu'n ôl ato. Cusanodd hi, yn galetach, eu tafodau a'u gwefusau'n uno'n angerddol. Synhwyrodd bersawr ei gwallt a ffresni ei chorff.

Yn sydyn, canodd y ffôn. Neidiodd Meurig.

'Gad i'r peiriant ei gymryd o,' meddai Elen. 'Fedar o ddim bod mor bwysig â hyn.'

Teimlodd Elen ei law gref yn chwilota o dan ei gŵn a gafael yn dyner yn ei chlun, ac yn uwch, yn symud i gwpanu gwaelod ei chefn a'i thynnu'n nes ato. Curodd ei chalon yn gryfach ac yn gyflymach. Llaciodd Meurig ei gwisg yn gyfan gwbl i ddinoethi'i bronnau a'u cusanu'n dyner. Cododd Elen i'w thraed a gafael yn ei law.

'Tyd, dim yn fama. I fyny'r grisiau.'

Arweiniwyd Meurig allan o'r lolfa ond stopiodd Elen yng ngwaelod y grisiau. Edrychodd ar y ffôn fel petai rhywbeth yn ei denu ato, greddf a oedd yn ei rhwystro rhag mynd ymhellach.

'Rhaid i mi jecio,' meddai gan ymddiheuro. 'Dwi ddim isio dim byd arall ar fy meddwl yn y llofft 'na.'

Cododd y darn llaw a deialu rhif y gwasanaeth ateb. Gwelodd Meurig ei hwyneb yn newid.

Gollyngodd y ffôn. 'Geraint!' sgrechiodd.

Gafaelodd Meurig ynddi a chododd y ffôn i wrando ar lais y dyn a adawodd y neges. Llais caled, llais pendant heb unrhyw frys na theimlad.

'Gwrandwch arna i'n ofalus iawn. Mae'ch mab chi gen i. Mae o'n iawn ar hyn o bryd, ac mi fydd yn aros felly cyn belled â'ch bod chi'n gwneud yn union fel dwi'n deud. Os byddwch chi'n gwrthod, neu'n oedi, mi ddechreuith Geraint bach golli ei fysedd, fesul un, gan ddechrau efo'i law dde. Un bys bob dwy awr. Gobeithio'ch bod chi'n dallt. Yr unig beth dwi isio ydi cyfnewid y bachgen am y taniwr. Dydi hynny ddim yn ormod i'w ofyn nag ydi? Peidiwch â bod mor ffôl â chysylltu efo'r heddlu, os ydach chi isio'i weld o'n fyw eto. Mi fydda i'n eich ffonio chi eto ar ben chwech o'r gloch heno i roi cyfarwyddiadau. Byddwch yna.'

Gafaelodd Meurig yn gadarn yn ysgwyddau Elen a gofynnodd iddi am rif ffôn y tŷ lle'r oedd Geraint i fod i fynd i'r parti. Ffoniodd y rhif a deallodd nad oedd Geraint yno. Doedd o ddim wedi bod yn yr ysgol ar ôl toriad amser cinio, ac roedd mam ei ffrind wedi cymryd ei fod o wedi mynd adra'n sâl. Ffoniwyd Gwyneth, chwaer Elen, ac erbyn iddi gyrraedd ychydig funudau'n ddiweddarach roedd Elen wedi gwisgo amdani. Roedd hi bron yn chwech o'r gloch, felly defnyddiodd Meurig ei ffôn symudol i wneud yr alwad nesaf.

'Jeff, Meurig sy' 'ma. Mae Payne wedi cipio Geraint, hogyn Elen, ac mae o'n ei gadw fo tan y ceith o'r taniwr yn ôl. Mae o'n gwneud pob math o fygythiadau.'

'Argian, Meurig, does 'na ddim dewis rŵan 'mond gwneud bob dim yn swyddogol.'

'Na, Jeff,' protestiodd Meurig, yn cofio'r geiriau ar y neges ffôn. 'Os wnawn ni hynny, mi fydd Renton yn siŵr o ddeud wrth Beaumont ac wedyn mi fydd Payne yn gwbod.'

'Ble mae hyn yn ein gadael ni 'ta?'

'Does 'na ond un lle y bysa Payne yn gallu cuddio'r bachgen. Wnaeth Esmor adael y cyfarpar 'na acw neithiwr?'

'Do,' atebodd Jeff yn syth. 'Dwi wedi bod trwy'r sach yn barod ac mae pob dim fyddwn ni ei angen yno.'

'Mae Payne i fod i ffonio'n ôl am chwech. Ty'd draw i 'nghyfarfod i i'r bwthyn toc wedi hynny.'

Ar ben chwech, canodd y ffôn. Atebodd Elen yn nerfau i gyd, ei dwylo'n crynu a'i hwyneb yn ddagrau. Safai Gwyneth wrth ei hochr. Roedd Meurig wrth law er mwyn ceisio recordio'r sgwrs ar recordydd bach, a sylwodd fod y llais ar yr ochr arall yn aneglur, fel petai'r siaradwr wedi rhoi hances dros ei geg.

'Os ydach chi isio'ch mab yn ôl mewn un darn, dewch â'r taniwr i mi,' gorchmynnodd.

Roedd ymateb Elen wedi'i baratoi yn barod gan Meurig. 'Fedra i ddim 'i gael o tan fory,' meddai. 'Dwi wedi'i roi o yng ngofal y banc.'

'Celwydd, celwydd noeth.' Tagodd y geiriau allan yn ei wylltineb.

'Os 'dach chi'n meddwl y byswn i'n rhoi bywyd Geraint mewn peryg er mwyn rhyw daniwr, neu er eich mwyn chi, 'dach chi ddim yn gall, ddyn,' atebodd Elen yn bendant, ei llais yn llawn dicter yn ogystal â phoen. Roedd hi'n amlwg fod y cowboi yn ystyried y sefyllfa'n ofalus. Ni ddywedodd air.

'Damia, siaradwch efo fi, newch chi!' gorchmynnodd Elen.

'Mae ganddoch chi tan ddeg bore fory,' meddai'r llais. 'Neu mi fydd bysedd y plentyn yn dechrau diflannu, coeliwch fi. Ewch i'r banc am hanner awr wedi naw, ac ewch â'ch ffôn symudol efo chi. Mi fydda i'n eich ffonio chi am chwarter i ddeg. Rhowch y rhif i mi.'

Rhoddodd y rhif iddo.

'Plîs peidiwch â brifo 'mabi i,' plediodd. Ond roedd y lein yn farw.

Deng munud gymerodd hi i Meurig gyrraedd Y Gorwel. Roedd Jeff ac Esmor yn disgwyl amdano.

'Mi wneith Esmor ein gollwng ni yn agos i Hendre Fawr,' esboniodd Jeff. 'A gadael i ni gerdded weddill y ffordd, fel na fydd 'na gar yn agos i'r lle.'

'Syniad da,' cytunodd Meurig. 'Ydi bob dim gen ti?'

Cadarnhaodd Jeff ei fod.

Yn fuan wedyn cerddodd Jeff a Meurig ar draws y caeau tua'r ffermdy. Atseiniai geiriau olaf Elen drosodd a throsodd ym mhen Meurig.

'Plîs ty'd â fo'n ôl yn saff.'

Roedd dorau mawr hen adeilad y Weinyddiaeth Amddiffyn wedi eu cloi unwaith yn rhagor gan ddefnyddio'r cadwyni. Defnyddiodd Jeff y torrwr bolltiau roedd o'n ei gario a thorrodd y gadwyn yn rhwydd. Gadawodd y torrwr ar lawr ger y drws.

'Pa mor hyderus wyt ti ein bod ni'n chwilio yn y lle iawn, Meurig?' gofynnodd Jeff.

'Doeddwn i ddim gant y cant cyn cyrraedd, Jeff, ond o weld bod y lle wedi'i gloi eto, mae fy ngobeithion i wedi codi,' atebodd Meurig. 'Dwi'n gweddïo nad ydan ni'n rhy hwyr. Seicopath ydi'r dyn 'ma, pwy bynnag ydi o, a dwi'n ama'n gryf nad oes ganddo unrhyw fwriad i ryddhau'r creadur bach. Oedd yna unrhyw sôn 'i fod o wedi defnyddio gwn yn y gorffennol, Jeff?'

'Dim cyn belled ag y gwn i, ond ma' hi dipyn bach yn hwyr i feddwl am hynny rŵan. Dyn cleddyf ydi o – a dwi wedi cael blas ar hwnnw'n barod.'

Estynnodd y ddau hetiau caled allan o'r sachau teithio a ddarparwyd gan Esmor a rhoi batris yn y lampau. Yna, gyda'r bagiau yn ôl ar eu cefnau, dechreuodd y ddau gerdded i'r tywyllwch dirgel o'u blaenau. Ymddangosai fod traciau'r rheilffordd wedi'u darlunio'n gywir ar y cynlluniau – felly, byddai eu dilyn yn eu harwain i'r ceudwll mawr agosaf at y môr tua thri chwarter milltir i ffwrdd. Yn ôl y map, roedd nifer o dwnelau llai bob ochr i'r prif dwnnel bob hyn a hyn, a phenderfynodd yn ddau chwilio pob un ar y ffordd. Yn ôl pob golwg, doedd neb wedi bod ar gyfyl y lle ers blynyddoedd.

Cyn bo hir newidiodd y llawr o dan eu traed o dir caregog i dir meddal. Gwelsant olion tebyg i draed, a rhywbeth yn cael ei lusgo ar ei hyd, cyn i'r tir droi'n greigiog unwaith yn rhagor. Edrychodd Jeff a Meurig ar ei gilydd, eu gobaith yn gymysg ag ofn.

Nid oedd llawer i'w weld, ond cawsant hyd i nifer o hen daclau yn y twnelau bach cyntaf a oedd yn awgrymu mai storfeydd oedden nhw yn y gorffennol.

Teimlai'r dynion fel petai'r twnnel yn raddol ddisgyn, a dechreuodd dŵr ddiferu'n gyson o'r to dros y cynlluniau yr oedd Meurig yn ceisio'u darllen.

'Mi ddyla' bod 'na dwnnel arall ar y llaw dde jyst o'n blaena ni,' meddai.

'Dyma fo,' cadarnhaodd Jeff.

Trodd y ddau i mewn i'r twnnel a edrychai'n fwy na'r rhai a welsent cyn hynny. Roedd silffoedd haearn ar hyd un ochr yn ymestyn tuag wyth troedfedd oddi ar y llawr ac agoriad arall llai yn y pen draw ar yr un lefel â'r silff uchaf. Nid oedd yn hawdd ei weld, a'r unig ffordd i gyrraedd ato oedd dringo'r silff.

'Mi a' i i gael golwg,' meddai Jeff. Tynnodd ei sach oddi ar ei gefn.

'Bydda'n ofalus,' awgrymodd Meurig wrth ei wthio cyn belled ag y medrai.

'Ma' hi fel stafell fach arall,' daeth llais Jeff o'r tywyllwch. 'Tua chwe throedfedd fesul wyth efo dau wely pren, un bob ochr.'

'I'r gweithwyr ers talwm, ma' siŵr gen i,' gwaeddodd Meurig yn ôl.

'Ella, ond mae 'na gomics plant a llyfrau pêl-droed yma hefyd, o'r chwe neu'r saith degau, 'swn i'n deud, a chanhwyllau hefyd.' Oedodd am ennyd. 'A rhyw sach yn llawn o rwbath.'

'Agor o,' awgrymodd Meurig.

Aeth hanner munud heibio. Aeth ias trwy gorff Meurig pan waeddodd Jeff y geiriau y bu'n ofni eu clywed.

'Argian, Meurig, ma' 'na gorff yma!'

'Geraint?' galwodd Meurig. Dringodd y silffoedd mewn panig, yn ofni'r hyn a welai. Llanwodd geiriau olaf Elen ei gorff a'i feddwl wrth iddo ddychmygu'r gwaethaf, ei fod wedi ei gadael i lawr.

'Na, diolch i'r nefoedd,' meddai Jeff, yn ddistaw y tro hwn, ar ei gwrcwd uwchben y sach. 'Does dim byd fedren ni fod wedi 'i wneud i achub hwn.'

Yng ngolau gwan y lampau, tynnodd y ddau fwy o'r sach oddi ar y corff. Roedd y rhan fwyaf o'r dillad wedi hen bydru yn ogystal â chnawd yr un a'u gwisgai. Er bod blynyddoedd o bydredd wedi dinoethi'r rhan fwyaf o'r esgyrn, yr oedd rhywfaint o wallt yn dal i fod ar y penglog.

'Drycha ar y marciau a'r tolciau dwfn 'na ar gefn y penglog,' meddai Meurig. 'Dwi'm yn meddwl bod angen meddyg i ddeud wrthan ni bod 'na ddau neu dri thrawiad wedi torri'r asgwrn.'

'Mi wela i,' atebodd Jeff. 'Rheina laddodd o, siŵr o fod.'

'Ers pryd wyt ti'n meddwl y bu o yma?' gofynnodd Meurig.

'Duw a ŵyr. Blynyddoedd maith. Ond sbïa ar y llyfra' 'ma. Ti'm yn meddwl fod y lle 'ma'n edrych fel cuddfan hogyn ifanc yn y saith degau? Ti'n meddwl yr un peth â fi, Meurig?'

'Ma' raid mai fo ydi o.'

Fflachiodd Jeff ei olau ymhellach draw a gwelodd duniau bwyd, hen rámoffon mecanyddol a hen record saith deg wyth yn dal i fod ar y troellwr. Cododd hi a rhwbiodd ei fysedd yn ysgafn ar y label.

'*Peter and the Wolf* gan Prokofiev,' meddai. 'Ma' raid mai i lawr i fama y daeth o i guddio pan oedd yr heddlu yn chwilio amdano fo'r holl flynyddoedd yn ôl.'

'Tan i rywun ei drawo i farwolaeth. Sgwn i pam?' atebodd Meurig. 'Ond ty'd, Jeff, fedrwn ni wneud dim i helpu Medwyn. Ma' raid i ni chwilio am Geraint.'

Pennod 21

Dychwelodd y ddau i'r prif dwnnel a throi i ddilyn y rheilffordd tua'r môr. Wedi munud neu ddau o gerdded daeth arogl hallt i'w ffroenau. Nid oglau ffres glan y môr ond oglau trwm, llwydaidd rhywle lle na fu awyr iach, gwynt na haul erioed. Yn sydyn agorodd y twnnel yn geudwll anferth o'u blaenau. Roedd yno olion nifer o weithdai, ond nid oedd goleuadau helmedau Jeff a Meurig yn ddigon cryf i weld y cyfan. Wrth graffu, gwelsant ddrymiau olew anferth ar un ochr, a pheipiau rwber amrywiol. Ar yr ochr arall iddynt roedd hen eneradur; roedd peiriannau codi trwm yn sownd yn y to ac yma ac acw gwelsant feinciau gweithio yn edrych fel pe baent wedi'u gadael ar frys.

Sylwodd Jeff ar y llawr o'i flaen. 'Yli, Meurig, esgid plentyn!' Cododd hi a gwelodd mai esgid bachgen oedd hi – ac yn wahanol iawn i bopeth arall yno, doedd dim i awgrymu iddi fod yno'n hir.

'Ma' raid mai esgid Geraint ydi hi,' meddai Meurig, mewn mwy o obaith na sicrwydd. 'Sut yn y byd ydan ni'n mynd i gael hyd iddo fo mewn lle mor anferth â hwn heb olau cryfach?'

'Hisht! Be' oedd hwnna?' sibrydodd Jeff, yn rhoi llaw ar ysgwydd Meurig i'w dawelu. 'Glywaist ti?'

'Be'?'

'Gwranda.'

Safodd y ddau yn ddelwau distaw.

'Ma' raid mai dychmygu oeddat ti,' meddai Meurig toc.

'Na, dwi'n siŵr 'mod i wedi clywed rwbath. Aros am funud,' plediodd Jeff.

Aeth munud hir heibio. Daeth yr un sŵn o'r tywyllwch eto, a chlywodd y ddau yr un peth. Sŵn distaw, lleddf plentyn yn cwynfan, ond yn sicr sŵn plentyn bychan.

'Geraint!' galwodd y ddau.

'Be' os ydi Payne i lawr yma'n rwla?' Roedd Jeff yn swnio'n bryderus am y tro cyntaf.

'Mi fydd yn rhaid i ni ddelio â hynny os, neu pan, godith y broblem. Ond mi oedd y drysau mawr wedi'u cloi o'r tu allan, ti'n cofio?'

'Dim ond gobeithio na ddaru o 'mo'n dilyn ni i lawr.'

Clywsant y bachgen yn crio eto, yn uwch ac yn fwy eglur y tro hwn, yn ddigon uchel i roi awgrym i'r dynion o ba gyfeiriad y dôi'r sŵn. Cerddodd y ddau yn ofalus i'r cyfeiriad hwnnw, cyn aros a gwrando eto.

'Geraint! Yncl Meurig sy' 'ma! Dwi 'di dod i fynd â chdi adra.'

Y tro hwn, daeth y llais yn gryfach o'r tywyllwch i ateb Meurig. Yn y golau egwan ymlwybrodd y ddau yn nes. Roedd yr hyn a welsant o'u blaenau yn ddigon i oeri'r gwaed. Safai Geraint ar ysgafell fechan hanner ffordd i lawr stepiau cerrig a ddiflannai i'r môr oddi tano, ei arddyrnau wedi'u clymu i ddolen drom yn y wal uwch ei ben. Edrychai'r dŵr yn llonydd tua throedfedd yn is na'i draed, ond gwyddai Meurig nad pwll marwaidd oedd hwn ond Môr Iwerddon yn llifo i mewn i'r ceudwll tanddaearol. Wrth glosio ato gwelodd Meurig fod y bachgen yn crynu gan ofn ac oerni, ei lygaid yn llosgi'n goch yng ngolau'r lamp ar ôl bod yn y tywyllwch cyhyd. Trodd Jeff ei lamp i oleuo wyneb Meurig, fel y gallai Geraint ei weld a'i adnabod.

'Yncl Meurig, ma' 'mreichia i'n brifo,' meddai.

Gwelodd y ddau fod ei arddyrnau'n gleisiau a bod ochrau'r gefyn llaw oedd yn ei gysylltu â'r ddolen ddur wedi torri ei gnawd gan dynnu gwaed. Cododd Meurig y bachgen i ryddhau tipyn o'r pwysau a cheisiodd Jeff yn ofer i agor y gefyn. Sylweddolodd mai dolen ar gyfer clymu llongau tanfor yn ddiogel oedd yn cysylltu Geraint â'r wal, ac nad oedd diben ceisio'i thorri.

Trodd digalondid Jeff yn ddychryn pan sylweddolodd fod ôl y llanw diwethaf ar y wal gerrig lathen yn uwch na phen y bachgen, a bod y llanw nesaf ar ei ffordd i mewn.

'Mi fydd y llanw'n uwch heno,' meddai Jeff yn frysiog. 'Mae 'na leuad lawn.'

'Welaist ti rywfaint o dŵls o gwmpas y lle 'ma fasa'n torri hwn?' gofynnodd Meurig wrth geisio ffidlan efo'r gefyn.

'Naddo, ond mi edrycha i eto.'

'Na, paid,' gwaeddodd Meurig yn rhwystredig. 'Os methi di, mi fyddi wedi gwastraffu gormod o amser a fydd gynnon ni'm gobaith. Faint gymerith hi i ti fynd yn ôl i'r top i nôl y torrwr bolltia' 'na?'

'Chwarter awr bob ffordd, ond dyna'n cyfle gora ni.' Gwelodd Jeff fod y dŵr bron â chyrraedd traed Geraint.

'Gad dy fag yn fama a dos fel y diawl, Jeff. Paid â gadael i ddim dy rwystro di.'

Diflannodd Jeff i'r tywyllwch.

Ceisiodd Meurig feddwl am rywbeth calonogol i'w ddweud wrth Geraint ond methodd. Tyfai ei bryder wrth i'r dŵr godi'n araf. Gafaelodd yn dynn yn y bachgen a dechreuodd ganu'n dawel yn ei glust. Addawodd pob math o bethau iddo – gwely cynnes, lemonêd, siocled, hufen iâ, reid yn y Stag a physgota, unrhyw beth fyddai wrth fodd Geraint. Gwyddai Meurig y byddai'n cadw at bob addewid petai'n llwyddo i fynd â'r bychan yn ôl at ei fam yn saff.

Meddyliodd am Dafydd, ei fab ei hun, a fuasai wedi bod o gwmpas yr un oed â Geraint petai wedi cael byw, ond buan iawn y daeth dringo cyson y dŵr â fo yn ôl i realiti'r sefyllfa.

Dim ond ers deng munud yr oedd Jeff wedi mynd, ac yn barod yr oedd y môr yn nesáu at ganol Geraint. Teimlodd Meurig ias yn rhwygo trwyddo pan ddechreuodd ystyried y posibilrwydd na fyddai Jeff yn dychwelyd yn ddigon buan. Oedd o wedi gwneud y dewis iawn? Oedd yna ryw erfyn nes, rhywbeth gerllaw a allai fod o ddefnydd? Yn sydyn, cofiodd am y pibellau rwber a welodd yn y twnnel. Byddai'r rheiny'n prynu rhywfaint o amser, ond gwyddai y buasai'n rhaid iddo adael Geraint ar ei ben ei hun i'w nôl.

Pan eglurodd Meurig yr hyn yr oedd o'n bwriadu ei wneud dechreuodd y bachgen grïo eto. Ond roedd yn rhaid iddo fynd, ac wrth redeg ymaith clywodd Meurig ei sgrechiadau ofnus. Tynnodd gyllell finiog o'i fag a thorrodd ddau damaid o beipen rwber tua dwy droedfedd o hyd a modfedd mewn diamedr cyn rhuthro yn ei ôl at Geraint, a oedd erbyn hyn hyd at ei geseiliau yn y dŵr.

'Ti a fi am chwarae gêm fach, Geraint,' meddai, gan dynnu ei helmed a'r batri oddi amdano a'u rhoi ar ben wal y cei fel bod y golau yn sgleinio i'w cyfeiriad. Rhoddodd ben un o'r pibellau yn ei geg. Roedd ei flas yn ofnadwy, yn ddigon i wneud iddo gyfogi, ond roedd hyn yn fater o raid.

'Mi ddangosa i i ti sut i anadlu o dan y dŵr. Dyna dric da 'de? Sbïa,' meddai, gan suddo o dan y dŵr oer a defnyddio'r beipen i anadlu. Daeth yn ei ôl i'r wyneb a gwenodd mor llawen ag y gallai. 'Da 'de? Dwi'n siŵr y medri ditha wneud hynna hefyd, a chditha'n hogyn mawr.'

'Dwi'm isio,' cwynodd Geraint.

Anwybyddodd Meurig y bachgen a rhoddodd y beipen arall yn ei geg. Gwasgodd drwyn y bachgen efo'i fys a'i fawd er mwyn ei orfodi i anadlu trwy'r beipen.

'Da iawn, Geraint. Fedri di wneud hynna pan ddaw'r dŵr uwch dy ben di?'

'Medraf, dwi'n meddwl, Yncl Meurig.'

'Campus, Geraint. Dwi'n gwbod y byddi di'n hogyn mawr dewr.'

Cyrhaeddodd Jeff y dorau yn fyr o wynt ond ychydig yn gynt na'r chwarter awr yr oedd wedi ystyried y byddai'r daith yn ei chymryd. Chwiliodd yn ofer am y torrwr bolltiau a adawodd yno'n gynharach. Roedd yn siŵr ei fod wedi'i adael ar lawr ger y drws, ac wrth chwilio synhwyrodd fod rhywun arall yno. Trodd yn sydyn a gwelodd amlinelliad anferth dyn mewn het gowboi yn sefyll uwch ei ben yng ngolau gwan y lleuad lawn.

'Am hwn ti'n chwilio?' gofynnodd, yn gafael yn y torrwr bolltiau yn un llaw a beth edrychai'n debyg i gleddyf Samurai yn y llall.

Gwyddai Jeff yn iawn ei fod wedi dod wyneb yn wyneb â'r un llafn o'r blaen.

'Wel,' gwawdiodd y cowboi. 'Well i ti ddod i'w nôl o felly.' Disgynnodd y torrwr bolltiau i'r llawr wrth ei ochr. Cododd y cleddyf uwch ei ben â'i ddwy law a'i droelli fel rhyfelwr.

Doedd y dyn mawr ddim yn disgwyl ymateb mor sydyn.

Er ei fod wedi anelu'r llafn i'w gyfeiriad, tarodd Jeff ergyd â'i ben yng nghanol bol y cowboi efo'i helmed galed, a'i wthio yn erbyn y drws solet. Hyrddiwyd y gwynt o'i ysgyfaint gyda thagiad uchel, poenus. Disgynnodd y cleddyf o'i afael a chipiodd Jeff y torrwr bolltiau oddi ar y llawr. Ond nid oedd Jeff wedi rhagweld ystwythder y cawr a theimlodd gic nerthol yn ei asennau. Ei dro ef oedd hi'n awr i gwffio am ei wynt a gwelodd y llall yn estyn am ei gleddyf unwaith eto. Cydiodd yn y torrwr bolltiau a'i godi mewn pryd i gyfarfod y llafn ar ei ffordd i lawr. Gwelodd fflach fel mellten yn y nos pan drawyd y dur. Cododd Marcus Payne y llafn am ail gynnig ond llwyddodd Jeff i'w daro gyntaf efo'i erfyn trwm ei hun, yn galed yng nghanol ei frest – a bu hynny'n ddigon i'w lorio yn y fan.

Penderfynodd Jeff nad oedd ganddo ddewis ond rhedeg. Ystyriodd beth fyddai'r canlyniadau pan ddaethai Payne ato'i hun, ond byddai'n rhaid delio â hynny pan ddigwyddai. Cael y torrwr bolltiau i lawr at Meurig oedd yr unig beth ar ei feddwl. Trodd ei gefn ar Payne, a oedd yn griddfan ar lawr, a diflannodd unwaith eto i dywyllwch y ceudwll.

Sylweddolodd Jeff wrth hanner rhedeg, hanner disgyn cyn lleied roedd o wedi gwella ar ôl yr ymosodiad arno lai nag wythnos ynghynt – ac na wnaeth ei sgarmes ddiweddaraf ddim i helpu'i adferiad. Wrth sgrialu i lawr yr allt sylwodd fod golau ei helmed yn pylu – a bod ei fatri sbâr yn y sach a adawodd yn gynharach efo Meurig. Cyn diwedd ei daith roedd ei olau wedi diffodd yn llwyr gan ei orfodi i ymbalfalu yn y tywyllwch. Diolchodd am y traciau rheilffordd – o leia gallai'r rheiny ei arwain ymlaen. Llosgai pob clais a dolur ar ei gorff wrth iddo ddisgyn dro ar ôl tro yn ei frys, ond o'r diwedd gwelodd olau gwan lamp Meurig yn y pellter a gwyddai ei fod bron â chyrraedd pen ei daith.

Llifai llanw oer Môr Iwerddon o amgylch Pen Llŷn a Sir Fôn, a thrwy'r Fenai. Fesul modfedd codai lefel y dŵr yn yr harbwr tanddaearol. Edrychodd Morgan yn ddiymadferth ar chwydd didostur y llanw yn cyrraedd gwddf Geraint, ei ên ac yna'i geg. Dechreuodd weddïo am y tro cyntaf ers blynyddoedd. Mwythodd dalcen Geraint gan ryfeddu at ei ddewrder. Pan ddaeth yr amser, cymerodd y beipen, rhoddodd hi yn ei geg fechan a defnyddiodd y llaw arall i gau ei drwyn rhag y dŵr. Ni wyddai sut y byddai'r oerfel yn effeithio'i allu i fedru anadlu o dan y fath amgylchiadau. Dau neu dri munud arall ac mi fyddai'r bachgen o dan yr wyneb yn llwyr. Yn fuan yr oedd ei freichiau yn ymestyn i lawr tua'r ddolen a oedd yn ei gaethiwo, a chynhaliaeth Meurig oedd yr unig beth a gadwai Geraint rhag suddo'n is na hyd y beipen. Gresynodd nad oedd y beipen yn hwy, ond wedyn byddai'r bychan mewn perygl o anadlu ei garbon deuocsid ei hun. Byseddodd y gyllell fawr finiog ar ei felt, yn cydnabod mai torri arddwrn Geraint oedd yr opsiwn olaf un er mwyn achub ei fywyd. Gwyddai nad oedd ymhell o orfod gwneud y dewis dychrynllyd hwnnw.

Clywodd Meurig sŵn uwch ei ben ond ni welodd olau.

'Jeff? Jeff! Chdi sy' 'na? Brysia wir Dduw!'

'Dal d'afal, mêt, dwi'n dod, ond 'sgin i'm gola!'

'Gest ti o?'

'Do.'

'Tynna dy gôt gynta, cyn iddi wlychu. Mi fedrwn ni lapio Geraint ynddi wedyn.'

Nid oedd amser i drafod ymhellach. Gwyddai'r ddau yn union beth oedd angen ei wneud. Suddodd Jeff o dan wyneb y dŵr a'r torrwr bolltiau yn ei law. Yn y tywyllwch a'r oerni, teimlodd ei ffordd tuag at arddyrnau Geraint a'r gadwyn rhyngddynt, a thywysodd llafn y torrwr bolltiau yn ei erbyn. Gwasgodd yr handlen yn ofalus a theimlodd y metel yn torri'n rhwydd. Ond oedd y bachgen yn fyw?

Tynnodd Meurig Geraint yn rhydd a chyn ei godi o'r dŵr, plygodd ei ben yn ôl, gwasgodd ei drwyn, pwysodd ei geg ei hun yn erbyn ei geg a chwythodd yn galed er mwyn llenwi ysgyfaint Geraint. Hyd yn oed yn y golau gwan, edrychai ei wyneb yn las. Rhoddodd Meurig o i orwedd ar y llawr creigiog ond nid oedd yr un o'r ddau yn siŵr os oeddan nhw'n teimlo curiad ei galon na phŷls. Daliodd Meurig ati i geisio'i ddadebru, geg yng ngheg, a dechreuodd Jeff dylino'i galon. O'r diwedd tagodd y bachgen a dechreuodd chwydu. Roedd yn anadlu ar ei ben ei hun o'r diwedd. Fe'i lapiwyd, cystal â phosib, yng nghôt Jeff a llwyddodd i yfed rhywfaint o de cynnes, melys o fflasg a baratowyd gan Esmor.

'Lle mae Mam?' oedd geiriau cyntaf Geraint.

Cododd Meurig y bachgen yn ddiolchgar i'w freichiau. Cysylltodd Jeff fatri arall i'w helmed a chasglu gweddill eu cyfarpar yn frysiog, a chychwynnodd y tri ar eu taith araf tua'r fynedfa.

'Mi oeddwn i'n meddwl na fasat ti'n dod yn ôl mewn pryd,' meddai Meurig wrth ddringo.

'Mi faswn i wedi bod yn lot cynt taswn i heb ddod wyneb yn wyneb â'r cowboi,' atebodd y plismon.

'Payne?'

'Ia, roedd fy nhorrwr bolltiau i ganddo fo yn un llaw ac

uffar o gleddyf mawr yn y llall, ac mi fu'n rhaid i mi gwffio efo fo i'w gael yn ôl. Mi adewais i o'n gruddfan ar lawr wrth y drws. Doedd 'na'm amser i wneud dim byd arall. Mi fydd yn rhaid i ni fod yn ofalus pan gyrhaeddwn ni'r top.'

Cuddiodd Meurig efo Geraint allan o olwg y fynedfa er mwyn i Jeff gael cyfle i edrych o gwmpas yn gyntaf, ond nid oedd golwg o neb yn unman. Rhoddodd Jeff ei droed yn erbyn hen ddrws ffrynt ffermdy Hendre Fawr ac o fewn munudau, yr oedd Geraint wedi'i ddadwisgo a'i ailwisgo yn yr amrywiol ddillad yr oedd Emily Parry wedi eu gadael o gwmpas y lle. Cofiodd Meurig iddo weld rholyn tew o ffoil coginio yn y gegin ar ei ymweliad diwethaf â'r tŷ, a lapiodd haenau ohono am y bachgen rhynllyd. Gafaelodd ynddo a'i dynnu tuag at gynhesrwydd ei gorff ei hun, a disgwyl.

Yn y cyfamser gwnaeth Jeff nifer o alwadau ffôn ac o fewn munudau llewyrchodd goleuadau glas cerbydau'r heddlu ac ambiwlans yn erbyn tywyllwch y nos. Rhuthrwyd Geraint yng nghwmni Meurig yn yr Ambiwlans Awyr i Ysbyty Gwynedd.

Erbyn i Elen dderbyn y newyddion da gan Jeff a chael ei gyrru i'r ysbyty yn un o geir cyflym yr heddlu, roedd y gefyn brwnt wedi ei dynnu oddi ar arddyrnau ei mab a'i friwiau wedi'u trin gan y meddygon. Cysgu oedd Geraint pan welodd Elen o am y tro cyntaf, ei wyneb wedi adennill rhywfaint o'i liw er bod tonnau duon ei wallt yn damp o hyd yn erbyn y gobennydd. Edrychodd Elen ar Meurig, a oedd yn eistedd yn y gornel a golwg y cythraul arno, ond tynnwyd ei sylw yn ôl tua'r gwely pan symudodd Geraint ac agor ei lygaid. Gwenodd ar ei fam – y wên fwyaf a'r wên orau a welodd Elen erioed. Gafaelodd ynddo'n dynn a llifodd dagrau ei llawenydd ar hyd ei foch. Safodd Meurig am ennyd cyn symud tua'r drws.

'Lle ti'n mynd, Meurig?' gofynnodd.

'Ro'n i'n meddwl ella basat ti isio dipyn o amser ar dy ben dy hun efo fo,' atebodd.

'Arhosa lle'r wyt ti,' gorchmynnodd.

Cerddodd ato a gafaelodd ynddo, ei breichiau'n dynn amdano.

'Meurig.' Cododd ei phen a hoelio ei sylw arno. 'Diolch i ti am ddod â fo yn ei ôl yn saff. Wn i ddim sut fedra i ddechra diolch i ti.'

'Does dim rhaid.'

Arhosodd y ddau ym mreichiau ei gilydd nes y gwthiodd hi Meurig oddi wrthi.

'Ti'n wlyb!'

'Socian, mewn gwirionedd,' gwenodd.

'Be' ddigwyddodd?'

'Mi ddeuda i wrthat ti ryw dro eto,' atebodd Meurig. 'Ond dim rŵan.'

Gwenodd Geraint, cyn i'w lygaid gau unwaith yn rhagor.

Cyrhaeddodd y Ditectif Arolygydd (Dros Dro) Powell Hendre Fawr ychydig ar ôl i'r hofrennydd adael am yr ysbyty. Cymerodd Jeff ddeng munud i adrodd ei grynodeb o'r digwyddiadau, er ei fod wedi gofalu peidio â sôn am ddim byd tu allan i'r herwgipiad, darganfod y corff wedi pydru a'i frwydr efo'r cowboi, neu Marcus Payne fel y tybiai Jeff.

Ar ôl iddo orffen, edrychodd Powell arno'n chwyrn.

'Rwyt ti wedi dy wahardd dros dro o dy waith.'

'Fy ngwahardd?'

'Ia, ar orchymyn yr Uwch Arolygydd Renton – am fentro heb awdurdod, esgeuluso dy gyfrifoldeb, a mwy na thebyg y bydd nifer o gyhuddiadau eraill erbyn i'r ymchwiliad i dy ymddygiad orffen. Tyrd â dy gerdyn gwarant swyddogol yma rŵan ac o hyn ymlaen chei di ddim dod yn agos i unrhyw un o adeiladau'r heddlu. Ti'n dallt?'

'Ydw,' atebodd Jeff. 'Ond deudwch chi hyn wrth y Ditectif Uwch Arolygydd Renton. Mi fydda i'n mynd i'r pencadlys ym Mae Colwyn fory i weld y Prif Gwnstabl Cynorthwyol a phennaeth yr adran sy'n ymchwilio i gwynion yn erbyn yr heddlu. Ella y galwa' i i weld Comisiynydd yr Heddlu a Throseddu Lleol ar fy ffordd yno. Mae gen i ffrindia yn y wasg hefyd, ac mae'r un pŵer gen i ag unrhyw aelod o'r cyhoedd i arestio rhywun – a dwi'n gwybod sut i'w ddefnyddio fo, dim ots os ydi'r person hwnnw'n blismon uchel ei safle. Dywedwch hynna wrtho fo, air am air, a sbïwch ar ei ymateb o.'

Trodd Jeff ar ei sawdl heb ddisgwyl am ateb.

Pennod 22

Am hanner awr wedi wyth fore trannoeth, deialodd Jeff rif arbennig a disgwyliodd.

'Bore da, Gwasanaeth Gwyddoniaeth Fforensig y Swyddfa Gartref. Sut alla i'ch helpu chi?'

'Ga i siarad â Dr Poole, os ydi o yna, os gwelwch chi'n dda?'

'Mi hola i. Pwy sy'n galw?'

'Ditectif Gwnstabl Jeff Evans, CID Glan Morfa.'

Disgwyliodd am funud.

'Jeff, sut ddiawl wyt ti?' Uffar o beth mai yn fama ti'n cael gafael arna i ar fore Sadwrn,' dechreuodd. 'Hei, 'dan ni 'di clywed hanesion am ryw helyntion mawr acw – a chditha'n eu canol nhw. Sut wyt ti ar ôl y gweir 'na?'

'Dwi'n well erbyn hyn diolch, Brian. Sut ma bywyd yn dy drin di?'

'Dim yn ddrwg, cofia. Hei, glywist ti am y canlyniad da 'na gawson ni yn Llys y Goron yng Nghaer wsnos dwytha? Cydweithio da rhyngddan ni a'r heddlu dwi'n galw peth fel'na, Jeff, ac mi oedd yn rhaid iddo fo bledio'n euog efo'r holl dystiolaeth yn ei erbyn, doedd? Biti na 'mond pedair blynedd gafodd o.'

Sylweddolodd Jeff nad oedd brwdfrydedd Brian Poole wedi pylu dim.

'Do. Grêt, Brian,' atebodd. 'Mi arbedodd dreial fysa wedi para am dair wsnos. Ond gwranda,' meddai, gan geisio troi'r sgwrs i bwrpas yr alwad. 'Dwi angen gofyn ffafr i ti, ac ma' raid i mi fod yn hollol onest a deud nad ydw i'n hollol gyfforddus yn gofyn y tro yma.'

'Ti ddim yn mynd i ofyn i mi neidio'r ciw fforensig i ti eto, Jeff, nag wyt?' meddai'n ysgafn.

'Ydw,' meddai Jeff. 'Ond mae 'na lawer iawn mwy iddi na hynny ma' gen i ofn. Mae'r cwbwl ynghlwm â'r llofruddiaeth i lawr yn fama. Mae 'na rwbath amheus iawn ynglŷn â'r samplau DNA a gymerwyd yng Nglan Morfa'r diwrnod o'r blaen ar ddechra'r broses sgrinio. Mae yna un sampl wedi'i golli, ond yn fwy na hynny, mae'r ffaith fod y sampl wedi ei gymryd o gwbwl wedi'i ddileu oddi ar y system, a does dim hanes ohono fo ar y gronfa ddata na'r cofnod a yrrwyd i ti yn y lab.'

'Argian,' atebodd Poole, yn ceisio ystyried pob posibilrwydd. 'Ma' raid mai rhywun ar y tu mewn sy'n gyfrifol.'

'Yn anffodus, rwyt ti'n llygad dy le,' cyfaddefodd Jeff, yn ansicr ynglŷn â faint y dylai ei ddadlennu. 'Dwi'n meddwl, neu dwi'n amau'n gryf, mai un o'n uwch-swyddogion ni sy'n gyfrifol. Ma' raid bod yna reswm, Brian, ond dwi ddim yn teimlo'n ddigon hyderus i ddeud wrth neb arall yn fama, dim eto, dim nes y bydda i'n gwbod mwy,' esboniodd. 'Ac mae 'na oblygiadau eraill hefyd,' ychwanegodd.

'Felly, be' wyt ti'n ddisgwyl y galla i ei wneud?'

'Wel.' Roedd Jeff yn dal i fod rhwng dau feddwl faint ddylai o ddweud dros y ffôn. 'Dwi wedi medru cael gafael ar eitemau eraill sy'n debygol o gario DNA'r un dyn, a 'swn i'n ddiolchgar iawn tasat ti'n cael golwg arnyn nhw cyn gynted ag y galli di … plîs?'

Clywodd Jeff ochenaid uchel dros y ffôn.

'Ti'n gwbod yn iawn sut i roi cur ym mhen rhywun ar fore braf dwyt, a finna i fod ar y cwrs golff mewn hanner awr. Ond ydw, dwi'n gwrando.'

Eglurodd Jeff sut y bu iddo gymryd swabiau o glybiau golff Beaumont, llyw ei gar a'i faneg.

'Fydd hyn ddim yn hawdd,' cyfaddefodd y gwyddonydd ar ôl i Jeff orffen. 'Mi fydd y swabiau rwyt ti wedi'u cymryd oddi ar y clybiau golff a'r llyw 'run fath â rhai oddi ar oriawr rhywun, gwreiddyn gwallt rhywun, handlen drws neu glicied gwn, os lici di. Mi fydd yn rhaid eu meithrin yn fanwl ac yn ofalus yn y labordy am ddyddiau cyn y bydd digon o ddeunydd i gael y canlyniad rwyt ti'n gobeithio amdano. Lot mwy cymhleth a llawer iawn mwy o waith na fuaswn i'n ei wneud ar broses sgrinio.'

'Ond fel ro'n i'n deud, mae 'na lawer iawn mwy na hynny iddi, Brian,' mynnodd Jeff.

'Falla wir,' atebodd y meddyg. 'Ond mi allai'r broses feithrin gymryd bron i bythefnos, ac mai hi'n broses dechnegol sydd â galw mawr amdani ar hyn o bryd.'

Suddodd calon Jeff, ond gwrandawodd ar y meddyg.

'Dyna ydi'r sefyllfa ynglŷn â'r samplau o'r clybiau golff a'r llyw, ond mae'r faneg yn fater gwahanol. Os ydi'r dyn wedi'i gwisgo yn aml dros gyfnod hir, mae'n bosibl bod ôl ei chwys arni a mwy na thebyg darnau mân o'i groen, ac ella galla i wneud rwbath efo hwnnw o fewn y dau neu dri diwrnod arferol, os ydi'r achos yn un digon pwysig. Ond ma' raid i ti gofio y bydd 'na gostau, a bydd yn rhaid i'r archwiliad gael ei awdurdodi gan yr uwch-swyddog sy'n edrych ar ôl y gyllideb ar gyfer gwyddoniaeth fforensig.'

'Mae hi'n hen faneg, sy'n beth da. Os ydi hi'n cario olion ei chwys a'i groen, ydi hynny'n golygu bydd y canlyniad yn sicr o fod yn gywir?'

'Mwy neu lai. Mae'r siawns bod 'na ddau efo'r un DNA yn un mewn mil o filiynau os nad wyt i'n sôn am efeilliaid.'

'Dim cyn belled ag y gwn i, Brian.' Petrusodd Jeff eto. 'Yli, dwi'n dallt y goblygiadau, ond mae'r sefyllfa yn un gymhleth, ac yn un na fedra i ei thrafod dros y ffôn.' Ofnai na fyddai'n llwyddo yn ei gais heb rannu'r holl wybodaeth.

'Mi oeddwn i'n amau,' meddai Poole. 'Ond mi wyt ti'n gofyn i mi wneud llawer iawn mwy nag y dylwn i. Ti'n sylweddoli hynny, dwyt Jeff? I ddechra, dwi'n cymryd nad ydi dy samplau di wedi eu casglu'n gyfreithlon, ond does dim rhaid i ti gadarnhau hynny rŵan. Dwi'n dy nabod di'n ddigon da i wybod bod dy fwriad yn gyfiawn. Ond os wyt ti isio i mi gamu dros y ffin efo chdi, bydd yn rhaid i ti ddeud y cwbl wrtha i, yr holl stori, a dwi'm yn meddwl bod hynny'n gofyn gormod, nag'di?'

Gwyddai Jeff fod y meddyg yn llygad ei le.

'Yli, Brian, ga i ddod draw rŵan i dy weld di? Mae 'na agwedd arall ar hyn i gyd sydd wedi bod yn fy mhoeni fi ers dyddiau – rwbath sy'n mynd yn ôl gryn amser. Rwbath nad ydw i wedi ei drafod efo neb arall. Mae hwn yn fater o bwys, Brian, ac mae'n rhaid i ti ymddiried yndda i.' Roedd Jeff bron yn crefu erbyn hyn.

'Iawn,' cytunodd. 'Pa mor hir gymri di i ddod yma?'

'Dwyawr a hanner, tair ella.'

'Ty'd ar ôl cinio, 'ta. Mi alla i gael gêm sydyn o golff tra dwi'n aros amdanat ti.'

'Grêt,' meddai Jeff yn ddiolchgar. 'Ond dim gair wrth

neb arall, plîs, Brian. Mae'n debyg bod yr ymosodiad arna i yn gysylltiedig â'r holl beth.'

'Bydda'n ofalus felly.'

Coginiodd Jeff frecwast da iddo'i hun ac un dipyn llai i Jean. Estynnodd y samplau a obeithiai oedd yn cynnwys DNA Beaumont allan o'r oergell a'u rhoi mewn bag oer. Gadawodd y tŷ am hanner awr wedi deg ond roedd yr A55 ar hyd arfordir gogledd Cymru a'r M6 yn brysur fel arfer, ac ni chyrhaeddodd y labordy tan ddau. Car Dr Brian Poole wedi'i barcio o flaen yr adeilad oedd yr unig arwydd o fywyd yno. Parciodd Jeff wrth ei ochr yn y gofod a neilltuwyd ar gyfer y cyfarwyddwr a chododd ei law i gydnabod Brian Poole a oedd yn agor y drws.

Ddwy awr yn ddiweddarach roedd Jeff wedi gorffen dweud ei hanes. Roedd yn falch ei fod wedi mynnu cyfarfod Brian wyneb yn wyneb er mwyn darllen ei ymateb. Gobeithiai fod hynny wedi dangos ei ddiffuantrwydd yntau hefyd. Gwrandawodd y doctor arno'n astud gan ofyn cwestiynau byr o dro i dro. Wedi iddynt orffen trafod, cerddodd Dr Poole efo Jeff at ei gar.

'Fedra i ddim ond diolch yn fawr iawn i ti, Brian,' meddai Jeff. 'Gobeithio nad ydw i wedi gwastraffu dy amser di ond dwi'n bendant bod rwbath o'i le.'

'Fel y deudis i Jeff, mi ydan ni'n dau yn rhoi ein pennau ar y bloc, a ti'n gwbod na fedra i addo dim ynglŷn â'r mater arall yna. Mi fyddwn ni'n lwcus os bydd unrhyw dystiolaeth ar ôl ers cymaint o amser, ond mi ofynna i i rywun edrych drwy'r storfa fore Llun. Hyd yn oed os ydi'r samplau yn dal gynnon ni, fedra i addo dim, ti'n gwbod hynny. Fel dwi wedi deud yn barod, os wyt ti'n iawn, nid i chdi y bydda i'n ymateb ond i'r Prif Gwnstabl Cynorthwyol yn uniongyrchol.'

'Does gen i ddim problem efo hynny, Brian.'

Torrwyd gyrfa addawol y Ditectif Uwch Arolygydd (Dros Dro) William Alexander Renton yn yfflon o fewn tair wythnos fer. Ni ddaeth i'w waith y diwrnod hwnnw, rhywbeth a roddodd hygrededd i'r hanes a drosglwyddodd Jeff i'r Prif Gwnstabl Cynorthwyol Eric Edwards yng Nglan Morfa ar ei ffordd adref o'r labordy. Absenoldeb Renton oedd y rheswm pam na fu hi'n anodd cael apwyntiad ar fyrrybydd i weld Edwards y prynhawn hwnnw – cafodd yntau ei alw i mewn ar ei ddiwrnod rhydd i ddelio â'r dryswch. Dywedodd y cwbl wrtho – y cwbl heblaw'r rheswm am ei gyfarfod efo Dr Brian Poole yn gynharach yn y dydd. Fel y gellid disgwyl, roedd absenoldeb Renton yn achosi pryder dirfawr i uwch-swyddogion yr heddlu, ac erbyn hyn ni wyddai neb ble'r oedd o.

Gadawodd Renton ei gartref yn fuan y bore hwnnw ar ôl noson ddigwsg. Gwyddai fod ei ddiwedd yn agosáu, ond roedd o eisiau amser i feddwl – penderfynu ar y dewis gorau – ceisio achub rhywbeth, os oedd ganddo rywbeth ar ôl i'w achub bellach. Gyrrodd yn ddiamcan ar hyd lonydd cefn gwledig, yn anwybyddu caniad cyson ei ffôn symudol. Sylweddolai na allai anwybyddu ei sefyllfa bresennol. Dyna'n union ydoedd erbyn hyn – sefyllfa amhosib. Gwrandawodd ar y negesau ar ei ffôn, y rhan helaeth ohonynt gan Powell, a'r pryder yn ei lais i'w glywed fel petai'n cynyddu gyda phob neges. Clywodd Renton ei fod wedi'i ddiswyddo fel pennaeth yr ymchwiliad a bod ei absenoldeb annisgwyl ar wefusau'r wasg yn barod.

Cadarnhawyd mai corff Medwyn Parry a ddarganfuwyd yn y ceudwll yn Hendre Fawr wedi cymhariaeth rhwng dannedd y sgerbwd a chofnod deintyddol y bachgen. Dysgodd hefyd fod mwy o blismyn wedi'u drafftio yno i gribinio'r ardal am Marcus Payne.

Gwyddai Renton mai edrych ar ei ôl ei hun oedd ei gyfrifoldeb cyntaf, ond mai cyfyngu ar y niwed a wnaed oedd y gorau allai o ei wneud erbyn hyn. Efallai y byddai'n rhaid iddo fod yn onest ynglŷn â'i berthynas â Beaumont. Ystyriodd a fyddai arestio Payne a'i hebrwng i'r ddalfa ei hun yn gwneud rhywfaint o ddaioni i'w achos. Efallai y byddai hynny'n ddigon i leihau ei ddedfryd pan ddeuai'r amser. Roedd y syniad o fynd i'r carchar yn un brawychus. Ond oedd o'n gorymateb tybed? Rhaid bod rhywbeth allai o ei wneud. Rhywle, yng nghanol y wlad, parciodd ei gar moethus ac eistedd yn dawel. Oedd ganddo ddigon o hyder yn ei allu ei hun bellach? Cododd ei ffôn a deialodd rif Beaumont.

Ymhen hanner awr cyrhaeddodd Beaumont. Mewn distawrwydd, gyrrodd Beaumont y ddau i hen chwarel hanner milltir i fyny'r ffordd. Doedd fawr o hwyliau arno yntau chwaith. Gwyddai'r ddau nad hwy, erbyn hyn, oedd yn rhedeg y sioe, a bod popeth y tu hwnt i'w dylanwad. Renton siaradodd gyntaf.

'Ti wedi'n rhoi ni mewn cornel dynn, David,' meddai.

'Ac mi wyt titha i weld yn awyddus iawn i roi'r bai i gyd arna i.'

'Ers faint wyt ti'n nabod Marcus Payne?'

'Blynyddoedd.'

'Sut?'

'Hen ddodrefn. Gwerthwr hen ddodrefn ydi o.'

'A doedd dim ots gen ti o lle roeddan nhw'n dod. Mae o wedi bod yn llenwi dy dŷ di efo antîcs wedi'u dwyn ers blynyddoedd tydi?'

'Sut o'n i i fod i wbod o lle roedd o'n 'u cael nhw?'

'Dewis peidio gofyn, ma' siŵr,' atebodd Renton. 'Dwi'n cymryd mai efo fo wnest ti gyfnewid y Granada Estate am ddreser pan laddwyd yr hogan 'na'n Halifax?'

'Ia.'

'Ac mi wnest ti balu celwydd i'r heddlu pan gest ti dy holi ynglŷn â'r llofruddiaeth?'

'Mi oedd yn rhaid i mi, Alex. Mi oedd yn debygol iawn bod y dreser wedi'i dwyn – mi oedd yn rhaid iddi fod am y pris rois i amdani.'

'Er dy fod ti'n gwbod dy fod ti'n celu 'i drosedd o, yn deud celwydd wrth yr heddlu ynglŷn â mwrdwr?'

Gostyngodd Beaumont ei ben yn dawel.

'Ac yna mi ddefnyddiaist yr un dyn i wneud dy waith budur yn Hendre Fawr.'

'Ein gwaith budur *ni*,' atebodd Beaumont yn daer, gan godi ei ben a syllu i lygaid Renton. 'Paid byth ag anghofio hynny. Ein gwaith budur *ni*. Gweithredu ar ran y syndicet oeddwn i. Mi oedd pob un ohonon ni'n gwbod be' oedd yn rhaid ei wneud i'w chael hi allan o 'na. Wnaeth yr un ohonoch chi gwyno pan oedd 'na gyfle i brynu'r lle yn rhad a'i werthu i gwmni cynhyrchu ynni. Doedd gan yr un ohonoch chi air o wrthwynebiad pan ddeudis i fod yn rhaid perswadio'r hen ast styfnig i werthu. Felly oedd hi – pawb, bob un ohonach chi'n ista ar 'ych tinau'n deud dim, yn ddigon parod i chwyddo'ch cyfoeth drwy fy ngwaith caled i.' Roedd Beaumont yn gweiddi.

'Oedd lladd Emily Parry yn rhan o'r cynllun hefyd? Un

mwrdwr bach arall i esmwytho'r ffordd?' Renton gododd ei lais y tro hwn.

'Mi ... mi gollais i reolaeth arno fo.' Roedd rhwystredigaeth Beaumont yn amlwg. 'Mi oedd o'n gweithredu tu allan i'm rheolaeth i, Alex. Seicopath 'di'r dyn ac mi oeddwn i wedi fy synnu gymaint â phawb arall pan glywais i am y ddamwain. Mi ddeudodd o wrtha i nad damwain oedd hi, ond roedd hi'n rhy hwyr erbyn hynny.'

'Mi fuasai wedi bod yn fwy cyfleus i ti petai hi wedi marw'n naturiol, ma' siŵr? Mi driodd o'i dychryn hi i farwolaeth yn y lle cynta, do? Ond pan fethodd hynny, roedd yn rhaid iddo fo greu'r ddamwain. Wnest ti'm sylweddoli sut oedd ei feddwl o'n gweithio?'

'Ond paid ti byth ag anghofio dy ran di yn ei llofruddiaeth hi, Alex. Chdi ddaru drefnu'r oedi cyn i'r car gael ei archwilio er mwyn i Marcus guddio'i ran yn y peth, a 'dan ni'n dau ynddi hi efo'n gilydd.' Doedd Beaumont ddim am adael iddo anghofio.

'Does na'm rhaid i chdi fy atgoffa i o hynny.' Taniodd Renton ei eiriau'n ôl ato. 'Wyddost ti ddim sut dwi'n difaru na fyswn i wedi rhoi stop ar y cwbwl y munud hwnnw. Petawn i wedi gwneud, ella bysa'r hogan fach Murphy 'na'n fyw o hyd. Deud wrtha i – be' aeth drwy dy feddwl di pan laddwyd hi mor agos i'r ffarm lle'r oedd dy ddyn di wrthi? Faint gymerodd hi i chdi wneud y cysylltiad, yn enwedig o gofio dy fod yn ymwybodol o be' nath o yn Halifax?'

'Mae'n wir 'mod i wedi meddwl am y peth a gobeithio, yn ofer ella, nad fo oedd yn gyfrifol – ond does 'na ddim rhithyn o dystiolaeth i'w gysylltu efo'r drosedd, nag oes?'

'Paid â siarad mor wirion, ddyn,' meddai Renton, yn codi'i lais eto. 'Mae 'na ddigon o dystiolaeth amgylchiadol i'w arestio fo heddiw! Mae o'n gymaint o ben bach fel na feddyliodd o am wisgo condom yn ystod yr un o'i ymosodiadau, ac mae o wedi gadael olion o semen bob tro, fel 'tasa fo'n meddwl na cheith o byth ei ddal. Ac unwaith y ceith o'i arestio, mi fydd ei DNA o yn ei gysylltu â phob un o'i droseddau.'

'Ac ers faint mae technoleg DNA wedi cael ei ddefnyddio, Alex?' gofynnodd Beaumont, ei wyneb yn fwy pryderus nag erioed.

'Digon hir i'w roi o yn y carchar am weddill 'i oes, mae hynny'n saff i ti. Dim ond mater o amser fydd hi cyn y byddwn ni'n 'i ddal o.' Sylweddolodd Renton ei fod yn dal i siarad fel plismon, ond gwyddai'r gwirionedd bellach – nad un o'r helwyr oedd o erbyn hyn, ond yr ysglyfaeth. 'Dim ond un peth sydd ddim yn gwneud synnwyr i mi,' parhaodd. 'Pam y gwnaeth o gipio hogyn Elen Thomas ddoe.'

'Wn i ddim, Alex. Sgin i ddim syniad,' celwyddodd Beaumont, yn aflonyddu yn ei sedd. 'Felly, be' ti'n feddwl ddylan ni wneud rŵan ta?'

'Does gynnon ni ddim ond un dewis,' meddai Renton. 'Ein hunig obaith ydi cael gafael ar Payne a mynd â fo i mewn. Fi wrth gwrs. Bydd rhaid i *mi* ei arestio fo, mynd â fo i'r ddalfa a gobeithio'r gorau.'

'Ond ydi hynny'n ddoeth?' gofynnodd Beaumont, gan ystyried ei sefyllfa'i hun fel arfer.

'Dyna'r unig ffordd. Unwaith y gwnawn ni hynny, mi alla i ddeud bod fy nerfa i wedi chwalu, bod arwain yr ymchwiliad wedi bod yn ormod i mi, a dyna pam y gwnes i gymaint o gamgymeriadau ar hyd y ffordd.'

'Ond be' am Payne?' gofynnodd Beaumont. 'Mae o'n siŵr o agor ei geg a datgelu'r holl gynllun.

'Drycha arni fel hyn, David,' cynigiodd Renton, yn

mynnu bod Beaumont yn gwrando ar bob gair. 'Faint mae Payne yn 'i wbod mewn gwirionedd – a phwy sy'n mynd i'w goelio fo? Mae o'n ddyn anonest, yn dreisiwr, un sydd wedi bod yn lladd merched ers dros ugain mlynedd. Wnaiff yr un rheithgor yn y byd goelio gair mae o'n 'i ddeud.'

Trodd Beaumont yn ei sedd ac edrychodd ar Renton mewn ffordd a awgrymai ei fod yn dechrau gwrando o ddifrif ar ei gyfaill.

'Dydi o ddim yn gwbod llawer, ti'n iawn,' meddai. 'Ond paid ag anghofio mai fi ddaeth â fo yma, a fi dalodd iddo am fygwth Emily Parry, a Jeff Evans, a'r dyn Morgan 'na hefyd. A fi ydi'r un mewn perygl.'

'Ond gwranda arna i,' mynnodd Renton. 'Lle mae'r dystiolaeth annibynnol i dy gysylltu di efo fo, neu fo efo Hendre Fawr? Mi fysa'n rhaid i unrhyw achos yn dy erbyn di argyhoeddi'r rheithgor, a chofia di fod Emily Parry wedi marw. Fedar hi ddim rhoi tystiolaeth. Mae'n wir bod Elen Thomas wedi 'i weld yno o bell, ond ei wisg mae hi'n ei gofio a dim byd arall, a fedar hitha 'mo'i gysylltu o efo chdi.'

'Ond be' am y tincars?' Gwelodd Renton fod Beaumont yn dechrau dangos brwdfrydedd erbyn hyn.

'Ddeudan *nhw* ddim byd wrth neb, heb sôn am roi tystiolaeth yn dy erbyn di, na finna, na neb arall. Dyna ydi 'u ffordd nhw.' Swniai Renton yn bendant, ac roedd yn dweud yn union beth oedd Beaumont eisiau ei glywed. 'Allith neb eu cysylltu nhw efo chdi, dim ond efo Payne – a fedar neb eu cysylltu efo'r cyfarfod drefnis i ar eu cyfer nhw efo Jeff Evans chwaith. Dwi'n siŵr o hynny.'

'Be' am weddill y syndicet?' Roedd y posibilrwydd y gallen nhw siarad â'r heddlu er mwyn achub eu crwyn eu hunain yn poeni Beaumont.

'Nhw fydd y rhai dwytha i glymu eu hunain â hyn i gyd, coelia fi. Cofia, mae eu dwylo nhw'tha'n fudr hefyd, a dwi'n siŵr y gwnei di eu hatgoffa nhw o hynny os bydd raid,' ychwanegodd, gan gofio'r holl achlysuron y bu i Beaumont ei fygwth o ei hun mewn amrywiol ffyrdd.

Roedd Renton wedi rhoi dadl gredadwy, a theimlai Beaumont yn nes at y lan unwaith eto. 'Un cwestiwn bach arall sydd 'na ar ôl, Alex,' meddai. 'Cwestiwn pwysig iawn. Lle ydan ni'n dau'n sefyll?'

'Mae'n rhaid i ni drystio'n gilydd,' atebodd Renton. 'Yn union fel rydan ni wedi 'i wneud yn y gorffennol. Ond mae'n rhaid i ni gael mwy o ffydd nag erioed yn ein gilydd.' Oedodd yn bwrpasol am ennyd ac edrychodd i lygaid Beaumont. 'Ydan ni'n dallt ein gilydd?' gofynnodd.

'Ydan,' atebodd. 'Ydan, siŵr iawn, Alex ... *mêt*. Os arhoswn ni efo'n gilydd, mi ddown ni drwy hyn i gyd. Dyna'n unig obaith.'

'Ond mae 'na un cwestiwn arall, David,' awgrymodd Renton.

'O?'

'Fedri di arwain Marcus Payne ata i? Cyn gynted â phosib.'

'Siŵr iawn,' atebodd Beaumont heb oedi. 'Fydd yn hwyrach heno'n ddigon da?'

Ar ôl i Beaumont ei ollwng wrth ei gar, edrychodd Renton ar ei ffôn a gwelodd ddwy neges newydd oddi wrth Powell. Wedi gwrando, deallodd fod Jeff Evans wedi bod yn agor ei geg wrth y Prif Gwnstabl Cynorthwyol a'i bod hi'n draed moch yn y pencadlys ac yng ngorsaf Glan Morfa, yn enwedig gan fod ei absenoldeb o, Renton, fel petai'n cadarnhau honiadau Jeff. Roedd y Prif Gwnstabl Cynorthwyol wedi ei benodi i redeg yr ymchwiliad i lofruddiaeth Donna Murphy, a Powell wedi'i rhyddhau o'i gyfrifoldebau. Datgelodd yr ail neges fod uwch-swyddog o Heddlu Manceinion wedi'i benodi i ymchwilio i'r ffordd yr arweiniodd Renton yr achos ac unrhyw faterion perthnasol, o dan arolygaeth y Comisiwn Cwynion yn Erbyn yr Heddlu.

Roedd Renton yn argyhoeddedig erbyn hyn fod mwy o reswm nag erioed dros arestio Payne a'i dywys i'r ddalfa ei hun. Ystyriodd hefyd ei ffyddlondeb i Beaumont. Byddai'n rhaid iddo gadw pob drws yn agored o hyn allan, ac i'r diawl â phawb arall.

Dewisodd Renton gadw draw o'i gartref drwy'r dydd – gwyddai fod posibilrwydd y byddai ei gyn-gydweithwyr yn gwylio'r tŷ. Gwyddai hefyd y byddai ei wraig yn poeni, ond roedd ganddo bethau pwysicach ar ei feddwl. Roedd hi'n tynnu at hanner awr wedi wyth pan gysylltodd Beaumont i gadarnhau ei fod am ddod â Payne i Hendre Fawr ymhen hanner awr. Pam Hendre Fawr, myfyriodd Renton. Teimlai'n anghyfforddus ynglŷn â'r dewis o leoliad i ddechrau, ond wrth ystyried y peth, daeth i sylweddoli nad oedd unman gwell i'w arestio. Wedi dweud hynny, gwyddai fod ei awydd i gael gafael ar Payne mor gryf, byddai wedi cytuno i'w gyfarfod yn unrhyw le.

Roedd y lleuad yn fawr a gwelw pan gerddodd Renton yn wyliadwrus tuag at fuarth Hendre Fawr, a'r lle'n llonydd heblaw am Betsi'r iâr yn pigo yma a thraw. Ond nid oedd ar ei ben ei hun. Clywodd Beaumont yn galw arno o gyfeiriad un o'r adeiladau gwag a dilynodd y llais i mewn i'r sied lle byddai Emily Parry'n cadw'i char. Arhosodd er mwyn i'w lygaid ddod i arfer â thywyllwch y cyfnos. Yn reddfol, bodiodd Renton y pastwn ar ei felt a chas ei efynnau llaw. Gwyddai mai hwn fyddai arestiad gorau ei holl yrfa nodedig.

Gwelodd Beaumont ar ei ben ei hun.

'Lle mae o?' gofynnodd Renton yn awyddus.

'Paid â phoeni,' atebodd Beaumont. 'Mi fydd o yma cyn bo hir.'

'Sut wnest ti 'i berswadio fo i ddod?'

'Yr un ffordd ag arfer, Alex. Mi ddeudis i wrtho fo bod mwy o waith ar 'i gyfer o. Arian parod o flaen llaw fel o'r blaen.'

Edrychai Beaumont yn hyderus unwaith yn rhagor – yr un hen Beaumont yr oedd Renton wedi'i edmygu gymaint yn y gorffennol. Mae'n rhaid bod y sgwrs fach a gawsant yn y car ynghynt wedi gwneud lles iddo.

'Ac mae o am wneud yn union fel dwi'n gorchymyn, ydi?'

'Fydd hynny ddim yn broblem, Alex. Dwi wedi dod â dipyn o yswiriant efo fi, jyst rhag ofn.'

Cymerodd Beaumont ddau gam yn ôl, a heb dynnu ei lygaid oddi ar Renton, estynnodd ei law i'r tywyllwch am ddau faril tri deg modfedd y gwn ddeuddeg bôr wrth ei ochr.

'Mi wneith hwn yn siŵr y galli di wneud fel y mynni di. Pan fydd Payne yn union lle ti isio iddo fo fod, rho amser i mi ddiflannu. Mae gen i alibi yn barod rhag ofn iddo ddechrau achwyn 'mod i efo chdi. Fe gawn ni'n dau wadu hynny wrth gwrs.'

'Mae'n amlwg dy fod ti wedi meddwl am bob dim, David.'

Yn sicr, roedd yr hen Beaumont yn ei ôl, ond yn y golau gwan, ni welodd Renton fod ei gyfaill yn gwisgo pâr o fenig rwber tafladwy.

Ac nid oedd Renton wedi sylwi ar, na chlywed, symudiad y tu ôl iddo. Dim ond y newid sydyn yn agwedd Beaumont a fradychodd bresenoldeb Marcus Payne. Trodd Renton i'w wynebu a methodd ei galon guriad pan welodd amlinelliad anferth dyn yn gwisgo het gowboi yn llenwi'r drws. Gwisgai gôt wêr laes a hongiai belt lledr o un ysgwydd ac ar draws ei gorff. Roedd ei bresenoldeb yn unig yn ddigon i yrru ias oer drwy gorff Renton.

Cymerodd Payne dri cham araf, hyderus yn ei flaen ac yna arhosodd, ei freichiau ymhleth. Daeth ei lygaid i'r golwg o dan gantel llydan ei het. Symudodd Renton hefyd er mwyn gallu gweld Payne a Beaumont ar unwaith. Curai ei galon yn ei glustiau, yn gryfach ac yn gyflymach nag erioed.

'Dwi ddim yn meddwl eich bod chi'ch dau wedi cyfarfod,' meddai Beaumont. 'Alex, dyma Marcus Payne. Mr Payne, dyma'r Ditectif Uwch Arolygydd Renton.' Roedd llais Beaumont yn llawn hyder, ond clywodd Renton ryw galedrwydd ynddo a wnâi iddo deimlo'n anghyfforddus.

Syllodd Payne ar Renton. Ni ddywedodd air.

Gwyliai Beaumont y ddau, y gwn yn ei freichiau yn anelu at y to a'r ddwy glicied wedi eu codi'n barod. Symudodd Renton yn nes at Payne er mwyn cyflawni'r arestiad, gan wneud yn siŵr nad oedd yn camu i'r canol rhwng Beaumont a'i wn ar y naill ochr a Payne ar y llall. Roedd Renton yn ddyn tal, ond roedd Payne yn dalach ac yn fwy o ddyn. Yn y gwyll, ceisiodd astudio wyneb y dieithryn, a synnodd o weld nad oedd ei lygaid yn edrych fel llygaid seicopath a oedd â'r gallu i ladd merched ifanc. Ond beth a wyddai Renton? Dim mwy nag a wyddai'r holl ferched a ddioddefodd dan ei law. Wrth agosáu eto, yn ddigon agos i synhwyro oglau'r baco stêl ar ei ddillad a'i wynt, gwelodd Renton rywbeth na welodd ynghynt. Y tân yn ei lygaid, hwnnw welodd ei holl ddioddefwyr. Roedd sylw Payne yntau wedi'i hoelio ar Renton. Ni chymerai unrhyw sylw o Beaumont a'i wn.

Am ennyd doedd neb na dim arall yn bod, ond drylliwyd hynny pan ddechreuodd Renton siarad. Ceisiodd guddio'i nerfusrwydd wrth ddatgan yn swyddogol ei fod yn arestio Payne am ladd Donna Murphy, yr holl ferched eraill ac Emily Parry.

Yn syth, gwyddai nad oedd pethau am fynd yn ôl ei gynllun. Ni adawodd Payne iddo orffen. Gwenodd gan ddangos ei ddannedd melyn, budron – gwên a ddaeth o dywyllwch ei enaid. Ni allai Renton wneud dim ond syllu. Mewn chwinciad cododd ei ddwylo y tu ôl i'w ben i ryddhau'r cleddyf Samurai o'i wain mewn un symudiad esmwyth. Gwelodd fflach arian y llafn yn disgyn a dod i aros fodfedd yn unig uwch ei ben. Heb allu i symud, edrychodd Renton i gyfeiriad Beaumont a'i wn am unrhyw gymorth. Cynyddodd ei arswyd pan welodd Renton mai ato fo ac nid at Payne yr oedd gwn Beaumont yn anelu. Wrth syllu i lawr barilau'r gwn, sylweddolodd Renton fod y fantol wedi'i throi yn ei erbyn. Na, wrth gwrs na fuasai Beaumont wedi gallu wynebu'r dyfodol gan wybod bod gan Renton y fath afael arno, gafael y gallai ei dynhau fel y mynnai.

Ni welodd Renton yr un arwydd o edifeirwch yn llygaid ei hen gyfaill pan drodd Beaumont ei wyneb tuag at Payne ac amneidio'n gynnil arno. Ni ddangosodd emosiwn o unrhyw fath pan gododd Payne y cleddyf a galw ar ei holl nerth i'w wanu i lawr ar y plismon. Torrodd y llafn miniog glust chwith Renton yn glir oddi ar ei ben a hollti pont ei ysgwydd heb drafferth. Ffrydiodd ei waed yn bistylloedd dugoch i bob cyfeiriad. Ni wingodd Beaumont. Penderfyniad masnachol oedd hwn, aberth angenrheidiol er mwyn parhad dirwystr ei fusnesau.

Cododd Payne y cleddyf unwaith yn rhagor uwch pen Renton a chyda chryn fwynhad plannodd y llafn yn ddwfn yn ei ysgwydd dde. Agorodd Renton ei geg a lledodd ei lygaid am y tro olaf cyn iddo ddisgyn ar ei liniau i'r llawr. Cododd Payne y cleddyf am y trydydd tro. Trawodd dur y llafn drwy ganol ei ben a hollti ei benglog yn ddau cyn teithio'n ddwfn i'w frest. Dim ond y cleddyf erbyn hyn oedd yn atal corff Renton rhag disgyn.

Ni ddangosodd Beaumont unrhyw adwaith i'r dienyddiad byr, gwaedlyd.

'Tyrd. Sydyn,' dechreuodd Beaumont orchymyn Payne. 'Helpa fi i symud y corff. Mi rown ni o yn y ceudwll. Mae gen i fag cynfas yn fama i'w gario fo.'

Symudodd y tu ôl i gorff Renton a rhoddodd y gwn ar y llawr wrth ei ochr er mwyn cael dwy law i'w symud. Cododd Beaumont y corff i eistedd a disgwyliodd i Payne gydio yn y traed. Rhoddodd yntau'r cleddyf gwaedlyd i lawr. Fel mellten, cododd Beaumont y gwn, ac o'r tu ôl i gorff Renton anelodd at waelod bol Payne. Taniodd cyn i Payne gael cyfle i ymateb. Tynnodd y glicied a ffrwydrodd yr ergyd i afl Payne. Camodd Payne yn ôl mewn poen gyda bloedd uchel, ond roedd yn dal i sefyll pan daniodd Beaumont yr ail faril o'r un safle, gan wneud yn siŵr fod ôl y powdwr gwn ar ddillad Renton yn hytrach nag arno fo'i hun. Saethodd Payne yn ei stumog y tro hwn fel na fyddai'n marw ar unwaith. Disgynnodd i'w bennau gliniau ac yna i un ochr. Edrychodd Beaumont arno'n gwneud ymgais ofer i ymestyn am y cleddyf a orweddai droedfedd i ffwrdd, ymhell o'i afael. Gorweddodd y cowboi yn llonydd, ei anadl yn fas ac yn gyflym.

Symudodd Beaumont yn sydyn. Gwrandawodd ar ruddfan tawel Payne wrth roi'r gwn – oedd yn un na ellid ei olrhain yn ôl ato fo – yn nwylo Renton. Gwnaeth yn siŵr bod olion ei fysedd mewn llefydd credadwy ar y stoc, y glicied a'r baril. Gadawodd y gwn wrth ei ochr, a chyn gadael, bodlonodd ei hun nad oedd Payne bellach yn anadlu. Gwiriodd ac ailwiriodd yr olygfa waedlyd cyn dychwelyd adref yn y tywyllwch ar draws caeau Hendre Fawr, taith a gofiai'n dda ers dyddiau ei blentyndod.

Pan gyrhaeddodd ymhen tri chwarter awr aeth i mewn i'r garej heb roi'r golau ymlaen. Tynnodd ei ddillad i gyd a gwisgodd y dillad glân yr oedd wedi eu gadael yno i'r union bwrpas. Rhoddodd y dillad a dynnodd a'r menig tafladwy mewn bag plastig ac ymbalfalodd i waelod yr ardd. Mewn cornel a ddefnyddid gan ei arddwr i losgi gwastraff, trochodd cynnwys y bag mewn petrol a'u llosgi. Yn nhawelwch a thywyllwch y nos, gwyliodd y fflamau'n codi a disgwyliodd nes oedd dim ar ôl ond llwch. Dim dillad, dim menig a dim tystiolaeth yn y byd i'w gysylltu â digwyddiadau dychrynllyd Hendre Fawr. Aeth i'r tŷ, dadwisgo a rhoi'r dillad glân a oedd bellach yn arogli o fwg yn y peiriant golchi. Cymerodd gawod a sgwriodd ei hun yn dda efo brwsh caled. Yna rhoddodd ei ŵn wisgo amdano, aeth i lawr y grisiau a thywalltodd frandi mawr iddo'i hun. Eisteddodd yn y lolfa, yn hyderus ei fod wedi cyflawni'r drosedd berffaith. Roedd hynny o dystiolaeth oedd yn ei gysylltu o â Payne wedi diflannu bellach. Ar yr un pryd, roedd wedi gofalu na allai Renton fyth ei atgoffa o'i ddrwgweithredoedd. Yr unig beth i'w wneud yn awr oedd disgwyl, a gweld sut y byddai pethau'n datblygu. Yn ei safle o, arweinydd y Cyngor a'r gymuned, byddai'n rhaid iddo wneud datganiad ynghylch marwolaeth sydyn ac annisgwyl y diweddar William Alexander Renton. Ni fyddai'n anodd rhoi teyrnged ganmoliaethus i un mor ddewr a laddwyd wrth geisio diogelu'r gymuned rhag y cowboi felltith!

Cyn bo hir, clywodd ei wraig yn dod adref drwy'r drws ffrynt. Daeth i'r ystafell ato a rhoddodd gusan ar ei foch.

'Gest ti ddiwrnod da heddiw?' gofynnodd.

'Campus diolch, 'nghariad i. Gymeri di ddiferyn bach o frandi efo fi?'

Pennod 23

Yn fuan fore trannoeth, cerddodd y ffermwr a oedd yn dal tir Hendre Fawr ar hyd y buarth. Byddai'n cadw golwg ar y siediau bob hyn a hyn, ond nid oedd wedi disgwyl y buasai'n dod wyneb yn wyneb â'r olygfa fwyaf erchyll a welodd erioed. Bu'n gigydd a threuliodd gyfnodau'n gweithio mewn lladd-dai, ond ni allai'r profiad hwnnw hyd yn oed fod wedi ei baratoi am yr hyn a welodd. Chwydodd yn y fan a'r lle. Ffoniodd am gymorth yn syth, ond oherwydd y sioc a'r dychryn, ni lwyddodd i gyfleu'r sefyllfa yn rhesymegol i'r gwasanaethau brys am funudau lawer.

Rai oriau'n ddiweddarach cerddodd pedwar dyn mewn gwisgoedd gwyn di-haint i mewn i'r sied. Yr oedd tri ohonynt, y patholegydd, y gwyddonydd fforensig a'r ffotograffydd, wedi cerdded llwybr tebyg dair wythnos ynghynt, i'r llecyn yn y goedwig gerllaw lle lladdwyd Donna Murphy. Ond y tro hwn, y Prif Gwnstabl Cynorthwyol, Eric Edwards, oedd gyda nhw ac nid William Alexander Renton.

Nid oedd modd adnabod y ddau gorff, ond roedd Eric Edwards wedi hen arfer â sefyllfaoedd o'r math yma yn ystod ei yrfa, yn ogystal â delio ag ymholiadau diddiwedd y wasg a'r dyfalu a oedd yn debygol o ddilyn.

Ni synnodd pan welodd efyn llaw a phastwn plismon ar felt un o'r cyrff. Yr unig ffordd bosib o adnabod eu perchennog oedd drwy'r cerdyn gwarant swyddogol ym mhoced Renton. Roedd cyflwr y corff yn golygu y byddai'n rhaid defnyddio technoleg wyddonol i'w adnabod yn ffurfiol pan ddeuai'r amser, ond gwyddai Edwards o'r munud hwnnw ei fod yn delio â llofruddiaeth un o'i gydweithwyr. Be' yn enw'r Tad oedd o'n ei wneud yma ar ei ben ei hun?

Awgrymai safle'r cyrff fod Renton wedi tanio'r gwn ddwywaith, ac anafu'r dyn arall yn ddifrifol. Ond hyd yn oed yn y cyflwr hwnnw, yr oedd o wedi medru taro Renton dair gwaith cyn disgyn yn farw. Byddai modd creu darlun mwy cyflawn ar ôl ymchwil manylach.

Ar ôl dau bost-mortem, dychwelodd Eric Edwards i orsaf heddlu Glan Morfa. Ar y ffordd, roedd wedi rhoi cyfarwyddyd i un o'r heddweision i ffonio cartref Jeff Evans a gofyn iddo ddod i'w swyddfa.

Curodd Jeff y drws a cherddodd i mewn ychydig yn ansicr.

'Oeddach chi isio 'ngweld i, syr?' gofynnodd.

'DC Evans?' gofynnodd. 'Ydach chi'n ddigon ffit i ddod yn ôl i'ch gwaith?'

'Wel ... ydw, syr,' atebodd yn betrusgar. 'Ond ro'n i'n meddwl fy mod i wedi fy ngwahardd dros dro.'

'Dwi wedi dileu'r gorchymyn hwnnw. Roedd y penderfyniad yn un hollol chwerthinllyd o'r cychwyn, ac o safbwynt eich record bersonol chi, fydd yna ddim cofnod o'r fath beth. Iawn?'

Daeth cnoc arall ar y drws.

'O, dwi wedi gofyn i Mr Morgan ymuno â ni. Fo sydd yna rŵan, mae'n debyg.'

Cerddodd Meurig i mewn ac estyn ei law dde tuag at Edwards. 'Sut ma'i, Eric,' meddai. 'Mae'n bleser dy gyfarfod di eto.'

'A chditha,' atebodd Edwards. 'Steddwch, y ddau ohonoch chi, os gwelwch yn dda.

Drysodd y cyfarchiad Jeff. ''Dach chi'ch dau yn nabod eich gilydd?' gofynnodd.

'Mae'n llwybrau ni wedi croesi o'r blaen,' esboniodd Edwards. 'Tyrd, Jeff, 'stedda i lawr,' meddai, gan anffurfioli. 'Rŵan 'ta, mi wyt ti'n ôl yn dy waith o hyn ymlaen, a'r peth cynta rydw i isio gen ti ydi'r holl hanes, o'r dechrau i'r diwedd, o'ch safbwyntiau chi'ch dau, a neb arall. Mae Meurig wedi deud wrtha i eich bod chi'ch dau wedi bod yn gweithio efo'ch gilydd, Jeff.'

Gwenodd Jeff a gadawodd Meurig iddo adrodd y cwbl, gan ymyrryd unwaith neu ddwy yn unig i bwysleisio ambell bwynt arbennig. Roedd darganfyddiad erchyll y bore hwnnw'n golygu fod yn rhaid i Jeff gyflwyno'r hanes yn llawer iawn mwy manwl na'r crynodeb a roddodd i Edwards y prynhawn cynt. Ar ôl iddo orffen, roedd Edwards yn amlwg wedi'i gyffroi.

'Oes yna unrhyw dystiolaeth sy'n cysylltu Beaumont â'r hyn a ddigwyddodd i Emily Parry?'

'Dim ar hyn o bryd, syr,' atebodd Jeff ar ôl ystyried yn ofalus. 'Dyfalu ydan ni yn fwy na dim arall.'

Yr unig gyswllt sydd ganddon ni rhwng Beaumont a Payne ar hyn o bryd ydi be' welodd y cipar, Esmor Owen, ar lan yr afon y noson honno,' meddai Meurig.

'Ond mi oedd hi'n dywyll ar y pryd, ac efallai bydd tystiolaeth adnabyddiaeth yn anodd,' atgoffodd Edwards. 'Gwrandwch, dwi'n tynnu'n groes am reswm da – dwi ddim yn credu bod digon o dystiolaeth ar hyn o bryd i wneud cais am warant i archwilio busnes Eiddo'r Aber.'

'A busnes Eiddo'r Aber ddaeth â Payne i'r ardal i gychwyn,' meddai Meurig.

'Yn hollol,' cytunodd Edwards. ' Ond does 'na ddim tystiolaeth sy'n dangos bod y syndicet wedi ymddwyn yn anghyfreithlon o gwbl, na bod gan Beaumont a'i gydweithwyr ddiddordeb yn y byd yn Hendre Fawr. Mae'n rhaid i ni gofio mai'r cyfreithwyr, Williams, Reynolds a James, wnaeth y cynnig i brynu'r ffarm. I'r syndicet mae eu teyrngarwch nhw ac nid i ni, ac mae gwybodaeth felly yn gyfrinachol rhwng cyfreithiwr a'i gleient. Oherwydd hynny, does ganddon ni ddim tystiolaeth y medrwn ni ei ddefnyddio sy'n dangos bod gan Beaumont nag unrhyw un o'r syndicet gymhelliad i frawychu Emily Parry.'

'Dwi'n cytuno nad oes ganddon ni brawf ar hyn o bryd, syr,' meddai Jeff. 'Dim digon i'w gyhuddo fo, ond 'dach chi ddim yn meddwl bod yn rhaid i ni daro tra mae'r haearn yn boeth – gweithredu'n gyflym cyn iddyn nhw gael gwared ag unrhyw dystiolaeth yn eu swyddfeydd? Mae 'na ddigon o amheuaeth i arestio a holi Beaumont, does? Ma' raid mai fo oedd yn gyfrifol am ddychryn Emily Parry a dod â Payne yma i wneud hynny.'

'Ma' hi'n fwy na thebyg mai fo orchymynnodd Payne i'w lladd hefyd,' ychwanegodd Meurig.

'Dwi'n cytuno'n hollol,' meddai Edwards, 'efo chi'ch dau. Ond dwi ddim yn credu y dylen ni ei arestio fo ar sail yr hyn sydd ganddon ni, dim ar hyn o bryd o leia. Be' am fod yn bwyllog? Rhaid cofio ei fod o'n ddyn mawr yn y gymuned 'ma, a'i fod o wedi gweithio ochr yn ochr â'r heddlu am bum mlynedd, yn llwyddiannus iawn hefyd. Mae'r Prif Gwnstabl ei hun wedi diolch iddo fo'n gyhoeddus am ei ymdrech o a Renton ar y cyd i gwtogi ac i atal troseddau. Mae'n rhaid i ni fod yn ofalus. Dwi ddim isio'i arestio fo heddiw a gorfod ymddiheuro'n gyhoeddus iddo yfory. Ond dwi isio i ti, Jeff, ei holi o fel tyst. Ei drin yn union yr un fath ag unrhyw un arall o dan yr un amgylchiadau – ei holi oherwydd ei gyfeillgarwch a'i berthynas glos efo Mr Renton fyddi di. Cymera ddatganiad tyst manwl ganddo, a rhoi pob cyfle iddo fo ddeud yn union be' sydd ganddo fo i'w ddeud heb bwysau. Unwaith y bydd o wedi arwyddo'r datganiad, mi fydd o'n ymrwymedig i'w gynnwys. Wedyn mi gawn ymchwilio i'w hygrededd yn ofalus, ac os oes unrhyw gelwydd yn y datganiad, mi wnawn ni ei ffeindio fo. Mi fydd y dystiolaeth honno'n cryfhau'n hachos ni os ydan ni'n bwriadu ei arestio yn nes ymlaen.'

'Cofiwch, mae'r taniwr ganddon ni hefyd,' atgoffodd Meurig.

'Gwir,' cytunodd Jeff. 'Ond dim ond efo Payne y medrwn ni gysylltu hwnnw. Does dim byd cadarn i'w gysylltu efo Beaumont.

'Dwi isio'r taniwr yn nwylo'r heddlu cyn gynted â phosib, plîs, Meurig,' mynnodd Edwards.

'Wrth gwrs,' atebodd. 'Ond ga' i ofyn i chi fod yn amyneddgar am chydig yn hirach, Eric? Dwi wedi bod yn gweithio ar rwbath sy'n ymwneud â fo ers dyddiau bellach, ond mi fasa'n well gen i beidio deud mwy ar hyn o bryd.'

Edrychodd Edwards arno, a chofiodd nad oedd Meurig yn un o'r rhai gorau am gadw at unrhyw reol. 'Tan fory. Dim hirach,' meddai'n gadarn. Trodd i wynebu Jeff pan gododd y ddau arall i adael. 'Dwi dy angen di wrth fy ochr am weddill yr ymchwiliad yma, DC Evans,' meddai'n awdurdodol. 'A dwi ddim isio i'r un o'r ddau ohonoch chi drafod yr un manylyn o'r achos yma efo neb y tu allan i'r swyddfa 'ma, 'dach chi'n dallt?'

'Ydw, syr,' atebodd Jeff. Ond cofiodd fod un peth pwysig nad oedd wedi'i ddweud wrth ei brif swyddog. Meddyliodd yn galed am yr hyn a ofynnodd i Dr Poole ei wneud iddo, ond penderfynodd gau ei geg oherwydd nad oedd y canlyniad yr oedd o'n ei ddisgwyl yn debygol o amharu ar yr ymchwiliad yn gyffredinol. Ar y llaw arall, gwyddai ei bod hi'n bosibl y byddai ei berthynas newydd, glos efo'r Prif Gwnstabl Cynorthwyol yn dod i ben yn ddisymwth iawn pe byddai canlyniadau'r profion yn gadarnhaol. Gobeithiai na fyddai'n rhaid iddo groesi'r bont arbennig honno.

Y bore Llun canlynol cynlluniodd David Beaumont y diwrnod o'i flaen yn hyderus, er nad oedd yn hapus ynglŷn â chyfarfod â'r Prif Gwnstabl Cynorthwyol heb fawr o rybudd. Cododd y papur newydd a'r llythyrau oddi ar y llawr wrth y drws ffrynt a tharodd olwg drostynt. Sylwodd ar amlen drwchus yn eu plith heb farc post arni. Peth rhyfedd, meddyliodd. Rhoddodd y pecyn efo'r gweddill, gan ddewis darllen ei bapur newydd yn gyntaf wrth eistedd i gael ei frecwast.

Gwelodd fod tudalen flaen y papur yn adrodd braslun o'r digwyddiadau yn Hendre Fawr a bod mwy o'r hanes ar nifer o'r tudalennau mewnol. Damcaniaeth oedd y stori bod Renton wedi ei ladd wrth geisio arestio'r dyn a lofruddiodd Donna Murphy a nifer o ferched eraill ar hyd y wlad dros gyfnod o bron i dri degawd. Roedd Renton yn arwr, yn arwr a laddwyd wrth ei waith. Roedd sôn am ei yrfa nodedig, ei ymroddiad i'w deulu ac i'r gymuned yn gyffredinol. Cyhoeddwyd llun o Beaumont ei hun wrth ochr ei deyrnged bersonol i Renton – dyn a chanddo weledigaeth, dyn a wnaeth gymaint i'r dref a'r cylch.

Tywalltodd gwpaned arall o goffi iddo'i hun a dechreuodd agor ei bost. Cadwodd y paced swmpus a oedd wedi'i farcio â'r gair 'Personol' i'w agor yn olaf. Er bod ei gyfeiriad wedi ei ysgrifennu arno, doedd arno'r un stamp nac arwydd ei fod wedi cyrraedd efo gweddill y llythyrau. Defnyddiodd gyllell i'w agor yn ofalus. Disgynnodd y taniwr Ronson ar y bwrdd o'i flaen. Gafaelodd ynddo'n betrus, a dechreuodd ei ddwylo grynu'n afreolus pan welodd y llythrennau *M P* ar ei ochr, llythrennau a ysgythrwyd gymaint o flynyddoedd yn ôl. Ceisiodd ddychmygu pam yr anfonwyd o ato – yn enwedig nawr. Os oedd o wedi bod ym meddiant Elen Thomas, pam y cafodd hi wared arno? Elen Thomas fyddai perchennog newydd Hendre Fawr, a'r taniwr oedd yr unig beth a allai ei gysylltu o â Marcus Payne. Mae'n rhaid ei bod hi'n gwneud rhyw fath o ddatganiad. Yr unig eglurhad credadwy, neu anghredadwy o dan yr amgylchiadau, oedd ei bod hi'n barod i daro rhyw fath o fargen – rhyw fath o bartneriaeth efallai? Roedd y posibilrwydd o gael Elen yn berchennog ac yntau'n ddatblygwr yn dechrau apelio at Beaumont. I ddechrau, ni wyddai sut i ymateb, ond wedi ystyried, sylweddolodd pa mor bwysig oedd adennill y taniwr. Yn awr, roedd ei gyswllt olaf â Payne wedi diflannu am byth. Ni wyddai eto sut y byddai'n ymateb i'r anrheg annisgwyl, ond doedd dim brys, a theimlai'n ysgafnach ei feddwl ac yn fwy gobeithiol wrth baratoi am ei gyfarfod â'r Prif Gwnstabl Cynorthwyol, Eric Edwards. Ond yn gyntaf, roedd dau beth yr oedd yn rhaid iddo'u gwneud yn frysiog.

Gyrrodd ei gar tua'r dref a gadawodd y ffordd fawr i deithio ar hyd y ffordd gul ar hyd pen y clogwyn. Parciodd ei gar mewn encil uwchben y môr ger un o lecynnau prydferthaf yr ardal, lle'r oedd y dŵr yn ddwfn o dan y creigiau uchel. Anwybyddodd y rhybuddion, croesodd y gwahanfur a cherddodd i ben y clogwyn serth. Edrychodd i bob cyfeiriad i sicrhau nad oedd neb yn ei wylio. Tynnodd y taniwr o'i boced ac edrychodd arno am y tro olaf, ei fawd yn rhwbio'n ysgafn yn erbyn argraff y llythrennau, ei lygaid yn syllu i bellteroedd oeraidd ei gof. Gyda'i holl nerth, taflodd David Beaumont y taniwr bach i'r môr mawr ac edrychodd arno'n disgyn ac yn disgyn, cyn diflannu o'r golwg. Tynnodd ei ffôn symudol o'i boced a'i daflu'r un mor bell i'r un cyfeiriad. Trodd ei gefn ar y môr, a'r gorffennol, a cherddodd yn ôl i'w gar. Ni allai neb ei gysylltu â'r taniwr byth eto. Pe byddai'n rhaid iddo wadu perchenogaeth ei ffôn symudol, roedd hynny wedi'i gyflawni rŵan hefyd. Gwell bod yn saff nag yn edifar.

Am hanner awr wedi deg, hebryngwyd Beaumont i ystafell gyfweld fechan ger desg ffrynt gorsaf heddlu Glan Morfa. Mwynhaodd well croeso yn nyddiau Renton – heddiw, fe'i gorfodwyd i ddisgwyl ar ei ben ei hun. Dim parch, meddyliodd. Aeth sawl munud heibio cyn i'r Prif Gwnstabl Cynorthwyol gerdded i'r ystafell.

'Bore da, Mr Beaumont,' meddai. 'Eric Edwards ydw i. Dwi'n ddiolchgar iawn i chi am ddod yma ar gyn lleied o rybudd.'

Sylweddolodd Beaumont yn syth mai cyfarfod ffurfiol fyddai hwn. Doedd dim cynnig o baned hyd yn oed.

'Dyna'r peth lleia y gallwn i ei wneud o dan yr

amgylchiadau, Mr Edwards,' meddai. 'Mae hwn yn fusnes difrifol, ydi wir. Sut mae teulu Alex? Tydw i ddim wedi galw efo nhw eto – rhy fuan dwi'n meddwl.'

'Ofnadwy,' cytunodd Edwards cyn newid y pwnc. 'Dwi wedi gofyn i chi ddod yma oherwydd y berthynas agos sydd ... *oedd* rhyngoch chi ac Alex. Dwi, a'r Prif Gwnstabl, yn ymwybodol iawn o'ch llwyddiannau chi'ch dau dros y blynyddoedd diwethaf, ac wrth gwrs, mi fu'r cymorth a roesoch chi i'r heddlu yng Nglan Morfa yn ddiweddar yn amhrisiadwy, yn ystod yr holl drafferthion anffodus yma. Yn y lle cyntaf, dwi eisiau cyflwyno fy hun i chi – gan obeithio y bydd y berthynas gref rhwng yr heddlu a'r Cyngor yn parhau yn y dyfodol. Yn enwedig mewn cyfnodau anodd fel hyn.'

'Does dim rhaid gofyn, Mr Edwards. Mi fydda i, a'r holl Gyngor, yn barod i'ch cefnogi chi bob amser. Dim ond gofyn sydd raid, ac mi wna i beth bynnag alla i i'ch helpu.'

'Da iawn, mi oeddwn i'n gwbod y gallwn i ddibynnu arnoch chi.' Dyma'r agoriad yr oedd Edwards yn chwilio amdano. 'Y peth cynta fyswn i'n lecio'i gael ganddoch chi ydi atebion i rywfaint o gwestiynau.'

'Cwestiynau? Pam fi?'

Roedd yn amlwg i Edwards nad oedd Beaumont wedi disgwyl hyn.

'Mater o drefn, dim byd arall,'esboniodd Edwards. 'Mewn ymchwiliad o'r math yma, mae'n arferol i ni gyfweld â phawb oedd yn adnabod y person a laddwyd, yn bersonol neu yn broffesiynol. Ac wrth gwrs, rydach chi'n disgyn i'r ddau gategori.'

'O, wel, dwi'n dallt hynny wrth gwrs. Dywedwch wrtha i, Mr Edwards, oes rhywbeth wedi dod i'r wyneb erbyn hyn?' Pysgota am wybodaeth oedd Beaumont. 'Fy marn i ydi y dylai dealltwriaeth a chydweithio fynd law yn law â chyfnewid gwybodaeth yn agored. Dyna sut fyddai pethau'n gweithio rhwng Alex a finnau.'

'Dim mwy nag sydd yn y papurau newydd y bore 'ma, Mr Beaumont.' Ataliodd Eric Edwards y wên a oedd yn bygwth ymddangos mewn ymateb i gais truenus Beaumont am fanylion cyfrinachol. 'Un neu ddau o gwestiynau felly?' gofynnodd.

'A chroeso.'

'Rhywbeth bach i yfed ella?'

'Coffi, os gwelwch yn dda.' Hen bryd, meddyliodd Beaumont. Yn ôl i'r hen drefn. Disgwyliodd i Edwards godi'r ffôn i archebu'r diodydd, ond yn lle hynny cododd a cherddodd am y drws.

'Diolch yn fawr, Mr Beaumont. Bydd un o'm swyddogion yma cyn bo hir i gymryd eich datganiad chi. Teimlodd Beaumont fel petai wedi cael bonclust. Wedi'r cwbl, daeth yno yn unswydd i gyfarfod â'r Prif Gwnstabl Cynorthwyol a neb arall. Dyna oedd yn weddus i ddyn o'i safle o.

Disgwyliodd am rai munudau. Yna, yn sydyn ac yn uchel, ciciwyd y drws yn agored ac ymddangosodd y person diwethaf yr oedd Beaumont yn dymuno ei weld, Jeff Evans.

Yr oedd Jeff wedi llwyddo i wneud iddo'i hun edrych mor flêr â phosib, nid bod hynny wedi cymryd llawer o amser na dychymyg. Edrychai ei gôt ddyffl fel petai wedi'i thaflu amdano, ei wallt heb ei gribo ac wrth gwrs, nid oedd wedi eillio ers dyddiau. Gwingodd Beaumont yn anesmwyth yn ei sedd pan welodd olion y cleisiau ar ei wyneb. Cariodd Jeff bapur newydd wedi'i blygu o dan un fraich. Yn ei law roedd nifer o ddalennau datganiad glân ac yn y llall, hambwrdd yn cario dwy gwpan blastig wedi hanner eu llenwi efo coffi o beiriant gwerthu. Dim llestri tseina y tro hwn, yn wahanol i ddyddiau Renton. Dim llestri, a dim Alex Renton na neb arall i'w gefnogi. Nid y byddai arno angen cefnogaeth yng nghwmni Cwnstabl Evans, ystyriodd.

Rhoddodd Jeff yr hambwrdd ar y ddesg o'i flaen, gollyngodd ei gôt yn dwmpath ar y llawr yn y gornel a thaflodd y papur newydd ar ei ben. Roedd y pennawd i'w weld yn glir: *Cyflafan Prif Swyddog yr Heddlu* ...

'Coffi, ia?' meddai Jeff. 'Dim bisged ma' gen i ofn. 'Dan ni wedi rhedeg allan yn y swyddfa 'cw.'

'Gawn ni ddechrau a gorffen hyn cyn gynted â phosib, os gwelwch yn dda, Cwnstabl?' gofynnodd Beaumont yn bigog. 'Mae gen i nifer o faterion pwysig sy'n aros am fy sylw heddiw.' Cofiai am yr addewid a wnaeth i Edwards, a gwyddai na fyddai'n ddoeth tynnu'n ôl rŵan. Wedi'r cwbwl, roedd yn hyderus na allai unrhyw gwestiwn gan Jeff Evans wneud niwed o fath yn y byd iddo.

Dechreuodd Jeff y cyfweliad yn hamddenol, gan ofyn sut y daeth Beaumont i adnabod Renton, a sut y tyfodd eu perthynas fel cyfeillion ac yna yn broffesiynol, y golff, y ciniawa a'r gwyliau efo'i gilydd.

Sylwodd Jeff fod Beaumont wedi gorffen ei goffi a'i fod yn ffidlan efo'r gwpan blastig wrth siarad. Gwrthododd ateb unrhyw gwestiwn ynglŷn â'i fusnes, yn enwedig unrhyw gysylltiad ag Eiddo'r Aber, gan ddatgan nad oedd hynny'n berthnasol i'r achos. Parhaodd Jeff i gofnodi'r datganiad gan sylwi fod Beaumont yn edrych yn fwyfwy anghyfforddus bob tro yr oedd o'n ceisio codi'r pwnc. Ond gwyddai y byddai digon o amser i'w holi ynglŷn â hynny eto.

'Pa bryd welsoch chi'r Ditectif Uwch Arolygydd Renton ddiwethaf?'

'Yn ystod cynhadledd y wasg yma'r diwrnod o'r blaen.'

'Ydach chi wedi siarad efo fo ers hynny?'

'Naddo.'

'Heb ei weld na siarad efo fo ers dydd Iau dwytha, felly,' meddai Jeff, yn dal i ysgrifennu.

Ochneidiodd Beaumont yn uchel. 'Cywir,' meddai gydag anadl galed, yn awyddus i ddangos ei ddirmyg.

Daeth cwestiwn nesaf Jeff â fo'n ei ôl yn gyflym at ei goed.

'Faint o gyswllt sydd ganddoch chi ag unrhyw gynllun i ddatblygu tir Hendre Fawr ar gyfer gorsaf bŵer nwy?'

Dechreuodd Beaumont ffidlan efo'r gwpan blastig yn ei law unwaith yn rhagor.

'Dim o gwbl,' atebodd. 'Mi glywais sôn am y peth rai blynyddoedd yn ôl, ond dyna'r oll. Deallais fod y llywodraeth yn Llundain wedi rhoi stop ar y peth. 'Fedra i ddim gweld pa gysylltiad sydd rhwng hynny a marwolaeth Alex,' meddai.

'O, mae yna un, coeliwch fi,' atebodd Jeff. 'A dwi'n gwbod hefyd mai hynny ddaeth â Marcus Payne i'r ardal.

'A phwy ydi o?' meddai, gan feddwl yn gyflym. Cofiodd nad oedd y papurau newydd wedi ei enwi hyd yn hyn.

'Y dyn yr oedd Mr Renton yn ceisio'i arestio pan laddwyd o. 'Wyddoch chi ddim?' Gwyddai Jeff hefyd nag oedd ei enw wedi'i gyhoeddi.

'Sut fedrwn i?' gofynnodd.

'Ond mae'r holl dref wedi bod yn siarad amdano ers

bron i dair wythnos bellach, Mr Beaumont. Y dyn sy'n gwisgo dillad cowboi.' Cariodd Jeff yn ei flaen i chwarae'r gêm.

'A sut fuaswn i'n gallu gwneud y cysylltiad hwnnw, Mr Evans? Y dyn a'i hanes yn y papur newydd y bore 'ma 'dach chi'n ei feddwl? Payne 'dach chi'n deud ydi'i enw fo? Sut fuaswn i'n gwbod hynny? Gwrthododd Beaumont lyncu cais plentynnaidd Jeff i'w dwyllo.

'Dim ond er mwyn y datganiad, Mr Beaumont. Ydach chi wedi siarad â fo erioed?'

Edrychodd Beaumont yn ddig ond eto'n hyderus arno. 'Er mwyn y datganiad, Mr Evans, naddo, yn sicr, dydw i ddim.'

'Rydan ni'n gwbod pam y daeth o i'r ardal yma, a pham ddaru o herwgipio bachgen ifanc ddeuddydd yn ôl.'

'Felly dwi'n siŵr y gwnewch chi ddeud wrtha i yn eich amser eich hun, Mr Evans,' atebodd, gan geisio edrych i rywle ond i lygaid Jeff.

'Er mwyn y datganiad eto, Mr Beaumont. Lle oeddech chi rhwng saith a hanner nos echnos?'

'Noson marwolaeth Alex, 'dach chi'n feddwl? Waeth i chi fod yn strêt ddim, Mr Evans. Mi oeddwn i adra drwy'r min nos. A chyn i chi ofyn, ar fy mhen fy hun oeddwn i. Roedd fy ngwraig allan nes oedd hi'n hanner awr wedi un ar ddeg. Ar ôl hynny, roedden ni efo'n gilydd.'

'Mae gen i un cwestiwn arall ynglŷn â'r mater yma, Mr Beaumont,' meddai Jeff. Penderfynodd fentro – doedd dim gair o wirionedd yn yr hyn yr oedd yn bwriadu ei ddweud. 'Mi oedd Mr Renton yn ddyn hynod o orfanwl, 'doedd?'

'Oedd, dwi'n credu ei fod o.'

'Oeddach chi'n gwbod ei fod o'n arfer gwneud nodiadau

helaeth ynglŷn â phob digwyddiad pwysig yn ei fywyd, yn fusnes neu'n bersonol?'

Fe weithiodd ei gynllun. Tarodd y cwestiwn Beaumont fel mellten ac edrychodd Jeff arno'n aflonyddu'n ddiymadferth o'i flaen. Unwaith eto, dechreuodd Beaumont ffidlan efo'r gwpan, ei throi drosodd a cholli'r diferyn olaf o'r coffi ar y bwrdd o'i flaen. Rhoddodd y gwpan yn ei hôl, eisteddodd yn ôl yn ei gadair a chroesodd ei goesau a'i ddwylo'n drwsgl. Heb iddo ddweud gair, cafodd Jeff ei ateb.

'Nag oeddwn,' meddai. 'Dyna'r cwbwl, ia? Mi hoffwn i fynd rŵan.'

'Ia, dyna'r cwbwl o safbwynt y mater yma,' meddai Jeff. 'Ond fel aelod da a chyfiawn o'r gymuned yma, dwi'n siŵr y gwnewch chi ein helpu efo achos arall o lofruddiaeth 'dan ni newydd ddechrau ymchwilio iddo.'

'Llofruddiaeth arall! Pa lofruddiaeth arall, Cwnstabl?' gofynnodd, ei syndod yn amlwg.

'Mwrdwr Medwyn Parry, Mr Beaumont. Darganfuwyd ei gorff ddydd Sadwrn. Wedi ei fwrdro a'i adael i bydru. Dydi'r ffaith fod hynny wedi digwydd gymaint o amser yn ôl yn golygu dim. Mae'n rhaid i ni ymchwilio iddo yn union yr un fath, ac yr un mor fanwl, ag unrhyw lofruddiaeth arall.'

Aflonyddodd Beaumont yn ei gadair eto dan lygad barcud Jeff.

'Ond pam ydach chi'n gofyn i mi am rwbath ddigwyddodd gymaint o flynyddoedd yn ôl?'

'Am eich bod chi yno, yn y ddawns y noson honno pan laddwyd Diane Smith.'

Oedodd Jeff ond nid ymatebodd Beaumont.

'Yn doeddach chi, Mr Beaumont?'

'Oeddwn i?' gofynnodd. 'A sut yn y byd ydach chi'n meddwl eich bod chi'n gwbod hynny?' Edrychodd Beaumont yn bryderus. Roedd yn credu bod cofnodion yr ymchwiliad hwnnw wedi diflannu. Cadarnhaodd Renton hynny.

'Am fod yna blismyn wedi ymddeol o gwmpas y lle 'ma sy'n cofio'r noson, Mr Beaumont, a hyd yn oed hebddyn nhw, mae 'na ddigon o bobl yng Nglan Morfa sy'n cofio digwyddiadau'r noson honno'n iawn.'

Dechreuodd Jeff ysgrifennu ail ddatganiad Beaumont.

'Gawsoch chi eich holi gan yr heddlu bryd hynny, Mr Beaumont?' gofynnodd. 'Fel y cafodd y rhan fwyaf o lafnau ifanc y dre 'ma eu holi, dwi'n feddwl.'

'Naddo,' atebodd. 'Es i ffwrdd i'r coleg ddiwrnod neu ddau ar ôl y digwyddiad a ddaeth neb yno ar fy ôl i'm cyfweld.'

'Dywedwch wrtha i am y noson honno, os gwelwch yn dda, Mr Beaumont. Faint oedd eich oed chi ar y pryd?'

'Pedair ar bymtheg. Ac oeddwn, mi oeddwn i yno.' Ystyriodd nad oedd diben gwadu hynny. 'Fedra i ddim deud 'mod i'n cofio fawr am y noson a deud y gwir wrthach chi, Cwnstabl. Dim ar ôl cymaint o amser. Dwi'n cofio'r eneth Smith wrth gwrs, nid 'mod i'n ei hadnabod hi'n dda, wyddoch chi. Rhai digon tebyg i'w gilydd oedden nhw – Diane a Medwyn dwi'n feddwl. Plant digon syml, y ddau ohonyn nhw. Doedden nhw ddim yn ffrindiau agos i mi o bell ffordd, wn i ddim os faswn i'n eu cyfri nhw ymysg fy nghyfeillion a deud y gwir. Peter oeddan ni'n ei alw fo. Ffeindiwyd corff yr eneth efo'i gap o yn ei llaw – neu rwbath go ddamniol felly os dwi'n cofio'n iawn,' meddai'n hyderus fel petai'n cyflwyno adroddiad wedi'i baratoi'n barod.

'Pryd ddaru chi ei gweld hi ddwytha?' gofynnodd Jeff, yn anwybyddu ei ymarweddiad.

'Fedra i ddim cofio. Yn y ddawns ma' siŵr gen i, ond fedra i ddim bod yn bendant.'

'A Medwyn?'

'Dwi'n cofio ei weld o yn hwyrach ymlaen. Awr reit dda ar ôl i'r ddawns orffen. Hanner nos neu hanner awr wedi.'

'Yn lle?'

'Yn rhedeg fel cath i gythraul i gyfeiriad Hendre Fawr.'

'Yn lle?' Ail ofynnodd y cwestiwn.

Plygodd Beaumont ei ben. 'Yn rhedeg o gyfeiriad yr afon, o gyfeiriad y bont, y man lle cafwyd hyd iddi.' Oedodd am ennyd. 'A doedd o ddim yn gwisgo'i gap chwaith.'

'A ddaru chi ddim meddwl deud wrth neb tan rŵan.'

'Fel y deudis i, Cwnstabl, mi oeddwn i i ffwrdd, a doedd o'n ddim o 'musnes i.'

'Pwy laddodd Medwyn Parry, tybed?' gofynnodd Jeff, yn dal i ysgrifennu.

'Pwy a ŵyr. Brodyr Diane ella – hogiau caled, maen nhw'n dal i fod. Rŵan, dyna i chi rai y dylech chi eu holi.'

Llusgodd Beaumont ei draed o dan y bwrdd mewn arwydd nad oedd yn hapus ei fod yn dal i wastraffu'i amser yno.

'Pa mor dda oeddach chi'n nabod Medwyn?' gofynnodd Jeff.

'Mi oeddwn i'n chwarae efo fo o dro i dro pan oeddwn i'n blentyn.'

'Ar y ffarm?'

'Ia, ond ddaru hynny ddim para, wyddoch chi. Dach chi'n gwbod sut beth ydi bod yn fachgen ifanc a thyfu i fyny. 'Fysa cael fy ngweld yn chwarae efo hurtyn fel fo wedi gwneud dim lles i f'enw da ymysg yr hogia eraill. Mi oeddwn yn gweld llawer iawn llai ohono fo ar ôl cyrraedd fy arddegau.'

'Ddangosodd o'r ceudyllau o dan dir Hendre Fawr i chi ryw dro?'

'Naddo. Mi oeddwn i'n gwbod amdanyn nhw, ond fues i erioed i lawr yno.'

Gofynnodd Jeff iddo arwyddo'r ddau ddatganiad. Darllenodd Beaumont nhw cyn gwneud.

'Diolch yn fawr i chi,' meddai Jeff wrtho. 'Dwi'n siŵr y gwnewch chi ein cynorthwyo ymhellach os bydd angen, Mr Beaumont?'

'Fel y deudis i wrth Mr Edwards, eich Prif Gwnstabl Cynorthwyol, yn gynharach, dwi'n awyddus i helpu'r heddlu bob amser.' Gan fod y cyfweliad drosodd, edrychai fel petai hyder Beaumont yn dychwelyd.

Safodd i adael yr ystafell, a phan wnaeth, camodd Jeff rhyngddo fo a'r drws.

'Dim ond un peth bach arall, meddai. 'Fuasech chi byth yn coelio, ond o'r holl samplau DNA rheiny gawson ni gan y gwirfoddolwyr y diwrnod o'r blaen, ac o flaen holl aelodau'r wasg hefyd, mae eich un chi wedi diflannu. Yr unig un. Dyna beth rhyfedd, 'te? Rŵan, dwi'n siŵr nad oes ganddoch chi wrthwynebiad i roi un arall, nag oes?'

Edrychodd Beaumont arno'n fud. Pan ddaeth ato'i hun, dywedodd y peth cyntaf a ddaeth i'w ben, ond sylweddolodd yn syth nad hwnnw oedd yr ateb gorau o dan yr amgylchiadau.

'Oes, mae gen i wrthwynebiad. Os ydach chi wedi'i golli o, bydd yn rhaid i chi wneud hebddo.'

'Ddeudis i ddim byd am ei golli o, Mr Beaumont, ond ta

waeth am hynny. Wn i be' wnawn ni. Mi ddefnyddiwn ni hwn.'

Ni allai Beaumont gredu'r hyn a welodd nesaf. Estynnodd Jeff fag plastig di-haint o un o'i bocedi a phâr o blycwyr o'r llall. Defnyddiodd y plyciwr i godi'r gwpan blastig a ddefnyddiodd Beaumont yn gynharach, ei gollwng i'r bag di-haint a'i gau. Perfformiad oedd hwn wedi'i gynllunio er mwyn creu argraff. Roedd Beaumont yn gandryll erbyn hyn, ei wyneb coch yn chwyddo mewn gwylltineb.

'Be' ydi ystyr peth fel hyn?' gwaeddodd yn uchel.

'O, dim byd i boeni amdano, Mr Beaumont,' atebodd Jeff yn dawel. 'Mi fydd yna ddigon o'ch DNA chi ar hwn i adennill y sefyllfa.'

Gwyddai'r ddau fod Beaumont wedi'i gornelu.

'Neu ella y bysach chi'n ffafrio rhoi swab o'ch ceg yn y ffordd arferol,' parhaodd Jeff. 'Felly, mi fasach chi'n dangos y cydweithrediad hwnnw a addawsoch chi i'r Prif Gwnstabl Cynorthwyol yn gynharach.' Roedd Jeff yn dechrau mwynhau ei hun.

Yn groes i'r graen, ond heb ddewis, gadawodd Beaumont i Jeff gymryd sampl o boer o'i geg. Gadawodd yr ystafell yn ddyn blin iawn – ac nid oedd cuddio'i dymer yn beth yr oedd Beaumont yn ei gael yn hawdd. Cerddodd Jeff efo Beaumont at ddrws ffrynt yr adeilad a gwenodd. Rŵan roedd ganddo sampl cyfreithlon o DNA Beaumont, sampl y gallai Dr Poole ei ddefnyddio a'i gyflwyno mewn llys barn pe byddai angen.

Gwyliodd Jeff Beaumont yn cerdded ar draws y maes parcio y tu cefn i orsaf yr heddlu. Edrychodd Beaumont i gyfeiriad gweddillion hen Forris Minor Emily Parry, yn sefyll ar drelar nid nepell oddi wrth ei gar ei hun. Gwelodd ddau ddyn yn gwisgo dilladau gwyn wrth ei ymyl, a doedden nhw ddim yn edrych yn debyg i fecanics. Roedd yn adnabod yr hen Jaguar ar ochr arall y cowt hefyd – yn cael ei archwilio am olion bysedd gan ddau ŵr ifanc. Cofiodd Beaumont sut y bu iddo eistedd yn y car hwnnw fwy nag unwaith yn ystod y tair wythnos flaenorol, yn rhoi cyfarwyddiadau i Payne. Teimlodd ei hyder yn diflannu. Yn waeth na hynny, teimlodd y byd yn cau o'i amgylch.

Galwodd Beaumont yn swyddfeydd y Cyngor i ymddiheuro am ei absenoldeb yng nghyfarfodydd y bore. Gwelodd fod rhywun wedi gadael pecyn ar ei ddesg – pecyn tebyg i'r un a roddwyd drwy ddrws ei dŷ yn gynharach. Caeodd y drws ac agorodd y pecyn. Roedd yn syfrdan pan welodd ei gynnwys ond buan y trodd hwnnw'n wylltineb dychrynllyd pan ddisgynnodd taniwr Ronson arall ohono. Gwelodd nad y llythrennau *M P* oedd wedi eu hysgythru ar hwn, ond y geiriau 'Medwyn Parry' ar un ochr a 'Marcus Payne' ar y llall. 'Chymerodd hi ddim ond ychydig eiliadau iddo sylweddoli fod rhywun yn chwarae triciau arno, ond pwy?

Doedd ei dymer wedi gwella dim erbyn iddo gyrraedd adref. Wrth geisio agor y drws ffrynt sylweddolodd fod rhywbeth wedi ei stwffio rhwng y drws a'r ffrâm. Cryno ddisg oedd o, heb fath o label. Gwthiodd ef i'r peiriant a phwyso'r botwm i'w chwarae. Caeodd ei lygaid a gwasgodd ei ddyrnau'n dynn pan glywodd nodau Prokofiev – *Peter and the Wolf*. Tarodd ei fysedd yn galed yn erbyn y peiriant i'w ddistewi.

Gwyddai ei fod mewn safle bregus, bod rhywun yn pwyso'n ddidrugaredd arno. Rhoddodd derbyn y taniwr cyntaf hyder iddo, hyder a ddiflannodd ar dderbyniad yr ail, ond yr oedd derbyn y CD wedi 'i wneud yn lloerig. Gwyddai fod rhywun yn ceisio ei frawychu yntau erbyn hyn. Pwy? Yr oedd ei fyd yn dywyllach nag erioed.

Pennod 24

Y prynhawn canlynol cyfarfu penaethiaid yr ymchwiliad i drafod strategaeth. Dan arweiniad y Prif Gwnstabl Cynorthwyol Eric Edwards, gwrandawodd Jeff Evans ar y patholegydd, y gwyddonydd fforensig a'r arbenigwr olion bysedd yn amlinellu eu darganfyddiadau diweddaraf.

Fel y disgwylid, yr oedd yr olion bysedd a gymerwyd oddi ar yr ail gorff wedi cadarnhau mai Marcus Payne oedd o; gŵr gyda nifer o euogfarnau ar ei record yn mynd yn ôl cyn belled â'r saith degau. Diflannodd yn yr wyth degau wedi iddo gael ei ryddhau o'r carchar ar ôl ceisio treisio geneth ddeuddeg oed, ac yr oedd y sampl a gymerwyd o'i DNA yn cyd-fynd â'r samplau a gymerwyd o bob un o'i ddioddefwyr yn ystod y chwarter canrif ddiwethaf, gan gynnwys Donna Marie Murphy. Olion bysedd Payne oedd ar y cleddyf a gafwyd wrth ochr ei gorff a gwaed Renton oedd yr unig waed arno. Nid oedd ôl powdwr gwn wedi 'i losgi ar y cledd. Gwelwyd nifer o arwyddion eraill mai Payne oedd yn gyfrifol am ladd Renton. Gadawodd gwaed y Ditectif Uwch Arolygydd ôl ar y to uwch eu pennau mewn llinell uniongyrchol a adlewyrchai daith y llafn pan godwyd y cledd rhwng bob trawiad, a gwelwyd yr un patrwm yn ddi-dor ar draws wyneb a het Payne.

Saethwyd Payne o safle agos iawn ato ac roedd ei anaf yn awgrymu'r posibilrwydd nad oedd wedi marw ar unwaith. Roedd yn ddichonadwy felly y gallai fod wedi trawo Renton dair gwaith ar ôl iddo gael ei saethu, ond cytunodd yr arbenigwyr eu bod wedi darganfod ei waed yntau ar y cleddyf hefyd ac nid gwaed Renton yn unig.

Cododd archwiliad y gwn nifer o gwestiynau diddorol. Nid oedd y dryll wedi'i gofrestru i unrhyw unigolyn ym Mhrydain. Cafodd ei wneud yn Sbaen yn nechrau'r ugeinfed ganrif ac er bod rhif cyfresol o fath arno, ni ellid darganfod y gwneuthurwr. Edrychai'n debygol na fyddai'n bosib olrhain y perchennog. Dim ond olion bysedd Renton oedd ar y gwn – er nad oeddynt i'w gweld ar y cetris gwag o fewn y gwn, ac nid oedd Renton yn gwisgo menig. Roedd yr holl olion bysedd a adawyd ar y gwn yn rhai gwaedlyd, ond ar wahân i hynny nid oedd gwaed Renton na dafnau o'r chwistrelliad a welwyd ym mhobman arall i'w weld arno. Roedd ôl cledr a bysedd llaw chwith Renton ar farilau'r gwn, ac olion ei law dde ar y clo, y stoc a gard y glicied. Er bod olion gwaedlyd ar y glicied ei hun, roeddynt rhy fân i gario ôl ei fys. Darganfuwyd hefyd bod olion llosg y powdwr pan daniwyd y gwn ar ddillad Renton, ond dim ond islaw ei asennau ar ochr dde ei gorff. Awgrymodd y darganfyddiadau ei fod wedi tanio'r gwn o'i glun.

'Fuaswn i ddim yn credu bod hynny'n anarferol – tanio o'r glun yn sydyn dwi'n feddwl, pan mae rhywun yn eich bygwth chi efo cleddyf,' meddai Jeff. 'Heblaw,' parhaodd, gan ddal llygaid pawb, 'bod Mr Renton yn llawchwith. Pe bai o wedi tanio'r gwn, mi ddylai olion y powdwr fod ar ochr chwith ei gorff o, olion bysedd ei law chwith o ar y clo a stoc y gwn, ac olion ei law dde ar y barilau.'

'Yn hollol,' cytunodd Edwards. 'Fyddai dyn llawchwith ddim yn defnyddio gwn, a'i saethu felly, mewn amgylchiadau brysiog. Mae diffyg olion bysedd heb waed arnyn nhw hefyd yn awgrymu bod y gwn wedi'i roi yn ei ddwylo gan drydydd person ar ôl iddo gael ei anafu.'

'Ac mae'n dilyn, felly, mai'r person hwnnw laddodd Payne,' awgrymodd Jeff. 'Oes 'na olion bysedd ar gar Payne nad ydyn nhw'n perthyn iddo fo?' gofynnodd.

'Dim ond rhai na allwn eu hadnabod ar hyn o bryd,' atebodd Edwards. 'Ond fe gawson ni hyd i recordydd tâp, a thâp ac arno recordiad o *Peter and the Wolf* yn ei gar – a hefyd, yn ddiddorol iawn, tamaid o beipen sy'n edrych yn debyg i'r un a ddefnyddiwyd i drio trwsio car Emily Parry. Mae hogiau'r labordy'n ffyddiog y gallan nhw eu cydweddu ymhen amser. Mi fu o'n ddiofal iawn i gadw'r fath dystiolaeth yn ei feddiant.'

'Nid diofal ond hy', 'swn i'n deud,' awgrymodd Jeff. 'Mae ei ffôn symudol o ganddon ni hefyd. Roedd o'n ei gario pan laddwyd o, ac rydan ni'n trio cael gwybodaeth oddi ar hwnnw ar hyn o bryd. Dwi'n gobeithio y cawn ni fanylion ei alwadau cyn bo hir.'

'Jeff, yng ngoleuni'r holl ddarganfyddiadau yma, wnei di roi braslun i ni o dy gyfweliad â David Beaumont ddoe, os gweli di'n dda?' gofynnodd Edwards.

'Wel, mae o wedi bod yn palu celwydd, mae hynny'n saff i chi,' atebodd. 'Mae'n gwadu siarad efo, a chyfarfod â Payne, yn gwadu hyd yn oed ei fod yn ei adnabod. Mae ganddon ni dystiolaeth gan Esmor Owen sy'n cadarnhau mai celwydd ydi hynny, ac efo dipyn o lwc fe gawn ni dystiolaeth gefnogol o ffôn Payne cyn hir. Dywedodd Beaumont hefyd nad oedd wedi siarad â Mr Renton ers cynhadledd y wasg ddydd Iau dwytha. Mi fedrwn ddangos mai celwydd noeth ydi hynny hefyd. Mae rhestr o alwadau o ffôn symudol Mr Renton ganddon ni'n barod, sy'n dangos bod y ddau wedi cysylltu â'i gilydd y pnawn cyn i Renton farw. Galwodd ffôn Mr Renton ffôn Beaumont am dri munud ar hugain wedi pump, a pharhaodd yr alwad am bum deg tri eiliad. Mae'r cwmni ffôn yn medru cadarnhau'r union fan lle gwnaethpwyd yr alwad – safle gwledig, anghysbell saith milltir a hanner i'r gogledd o Lan Morfa. Siaradodd y ddau â'i gilydd unwaith eto ychydig cyn wyth. Beaumont alwodd Mr Renton y tro hwnnw, a chafodd yr alwad honno ei gwneud o fewn hanner canllath i Hendre Fawr. Dim ond tystiolaeth amgylchiadol ydi hyn i gyd wrth gwrs, oherwydd na fedrwn ddangos pwy oedd yn defnyddio'r ffôn. 'Dan ni'n chwilio am unrhyw gyswllt rhwng ffôn Beaumont a ffôn Payne ar hyn o bryd.'

'Galwad o ffôn Beaumont i ffôn Renton, o gyffiniau Hendre Fawr, rhyw awr cyn iddo gael ei ladd,' pendronodd Edwards, gan syllu'n fanwl i wyneb Jeff. 'Be' oedd Renton yn ei wneud yno efo gwn?' gofynnodd. 'Wel, dwi'n meddwl ein bod ni'n gwbod yr ateb i'r cwestiwn yna'n barod. Be' ti'n feddwl Jeff?'

'Am ryw reswm, roedd Renton isio dod â Payne i mewn i'r ddalfa ei hun,' atebodd. 'A'r unig ffordd bosib o wneud hynny oedd efo help Beaumont, sef cyswllt Payne. Y posibilrwydd arall, wrth gwrs, ydi bod Beaumont wedi'i hudo yno er mwyn i Payne ei ladd o.'

'Well gen i gredu'r syniad cyntaf, Jeff, oherwydd bod Renton yn cario gefynnau llaw a'i faton. Fel ti'n gwbod, dydi Ditectif Uwch Arolygydd ddim yn cario'r rheiny fel rheol,' gwenodd. 'Mae'n debygol iawn ei fod o'n eu cario efo'r bwriad o arestio rhywun.'

'Ond mae'r dystiolaeth ar y gwn yn awgrymu bod

rhywun wedi'i hudo yno, ac os felly, pwy?' Wrth ofyn y cwestiwn, roedd yn cydnabod bod yr ateb yn amlwg.

'Nid *pwy* ydi'r cwestiwn y dylen ni ofyn bellach, ond a allwn ni brofi hynny,' meddai Edwards, yn edrych o amgylch yr ystafell. 'Oes ganddon ni ddigon o dystiolaeth bellach i'w arestio? 'Tasa Beaumont yn dewis deud dim mewn cyfweliad, mae'r achos yn ei erbyn yn wan – ydach chi'n cytuno? Ond mae'n amser i'w arestio, a chael golwg fanwl iawn ar weithgareddau'r Cynghorydd Beaumont. Fy mhenderfyniad i ydi ein bod ni'n ei arestio fo, chwilio'i dŷ a'i holl eiddo, a'i holi'n fanwl a'i groesholi ynglŷn â'r holl gelwydd ddeudodd o yn ei ddatganiad diwetha. Mae'r cyswllt yr ydan ni'n ymwybodol ohono rhwng Beaumont, Payne a Renton yn golygu bod ganddon ni ddigon o dystiolaeth i wneud cais am warant i chwilio trwy ddogfennau Eiddo'r Aber, gan gynnwys y rhai hynny sydd yn swyddfeydd y cyfreithwyr Williams, Reynolds a James a'u Cwmni. Mi ddylen ni ddarganfod copïau o'r llythyrau sy'n gwneud y cynigion am Hendre Fawr ar ran Beaumont a'i syndicet.'

'Am be' yn union ddylen ni arestio Mr Beaumont?' gofynnodd Jeff.

'Mi hitiwn ni o efo'r cwbl,' atebodd y Prif Gwnstabl Cynorthwyol. 'Amheuaeth o gynllwynio i dwyllo Mrs Emily Parry a bod ynghlwm â'i llofruddio, ac amheuaeth o lofruddio Payne ac Alex Renton. Os down ni o hyd i dystiolaeth mai Eiddo'r Aber wnaeth y cynnig am y ffarm, mi allwn ni arestio gweddill aelodau'r syndicet am gynllwynio i'w thwyllo hefyd. Mi ysgwydwn ni'r caets yn iawn i edrych beth ddisgynnith allan. Fasat i'n licio'r fraint o arestio Beaumont, Jeff?'

'Wrth fy modd, syr,' meddai, yn wên o glust i glust.

'Dwi isio i hyn i gyd ddigwydd am chwech o'r gloch bore fory. Beaumont, a dogfennau Eiddo'r Aber yn swyddfeydd Williams, Reynolds a James a'u Cwmni. Defnyddia gymaint o ddynion ag yr wyt ti'n meddwl y bydd eu hangen, Jeff, a rho fanylion dy gynllun gweithredol i mi am saith o'r gloch heno. Dyna'r oll.'

Roedd Meurig yn disgwyl am Jeff ar ôl i'r cyfarfod orffen, i drafod dros un o baneidiau plastig Jeff.

'Ydi'r taniwr gen ti?' gofynnodd Jeff. 'Mi fydda i ei angen o i holi Beaumont bore fory.'

Tynnodd Meurig y taniwr o'i boced a'i roi ar y bwrdd rhyngddyn nhw.

'I be' oeddat ti isio'i gadw fo?' gofynnodd Jeff.

'Ella bysa hi'n well 'taswn i ddim yn deud wrthat ti, atebodd Meurig efo gwên fach slei ar ei wyneb. 'Ond mi fues i ym mhob car bŵt ar hyd y gogledd 'ma dros y penwythnos, a phrynu dau o rai tebyg iawn iddo fo. Mi es i â nhw i gael eu 'sgythru, a'u gyrru i Beaumont er mwyn iddo *fo* gael blas bach o sut deimlad ydi o i gael ei ddychryn.'

'Ti'n iawn, Meurig. Well gen i beidio gwbod. Uffar drwg wyt ti,' gwenodd yn ôl arno.'

'Rwbath bach er mwyn Elen a'r ddiweddar Emily oedd y bwriad,' meddai. 'Ond gwranda, mi wnes i ddarganfod un peth pwysig iawn o ganlyniad. Wyddost ti'r gemydd yn y dre – yr hen fachgen? Wel, fo werthodd y taniwr yma i Emily Parry flynyddoedd yn ôl. Mae'n cofio'r gwerthiant yn iawn ac mae o'n nabod yr ysgythriad a roddodd arno yn ei law ei hun.'

'Mi allwn ni brofi, felly, mai taniwr Medwyn oedd hwn, yr un a roddwyd iddo gan ei rieni. Defnyddiol iawn, diolch. Wela' i di fory – mi gei di holl hanes yr arestio.'

Hepian cysgu oedd Beaumont ar ôl noson aflonydd arall pan glywodd sŵn nifer o geir yn crensian i stop ar y graean o flaen ei dŷ. Canodd y gloch a chlywodd guro trwm ar y drws ffrynt. Pan agorodd cyrten ffenestr y llofft yng ngolau gwan y bore, gwelodd Jeff Evans yn edrych i fyny tuag ato. Rhedodd nifer o ddynion eraill, rhai mewn iwnifform, rownd dwy ochr y tŷ i gyfeiriad y cefn. Gwyddai nad galwad gymdeithasol oedd hon. Suddodd ei galon a daeth teimlad anghyfforddus i waelod ei stumog. Clymodd gortyn ei ŵn wisgo ac aeth i lawr y grisiau yn isel ei ysbryd. Agorodd y drws a rhuthrodd Jeff a dau ddyn arall nad oedd yn eu hadnabod i mewn heb wahoddiad. Gwrandawodd Beaumont yn fud ar Jeff yn rhestru'r rhesymau am ei arestio.

Gadawyd iddo wneud un alwad ffôn. Deialodd Beaumont rif cartref ei gyfreithiwr, heb ddisgwyl yr hyn a glywodd. Yn ôl Mrs James roedd yr heddlu newydd arwain ei gŵr i'w swyddfa, a hynny fel rhan o ymchwiliad i fusnes Eiddo'r Aber. Carlamodd meddwl Beaumont a gwyddai'n syth fod ei arestiad yntau'n rhan o'r un achos. Dygwyd Beaumont i'r ddalfa yng nghwmni Jeff Evans ac un heddwas arall, ac arhosodd gweddill y dynion i chwilio'r tŷ yn fanwl, gyda Mrs Beaumont ddryslyd yn eu gwylio.

Erbyn hanner awr wedi deg, roedd Jeff yn barod i ddechrau holi Beaumont yng nghwmni cyfreithiwr nad oedd o gwmni Williams, Reynolds a James, nag yn gysylltiedig ag Eiddo'r Aber. Yn y cyfamser cafodd amser i archwilio nifer o ddogfennau Eiddo'r Aber a gafwyd o swyddfeydd Williams, Reynolds a James a'u Cwmni ac o dŷ Beaumont.

Nid edrychodd Beaumont i lygaid Jeff pan arwyddodd y peiriant recordio ei barodrwydd i gychwyn. Darllenwyd y rhaglith a rhoddodd Jeff y rhybudd swyddogol i Beaumont cyn cyflwyno copïau o'r ddau ddatganiad a wnaethpwyd ganddo ddeuddydd ynghynt. Bu distawrwydd tra bu'r cyfreithiwr yn eu darllen.

'Wnewch chi gadarnhau mai eich datganiadau chi ydi'r rhain, a bod eich llofnod ar bob un?'

'Gwnaf,' atebodd Beaumont.

'Wnewch chi gadarnhau mai chi yw pennaeth Eiddo'r Aber, syndicet sy'n datblygu adeiladau a busnes yn yr ardal hon?'

'Does gen i ddim byd i'w ddeud ynglŷn â 'musnes.'

'A bod Mr Alexander Renton yn aelod o'r un syndicet?'

'Busnes Mr Renton oedd hynny.'

'Er mwyn y tâp, ac er eich mwyn chi, Mr Beaumont, mae archwiliad yr heddlu o swyddfeydd Williams, Reynolds a James a'u Cwmni y bore 'ma wedi cadarnhau fod hynny'n gywir.'

'Wel pam, felly, ydach chi'n gofyn i mi?' atebodd yn heriol.

'Er mwyn asesu'ch parodrwydd chi i gydweithredu â ni, Mr Beaumont. Dyna'r oll.'

'Mae gan Mr Beaumont berffaith hawl i wrthod ateb,' ategodd y cyfreithiwr.

'Y tro diwethaf y gwnes i'ch holi chi,' parhaodd Jeff heb gymryd sylw o'r cyfreithiwr. 'Mi ddaru chi gadw draw rhag cyfaddef unrhyw gysylltiad ag Eiddo'r Aber a gwadu unrhyw wybodaeth ynglŷn â chynnig i brynu Hendre Fawr, er mwyn datblygu gorsaf bŵer nwy yno. Darganfuwyd

dogfennau'r bore 'ma sy'n cadarnhau bod Eiddo'r Aber –
chi, Mr Beaumont – wedi gwneud cynnig am y ffarm bum
mlynedd yn ôl, ac wedyn bedwar mis yn ôl.'

'Mae datblygiadau economaidd mawr fel hwnnw yn
cael eu trin yn ofalus ac yn gyfrinachol, Cwnstabl Evans,
ond dwi ddim yn disgwyl i chi fedru deall y fath beth. Ar y
llaw arall, fy nghyfrifoldeb i, fel arweinydd y Cyngor, ydi
dod â datblygiadau o'r math yma i'r ardal. Ac mae gwneud
hynny'n golygu doethineb, diplomyddiaeth a
chyfrinachedd. Dydi o ddim yn fater dwi'n fodlon ei drafod,
dim yn y gorffennol, a dim rŵan. Dyna ydi natur y gwaith,
ond be' wyddoch chi am faterion sydd allan o'ch cyrraedd
chi?' Edrychodd Beaumont tua'i gyfreithiwr, y rhagoriaeth
yn ei lais a'i agwedd yn amlwg.

'Esboniwch i mi, wnewch chi Mr Beaumont, be' ydi'r
gwahaniaeth rhwng datblygiad economaidd er lles yr ardal,
a chwyddo eich cyfoeth eich hun, waeth pwy sy'n cael ei
frifo o ganlyniad?'

'Wela i ddim byd yn anghywir nag yn anghyfreithlon
mewn ceisio gwneud ceiniog neu ddwy ar yr un pryd. 'Dan
ni'n byw mewn byd cyfalafol, Cwnstabl, a dwi'n credu y
bysach chi hyd yn oed yn cytuno nad oes dim byd o'i le
mewn gwneud cynnig neu gynigion da am Hendre Fawr.'

'Dyna ni wedi cadarnhau felly – o'r diwedd – mai chi
wnaeth y cynnig.'

'Efallai,' ochneidiodd Beaumont. 'Ond mae hynny'n
berffaith gyfreithlon.'

'Be', hyd yn oed os ydi'r perchennog, sy'n gwrthod
gwerthu, yn cael ei brawychu er mwyn ceisio'i chael hi i
newid ei meddwl?'

'Dwi'n eich herio chi'r munud yma, Cwnstabl Evans, i

gyflwyno unrhyw dystiolaeth fy mod i, neu unrhyw un o aelodau Eiddo'r Aber, wedi ceisio brawychu Emily Parry er mwyn ei gorfodi i werthu Hendre Fawr,' mynnodd Beaumont yn ymosodol gan wyro dros y bwrdd a gwthio'i fys tuag at wyneb Jeff.

'Cafodd Mrs Parry ei dychryn dros gyfnod o ddeng wythnos neu fwy,' meddai Jeff heb gymryd sylw o gwbl o'r bygythiad. 'Ac nid damwain oedd ei marwolaeth chwaith, gan fod rhywun wedi ymyrryd â brêcs ei char.'

'A pham yn enw'r Tad 'dach chi'n deud hyn wrtha i?' Chwarddodd Beaumont ac edrychodd ar ei gyfreithiwr, ei lygaid yn rowlio mewn sioe gelwyddog o anobaith.

'Marcus Payne oedd yn gyfrifol am hynny, Mr Beaumont. Darganfuwyd darnau o system brêcs car Mrs Parry yn ei gar o, y Jaguar.'

''Dach chi wedi gofyn i mi amdano fo yn y gorffennol, Cwnstabl Evans. Ac mi ydw i wedi deud yn bendant wrthach chi nad ydw i yn ei nabod o, nac erioed wedi siarad na chyfarfod â fo.'

'Mr Beaumont, mae ganddon ni dyst a'ch gwelodd chi yng nghwmni Marcus Payne yn y cwt pysgota wrth ochr yr afon nid nepell o'ch cartref chi, yn hwyr nos Fercher diwethaf. Mi fuoch chi'n siarad efo'ch gilydd am beth amser. Fe'ch gwelwyd chi'ch dau gan gipar afon a oedd yno'n chwilio am botsiars.'

Meddyliodd Beaumont yn ofalus am ennyd. 'Os oedd hi'n hwyr yn y nos, mae'n rhaid ei bod hi'n dywyll. Efallai fod eich tyst wedi gwneud camgymeriad – dwi'n sicr ei fod o.'

'Fedrwch chi esbonio sut oedd taniwr Ronson efo'r llythrennau *M P* wedi'u hysgythru arno ym meddiant Marcus Payne?' gofynnodd Jeff.

'*M P*,' meddai Beaumont. 'Llythrennau cyntaf ei enw, Marcus Payne, 'dach chi'n feddwl? Dydi hynny ddim yn anarferol, nag ydi?'

'Nid taniwr Payne oedd o, ond taniwr Medwyn Parry. Y taniwr a ddefnyddiwyd gan Payne i frawychu Mrs Emily Parry. Yr un a ddefnyddiwyd efo'r tâp o'r miwsig, *Peter and the Wolf*, i geisio gwneud iddi gredu bod ei mab wedi dychwelyd ar ôl yr holl flynyddoedd. Rwbath oedd i fod i'w dychryn ddigon i wneud iddi adael Hendre Fawr, neu hyd yn oed ei lladd hi.'

Fflachiodd meddwl Beaumont yn ôl i'r eiliad honno ddeuddydd ynghynt pan daflodd y taniwr dros ddibyn y clogwyn i ddyfnder Môr Iwerddon.

'Dywedwch i mi, Cwnstabl Evans, lle mae eich tystiolaeth chi bod y ffasiwn daniwr yn bod?' gofynnodd.

'Dyma fo,' atebodd Jeff, gan ei osod ar y bwrdd o'i flaen.

Am y tro cyntaf gwelodd Jeff newid sylweddol yn wyneb Beaumont. Roedd yn amlwg wedi cynhyrfu.

'Rydan ni wedi ei olrhain yn ôl i'r dyn a'i werthodd o i Mrs Emily Parry, y dyn a'i ysgythrodd o. Mi gadarnhaodd y gŵr bonheddig ddoe mai ei waith o'i hun ydi o.'

Cymerodd sawl eiliad i Beaumont adennill ei hunanfeddiant.

'A sut mae 'na gyswllt rhwng y taniwr hwnnw a fi?' gofynnodd.

'Gofyn wnes i os oes ganddoch chi unrhyw esboniad ynglŷn â sut yr oedd Marcus Payne, dyn nad oedd ganddo gyswllt â'r ardal hon, yn meddu ar daniwr Medwyn, a'r wybodaeth fod Medwyn mor hoff o *Peter and the Wolf*?'

'Os ydi hynny'n wir, mae'n rhaid bod rhywun wedi deud wrtho fo,' atebodd Beaumont.

'Rhywun oedd yn nabod Medwyn, ma' raid,' ychwanegodd Jeff.

Syllodd Beaumont i'r gofod o'i flaen yn fud.

'Rhywun oedd yn nabod Payne, yn sicr,' awgrymodd Jeff. 'Roeddach chi'n nabod Medwyn, doeddach?' Jeff oedd yn gwyro ymlaen i gyfeiriad Beaumont yn awr.

'Fedrwch chi ddim profi 'mod i'n nabod Payne,' mynnodd Beaumont.

'Mi gyfnewidioch eich car am hen ddodrefnyn ganddo fo yn ôl yn niwedd yr wyth degau pan laddwyd yr eneth yn Halifax, do Mr Beaumont? Marcus Payne oedd yn gyfrifol am hynny.'

'Mi wnes i fy natganiad i'r heddlu'r adeg honno,' atebodd Beaumont. 'Does 'na ddim tystiolaeth yn y byd i ddangos mai efo Payne y cyfnewidiais i'r car. Dim ond rhan o'r rhif oedd gan yr heddlu, ac roedd cannoedd o berchnogion ceir tebyg yn cael eu holi ar y pryd.'

'Eto, mae o'n gyd-ddigwyddiad mawr, yn tydi?'

'Ond does ganddoch chi ddim *tystiolaeth*, nag oes? Dwi'n siŵr y bysach chi wedi deud wrtha i erbyn hyn os fasa'r fath dystiolaeth yn eich meddiant chi.' Edrychodd Beaumont ar ei gyfreithiwr. Nodiodd yntau i ddangos ei gydsyniad.

'Nag oes? Arhoswch chi am funud bach, Mr Beaumont. Dwi ddim wedi gorffen eto. Ydach chi'n cofio deud wrtha i y tro diwetha ddaru ni gyfarfod nad oeddach chi wedi cyfarfod na siarad â Mr Renton ers cynhadledd y wasg ddydd Iau dwytha?'

'Cywir.' Gwingodd Beaumont yn ei gadair eto. Nid oedd ganddo syniad o ba gyfeiriad y byddai'r cwestiwn nesaf yn dod.

'Celwydd noeth oedd hynny,' parhaodd Jeff, gan astudio ymateb Beaumont. 'Rydan ni wedi cael rhestr o'r holl alwadau a wnaethpwyd o ffôn symudol Mr Renton a'ch un chi yn ystod y mis diwetha,' parhaodd. 'Tydi technoleg yn beth hwylus y dyddiau yma d'wch?' Oedodd Jeff yn bwrpasol gan fanteisio ar ddiffyg amynedd Beaumont. 'Fe ffoniodd Mr Renton chi bnawn Sadwrn, yn do?'

'Ella, ella ddim ... dwi ddim yn cofio,' meddai, gan roi'r unig ateb call o dan yr amgylchiadau tynn. Ond roedd y pwysau'n dechrau dangos ar ei wyneb.

'Mae'n edrych yn debyg eich bod chi'n diodda o anghofrwydd hwylus, Mr Beaumont, oherwydd mi wnaethoch chi ei ffonio fo'n ôl yn hwyrach yr un gyda'r nos. Ydach chi'n cofio?'

'Os ydach chi'n deud, Cwnstabl. Ond fel dwi'n deud, fedra i'm cofio. Ydach chi'n siŵr mai fi oedd o?' gofynnodd. Er ei fod yn sylweddoli ei fod mewn dyfroedd dyfnion erbyn hyn, ceisiodd feddwl am ateb credadwy.

'A rhwng y ddwy alwad hynny, fe wnaethoch un alwad arall,' meddai Jeff yn codi'i ben o'r papurau o'i flaen i syllu ar Beaumont.

'Gwnewch eich pwynt, Cwnstabl Evans, wnewch chi?' meddai.

'Gwnaethpwyd yr alwad honno i ffôn symudol arall, ffôn y cawson ni hyd iddo fo ar gorff Marcus Payne. Y gwirionedd ydi eich bod chi wedi gwneud saith ar hugain o alwadau o'ch ffôn symudol chi i ffôn Payne yn ystod y tri mis diwetha.'

Nid atebodd Beaumont.

'Lle oeddach chi pan wnaethoch chi'r ail alwad ffôn honno i Mr Renton nos Sadwrn, Mr Beaumont?'

'Dim fi alwodd o, felly sut fedra i ddeud o ble y galwyd o efo fy ffôn i? Dwi ddim wedi galw ffôn y dyn Payne 'ma chwaith. Y ffaith ydi, Cwnstabl, 'mod i wedi colli fy ffôn, neu fod rhywun wedi'i ddwyn o, beth amser yn ôl. Coeliwch chi fi, os gafodd y galwadau yna eu gwneud o gwbl, dim fi ddaru eu gwneud nhw – a wnes i ddim siarad efo Alex Renton na neb arall yn ystod pnawn na min nos Sadwrn. Ydach chi'n fy nallt i?'

'Mae'n amlwg nad oedd eich ffôn chi ar goll yn ystod y cyfnod hwnnw, Mr Beaumont,' meddai Jeff yn frysiog. 'Yn ystod y penwythnos diwetha 'ma, a hyd at fore Llun, fe wnaethpwyd nifer o alwadau eraill o'ch ffôn symudol chi. I'ch cartref, i ffôn symudol eich gwraig, i swyddfeydd y Cyngor, swyddfa Williams, Reynolds a James a'u Cwmni yn ogystal â Mr Renton a Payne. Ond am yr ail alwad fin nos Sadwrn dwi'n eich holi chi rŵan, oherwydd rydan ni wedi sefydlu mai o gyffiniau Hendre Fawr y cafodd yr alwad hon ei gwneud. Wyddech chi fod technoleg yn gallu deud wrthan ni o ble mae pob ffôn symudol yn cael ei ddefnyddio? Mae pob ffôn yn denu signal o fastiau'r cwmnïau ffôn yn gyson, a phan fydd yn derbyn signal o ddau, tri neu fwy o fastiau, mae posib darganfod yn union lle mae'r ffôn ar y pryd. Mae'r ffaith fod y ffôn wedi'i droi ymlaen yn ddigon i'w ddarganfod o. Roedd eich ffôn chi yn union yr un fan â ffôn Payne pan gafoch chi eich gweld gan y cipar afon y noson honno. Ac mae'r ddau ffôn wedi bod yr un mor agos i'w gilydd fwy nag unwaith yn ystod y tri mis diwetha. Felly peidiwch â deud wrtha i nad ydach chi'n ei nabod o, ac nad ydach chi wedi'i gyfarfod yn ddiweddar, Mr Beaumont.'

Arhosodd Beaumont yn fud, ond gwyddai Jeff ei bod hi'n bwysig cadw'r pwysau arno.

'Fel yr oeddwn i'n deud, peth gwych ydi technoleg y dyddia yma, ynte?' parhaodd yn gyflym. Doedd Jeff ddim wedi mwynhau cyfweliad gymaint â hyn erioed o'r blaen.

'Ond be' os nad fi oedd yn defnyddio'r ffôn ar y pryd?' gofynnodd Beaumont, yn ceisio bachu ar unrhyw fanylyn a fuasai'n debygol o'i achub. 'A gyda llaw, mi fydda i'n pasio Hendre Fawr yn gyson ar fy ffordd adra.'

'Heibio'r man lle digwyddodd dwy lofruddiaeth yn union yr un pryd 'dach chi'n feddwl?'

'Does ganddoch chi ddim tystiolaeth y medrwch ei ddefnyddio i 'nghysylltu fi â'r ddwy lofruddiaeth yna nos Sadwrn, Cwnstabl, ac mi wyddoch chi hynny. Gamblodd ar y ddamcaniaeth y buasai Jeff wedi cyflwyno unrhyw dystiolaeth erbyn hyn, petai ganddo rywbeth i'w ddangos.

'Yr hyn sydd ganddon ni, Mr Beaumont ydi tystiolaeth fod yna rywun arall yn bresennol pan laddwyd y ddau. Pan archwiliwyd y gwn a chorff Mr Renton, darganfu'r gwyddonydd fod y gwn wedi'i danio o'r ochr dde i'w gorff, ac mi oedd Mr Renton yn ...'

'Llawchwith, dwi'n gwbod,' torrodd Beaumont ar ei draws. 'Dwi wedi chwarae golff efo fo ganwaith,' cofiodd, heb allu credu ei fod wedi gwneud camgymeriad mor sylfaenol.

'Efo pa law ydach chi'n sgwennu, Mr Beaumont?'

'Y llaw dde, Cwnstabl Evans, yr un fath â mwyafrif y boblogaeth.'

'Mae'n ddiddorol hefyd mai'r unig olion bysedd ar y gwn oedd rhai Mr Renton, a'u bod yn waedlyd i gyd, sy'n awgrymu bod y dryll wedi'i roi yn ei ddwylo ar ôl iddo gael ei anafu.'

'Be' sydd a wnelo hynny â fi?' taerodd Beaumont. 'Eich dychymyg chi sy'n fy rhoi fi yno, a dim byd arall.'

'Nid fy nychymyg i na neb arall, Mr Beaumont. Mae cofnodion Orange, Vodaphone a BT yn rhoi ffonau'r tri ohonoch chi yn yr un lleoliad yr adeg honno. Ia, eich ffôn chi, ffôn Mr Renton a ffôn Payne. Roedd y tri ohonoch chi yn Hendre Fawr efo'ch gilydd.'

'Mae'r dystiolaeth yna'n annibynadwy,' atebodd Beaumont. 'Hyd yn oed os oedd fy ffôn i yno, doeddwn i ddim. Does ganddoch chi ddim byd i 'nghysylltu fi â'r digwyddiad, ac yn sicr dwi ddim wedi clywed gair y bore 'ma sy'n ddigon i 'nghadw fi yma eiliad yn hirach. Mi ydach chi'n fy nal i yma yn anghyfreithlon ac mi fydda i'n cysylltu â'r Prif Gwnstabl fy hun i sicrhau eich bod chi'n cael eich cosbi am wneud y fath beth. Mi fydda i'n dod ar eich ôl chi'n bersonol efo achos cyfreithiol, Evans, a'r Prif Gwnstabl hefyd.'

Agorodd y cyfreithiwr ei geg am y tro cyntaf ers meitin.

'Ia, Cwnstabl Evans, mae'n rhaid i mi gytuno â'm cleient, ac awgrymu bod eich tystiolaeth chi'n wan iawn, ac y dylai Mr Beaumont gael ei ryddhau ar unwaith.'

Daeth Jeff â'r cyfweliad i ben, yn cydnabod bod y dystiolaeth yn wan mewn mannau. Gobeithiai y byddai olion bysedd Beaumont yng nghar Payne, a hefyd y byddai Beaumont yn fodlon rhoi sampl o'i olion bysedd iddo er mwyn ei ddileu o'r ymchwiliad. Gwyddai ei fod wedi rhoi o'i orau yn ystod y cyfweliad, ond a oedd hynny'n ddigon? Heb fymryn mwy o dystiolaeth roedd posibilrwydd y byddai'r holl achos yn erbyn Beaumont yn chwalu.

Hebryngwyd Beaumont a'i gyfreithiwr gan Jeff at sarjant y ddalfa i adrodd crynodeb byr o'r cyfweliad a'r sefyllfa fel yr oedd hi. Mynnodd y cyfreithiwr wneud datganiad manwl i argyhoeddi'r sarjant y dylai ryddhau ei gleient – ond mynnodd hefyd gyfle i siarad â Beaumont yn breifat yn gyntaf, ac arweiniwyd y ddau i ystafell ar wahân i'r diben hwnnw.

Wrth gau'r drws y tu ôl iddynt, dywedodd y sarjant wrth Jeff fod y Prif Gwnstabl Cynorthwyol Eric Edwards am ei weld o ar unwaith. Yn ôl pob golwg, doedd Edwards ddim yn hapus.

Curodd Jeff ddrws ei swyddfa a disgwyl am wahoddiad cyn agor y drws.

'Eisteddwch i lawr, DC Evans,' gorchymynnodd Edwards mewn cywair llawer mwy ffurfiol na'u cyfarfodydd diweddar. Gwgodd ar Jeff. 'Mae ganddoch chi lot i'w esbonio, Evans,' meddai.

Sylwodd Jeff fod rhywun arall yn yr ystafell. Trodd ei ben a gwelodd Dr Brian Poole yn eistedd i'r dde iddo. Edrychai yntau'n ddiflas, ond er na allai Jeff ddarllen ei wyneb, gwyddai nad oedd ond un rheswm iddo fod yno. Tynhaodd ei stumog. Yna llamodd ei galon pan welodd yr hanner winc yn llygad Poole nad oedd Edwards i fod i'w gweld.s

'Ydi'r canlyniad yn dangos yr hyn oeddwn i'n ei obeithio?' gofynnodd Jeff, yn anwybyddu gorchymyn Edwards i eistedd.

Nodiodd y gwyddonydd ei ben.

Trodd Jeff i wynebu Edwards. 'Maddeuwch i mi, Mr Edwards,' meddai. 'Doedd gen i ddim bwriad i'ch camarwain chi, na chuddio dim. Dim ond rhyw deimlad oedd o, a doeddwn i ddim isio'i egluro fo i neb ar y pryd. Pan benderfynais fynd at Dr Poole, Mr Renton oedd fy mhennaeth, ac fel y gwyddoch chi, mi oedd o'n gwneud petha'n anodd i mi ar y pryd. Mi gytunais i efo Dr Poole y byddai unrhyw ganlyniad positif yn cael ei drosglwyddo i chi'n bersonol gynta, a dwi'n gobeithio bod hynny'n dangos bod fy mwriad yn ddidwyll.'

'Rwyt ti newydd safio dy din, Jeff Evans,' gwenodd Edwards arno. 'Stedda i lawr yn fanna. Well i ti ddarllen adroddiad Dr Poole cyn mynd yn dy ôl i lawr y grisiau.'

Erbyn i Jeff gyrraedd swyddfa'r ddalfa roedd Beaumont a'i gyfreithiwr yn sefyll o flaen y cownter yn disgwyl yn ddiamynedd iddo ddychwelyd.

'Aaha! Dyma fo Cwnstabl Evans rŵan,' meddai'r cyfreithiwr. 'Dwi'n barod i wneud cynrychiolaeth ar ran Mr Beaumont i'w ryddhau ar unwaith. Ydach chi'n barod, Cwnstabl?'

Edrychai Beaumont yn hyderus, yn edrych i lawr ar Jeff mewn ystum o ragoriaeth. Ond yn raddol sylweddolodd y carcharor fod rhywbeth yn wyneb y ditectif nad oedd yno ynghynt – golwg feiddgar, fel petai'n ymdrechu i atal gwên. Pylodd hyder Beaumont unwaith yn rhagor.

'Cyn i chi ddechrau,' meddai Jeff wrth y cyfreithiwr heb dynnu ei lygaid oddi ar Beaumont. 'Mae gen i rywbeth i'w ddeud wrth Mr Beaumont a allai newid eich meddwl.'

'Well iddo fo fod yn rwbath gwerth ei ddeud,' meddai Beaumont, ei lygaid yn herio Jeff. Sgwariai'r ddau ddyn fel dau focsiwr cyn pencampwriaeth, ond o dan yr wyneb roedd meddwl Beaumont yn troi a throsi i bob cyfeiriad. Be' oedd mor bwysig rŵan na allai Jeff fod wedi'i ddeud yn y cyfweliad? Un o syniadau twp y Ditectif Gwnstabl meddyliodd, yn hytrach na chwestiwn a fyddai'n debygol o beryglu ei sefyllfa ymhellach.

Cymerodd Jeff hanner cam yn nes at Beaumont, a rhoddodd ei law dde ar ei ysgwydd chwith yn gadarn.

'Dwi'n eich arestio chi, David Beaumont, am dreisio Diane Smith a'i llofruddio yng Nglan Morfa ar y pymthegfed o Fedi, 1977.' Rhoddodd Jeff y rhybudd swyddogol iddo.

Disgynnodd ceg Beaumont a throdd ei lygaid tuag at ei gyfreithiwr, yn chwilio am unrhyw obaith o gymorth. Unrhyw fath o gymorth. Edrychai'r cyfreithiwr yr un mor sigledig. Ymddangosodd dafnau o chwys ar dalcen Beaumont cyn llifo i lawr ei fochau gwelw. Sigodd ei goesau a syrthiodd i'r llawr.

Aeth awr a hanner heibio cyn i feddyg yr heddlu ddatgan fod Beaumont yn ddigon da i barhau â'r cyfweliad, ond nid yr un David Beaumont oedd yn eistedd yn y gadair pan gychwynnodd y peiriant recordio y tro hwn. Drylliwyd ei ysbryd pan sylweddolodd fod y gyfrinach am y pechod a gariodd ers dros ddeng mlynedd ar hugain yn hysbys. Pechod a lwyddodd i'w gadw'n gyfrinach cyhyd. Gwelodd ei fyd a'i fywyd yn diflannu ac am y tro cyntaf yr oedd ar David Beaumont, y Cynghorydd, arweinydd y gymuned, ofn y dyfodol.

Cychwynnodd y tâp a dechreuodd Jeff ei holi.

'Mae semen ar swabiau mewnol a gymerwyd o gorff Diane Smith yn cymharu'n bositif â'ch DNA chi, Mr Beaumont, ac mae'r siawns bod rhywun arall â'r DNA hwnnw'n fil o filiynau i un.'

Eisteddodd Beaumont yn fud, a lleithder yn amlwg yn ei lygaid.

'Cafwyd darnau mân o groen o dan ei hewinedd sy'n cydweddu â'ch DNA chi hefyd,' parhaodd Jeff.

Disgwyliodd Jeff yn hir iddo ymateb, a phan siaradodd Beaumont, geiriau dyn a'i enaid wedi torri'n llwyr oeddynt.

'Am dros dri degawd dwi wedi bod yn disgwyl ac yn ofni'r diwrnod yma. Allwch chi byth ddallt, Mr Evans, peth mor ofnadwy ydi baich fel'na ar eich ysgwyddau chi o ddydd i ddydd.'

'Na, Mr Beaumont, fedra i ddim,' atebodd Jeff. 'Deudwch chi wrtha i.'

'Doeddwn i ddim yn bwriadu ei lladd hi, chi. Mi ddechreuodd yr holl beth fel tipyn o hwyl, ond collais reolaeth arnaf fy hun. Y mwya'n y byd oedd hi'n cwffio'n fy erbyn ac yn gweiddi, y mwya'n y byd yr oeddwn i'n gwasgu ac yn gwasgu ei gwddw hi.'

'Deudwch wrtha i be' ddigwyddodd, o'r dechra, Mr Beaumont. Y cwbl. Deudwch wrtha i am Medwyn hefyd,' mynnodd Jeff, yn estyn cwpan blastig yn hanner llawn o ddŵr iddo.

'Ia, Medwyn hefyd, y creadur bach,' cytunodd Beaumont. 'Mynd heibio'r bont oeddwn i pan glywais i sŵn hogan yn chwerthin, ac mi es i yno i weld be' oedd yn mynd ymlaen. Mi fues i'n sbïo arnyn nhw'n cusanu am dipyn heb iddyn nhw fod yn gwbod 'mod i yno. Hi, Diane, oedd yn arwain, yn agor ei dillad ei hun a rhoi llaw Medwyn tu mewn i'w blows i gyffwrdd ei bron. Dwi'n amau os oedd Medwyn wedi bod yn y fath sefyllfa erioed o'r blaen. Yna, mi sylweddolon nhw fy mod i yno.'

'Oeddach chi wedi'ch cyffroi yn rhywiol erbyn hynny, Mr Beaumont?' gofynnodd Jeff.

'Be' ydach *chi'n* feddwl, Mr Evans? Oeddwn siŵr. Bachgen pedair ar bymtheg oed oeddwn i. Ond ma' raid 'mod i wedi eu dychryn nhw. Doedd gan Medwyn ddim syniad be' oedd o'n 'i wneud, ac roedd hi'n amlwg i mi ei bod hi isio cael rhyw. Mi wthiais o i un ochr.'

'Be wnaeth Medwyn wedyn?'

'Dim, dim byd ond gafael yn ei gap fel hogyn bach newydd gael ei ddal yn gwneud rwbath drwg. Ond dyna'r math o hogyn oedd o, 'dach chi'n gweld.'

'A be' wnaeth hi?'

'Fedrwn i ddim dallt pam 'i bod hi isio iddo *fo* ei chyffwrdd, ac nid fi. Methu dallt pam roedd hi'n cwffio yn f'erbyn i gymaint pan oeddwn i'n trio tynnu gweddill ei dillad hi. Yna, pan oeddwn i i mewn ynddi hi, yn cael rhyw efo hi, roedd hi'n gwneud gymaint o sŵn fel bod yn rhaid i mi roi taw arni. Mi drewais hi ar draws ei hwyneb a stwffio ei nicer i mewn i'w cheg, ond daliodd i sgrechian. Dwi'n dal i'w chofio hi'n sgrechian, bob nos dwi'n deffro a'i chlywed hi. A dwi'n cofio gwasgu 'i gwddw hi, gwasgu, gwasgu a gwasgu. Efo'r dwylo yma,' meddai, yn dal y ddwy i fyny at Jeff. 'Ac ymhen sbel, mi stopiodd hi sgrechian.'

Llifai dagrau Beaumont erbyn hyn.

'Be' ddigwyddodd wedyn?' gofynnodd Jeff yn ddistaw.

'Sylweddolais 'mod i wedi ei lladd hi. Roedd Medwyn isio galw ambiwlans ne' rwbath, ond mi berswadiais o i beidio. Cymerais ei gap o a'i ddefnyddio i'w daro o gwmpas ei wyneb, i drio gwneud iddo fo weld sens, ond cyn gadael mi rois ei gap o yn nwylo Diane.'

'I ble'r aethoch chi?'

'Mi ddeudis i wrth Medwyn 'mod i isio rwla i guddio, ac mi aeth o â fi i'w le bach cyfrinachol o, yn y ceudwll o dan dir Hendre Fawr. Ro'n i wedi bod yno cynt, ond fyswn i byth wedi medru dod o hyd i'r lle ar fy mhen fy hun. Ond mi o'n i'n gwbod yn iawn be' oedd yn rhaid i mi ei wneud. Hogyn diniwed oedd Medwyn ac mi fyddai'n siŵr o fod wedi deud wrth rywun mai fi lladdodd hi. Dwi ddim yn meddwl ei fod o wedi deud gair o gelwydd yn ei fywyd, ac mi oedd yn rhaid i mi wneud yn siŵr na fysa fo'n agor ei geg. Doedd gen i ddim dewis, nag oedd?'

'Cariwch ymlaen, Mr Beaumont,' meddai Jeff, yr un mor ddistaw.

'Ei ffau, dyna oedd o'n galw'r lle yn y ceudwll. Goleuodd ganhwyllau, a dyna pryd y gwelis i'r bar haearn.' Gwyrodd Beaumont ei ben. 'Mi oedd yn rhaid i mi wneud, Mr Evans, 'dach chi gweld? Mi oedd yn rhaid i mi!'

'Sawl gwaith, Mr Beaumont?' gofynnodd.

'Wnes i ei daro fo, dyna 'dach chi'n feddwl? Dwy neu dair gwaith o leia. Ella mwy. Digon o weithiau i wneud yn siŵr ei fod o wedi marw.' Roedd dwylo Beaumont yn crynu'n ddifrifol erbyn hyn a chollodd y dŵr o'r gwpan blastig pan geisiodd ei yfed. 'Yna, defnyddiais damaid o sach i guddio'i gorff cyn gadael. Y canhwyllau a'i daniwr oedd yr unig olau oedd gen i i ffeindio fy ffordd allan. A'r diwrnod wedyn, mi es i i ffwrdd i'r coleg.'

'A thri mis yn ôl, fe roddoch chi'r taniwr i Marcus Payne er mwyn dychryn Mrs Emily Parry.'

'Do, ond wyddwn i ddim i ba eithafion y bysa'r dyn yn mynd i drio'i pherswadio i werthu. Doedd gen i ddim syniad y bysa fo'n ei lladd hi.'

'Pryd ddaru chi ddarganfod hynny?'

'Pan ddeudodd Marcus wrtha i'r bore wedyn. Dyna pryd ddeudis i wrth Alex am ohirio'r archwiliad ar y car, gan fod Marcus am guddio beth bynnag wnaeth o i'r brêcs. Roedd eich pennaeth chi, Alex Renton, i mewn yn hyn dros ei ben a'i glustiau, rydach chi'n gwbod hynny 'tydach?' Swniai Beaumont yn falch o gael y cyfle i faeddu ei enw da.

'Ond mi aeth petha dros ben llestri, do, pan laddodd

Payne yr hogan Murphy? A dyna pryd ffeindiodd Mr Renton fod ei ffyddlondeb a'i gyfrifoldebau'n tynnu yn erbyn ei gilydd.'

'Ia,' cyfaddefodd Beaumont. 'Dod â Marcus Payne i mewn i berswadio'r hen ddynes i werthu oedd fy nghamgymeriad mwya.'

'Ai dyna pam laddoch chi Mr Renton?'

'Ia, fedrwn i ddim ei drystio fo. Roedd o isio arestio Marcus, a fedrwn i ddim gadael i hynny ddigwydd. Anelais y gwn i gyfeiriad Alex a gadael i Marcus wneud yr hyn mae o'n ei wneud orau.'

'Pwy laddodd Payne?'

'Fi. Yn fy ffolineb, credais y byddai'r holl helbul drosodd ar ôl gwneud hynny.'

'Gan drio gwneud i'r sefyllfa edrych fel petai Mr Renton wedi ei saethu o,' awgrymodd Jeff.

'Ia, a methu'n llwyr, yn ôl pob golwg.'

'Be' oeddach chi'n wisgo ar y pryd, Mr Beaumont?'

'Dydi hynny ddim o bwys i chi bellach, Mr Evans. Mi losgais y cwbl y noson honno, gan feddwl 'mod i'n gwbod y blydi lot am wyddoniaeth fforensig.'

'Na, dim o bell ffordd, Mr Beaumont,' cytunodd Jeff. 'Dim o bell ffordd. Un cwestiwn arall 'sgin i. Pam ddaru chi drefnu i herwgipio Geraint Thomas y diwrnod o'r blaen?'

'Wnes i ddim,' atebodd. 'Dim ond rhoi gorchymyn i Marcus wnes i, i gael y taniwr yn ei ôl, trwy deg neu drwy drais.'

'Y gorchymyn a roesoch chi iddo yn y cwt ger yr afon y noson honno.'

'Ia, ond mi ddigwyddodd rwbath rhyfedd – mi ddanfonodd rhywun daniwr yr un fath yn union i mi, i 'nghartref. Mi feddyliais fy mod i'n saff pan daflais o i'r môr. Ac yna danfonwyd un arall i'm swyddfa efo enw Medwyn Parry ar un ochr a Marcus Payne ar y llall. Yna mi ges i CD ac arno fiwsig *Peter and the Wolf*. Doeddwn i ddim yn gwbod lle i droi.'

'Anrhegion gan Mrs Emily Parry o'r tu hwnt i'r bedd, ella,' awgrymodd Jeff. 'Na, fedra i daflu dim goleuni ar hynny, Mr Beaumont.'

Meurig Morgan, yr uffar drwg, meddyliodd Jeff.

Pennod 25

Cynhaliwyd dau angladd yng Nglan Morfa y dydd Gwener canlynol. Angladd Donna Marie Murphy oedd y cyntaf, a'r ail ar gyfer Medwyn Parry. Angladdau dau berson a gysylltwyd trwy ddigwyddiadau erchyll ond a wahanwyd gan ddeng mlynedd ar hugain. Y bore hwnnw, unwyd Glan Morfa mewn galar. Caewyd nifer o siopau'r dref a rhai swyddfeydd, ac ni welwyd fawr neb ar ei strydoedd.

Am yr ail waith o fewn tair wythnos agorwyd y bedd lle'r oedd Medwyn i'w roi i orwedd gyda'i rieni. Ar ôl yr holl amser, yr holl boen a'r holl drallod, unwyd y teulu bach am y tro olaf, eu heneidiau bellach yn dawel a chytûn.

Roedd llawer yno yn adnabod y ddau deulu, eraill yn adnabod 'run ohonyn nhw – ond doedd hynny ddim yn bwysig. Y diwrnod hwnnw, codwyd y llen a rannodd y dref dros gyfnod o ddeng mlynedd ar hugain. Pwysai euogrwydd yn drwm ar ysgwyddau'r rhai a fynnodd mai Medwyn oedd y llofrudd, ond yr hyn oedd ar feddwl pawb oedd yr anghrediniaeth mai arweinydd eu cymdeithas oedd yn gyfrifol am ladd Diane a Medwyn, ac ynglŷn â'i ran yn y digwyddiadau yn arwain at lofruddiaeth Donna. Efallai fod siawns y byddai enaid Diane Smith yn gorwedd yn ddedwyddach yn awr hefyd.

Ni welwyd cymaint o bobl yn galaru ar unwaith erioed o'r blaen ym mynwent drefol Glan Morfa, ond dim ond dau gludwr a safai wrth arch Medwyn – Meurig Morgan a Jeff

Evans. Nid oedd angen canu emyn, ac roedd y weddi wrth ochr y bedd yn un fer. Penderfynodd Elen, o dan yr amgylchiadau, mai'r unig ffordd i gofio amdano, a ffarwelio ag ef o'r diwedd, oedd chwarae cerddoriaeth Prokofiev, *Peter and the Wolf* – alaw lon, ond un a ddaeth â deigryn i nifer o lygaid o dan yr amgylchiadau.

Wedi'r gwasanaeth byr, safodd y Ditectif Gwnstabl Jeff Evans a'r Prif Gwnstabl Cynorthwyol Eric Edwards wrth y giât yn edrych ar y bobl yn gadael. Cerddodd un o'r galarwyr heibio, merch nad oedd wedi gwisgo'n addas o gwbl i fynychu angladd – nid bod hynny'n bwysig ar ddiwrnod fel heddiw. Arhosodd wrth eu hochrau am ennyd a throdd at Jeff heb ddweud gair. Gwenodd arno. Gwenodd Jeff yn ôl, a wincio arni o flaen ei uwch swyddog.

'Pwy oedd honna?' gofynnodd Eric Edwards.

'Nansi ydi hi, syr. Nansi'r Nos fydda i'n ei galw hi,' atebodd Jeff. 'Ond heddiw, dim ond galarwr arall ydi hi.'

'O, mae hynny'n fy atgoffa i, Jeff,' meddai Edwards. 'Mae gen i neges i ti gan y Prif Gwnstabl. Mae o wedi synnu nad wyt ti wedi gwneud cais am ddyrchafiad ar ôl llwyddo yn yr arholiad naw mlynedd yn ôl.'

'Mae pethau eraill wedi mynnu fy sylw i, syr,' atebodd.

'Y neges ydi ei fod o'n dy ddyrchafu di i reng Ditectif Sarjant yn syth. Mae o isio i ti weithio o fewn yr Adran Prosiectau Arbennig yn y pencadlys am y flwyddyn nesaf, yn atebol iddo fo'n bersonol ynghylch ei apwyntiad i swydd Cadeirydd Pwyllgor Troseddau Cymdeithas Prif Swyddogion Heddlu Prydain.'

Cododd Jeff ei law at ei geg a meddyliodd am funud cyn ateb. Oedodd, ond dim ond am funud.

'Wnewch chi ddeud wrth y Prif Gwnstabl, os gwelwch

yn dda, 'mod i'n ddiolchgar iawn iddo, ond mai yma yng Nglan Morfa dwi'n credu mae fy lle fi. Rhoi lladron yn y carchar ydi fy mhleser i, a'r peth dwi'n fwya cyfarwydd â fo.'

'Biti garw,' atebodd Edwards. 'Mi fasat ti'n gweithio o naw tan bump, o ddydd Llun hyd ddydd Gwener, ac mi fysat felly'n cael mwy o amser yng nghwmni dy wraig. O, ac mi ddylwn i ddeud mai'r prosiect arbennig sydd ganddo mewn golwg ydi gwneud blwyddyn o ymchwil iddo a darparu papur o safbwynt yr heddlu ar wneud canabis yn gyfreithlon ar gyfer triniaeth feddygol, i bobl efo Multiple Sclerosis, er enghraifft.'

Tarwyd y datganiad Jeff fel ergyd o wn.

'Os felly, syr, wnewch chi ddeud wrth y Prif Gwnstabl y baswn i'n falch iawn o dderbyn y dyrchafiad.'

Roedd Elen Thomas a Meurig Morgan ymysg yr olaf i adael y fynwent.

'Meurig,' meddai Elen, yn troi ato, 'dwi'n hynod o ddiolchgar am bob dim wnest ti. Wn i ddim sut i ddiolch i ti.'

'Mi gei di dderbyn hwn, os lici di,' atebodd Meurig gan dynnu amlen o'i boced. 'Doeddwn i ddim yn bwriadu ei roi o i ti yn y fynwent 'ma, ond gan dy fod ti wedi gofyn ...'

Agorodd Elen yr amlen a gwelodd dri thiced i Mauritius ynddo, yr awyren yn hedfan o Fanceinion ymhen yr wythnos.

Goleuodd ei hwyneb.

'Tri?' meddai.

'Dydan ni'm yn mynd i nunlla heb Geraint, nag'dan?' Gwenodd yntau'n ôl arni.

Cododd Elen ei breichiau o amgylch ei wddf a'i gusanu'n angerddol.

'Dim yn fama, 'nghariad i,' meddai Meurig, ei lygaid yn lledu wrth sylwi ar eraill yn gadael y fynwent.

Yn y pellter, gwenodd Jeff pan drodd i weld y ddau ym mreichiau ei gilydd. Dewisodd gymryd gweddill y diwrnod i ffwrdd. Roedd hi'n bryd iddo fynd adref. Byddai ganddo newyddion da i Jean heddiw.

*   *   *

Ymhen pedwar mis, safodd David Beaumont yn y doc yn Llys y Goron Caernarfon. Cafodd ei gyhuddo o lofruddio Diane Smith, Medwyn Parry, William Alexander Renton a Marcus Payne; bod ynghlwm â llofruddiaeth Emily Parry a bod yn gysylltiedig â herwgipio Geraint Thomas. Darllenwyd y cyhuddiadau o flaen torf fawr o'r cyhoedd ac aelodau'r wasg.

I bob un o'r cyhuddiadau atebodd, 'Dieuog.'